www.lenos.ch

Chalid al-Chamissi

Arche Noah

Roman aus Ägypten

*Aus dem Arabischen
von Leila Chammaa*

Lenos Verlag

Die Übersetzerin
Leila Chammaa, geboren in Beirut, studierte Islamwissenschaft, Arabis-
tik und Politologie an der FU Berlin. Seit 1990 übersetzt sie arabische
Literatur ins Deutsche, zunächst ausschliesslich Prosa, seit einigen Jah-
ren auch Lyrik. Sie ist zudem als Beraterin und Gutachterin für Verlage,
Institutionen und Festivals im Bereich arabischer Literatur tätig.
Die Übersetzerin dankt dem Deutschen Übersetzerfonds für die Förde-
rung ihrer Arbeit.

Die Übersetzung aus dem Arabischen wurde aus Mitteln der Schweizer
Kulturstiftung Pro Helvetia unterstützt durch litprom – Gesellschaft
zur Förderung der Literatur aus Afrika, Asien und Lateinamerika e.V.

Titel der arabischen Originalausgabe:
Safînât Nûḥ
Copyright © 2009 by Chalid al-Chamissi

Erste Auflage 2013
Copyright © der deutschen Übersetzung
2013 by Lenos Verlag, Basel
Alle Rechte vorbehalten
Satz und Gestaltung: Lenos Verlag, Basel
Umschlag: Anne Hoffmann Graphic Design, Zürich
Umschlagfoto: Atlantic City Convention & Visitors Authority
Printed in Germany
ISBN 978 3 85787 422 2

Arche Noah

Achmad Iseddîn   9

Hâgar Mustafa   39

Abdallatîf Awad   75

Farîd al-Mungi   109

Doktor Murtada al-Barûdi   141

Jassîn al-Barûdi   183

Nivîn Adli   211

Talaat Dhihni   243

Hassûna Sabri   277

Mabrûk al-Manûfi   313

Sanâa Mahrân   347

Zurück zum Anfang   373

Achmad Iseddîn

Achmad ist ein Traum von einem Mann. Gutaussehend, weiche Gesichtszüge, ein intensiver Blick aus tiefschwarzen Augen, die Haut licht wie der Vollmond. Kurzum, er erinnert an einen Filmstar aus der Zeit vor Adel Imam[1], Hunaidi[2] und dem verstorbenen Alâa Wali al-Dîn[3]. In seiner Brust wohnt ein Juwel von Aufrichtigkeit und Warmherzigkeit. Seit 2003 ist er examinierter Jurist, studiert hatte er an der Universität Kairo. Für Rechtswissenschaften hatte er sich eingeschrieben, um den Willen seines verstorbenen Vaters zu erfüllen, bald aber fand er Gefallen an der Materie. Nur mit Wirtschafts- und Finanzrecht konnte er sich beim besten Willen nicht anfreunden. Wie ein Dorn steckten ihm diese Fächer im Rachen, den auch noch so viel Wasser nicht hinunterzuspülen vermochte.

Sein ganzes Studium hindurch hatte er nur eines im Sinn: Er wollte Staatsanwalt werden. In seinen Träumen sah er sich schon als erfolgreichen, für Gerechtigkeit sorgenden Anklagevertreter. Entschlossen verfolgte er dieses Ziel, er steckte den Kopf in die Bücher und erzielte beste Noten, so dass seine Kommilitonen vor Neid erblassten. Missgünstigen Äusserungen gegenüber aber war er taub. Als er eines Abends zum Himmel schaute und der Vollmond lächelte, versprach er dem Vater, dass er bald Staatsanwalt sein werde, wie er es sich gewünscht hatte.

Nicht ein einziger Mann in der kleinen Familie hatte

1 Ägyptischer Schauspieler (geb. 1940). Gilt als einer der bekanntesten Komiker in der arabischen Welt. *(Alle Anmerkungen von der Übersetzerin)*
2 Ägyptischer Schauspieler (geb. 1965).
3 Ägyptischer Schauspieler (1965–2003).

lange durchgehalten. Der Vater starb, als Achmad gerade einmal dreizehn war. Dann starb der Mann seiner Tante mütterlicherseits, der nach dem Tod des Vaters dessen Rolle übernommen hatte. Die Tante, nun allein, weil sie es während ihrer Ehe nicht geschafft hatte, eigene Kinder zu bekommen, klammerte sich an ihn und ihre Schwester. So kam es, dass Achmad von Mutter und Tante wie der Hahn im Korb gepäppelt und gehätschelt wurde. Onkel hatte er nicht, die Grossväter waren bereits vor seiner Geburt gestorben. »Würden die Frauen regieren«, fand Achmad, »dann wäre die Welt ein viel schönerer Ort zum Leben. Aber nur«, schob er lachend nach, »wenn sie nicht so geartet sind wie Condoleezza Rice!«

Achmad bestand das Examen mit dem besten Prädikat und machte sich beherzt daran, seinen Traum zu verwirklichen. Doch ihm war nicht bewusst, dass er nach seinem Abschluss vom Studentendasein in die Welt der Erwachsenen katapultiert würde. Dass er vom Studenten, der sich hauptsächlich mit Lernen, Träumen und Lieben befasst hatte, zum mündigen Bürger würde und als solcher die Logarithmen des Lebens zu bilden hätte. Dass er sich also mit dem verfilzten Zopf der Gesellschaft aus störrischem ägyptisch-afrikanischem Kraushaar würde auseinandersetzen müssen, was nur mit Tricks, Bestechung und Betrug zu bewältigen war. Doch mit jedem Hieb, den ihm Kairo versetzte, verlor er ein Stück seiner Naivität, die er – ebenso wie seine bezaubernden Augen – zweifellos von seiner Mutter geerbt hatte. Eines Morgens, vom Ruf zum Sonnenaufgangsgebet geweckt, stand er auf und ging in die Moschee direkt nebenan. Plötzlich stellte er fest, dass seine

Blauäugigkeit verschwunden war. Einfach von ihm abgefallen, als er schlaftrunken aus der kaputten Haustür trat. Das Hymen der Kindheit nun für immer los, stolperte er in eine unbekannte Welt. Eine Welt, die entdeckt werden wollte und geradezu danach verlangte, dass er den Horizont seiner Sinne erweiterte. Um 5 Uhr 57 auf der Matte neben dem rechten Eckpfeiler kniend, begriff er, dass er zur Verwirklichung seines Traums 70 000 Pfund Bestechungsgeld brauchte. Wie Schuppen fiel es ihm von den Augen. Plötzlich sah er, was er in all den Jahren als Student trotz der Hinweise sämtlicher Freunde nicht hatte sehen können. Die Wahrheit überkam ihn wie eine Offenbarung. Nachdem sein Gehirn vom Strudel der Wirklichkeit durchgerüttelt worden war, erkannte er klar und deutlich die heilige, das Leben entschlüsselnde Wahrheit: »Das Tor der Staatsanwaltschaft ist dir, kleiner Mann, verschlossen. Du hast weder genug Speck auf den Rippen noch Vitamin B im Rücken. Also lern beizeiten, nur so weit zu träumen, wie deine Decke reicht.«

Nach dem Morgengebet ging er heim. Zum ersten Mal sank er in einen tiefen, ruhigen Schlaf ohne die schönen Träume vom Erfolg, die ihm das Leben bloss schwergemacht hatten.

Nachdem wir alles Mögliche getan, neu überlegt und wieder probiert haben, sehen wir, die junge Generation, nur einen Ausweg: das Land zu verlassen. Hier sind wir verloren. Verloren im Durcheinander. Verloren in Chaos und Korruption. Nicht den kleinsten Schritt geht es voran. Wir sehen kein Licht am Ende des Tunnels. Hier tun wir nur eines: ein Euter aus unverwüst-

lichem Granit zu melken. Gleichzeitig dürfen wir zusehen, wie die Menschen draussen leben. Tagsüber Arbeit. Abends und am Wochenende geniessen sie ihre Freizeit. Der Alltag ist bestimmt auch hart. Aber wenigstens haben die Leute Freude, Geld und ihren Freiraum. Das Leben hier in Ägypten sieht dagegen so aus: keine Arbeit, kein Geld, keine Ferien, keine Freiräume. Nichts von all dem. Durch Satellitenschüsseln und das Internet werden wir vollgepumpt mit Bildern vom schönen Leben draussen. Wir wollen auch so leben. Wir wollen die Decke durchbrechen, die uns auf den Kopf fällt, die jede Bewegung, jeden Atemzug erstickt. Dort gibt es Luft, Jungen, Mädchen, Liebe, Freiheit. Selbst das spirituelle Leben dort ist echter als bei uns. Bei all dem, was wir tagtäglich erleben, verkommen unsere Sitten und Gebräuche. Ich will ja nichts sagen, aber was ist denn aus uns geworden? Aussen hui und innen pfui. Ich als Ägypter, der sein Land und das Umfeld liebt, in dem er aufgewachsen ist, sehe, dass ich gehen muss, um meinem Land einen Dienst zu erweisen. Ägypten will mich im Grunde doch gar nicht. Es ist nicht imstande, mir einen Platz zu bieten. Ich habe das Gefühl, ihm zur Last zu fallen. Es gibt nicht genug Arbeit für uns. »Ihr seid einfach zu viele geworden. Wir wissen nicht mehr, wohin mit euch«, lässt die Regierung bei jeder Gelegenheit verlauten. Schau dir nur die Plakate überall auf den Strassen an. »Handeln wir bedacht, und wir alle werden satt«, steht da geschrieben. Ist ja klar, dass die Leute den Spruch gleich umgewandelt haben in »Handeln wir bedacht, und hauen wir alle ab«.

Wenn ich ins Ausland gehe und dort ein gutes Leben habe, dann werde ich bestimmt einer von ihnen. Schliesslich ist das ja dann mein neues Leben. Das Land, in dem ich mich niederlasse, wird zu meinem Land. Aber eines gibt mir zu denken: Angenommen, ich gehe jetzt irgendwohin und bleibe dort eine Weile, werde *ich dann je nach Ägypten zurückkommen? Diese Frage lässt mir keine Ruhe. Nehmen wir also einmal an, ich setzte dort Kinder in die Welt, würde ich meine Kinder herbringen und hier auf die Schule schicken? Ganz sicher nicht! Bestimmt käme ich zu Besuch nach Ägypten, mehr aber auch nicht.*

Achmad erwachte erst am Abend wieder. Mutter und Tante hatten tagsüber mehrmals in sein Zimmer geschaut und gesehen, dass er, gleichmässig atmend und die Gesichtsmuskeln völlig entspannt, tief und fest schlief. Beide hatten ihm jedes Mal kurz über die Stirn gestrichen, und die Mutter hatte mit einem parfümierten rosa Taschentuch den Schweiss abgetupft, der ihm auf der Haut stand. Die Zeiger seiner Armbanduhr misstrauisch beäugend, ging Achmad ins Wohnzimmer. Die beiden Frauen sassen einander zugewandt auf dem Sofa, vertieft in die Karten, die sie zwischen sich ausgebreitet hatten. »Wird der Wind Gutes oder Schlechtes bringen? Wird das Unglück, als Glück getarnt, über uns kommen? Oder wird sich das Schicksal diesmal gnädig zeigen?«

Als Achmad ins Zimmer trat, lasen die beiden gerade seine Karten. Die Tante schaute ihn an. »Endlich, Junge! Wir haben uns schon gefragt, ob du der Vollmond bist und dich deshalb so rarmachst. Du hast aber lange geschlafen. Es ist schon neunzehn Uhr.« Er setzte sich zu ihnen und starrte auf den Bildschirm. Auf einem der vielen Satellitensender lief eine amerikanische Serie. Die Mutter stand auf, um ihm Frühstück, Mittagessen und Abendbrot zu bereiten. Das sei nicht nötig, wehrte er ab, er gehe gleich aus. Er sei um acht mit seinem Freund Jâssir von nebenan verabredet.

Ihr Stammlokal war das Café im Nachbarhaus. Jâssir wartete schon auf ihn, die Dominosteine vor sich auf dem Tisch. In diesem Spiel war Jâssir unschlagbar. Er war ein Mathematikgenie und hatte Elektrotechnik studiert. Genutzt hatte ihm das Studium aber nur in einer Hinsicht: Jâssir wusste immer, welche Steine sein Gegner hatte und welche Augenzahlen die verdeckt liegenden Steine bargen. Es war, als trüge er jene Brille, von der alle Jugendlichen in Ägypten träumten. Die Brille, mit der man Frauen durch die Kleider hindurch bis auf die nackte Haut sehen konnte. An diesem Tag aber liess er Achmad haushoch gewinnen, aus Freude darüber, dass seinem Freund endlich die Augen aufgegangen waren. Denn lange hatte er sie ihm zu öffnen versucht, schliesslich aber erkannt, dass er wie ein Blinder selbständig dem Licht entgegengehen muss, bis er irgendwann die hässliche Wahrheit so klar und deutlich sieht wie den Vollmond in der Wüste.

Am Tag, der seiner plötzlichen Erleuchtung folgte, legte Achmad seine Träume sorgsam in den Abfalleimer und bemühte sich um Arbeit in einer Anwaltskanzlei. Nach zwei Monaten Suche stellte er fest, dass es in Ägypten mehr examinierte Juristen als weltweit Verbrecher gab, und fand schliesslich Arbeit in einem Café. Dessen Inhaber brauchte einen vertrauenswürdigen Menschen, der in seiner Abwesenheit die Frühschicht an der Kasse übernahm. Achmad willigte sofort ein. Nach wenigen Tagen aber wurde ihm klar, dass die 300 Pfund Lohn auf der Busfahrt von seiner Wohnung in der Nâhiastrasse zur Arbeit im Viertel Madinat Nasr wie wilde Tauben auf und davon flatterten. Doch dann kam ein Geschenk des Himmels.

Zu guter Letzt trafen Herr Guma Abdalsalâm und ich die Vereinbarung, dass ich bei ihm praktische Erfahrungen sammle. Herr Guma ist ein wirklich grossartiger Mann und ein Rechtsanwalt, von dem man viel lernen kann. Am grossartigsten aber empfand ich, ehrlich gesagt, vor allem die Tatsache, dass die Kanzlei nicht allzu weit weg von zu Hause war, denn mein Monatsgehalt von 150 Pfund ging allein schon für die Fahrt zum Gericht drauf. Und hätte ich obendrein noch für den Weg ins Büro bezahlen müssen, wäre die Grenze eindeutig überschritten gewesen. Das hätte meiner Mutter gerade noch gefehlt, sie wetterte ohnehin schon über die Zustände. »Nicht zu fassen, das ist doch das Allerletzte!«, fluchte sie ständig. Mutter war ihr Leben lang eine Optimistin gewesen. Ich hatte gehofft, mich nach dem Uniabschluss an den Kosten zu Hause beteiligen zu können. Inzwischen hoffe ich nur noch, meiner Mutter etwas weniger auf der Tasche liegen zu müssen. Es als Anwalt zu versuchen hat mich schwere Überzeugungsarbeit gekostet. Nachdem mich Gott von der Sache mit der Staatsanwaltschaft geheilt hatte, versuchte ich unermüdlich, mir diesen Beruf schmackhaft zu machen. Jeden Morgen beim Rasieren sang ich mir vorm Spiegel die Anwaltshymne vor: »Anwalt zu sein, mein Herr, ist eine wunderbare Sache. Als Anwalt verteidigst du die Unterdrückten in einer ungerechten Gesellschaft. Du sorgst dafür, dass die, die im Recht sind, zu ihrem Recht kommen. Wer auf der Welt kann mir etwas nennen, das bedeutender wäre als das?«

Nur wenige Monate später erklärte ihm die Welt unmissverständlich, was bedeutender ist als die Arbeit in der Anwaltskanzlei. Der blonde Mieter zog aus ihrer Wohnung in Samâlik aus, sie fanden keinen Nachmieter, und die bescheidenen Ersparnisse in der Schublade des kleinen Frisiertisches im Zimmer seiner Mutter begannen angesichts der Höllenhitze langsam, aber sicher zu verdunsten. Die Wohnung in Samâlik war das Einzige, was Achmad von seinem Vater geerbt hatte, und bisher die Existenzgrundlage der Familie gewesen. Nach dem Tod des Vaters hatte sich Umm Achmad Papier und Stift genommen und errechnet, dass die Witwenrente ihr kein würdiges, ja nicht einmal ein unwürdiges Leben bescheren würde. Ihre Schwägerinnen konnte sie, davon war sie überzeugt, nicht um Hilfe bitten, denn sie hatten sich strikt dagegen ausgesprochen, dass ihr Bruder eine Frau vom Land heiratete. Also fasste Umm Achmad schweren Herzens einen Entschluss. Sie vermietete die Wohnung für einen ansehnlichen Betrag an einen spanischen Journalisten und zog mit ihrem Sohn in eine Mietwohnung im Viertel Bulâk al-Dakrûr, wo sie aufgewachsen war und mit ihrem inzwischen verstorbenen Vater gelebt hatte. Sie meldete Achmad vom Privatgymnasium in Samâlik ab und an der staatlichen Schule in der Nähe ihres neuen Heims an. Die Veränderung war hart für den Jungen, für die Familie aber eine geniale Lösung, denn die Miete für die Wohnung in Samâlik stieg jährlich zu einem Prozentsatz, der teils sogar über der Inflationsrate lag. Auf diese Weise gelang es Umm Achmad, das Schiff des Lebens sicher durch ruhige, warme Gewässer zu steuern. Zweifellos kam es hin und wieder zu stärkerem Wellengang, der das Schiff zwar ins Wanken, nicht aber zum Kentern brachte. Nun jedoch stand die Wohnung über einen Monat leer. Besonnen und vorausschauend, wie sie war, hatte die Mutter glücklicherweise ein kleines Polster angespart, mit dem sie in diesen schwierigen Zeiten über die Runden kam. Die

Turbulenzen legten sich, als ein alter ägyptophiler Schwede die Wohnung für unbegrenzte Zeit anmietete. Allerdings verschlang der irrsinnige Preisanstieg der letzten Jahre mit teuflischem Maul alle Einnahmen aus der Wohnung. Dem blonden Herrn weitere Mieterhöhungen zuzumuten, traute sie sich nicht. Und als dann noch Achmad fragte, ob es eine Möglichkeit gebe, die 70 000 Pfund aufzutreiben, um sich in die Staatsanwaltschaft einzukaufen, spielte sie kurz mit dem Gedanken, das Huhn, das goldene Eier legt, zu schlachten. Besonnen wie immer, entschied sie jedoch, dass ein Verkauf der Wohnung ein kurzsichtiger, ja geradezu selbstmörderischer Schritt wäre. Welche Garantie hätte sie, dass der Betrag Achmad tatsächlich, wie er behauptete, Zugang zur Staatsanwaltschaft verschaffte?

Dann folgte der Moment, in dem ihnen das Glück ganz und gar den Rücken kehrte.

Ein Unglück kommt selten allein. Da helfen auch keine aufmunternden Worte mehr. Und die Hymne »Anwalt zu sein ist eine wunderbare Sache«, die ich mir täglich vor und nach dem Frühstück vorbetete, zog erst recht nicht.

Ich konnte das nicht. Um meine Arbeit zu machen, musste ich dauernd gegen mein Gewissen handeln und alles, was ich bei den Juristen an der Uni gelernt hatte, über Bord werfen. Dieser Beruf widerspricht sämtlichen Prinzipien meiner Erziehung und Lebensführung sowohl im Hinblick auf die Zustände im Gericht als auch in der Staatsanwaltschaft. Im Grunde könnte man gleich Mörder die Arbeit der Anwälte erledigen lassen. So weit ist es doch schon! Eines Tages bekam ich ein Problem mit Herrn Guma. Er gewann einen Prozess. Das heisst, wir mussten dafür sorgen, dass das Ur-

teil vollstreckt wird. Er schickte mich los, um den Gerichtsvollzieher und die Polizei hinzuzuziehen. Als ich beim Gerichtsvollzieher anklopfte, sagte er, ich solle am nächsten Tag wiederkommen. Und so ging es von einem Tag auf den nächsten. Ich war ratlos. Schliesslich fragte mich der Anwalt gereizt, wie viel ich mit ihnen ausgehandelt hätte. Ein Anwalt muss also die Beamten bestechen, damit sie überhaupt ein Urteil vollstrecken! Die Höhe des Betrags hängt vom Einzelfall und vom eigenen Geschick ab. Jedenfalls sagte ich, dass ich nicht verhandeln könne und der Mann völlig unzugänglich sei. Darauf verlor mein Chef die Beherrschung. »Sie sind zu nichts zu gebrauchen«, brüllte er und schickte einen anderen Anwalt los. Der erledigte alles im Handumdrehen. In der Woche drauf musste ich eine Wohnungsräumung in die Wege leiten. Ein kleines Appartement im Viertel Malik Faissal, der Eigentümer war ein armer Schlucker. Ich handelte die Vollstreckungsbeamten mit Hängen und Würgen auf 3000 Pfund herunter. Herr Guma hielt den Betrag dennoch für überhöht. Für solch eine Wohnung wären, wie er fand, 1500 Pfund vollkommen ausreichend gewesen. »Um ehrlich zu sein, Achmad«, sagte er dann, »ich kann nichts für Sie tun. Ich denke, Sie sollten sich nach einem anderen Anwalt umsehen. Ich kann gern bei Hussain Kûra ein gutes Wort für Sie einlegen.«

Ich ging. Mir war hundeelend zumute.

»Mit dem Gefühl, ein tausendjähriger Greis zu sein, verliess ich Herrn Gumas Kanzlei in der Sudanstrasse«, berichtete mir Achmad. »Endlich auf der Strasse angelangt, atmete ich konzentriertes Kohlendioxid ein und fing an zu husten. Ich bekam nicht genug Sauerstoff in die Brust, um mich auch nur einen Schritt von der Stelle bewegen zu können. Also hockte ich mich auf den Bordstein.«

18

Wie immer um sieben Uhr abends glich die Strasse einem Wartesaal in der Hölle. Es wimmelte nur so von Asphaltteufeln. Hausmeister und Makler, die sich teils mit Wasserpfeife auf dem Gehweg platziert hatten, spielten die Empfangsdame im staatlichen Höllenbüro, umgeben von ohrenbetäubendem Lärm. Schreie, deren Quelle unmöglich zu orten war. Busse, die Mikrobusse verhöhnten. Mikrobusse, die auf Autos spuckten. Ein Dschungel von Blech, Metall und Zement. Das Überleben war nur dem Grössten, Rücksichtslosesten und Kriminellsten vergönnt. Der Abzweig nach Bulâk al-Dakrûr war nur hundert Meter von dem länglichen weissen Kalkstein entfernt, auf dem Achmads Gesäss ruhte. Weil er aber schlagartig dermassen gealtert war, fühlte er sich unfähig, die Strecke zu bewältigen. Kindergekreische, Autohupen, brüllende Fahrer, Motorengeheul und das Geknatter Kohlendioxid ausstossender Auspuffe donnerten Achmad ans Trommelfell, zerfetzten es regelrecht. Unter höchster Anstrengung schottete er seine Sinne ab, sperrte sie hinter Schloss und Riegel. So wie ein Adler die Flügel zusammenfaltet, legte er die Ohren an. Er hörte nichts mehr, nur noch das Röcheln seiner Lunge beim Ein- und Ausatmen der verpesteten Luft. Die Augen geschlossen, richtete er den Blick besonnen nach innen. Ihm fiel eine Szene aus einem Karatefilm ein. Der Held hatte ebenfalls die Sinne abgeschottet, um sich voll und ganz auf den nächsten Schlag zu konzentrieren. Achmads Problem war allerdings, dass er nicht wusste, gegen wen er ihn hätte führen sollen und ob er in dem Alter überhaupt noch in der Lage wäre, einen Schlag auszuteilen.

Meine Mutter ist grossartig, der grossartigste Mensch auf der Welt. Sie baute mich wieder auf, gab mir Kraft und liess mich Hoffnung schöpfen. An dem Abend war ich schon um acht Uhr heimgekommen. Sonst kam ich frühestens um zehn. Die Füsse über den Boden schleifend, als wiege jeder Schuh hundert Tonnen, schleppte ich mich durch die Tür. Mutter sah mich an, und ich hatte das Gefühl, dass sie im Nu mein Innerstes erfasste. Sie braucht mir nur einen Blick zuzuwerfen, und schon weiss sie Bescheid. Keine Ahnung, wie das geht.

»Mach dir nichts draus, mein Junge. Was Gott dir beschert, ist zu deinem Besten«, sagte sie mit liebevoller Stimme, legte die Hand auf meine Stirn und küsste mich. »Die Welt dreht sich wie ein Wasserrad. Du weisst nicht, was dich in der nächsten Runde erwartet. Das Wasserrad, mein Junge, schöpft immerzu Wasser, nichts anderes. Wasser ist eine Wohltat. Und das bisschen Schlamm, der sich ins Wasser mischt, werde ich dir von der Seele waschen.«

Später am Abend schauten wir uns im Fernsehen den Film Si Omar[4] *an. Mutter liebte den Schauspieler Nagîb Rihâni. »Siehst du«, sagte sie, als der Film vorbei war, »am Schluss hat sich alles wieder zum Guten gewendet.«*

Eine ganze Woche bewegte ich mich nicht aus dem Haus. Die Zeit mit Mutter war wunderbar, ich fühlte mich so geborgen. Danach ging ich auf Arbeitssuche. Einen Monat lang suchte ich, und am Ende beschloss ich, mich von Hâgar zu trennen. Ich hatte triftige Gründe.

Hâgar war seine erste und letzte Liebe. Die Liebesgeschichte des Jahrhunderts, wie die Kommilitonen sagten. Er sah ihre grossen Augen am 1. Januar 2000 um 11 Uhr 59 Minu-

4 Ägyptischer Film von 1941.

ten und 59 Sekunden. Als ihre Blicke sich trafen, schlug die Uhr zwölf und läutete damit die dreizehnte Stunde des neuen Jahrhunderts und den Beginn ihrer feurigen Liebe ein. Zur Feier seines achtzehnten Geburtstags verschlang Achmad zusammen mit seinen neuen Freunden in der Cafeteria gerade Unmengen von Lebersandwiches mit Peperoni, als eine Schar junger Studentinnen hereinspazierte. Erst seit ein paar Monaten an der Universität, erkundeten sie auf ihrem Rundgang Gelände und Studenten. Hâgar war weder die Schönste noch die Grösste, noch die Kleinste. Sie war nicht einmal die, die am nächsten an ihm vorbeischlenderte. Trotzdem sah Achmad in diesem Moment und auch danach nur sie. Er dagegen war der bestaussehende Student. Sein Gesichtsausdruck zeugte von Grösse, ganz ohne sein Zutun. Seine Erscheinung musste er von Königen geerbt haben, die vor längst vergangenen Zeiten über ferne Länder herrschten. Deshalb hatten alle Studentinnen nur Augen für ihn und beneideten Hâgar für den Rest der Studienzeit um ihr Glück.

Um zwölf Uhr und zwei Sekunden lächelte Achmad Hâgar übers ganze Gesicht an und brachte damit ihren Kreislauf aus dem Takt. Ihr Herz pumpte doppelt so viel Blut in die rechte Wange und das linke Ohr wie sonst. Dadurch gelangte offenbar zu wenig Blut in die Beine. Ihr linkes Knie geriet ins Zittern, und sie strauchelte. Achmad hatte nur gelächelt, nichts weiter. Alles Weitere übernahm Hâgar. So begann die Liebesgeschichte des Jahrhunderts und währte, unter dem besonderen Schutz des Gottes Eros und trotz so manchem von Himeros eingefädelten Geplänkel, mehrere Jahre. Achmad strahlte innere Ruhe und Gelassenheit aus.

Hâgar dagegen war ausser sich vor Glück, denn sie war von dem tiefen Gefühl erfüllt, dass Gott ihr, der Bauerntochter aus dem Nilschlamm, den Prinz der Prinzen beschert hat. Nach dem Universitätsabschluss machte Hâgar zu Hause ihren Standpunkt messerscharf klar. Sie werde, verkündete sie ihren Eltern, geduldig warten, bis die Umstände es Achmad erlaubten, um ihre Hand anzuhalten, und sollte es so lange dauern, wie der unglückliche Geist in der Flasche sass, bis er von Aladin befreit wurde. Ihre Eltern begriffen, dass in dieser Sache nicht mit ihr zu spassen war. Als der Vater sie einmal auf einige Details, wie Wohnung, Brautgeld und Brautschmuck, ansprach, sagte sie mit der ihr üblichen Entschiedenheit, dass Achmad nur den kleinen Finger zu rühren brauche, damit sie ihm das Jawort gebe. Ausserdem erklärte sie ihrem Vater unmissverständlich, dass er sich in Acht nehmen müsse, denn sie sei imstande, die Beziehung zu jedem abzubrechen, der sich zwischen sie und Achmad stelle.

Der Entschluss, mich von Hâgar zu trennen, fiel mir nicht leicht. Glaub ja nicht, dass unsere Beziehung, wie so viele an der Uni, bloss auf die Dauer der Studienzeit angelegt war. Keineswegs. Und glaub auch nicht, dass es uns um Sex ging. Was uns verbindet, sind die Engel, nicht die Teufel. Hâgar fliesst durch meine Adern wie Blut. Sie und meine Mutter oder vielmehr meine Mutter und sie. Was ich sagen will, ist, dass die beiden für mich Heimat, Erde und Himmel sind. Aber was soll ich machen? Ich sehe keinen anderen Ausweg.

Nach dem Examen hoffte ich, Staatsanwalt zu werden. Dann setzte ich meine Hoffnung in die Anwaltsrobe. Das waren alles ernsthafte Bemühungen, mir die Sache mit dem Ausland aus dem Kopf zu schlagen. Mutter auf der einen und Hâgar auf der anderen Seite redeten auf mich ein. Ich solle es hier versuchen, beknieten sie mich. Na gut, dachte ich, dann klammere ich mich eben an den berühmten Strohhalm. Aber selbst Strohhalme sind heutzutage rar. Alle Wege, die ich ging, führten zu ein und demselben Ergebnis: Ägypten so schnell wie möglich zu verlassen.

Hâgar weiss, wie die Dinge stehen, und war damit einverstanden, dass ich zuerst gehe und sie später nachkommt. Schliesslich reden meine Freunde und ich seit Jahren von nichts anderem. Wir kennen alle Wege und Möglichkeiten, aus dem Land zu kommen. Jeden Plan, der aufging, haben wir genau studiert. Aber alles hat seinen Preis. Am billigsten geht es per Internet. Diesen Monat bin ich jeden Abend im Cybercafé nebenan gewesen. Das ist ein schlauchartiger Laden, in dem rechts und links ungefähr zehn Computer mit Internetanschluss aufgestellt sind. Und tatsächlich lernte ich eines Abends beim Chatten eine Amerikanerin kennen. In derselben Nacht beschloss ich, mich von Hâgar zu trennen, denn ich kann es mit meinem Gewissen nicht vereinbaren, sie auch nur einen Moment zu betrügen. Sie zu betrügen hiesse, meine Seele zu betrügen.

Am 1. Januar 2000 um 11 Uhr 55 betrat Achmad sein Büro im Ministerium und wollte ungestört sein. Augenblicklich gingen alle Anwesenden aus dem Raum und liessen ihn allein. Selbstverständlich handelte es sich bei diesem Herrn nicht um unseren Achmad, sondern um Doktor Achmad Nasîf, den Minister für Kommunikation und Informationstechnologie. Um 11 Uhr 59 Minuten und 58 Sekunden verscheuchte er eine Fliege, die sich auf seinem Brillenglas niedergelassen hatte, und schaute aus dem Fenster zum goldenen Horizont. Und Punkt zwölf kam ihm wie eine höhere Eingebung die Idee zu den Cybercafés, und ein zufriedenes Lächeln zeigte sich auf seinem Gesicht. Und in dem Moment, in dem Hâgar strauchelte, weil ihr linkes Knie leicht ins Zittern geriet, schoss ihm ein weiterer Gedanke durch den Kopf. Er wollte das Gespräch mit den Studenten der Universität Kairo suchen, um sie an seinem Traum teilhaben zu lassen.

Am Montag, dem 17. Januar 2000, besuchte Doktor Achmad Nasîf die Universität und verkündete im Rahmen seiner Rede anlässlich der Feierlichkeiten unter dem Motto »Ägypten und das neue Jahrtausend« vor Achmad, Hâgar und vielen anderen jungen Studenten, dass im Februar ein umfassendes Fortbildungsprogramm in Informationstechnologie für Universitätsabsolventen starte. Ausserdem plane das Ministerium, Projekte zur Förderung der jungen Menschen ins Leben zu rufen, zum Beispiel durch die Erstellung einer Datenbank zur Erfassung der Arbeitslosigkeit in Ägypten. Ferner solle Arbeitswilligen die Jobsuche durch die Installation eines Informationsnetzwerkes erleichtert werden, das landesweit alle ausgeschriebenen Stellen im öffentlichen Dienst wie auch im privaten Sektor verzeichnen werde.

Doktor Achmad Nasîf verliess die Universität, beseelt von einem Gedanken: Die Einrichtung von Cybercafés im ganzen Land, ausgestattet mit Rechnern und schnellen Internetverbindungen, benutzbar gegen ein symbolisches Entgelt, würde dem ägyptischen Volk den Eintritt ins Informationszeitalter ermöglichen. Zweifellos würde das neue

Arbeitsperspektiven eröffnen, vor allem auf dem Gebiet des Exports, denn endlich hätte der ägyptische Produzent Zugang zu neuen, internationalen Märkten.

Am 2. November 2000 eröffnete der Premierminister, Doktor Atif Abaid, das Cybercafé in Gisa. Auf dieser Mission begleiteten ihn Doktor Nasîf, der Forschungs- und Hochschulminister Doktor Mufîd Schihâb, Bildungsminister Hussain Kâmil Bahâa al-Dîn sowie der Minister für kommunale Entwicklung, Generalmajor Mustafa Abdalkâdir, der Vorsitzende der Stiftung Generation der Zukunft, Gamâl Mubârak, und nicht zuletzt der Gouverneur von Gisa, Justizrat Machmûd Abulail. Doktor Achmad Nasîf stellte den Plan des Ministeriums vor und versicherte, dass die erste Phase dieses Projekts zur Entwicklung der Medien- und Informationstechnologie eingeläutet worden sei. In sechs Gouvernements – Kairo, Gisa, al-Minja, Bani Suwaif, al-Gharbîja und Alexandria – seien insgesamt bereits dreiunddreissig Cybercafés eingerichtet worden.

Als ich das erste Mal von diesen Internetklubs hörte, war ich ganz frisch an der Uni. Alle redeten von einem Studenten, der zwei Jahrgänge über mir war. Er soll so lange vor dem Computer gehockt haben, bis er beim Chatten eine Deutsche kennenlernte, die ihm eine Einladung schickte. Mit viel Glück und Gottes Segen schaffte er es tatsächlich nach Deutschland. Bis zum Examen fehlten ihm nur noch drei Monate. Daher zog das deutsche Konsulat nicht die Möglichkeit in Betracht, dass er das Studium einfach schmeissen könnte. Er bekam ein Visum für zwei Wochen, die ihm vorkamen wie zwei Jahrhunderte. Langer Rede kurzer Sinn, jedenfalls ist er bis heute noch drüben. Von so etwas haben wir alle geträumt. Wenn andere es schaffen, sagten wir uns, dann gelingt es auch uns früher oder später. Wir müssen uns nur in die Warteschlange stellen. Das erste Mal, dass ich selbst in solch ein Cybercafé ging, war im darauffolgenden Sommer zusammen mit Salâch und Peter, meinen Freunden am Institut. Dort erfuhren wir von weiteren Glückspilzen, die mit Hilfe des Internets den Absprung ins Ausland geschafft hatten. Der Letzte war Ibrahîm. Er war in meinem Jahrgang, ich kenne ihn gut, erst sechs Monate ist es her, dass er wegging.

Ibrahîm reiste mit einem Touristenvisum zusammen mit seiner Tante nach England. Sie lebte seit ungefähr einem Vierteljahrhundert dort und besass die britische Staatsbürgerschaft. Das Visum hatten sie und ihr Mann mit nie gekanntem Einsatz förmlich dem Löwen aus dem Maul gerissen. Ibrahîm wohnte bei ihr in Hook, einer kleinen Stadt in Hampshire, ungefähr eine Stunde Zugfahrt von London entfernt. Er stellte sich vor, dass Captain Hook aus diesem Ort stammte und dass er selbst auch eine von J. M. Barries Figuren sei. Er kam sich vor wie ein Pirat, der nach Hook gekommen war, um sich alles Vermögen und Gold der Stadt unter den Nagel zu reissen. Es versteht sich von selbst, dass er nicht vorhatte, jemals nach Ägypten zurückzukehren. Zwei Tage nach seiner Ankunft fand er bei einem alten Engländer Arbeit auf dessen Farm. Doch der Wind weht nicht immer günstig für die Piratenschiffe. Sein Vater starb unerwartet, und Ibrahîm musste heimfliegen, denn als einziger Sohn hatte er so manche heilige Pflicht zu erfüllen. Über die Rückkehr nach England machte er sich keine Gedanken. Er dachte, das ginge problemlos. Doch wie ein arabisches Sprichwort sagt: »Den Hammâm zu verlassen ist einfacher, als wieder hineinzukommen.« Er erhielt kein neues Touristenvisum, da er das erste heillos überzogen hatte. Also blieb ihm als Fenster zur Welt nur das Internet. Er richtete sich mit Vollpension vor dem Bildschirm ein und chattete mit etlichen Frauen, von denen sich aber keine für die gewünschte Rolle eignete. Nach sechs Monaten lernte er schliesslich eine Frau aus Hook kennen, ungefähr zwanzig Jahre älter als er. Nach weiteren sechs Monaten hatte er sie überredet, auf seine Kosten nach Kairo zu kommen und ihn zu heiraten. Und sie kam tatsächlich. Ibrahîm legte sich mächtig ins Zeug, hofierte sie, bettete sie auf Rosen, zeigte sich männlich, zartfühlend und liebevoll. Aber auch der unanfechtbare Ehevertrag nützte nichts. Das britische Konsulat in Kairo verweigerte ihm das Visum. Daraufhin kehrte sie nach Hook zurück und klagte vor Gericht ihr Recht auf ein gemeinsames Leben mit ihrem Ehemann ein. Als der Richter sie sah, war ihm wohl sofort klar, dass sie unmöglich einen anderen Mann würde finden können, und liess Milde walten. Vier Monate nach ihrer Heimkehr wurde der Prozess zu ihren Gunsten entschieden und das Konsulat verpflichtet, Ibrahîm ein Visum auszustellen.

Ein ägyptisches Gericht hätte Ibrahîm auch recht gegeben, allerdings erst im Rentenalter, damit er sich drüben eine Zahnprothese verpassen lassen kann. Als Anwalt weiss ich, wie das läuft. Aber Gott sei Dank war es ein britisches Gericht, und Ibrahîms Pechsträhne hatte ein Ende. Na ja, auch unsereins muss sich überlegen, wie er aus dem Teufelskreis herauskommt. Ich rief Hâgar an und verabredete mich mit ihr im Ormanpark, den ich über alles liebe.

*Jeden Quadratzentimeter der achtundzwanzig Feddan bin ich ab-
gelaufen. Als Zeitpunkt wählte ich den 1. Januar 2005, zwölf
Uhr mittags, also den fünften Jahrestag unseres ersten Blicks. Und
als Treffpunkt bestimmte ich den Ort, an dem wir unsere schönsten
Momente verlebt hatten. In diesem Park hatte sich unsere ganze
Geschichte abgespielt: die erste Liebeserklärung, das erste Händ-
chenhalten, die erste Umarmung, der erste Kuss. Ach, Hâgar, ich
liebe alles an dir, sogar die kleine Narbe unter deinem Kinn! Bevor ich morgens aus dem Haus ging, überlegte ich, ob ich meiner
Mutter sagen sollte, was ich vorhatte. Ich brachte es nicht über
mich. Es war mein Geburtstag, und sie hatte gute Laune. Fröhlich herzte sie mich und redete unablässig von der Torte, die sie
backen wollte. Also steckte ich den Kopf lieber in eine Zeitung und
stiess dabei auf eine seltsame Meldung: Der Tsunami habe in Sri
Lanka Tausende Menschenleben gefordert. Aber es gebe keine Spur
von toten Tieren. In dem Gebiet mit der grössten Dichte wilder
Tiere seien 22 000 Menschen ums Leben gekommen. Aber nicht
ein einziger Tierkadaver sei gefunden worden. Kein Elefant, keine
Giraffe. »Ich glaube«, so die Vermutung eines Wissenschaftlers,
»dass Tiere Katastrophen erahnen. Sie haben den sechsten Sinn.
Sie merken, wenn etwas im Gange ist.« Gäbe es in Ägypten wilde
Tiere wie in Sri Lanka, dann hätten sie längst allesamt das Weite
gesucht, denn die Katastrophe steht kurz bevor. Was mich wahnsinnig macht, ist die Tatsache, dass sie garantiert ein Visum bekämen, denn die Europäer und Amerikaner mögen Tiere lieber als
menschlichen Abschaum wie uns.*

*Ich verliess das Haus, stieg in einen Mikrobus und hielt den
ganzen Weg zum Ormanpark Ausschau nach einem Hund oder
einer Katze. Bezeichnenderweise gab es keine! Sie haben die Hunde
gehen lassen, und wir müssen bleiben, dachte ich.*

Etwa eine Stunde vor der verabredeten Zeit war ich dort. Ich setzte mich unter den Baum, der samt Zweigen und Blättern die schönsten Momente unserer Liebe miterlebt hatte. Um mir Mut zu machen, schaute ich zum Himmel und bat, er möge mir die Kraft geben, das zu sagen, was ich auf dem Herzen hatte. Nein, was ich im Sinn hatte, meine ich natürlich. Wie aber hätte mir der Himmel beistehen können, wo er doch Zeuge unseres Versprechens war? Der Himmel, so hatten wir uns gelobt, soll Zeuge unseres Glücks sein, denn so könne mein Vater von oben zusehen und sich mitfreuen, wenn ich in die neue Welt eintrat. An jenem Tag hatten wir beschlossen, im Freien Hochzeit zu halten, damit der Himmel unser Zeuge ist. Plötzlich wurde mir klar, dass das vielleicht unsere letzte Begegnung sein würde. Ein Schauder befiel mich. Dann aber schoss mir eine Frage durch den Kopf: Was habe ich Hâgar schon zu bieten? Statt von einer Kraft erfasst zu werden, die Berge versetzt, übermannte mich ein Schwächeanfall. Ich fing an zu weinen. Nein, das war kein Weinen, sondern ein jämmerliches Schluchzen.

So viele Menschen im Ormanpark. Tausend,
    zweitausend sind's, doch ich seh nur die zwei.
Der Wind, der durch den Garten pfeift, hat sie
    verschweisst, vereint.
Er flüstert ihr etwas ins Ohr. Ich lieb dich, sagt er
    bestimmt.
Sie flüstert ihm etwas ins Ohr. Ich lieb dich, sagt sie
    bestimmt.
Aber sie versprechen einander nichts. Die beiden sind zu
    zart, um unehrlich zu sein.
So viele Menschen im Ormanpark. Tausend,
    zweitausend sind's, doch ich seh nur die zwei.

Plötzlich bricht's aus ihm raus. Er bricht in Tränen aus.

Doch die beiden, zerrissen von einem Schmerz grösser als sie selbst, lassen dem Hundevieh das Urteil über sie.

Jetzt weinen sie beide. Sie hören nichts mehr, nur noch das Schluchzen des andren. Und dann, unendlich langsam, als seien sie im Gebet, trennen sich ihre Körper, zerreissen, schreien auf vor Schmerz. Sie ergreifen sich erneut, wieder vereint, entflammen sie. Sie zerreissen aufs Neu. Weinend klammern sich die Augen aneinander. Während sie rückwärtsgehen, vollziehen sie den Abschied. Sie stammeln einige Wörter, bewegen kurz die Hand. Plötzlich flieht er dahin, flieht ohne Blick zurück. Dann schwindet er hinaus, wird vom Leben verschluckt.

Das Leben teilt nie Geschenke aus! Sie steht da wie erstarrt: ein blutendes Herz, ein geöffneter Mund. Sie kennt jetzt ihren Tod. Ohne Wort, ohne Schrei. Sie kennt jetzt ihren Tod.

Sie fällt, ihre Hand berührt den Boden, tausend Jahre ist sie alt. Sie steht im Finstren am helllichten Mittag. Sie dreht sich um sich selbst, weiss, sie wird sich immer drehen. Denn heute hat sie nicht ihren Liebsten, sondern die Liebe verloren. Sie ist wieder wehrlos, so käuflich wie ein Los. Ich sehe sie von hier, doch ich kann nichts für sie tun. Ich lasse sie ziehen, dass sie von der Menschenmenge verschlungen wird.[5]

5 Frei nach Jacques Brels Lied *Orly* von 1977. Deutsche Übersetzung in Anlehnung an Dieter Kaiser.

Achmad hatte nicht die leiseste Ahnung, wie er vom Park in sein Bett gekommen war. Er versuchte, sich zu erinnern, an einen Moment, ein Bild, eine Szene, doch in ihm herrschte völlige Finsternis. Er wusste nicht, ob er zu Fuss gegangen war, ein Taxi genommen hatte oder sich von den Flügeln des wütenden Riesenvogels Roch hatte tragen lassen. Unvermittelt hatte er sich im Bett wiedergefunden. Den Kopf unter das Kissen vergraben, wollte er nicht mehr atmen. Als ein dünner Lichtstrahl in seine rechte Pupille einzudringen versuchte, kniff er das Auge umso fester zu. Er wollte nichts als Dunkelheit spüren, wünschte sich, sie möge ihn von nun an bis ins Grab begleiten. Irgendwann aber musste er wohl oder übel etwas Luft in die Lunge lassen. Nach langem Widerstreben hob Achmad den Kopf aus der Versenkung und öffnete die Augen. Er tat einen tiefen Atemzug, sog den Sauerstoff von ganz Kairo ein. Sein Blick wanderte durch das Zimmer. Überall dicke, schwere Rechtshandbücher, an allen Seiten zu Türmen gestapelt, so dass die Wände unter dem Gewicht zusammenzubrechen drohten.

Er stand auf, öffnete die Schranktür, an deren Innenseite ein länglicher Spiegel angebracht war, und betrachtete sein rechtes Auge. Blutunterlaufen, meldete es starke Schmerzen ans Gehirn. Er scherte sich nicht darum.

Er ging an den alten Rekorder, der wie immer auf seinem geliebten Schreibtisch thronte, legte eine Kassette von Umm Kulthûm ein und lief im Zimmer auf und ab wie ein Löwe in einem trostlosen Zookäfig.

Ich vergesse dich ... nichts als Worte!
Ich vergesse dich ... leere Worte!

Sein Blick fiel in den geöffneten Schrank auf das blaue Hemd, das ihm Hâgar vor zwei Monaten geschenkt hatte. Er sah es mit grossen Augen an. Eilig schloss er die Schranktür, warf sich aufs Bett, atmete tief ein, hielt die Luft an und vergrub den Kopf wieder unter das Kissen.

Bei meinem Entschluss war ich davon ausgegangen, dass ich stark, hart und unerschütterlich wäre. Doch dann stellte sich heraus, dass ich ein Weichei bin und die Liebe zu Hâgar mein Hirn in Mitleidenschaft gezogen hatte. Trotzdem, ich war überzeugt, dass es für uns beide das Beste wäre, denn so würde ich ungehindert auswandern und sie ihrer Wege gehen können. Meine Mutter traute ihren Ohren nicht, als ich es ihr erzählte. Sie war ausser sich. Ich würde von Grund auf alles falsch machen, sagte sie, ich hätte sie zutiefst enttäuscht. Nichts auf der Welt rechtfertige, was ich dem armen Mädchen angetan hätte, das mich von Herzen liebe. Wäre mein Vater noch am Leben, dann hätte er schon gewusst, wie er mich dazu bringe, sie zu heiraten. Im Übrigen, sagte sie zum Schluss, hätte ich es nicht verdient, etwas von meiner Geburtstagstorte abzubekommen. Ich sei ein undankbarer, grausamer Sohn.

Wenige Tage danach rief mich Hâgar an und schlug vor, dass wir alles vergessen sollten, was vorgefallen war, so als sei es nie passiert. Aber ich blieb bei meinem Entschluss.

Jedenfalls hatte ich seither kein schlechtes Gewissen mehr, wenn ich mich mit Elisa im Internet traf. Das war für mich das Wichtigste überhaupt. Ich beschloss, mir so schnell wie möglich irgendeinen Job zu beschaffen und zu arbeiten, bis sich das Blatt wendet und ich mit Elisas Hilfe dieses Land verlasse.

Der Plan, den Achmad, Jâssir, Salâch, Peter und weitere Kommilitonen ausgeheckt hatten, setzte tägliche Anwesenheit im Cybercafé voraus. Als Erstes nahmen sie per *MSN Messenger, Yahoo! Messenger, Skype* oder *AOL Instant Messenger* aufs Geratewohl Kontakt zu irgendeiner Frau auf, die online war. Die beste Zeit hierfür war zwischen zwanzig Uhr und Mitternacht Westeuropäischer beziehungsweise US-amerikanischer Zeit. Die Zielgruppe: reife Frauen zwischen fünfunddreissig und fünfundvierzig, Frauen also, die etwa fünfzehn Jahre älter waren als sie selbst. Was das eigene Alter anging, so gaben sie meist vor, um die dreissig zu sein. Die Frauen sollten vorzugsweise durchschnittlich hübsch bis unansehnlich sein und aus der Mittel- oder Unterschicht stammen. Wesentliche Voraussetzung war, dass sie eine längere, ungefähr ein Jahr zuvor gescheiterte Beziehung gehabt hatten, aus der idealerweise mindestens ein Kind hervorgegangen war, denn das verringerte die Chancen der Frau, einen neuen Mann in ihrem Umfeld kennenzulernen. Im besten Fall wäre sie mittlerweile an dem Punkt angelangt, wo sie jede Hoffnung auf einen festen Sexualpartner aufgegeben hat. All diese Kriterien in einer Kandidatin vereint zu finden schien zunächst schwieriger, als es war. Die Scheidungsrate in Europa liegt bei vierzig bis fünfzig Prozent, und aufgrund schwieriger sozialer Umstände führen viele geschiedene Frauen ein überaus einsames Leben.

Die Vorgehensweisen der jungen Männer, um zu ihrem Ziel zu gelangen, waren recht unterschiedlich. Die einen suchten eine Frau, heiss wie Marilyn Monroe. Sie setzten auf Gefühl, beklagten die mangelnde Leidenschaft in ihrem trostlosen Land und offenbarten ihren Traum von der wahren Liebe zu einer vollendeten Europäerin. Das in etwa war die Masche, mit der sie sich auf dem internationalen Heiratsmarkt versuchten, wobei jeder noch nach eigenem Geschmack variierte. Andere Männer dagegen bevorzugten eine Frau, kalt wie Eis. Sie machten von vornherein klar, dass es ihnen nur um die Möglichkeit gehe, ihre Heimat zu verlassen. Dass sie eine Ehe auf Zeit anstrebten, nur so lange, bis sie die Staatsbürgerschaft erhalten hätten. Damit beide Parteien davon profitierten, boten sie eine Gegenleistung an, die, je nach Wunsch, finanzieller, sexueller oder zwischenmenschlicher Natur sein konnte.

Mein Problem ist, dass ich nicht weiss, wie ich die Moralvorstellungen und Prinzipien, die ich durch meine Erziehung verinnerlicht habe, mit der realen Welt in Einklang bringen soll. Ich gebe mir Mühe, aber es klappt nicht. Inzwischen bin ich so weit, dass ich ohne Skrupel bestechen, lügen und sonst was tun könnte. Aber es gelingt mir nicht. Es ist nicht bloss eine Sache des Wollens, man muss auch zur Niedertracht und Korruption fähig sein. Ekelhaft! Mein Gewissen regiert mich, dagegen komme ich nicht an. Gestern sass einer im Cybercafé neben mir. Er chattete mit einer Frau und fragte mich alle naselang, wie dies und jenes auf Englisch heisst. Alles Mögliche hat er der Frau erzählt. Dass er sie liebe, sie geradezu vergöttere und nicht mehr weiterwisse. Dass er bereit sei, einen Vertrag abzuschliessen, in dem er sich verpflichte, zwei Jahre lang täglich zweimal mit ihr zu schlafen, sie ihn dafür aber heiraten und ihm die deutsche Staatsangehörigkeit verschaffen müsse. Er hat mich, gelinde gesagt, angewidert. Das war zu viel, in meinen Augen ist das Prostitution. Ich dagegen habe Elisa meine Situation klipp und klar geschildert. Nur von Hâgar habe ich nichts gesagt.

Aber abgesehen davon habe ich alles offengelegt. Sie weiss, dass ich mein Land verlassen will, weil es hier keine Arbeit gibt, und dafür hat sie vollstes Verständnis. Die Menschen im Westen, sagte sie, seien der Grund für unsere Rückständigkeit. Sie fühle sich mitverantwortlich für unsere Situation und habe deshalb Schuldgefühle. Der Kolonialismus sei gar nichts gegen das, was die Amerikaner uns heute antäten. Sie konnte es kaum fassen, dass ich als Rechtsanwalt in einer derart ausweglosen Lage stecke. Elisa lebt in New York, bildet Models in einer Modeagentur aus und verdient 900 Dollar in der Woche. Sie ist eine Künstlerin, hat Feingefühl und ist sehr gebildet. Und was noch viel wichtiger ist, sie hat Sinn für Humor.

Als Achmad einen Witz erzählte, den Elisa ihm geschrieben hatte, verzog die Mutter keine Miene. Nichts, was mit den Reiseplänen ihres Sohnes zusammenhing, fand sie komisch. Ganz im Gegenteil, ihr war zum Weinen zumute. Lang und breit setzte er ihr auseinander, warum er auf keinen Fall würde bleiben können. In diesem trostlosen Land gebe es für ihn nichts zu tun. Ihr aber lag es – trotz aller finanziellen Not, die sie litt, und trotz der erfolglosen Versuche ihres Sohnes, Arbeit zu finden – völlig fern, an Auswanderung zu denken. Für sie würde Kairo bis zum Jüngsten Tag Kairo bleiben. Der schönste Fleck auf Erden. Die Heimat, die selbst im Koran Erwähnung gefunden hat. Herzensgute Menschen, Anstand, Lebensgeist, der, voll entfaltet, bis zum Himmel reicht. Ihr Leben lang hat sie inbrünstig die Hymne gesungen: »In deinen Armen, o schönes Land, in deinen Armen! Die Trennung von dir hält keiner lange aus. Wer fortgeht, kehrt schnell wieder zurück in deine Arme.« Triumphe und Niederlagen hatte Achmads Mutter erlebt. Sie hatte an zahllosen Demonstrationen teilgenommen. Dass ihr Sohn sich in seinem ganzen Leben an keiner einzigen beteiligt hatte, konnte sie nicht nachvollziehen. Allerdings fragte sie sich, ob es seit seiner Geburt im Januar 1982 überhaupt je eine wirkliche Demonstration gegeben hatte. Darauf wusste sie keine Antwort. Fausîja hatte 1972 ihr Examen in Psychologie abgelegt. Angefangen hatte sie das Studium kurz nach der Niederlage 1967, als Universität und Studenten in einem permanenten Zustand des Aufruhrs regelrecht brodelten. An die Demonstrationen von 1972 erinnerte sie sich so deutlich, als hätten sie erst gestern stattgefunden. Nach Krieg hatte sie gerufen, ja geschrien, bis die Stimmbänder versagten. Danach hatte sie auf Anordnung des Arztes eine ganze Woche geschwiegen. Was war seither geschehen? In seiner gewohnt angenehmen Art erklärte ihr Achmad, dass er, seit er auf der Welt ist, vom Staat immer nur die eine Botschaft gehört habe: Ägypten sei ein ohnmächtiges Land. Es bestehe nur dank amerikanischer Zuwendungen. Die Amerikaner seien es, die das Land mit Getreide und Geld versorgten. Sie hielten alle Schlüssel in der Hand. »Wir aber haben nichts. Nur geschlossene Türen vor der Nase. Als Kind liebte ich vor allem das Märchen von dem Haus, in dem nur eine einzige Tür verschlossen ist. Alle anderen Räume kann man ungehindert betreten. Dass aber sämtliche Türen geschlossen sind, ist unerträglich. So kann man nicht existieren. Hier im Land gibt es kein politisches, kein wirtschaftliches, kein soziales Leben. Was wir um uns herum sehen, ist nichts als eine Kulisse. Eine Kulisse, in der sich die bösen Geister tummeln. Erinnerst du dich noch an den Film *Die Truman Show,* den wir zusammen auf dem saudi-arabischen Kanal gesehen haben? Jim Carrey spielt darin einen Mann, der ein ganz normales Leben zu führen glaubt. Allmählich aber kommt er und mit ihm der Zuschauer dahinter, dass sein ganzes Leben nur Lug und Trug ist. Alles um ihn herum ist eine Kulisse, die kommerziellen Zwecken dient. Sogar das Meer und die riesigen Wellen sind nicht echt. Genau solch ein Leben führen auch wir. Und die Amerikaner schauen uns dabei amüsiert zu.«

Mutter,
Elisa liebt mich, und ich bin Feuer und Flamme für sie.
Ich werde nächste Woche an ihrem Geburtstag, dem 5. März, mit ihr besprechen, wie sie mir aus dem Land helfen kann.

Achmad klammerte sich an eine vage Hoffnung. Naiv und gutgläubig, wie er war, ignorierte er auch dieses Mal jeden guten Rat. Er hatte sich in Elisa verliebt. Sie war so alt wie er, wunderschön und noch nicht von Verletzungen gebrandmarkt. Er wiederhole sein altes Muster, warnten ihn sämtliche Freunde. Wie einst der Staatsanwaltschaft jage er wieder einer Illusion nach. Bei Elisa sei keines der aufgestellten Kriterien erfüllt. Er müsse sich prostituieren, um aus dem Land zu kommen. Achmad aber wollte auf niemanden hören. Doch die Zeit gab seinen Freunden recht. Der Faden der Hoffnung, den Elisa mit ihren Versprechen gesponnen hatte, war sehr fein und riss unvermittelt. Als sie merkte, dass er sich allzu sehr an sie klammerte, wurde ihr die Sache zu brenzlig, und sie griff zu neuen Mitteln, um ihn loszuwerden: Sie tauchte unter. Eine ganze Woche liess sie nichts von sich hören. Mit den Nerven am Ende, versuchte Achmad, sie anzurufen. Aber auch ihr Telefon war ausgeschaltet. Am achten Tag war sie wieder online. Sein Herz hüpfte vor Freude. Aber nicht sie schrieb von der anderen Seite des Atlantiks, sondern ihre Mutter. Sie sprach Achmad ihr Beileid aus, Elisa sei vor einer Woche, als sie mit Freunden ihren Geburtstag feierte, bei einem Autounfall ums Leben gekommen.

Hâgar Mustafa

Ich wurde am 22. November 1981 in Talâ geboren, und am 1. Januar 2005 um Punkt zwölf starb ich im Ormanpark. Gegenwärtig bin ich tot.

Hâgar kam zehn Minuten zu früh im Ormanpark an, die Wangen gerötet, ihr Gesicht strahlend vor Glück, im Sinn eine drängende Frage: Ob ihm das Mitbringsel wohl gefällt? Lange hatte sie überlegt, was sie ihm zum Geburtstag überreichen könnte. Seit Beginn des Jahrhunderts hatte sie ihm schon alles geschenkt, worüber ein Mann sich freut: einen Schlüsselanhänger, ein Portemonnaie, ein Hemd, einen Gürtel und mit viel Mut sogar einen Pyjama. Immer wenn sie sich auf die Suche nach etwas Passendem machte, wurde ihr bewusst, dass es für Männer kaum Geschenke gibt, für Frauen dagegen welche wie Sand am Meer. Schliesslich war ihr doch eine Idee gekommen. »Heureka!«, hatte sie gerufen, überglücklich wie Archimedes.

Ein goldenes Schächtelchen mit glänzender Schleife in der Handtasche, schritt sie durch das Tor zur Verabredung unter ihrem Baum.

»Da ist ja mein Liebster! Mit seiner Sonne bringt er die Welt zum Erstrahlen!«

Aus heiterem Himmel knipste Achmad seine Sonne aus und liess mich allein im Park sitzen. Ich wollte ihn rufen, ihm wenigstens noch sein Geschenk geben, aber meine Stimme versagte. Schritt um Schritt entfernte er sich, bis er auf einen winzigen Lichtpunkt am Ende der Welt zusammengeschrumpft war. Wie versteinert hockte ich da, spürte regelrecht, wie ich innerlich welkte. Mit jeder Minute alterte ich um ein ganzes Jahr, bis ich neunzig war. Ich versuchte aufzustehen, aber es ging nicht. Wieder und wieder versuchte ich es, vergeblich. Ich hätte einen Arzt gebraucht und zwei Personen, die mich stützen. Nachdem ich eine ganze Ewigkeit tot dagesessen hatte, konnte ich mich irgendwann wieder rühren. Da mich meine Seele nun verlassen hatte, fühlte ich mich leicht. Ich stieg in die Metro, wollte nach Hause fahren, wusste aber nicht mehr, wer ich war.

In all den Jahren hatte Hâgar sich ihre Zukunft nie ohne Achmad vorgestellt. Stets tauchte er an ihrer rechten Seite auf. In jeder flüchtigen Phantasie, jedem Traum, jedem Plan war Achmad ihr Held. Wie es Hâgar jetzt erging, versteht einzig und allein, wer weiss, was Leere bedeutet. Alles klang in ihren Ohren nur noch wie Miauen. Alles erschien ihr fade und weiss. Hâgar hatte sich immer für einen Glückspilz gehalten. Nahm sie an einer Tombola teil, gewann sie garantiert den Hauptpreis. Spielte sie mit ihrem Vater Backgammon, verschworen sich die Würfel zu ihren Gunsten. Und spielte sie Karten mit ihrer kleinen Schwester, dann fielen ihr alle vier Buben und die Karosieben in die Hände. »Der Herzbube ist genug des Guten«, sagte Sainab im Scherz, »die drei anderen kannst du ruhig an mich abtreten.« Den Spruch »Glück im Spiel, Pech in der Liebe« hatte Hâgar nie ernst genommen – bis zum 1. Januar 2005.

Ihr Vater hingegen war überzeugt, dass die Beziehung zu Achmad nur eine Frage der Zeit war. Deshalb suchte er ungeachtet dessen, dass sie bis über beide Ohren verliebt war, einen Mann für sie. Er wusste, dass er nur ein wenig

warten müsste. Und Warten war, seit er sich zur Ruhe gesetzt hatte, ohnehin seine Hauptbeschäftigung.

Doktor Mustafa Hussain war eineinhalb Jahre zuvor aus
dem Berufsleben geschieden. Bis dahin hatte er an der Fakultät für angewandte Kunst das Fach Fotografie gelehrt.
Mit über vierzig hatte er geheiratet. Suâd Abdallah, so
hiess sie, hatte an derselben Fakultät Medienwissenschaft
studiert, aber nie den Sprung ins Arbeitsleben geschafft –
eine Tatsache, die sie zutiefst bereute und für die sie ihren
Mann verantwortlich machte. Er habe ihre berufliche Zukunft zerstört, warf sie ihm bei jeder Gelegenheit vor. Gott
schenkte ihnen zwei Töchter. Obwohl Doktor Mustafa und
Suâd ursprünglich aus derselben Stadt stammten, hatten sie
sich erst an der Universität kennengelernt. Er war Professor,
sie Studentin im ersten Jahr. Er hatte Erkundigungen über
ihren familiären Hintergrund eingezogen und offiziell bei
ihrem Vater um ihre Hand angehalten, ohne vorher diesbezüglich mit ihr gesprochen zu haben. Mustafa hatte mehrere
Jahrzehnte Fotografie gelehrt, selbst aber nie nennenswerte
Aufnahmen geschossen. Verbittert war er deshalb keineswegs. Nein, er war glücklich und zufrieden mit dem, was er
im Leben erreicht hatte.

Gott sei ihm wohlgesinnt, dachte er, als er am 1. Januar
2005 um zwölf Uhr aus der Fakultät für angewandte Kunst
kam und vor dem Ormanpark seinen ehemaligen Studenten
Aiman Subhi traf. Beim Achmad-Schauki[6]-Denkmal trat
dieser auf ihn zu und begrüsste ihn überschwänglich.

6 Ägyptischer Dichter (1868–1932). Er gilt als Begründer der moder-
nen arabischen Lyrik. 1927 wurde ihm für sein Werk der Ehrentitel
»Dichterfürst« verliehen.

»Einen wunderschönen guten Tag, Herr Doktor Mustafa, frohes neues Jahr! Erinnern Sie sich noch an mich? Ich heisse Aiman Subhi, Ihr ehemaliger Student, der Ihnen eine Kamera aus London besorgt hat.«

»Guten Tag, Aiman. Ja, sicher erinnere ich mich. Auch Ihnen ein gutes neues Jahr. Sie leben jetzt im Ausland, wie ich gehört habe?«

»Ja, ich bin vor etwa zehn Jahren nach Amerika gegangen.«

»Menschenskind, wie die Zeit vergeht! Was machen Sie in Kairo? Sind Sie zu Besuch hier?«

»Ach, wissen Sie, das Junggesellendasein ist hart. Ich bin gekommen, um eine Frau zu suchen und so meine religiöse Pflicht zu erfüllen.«

Doktor Mustafa betrachtete Aiman. Zum ersten Mal sah er ihn genau an. Prüfend. Aiman war mittelgross, hatte einen quadratischen Kopf, platziert auf einem Boxerhals. Er hatte grüne Augen, ein verwaschenes Grün ohne Persönlichkeit, darüber buschige blonde Brauen. Sein Blick wirkte unterwürfig und irgendwie stumpfsinnig. Ein Glückstreffer, fand Doktor Mustafa, genau der richtige Mann für seine Tochter. Bei dem Gedanken jubelte sein Herz. Dennoch gab er sich beherrscht. »Und … haben Sie denn schon die Staatsbürgerschaft, Aiman, oder noch nicht?«

»Ja, die habe ich, Herr Doktor.«

»Grossartig. Sie müssen mich unbedingt besuchen, ich habe da ein paar Fragen. Man hört ja so allerhand über Amerika, und ich wüsste von Ihnen gern, was davon wahr ist und was nicht. Oder haben Sie keine Zeit für Ihren alten Professor?«

»Aber nicht doch, für Sie immer!«

Doktor Mustafa zückte Stift und Zettel, schrieb seine Adresse auf und liess seinen ehemaligen Studenten erst gehen, als sie einen Termin vereinbart hatten. Dienstag, den 4. Januar, um neunzehn Uhr.

Aiman war 1996 mit einem ordentlichen Touristenvisum in die Vereinigten Staaten eingereist. Erhalten hatte er es dank eines originellen Schauspiels, ersonnen und umgesetzt von ihm persönlich. Zu dem Termin mit dem amerikanischen Konsul hatte er eine jüdische Kippa aufgesetzt, um kulturelle Offenheit und Toleranz zu bekunden. Obwohl die Kopfbedeckung während des Treffens mit keinem Wort erwähnt worden war, gab er sich überzeugt, dass sie ihm geholfen hatte.

Er kam nach New Jersey mit 80 000 ägyptischen Pfund, den gesamten Ersparnissen aus seiner Arbeit als fliegender Kamerahändler, der er während des Studiums nachgegangen war.

Die Geschichte seiner Emigration begann, als er im Sommer nach dem Schulabschluss in einer Reiseagentur als Begleiter für touristische Kleingruppen jobbte. Bei dieser Gelegenheit lernte er einen englischen Juden namens George kennen, der im Londoner Viertel Soho ein Geschäft für gebrauchte und neue Fotoausrüstungen betrieb. Mit geübtem Händlerblick studierte George auf abendlichen Rundgängen, begleitet von Aiman, Qualität und Preise solcher Geräte in Kairo und witterte einen neuen Markt für seine Ware. Aiman zeigte Interesse, sich in dieses Gebiet einzuarbeiten und als Vertreter in Ägypten zu fungieren.

Damit nahm sein Leben eine völlig neue Wendung. Obwohl er noch nie eine Kamera in der Hand gehalten hatte, schrieb er sich an der Fakultät für angewandte Kunst für den Studiengang Fotografie ein. Sein Argument: »Dort finde ich bestimmt jede Menge Kunden. Studium und Business in einem. Ich bilde mich, und gleichzeitig verdiene ich Geld.«

Aiman erklärte George lang und breit, dass er Fotografie studieren werde und dass es am Institut einen grossen Bedarf an Kameras gebe. Daraufhin lud ihn George auf einen Besuch nach London ein, um ihm die verschiedenen Marken und Preiskategorien vorzustellen und ihn in die Geschäftswelt einzuweisen. Sie teilten sich die Flugkosten, und George gewährte Aiman Logis. So kam er in diese Branche. Sein ganzes Studium hindurch verkaufte er eifrig Kameraausrüstungen für Profis und Amateure. Da er die Apparate, um sie durch den ägyptischen Zoll zu schleusen, auseinanderschraubte, gab er sie seiner Kundschaft gegenüber als Neuware aus. Irgendwann aber brauchte Aiman sie nicht mehr in ihre Einzelteile zu zerlegen, weil er sich durch Bestechung ein Netz von gefälligen Zollbeamten aufgebaut hatte. Ausserdem führte er pro Einreise jeweils nur eine einzige Kamera ein. Davon, dass er gebrauchte Ware als neu verkaufte, verriet er George nichts, schliesslich wollte er grösstmögliche Gewinne einstreichen. In den vier Jahren an der Universität erzielte er hervorragende Zensuren, denn er erwies dem gesamten Lehrpersonal grosse Dienste. Darüber hinaus sparte er eine beträchtliche Summe an, sein Startkapital für die Vereinigten Staaten.

Nachdem Doktor Mustafa gegangen war, blieb Aiman noch eine Weile nachdenklich am Achmad-Schauki-Denkmal stehen.

Dass er mich so dringend treffen möchte, hat ja wohl seinen Grund. Auf eine Kamera ist er sicher nicht scharf. Nein, wahrscheinlich will er mir eine Braut andrehen. Mal sehen, ob es sich um seine Tochter, irgendeine Verwandte oder seine Enkelin handelt. Achtzehn potentielle Bräute habe ich mir in den letzten vier Tagen angesehen, und nicht eine Einzige hat mir gefallen. Entweder waren sie mir zu bäuerlich oder zu hässlich. Eine wirkte zurückgeblieben. Und die Letzte war richtig schlimm, eine miesepetrige Luxustante. Sagt die doch tatsächlich: Für mich hat meine Arbeit oberste Priorität. Bei der ging es ständig nur um »ich, ich, ich«. Und obendrein trägt sie eine Brille, die so dick ist, dass man meinen könnte, sie hat sich Wassergläser über die Augen gestülpt. Ich hätte gern eine Braut, die hübsch ist, Kopftuch trägt, eine passable Figur hat und an einer vernünftigen Universität studiert hat. Na ja, fünf Tage habe ich noch. Morgen klappere ich weitere vier Familien ab. Ausserdem habe ich Gott auf meiner Seite.

Aiman hatte seiner Mutter über einen Freund, der zu Besuch nach Kairo kam, einen Brief zukommen lassen. Sie solle sich doch bitte nach einer Braut für ihn umsehen, schrieb er. Der Zug sei abgefahren und er müsse ihn schnellstmöglich einholen. Eine Frau mit den von ihm gewünschten Eigenschaften sei am anderen Ende der Welt nicht zu finden. Er träume davon, Vater zu werden, und habe Angst, sich von diesem Traum verabschieden zu müssen. Am Schluss teilte er seiner Mutter die genauen Daten seines zehntägigen Besuchs mit.

Bei seiner Ankunft auf dem Flughafen überreichte ihm die Mutter eine mit blauem Füller auf gelbem Papier geschriebene Liste. »Das, mein Sohn«, erklärte sie, »sind die Termine mit den Bewerberinnen.«

Nicht im Traum wäre Aiman eingefallen, dass seine Mutter ein solches Mammutprogramm mit über dreissig Familien organisieren würde und die Sache förmlich in eine Versteigerung ausartete. Alles mit der Zauberformel: »Mein Sohn Aiman ist Amerikaner. Er lebt in New York. Er wird sie mitnehmen und dafür sorgen, dass sie die Staatsbürgerschaft bekommt.«

Die Zauberformel hatte sämtliche Türen geöffnet und mehr Wirkung erzielt, als ein »Sesam, öffne dich« je hätte haben können. Abgesehen davon war die Höhle ohnehin leer geräumt. Die Juwelen waren fort und die vierzig Räuber über alle Berge.

Ich brauchte Sauerstoff, Luft zum Atmen. Meine Lunge war ganz zerknautscht. Wie ein kleiner Tetrapak. Wenn man den Orangensaft ausgetrunken hat und die Packung mit aller Kraft zusammendrückt, dann bleibt sie doch zerknautscht, nicht wahr? Ja, und genauso fühlte sich meine Lunge an. Tot konnte ich nicht leben.

Ich überlegte, Achmad anzurufen und ihm zu sagen, dass ich einverstanden sei. Er solle ruhig diese Elisa, Condoleezza – oder wie sie heisst – heiraten, abwarten, bis er die Staatsbürgerschaft hat, sich scheiden lassen, und dann könnten wir heiraten. Ich würde problemlos ein paar Jahre auf ihn warten, denn ich hätte es überhaupt nicht eilig. Würde er meinen Vorschlag ablehnen, dann hätte ich wenigstens seine Stimme gehört und eine gehörige Portion

Sauerstoff in die Lunge bekommen. Selbst wenn seine Mutter den Hörer abheben würde, bekäme ich noch etwas Sauerstoff.

»Hallo.«

»Hâgar, guten Tag, meine Liebe.«

Hâgars Tränen kullerten lautlos, kaum dass Sauerstoff in ihre Lunge drang. Was die Lunge mit den Augen zu tun hat, fragte sie sich. Sie wusste es nicht.

»Ich halte das nicht aus, Tante.«

»Ich verstehe gar nichts mehr.«

»Ich … ich … ich …«, setzte sie an und wurde von einem Weinkrampf geschüttelt. Sie versuchte zu sprechen, es gelang ihr nicht. Sie versuchte es erneut, bekam aber nur Geröchel heraus.

»Nimm es nicht so schwer, Hâgar.«

Hâgars Stimme versagte. Sie legte auf.

Am Montag, dem 3. Januar, um fünfzehn Uhr, ging Doktor Mustafa breit grinsend auf seine Frau zu und drückte ihr mit lautem Schmatz einen Kuss auf, während er dem detaillierten Bericht über die lang erwartete Trennung lauschte. Dass die göttliche Gunst so weit ging, hätte er sich nie träumen lassen. Der Termin mit dem amerikanischen Bräutigam war auf den folgenden Tag angesetzt. Und heute kam die Meldung, dass es zwischen Hâgar und Achmad aus und vorbei war.

»Komm, Suâd, erzähl es mir noch einmal!«

»Du bist ein Sadist. Deiner Tochter geht es dreckig, und du feixt dir eins.«

»Ich will doch nur das Beste für meine Tochter, du Dummerchen. Achmad ist ein guter Kerl, ich mag ihn wirklich sehr. Wenn er sich in zehn Jahren gemacht hat, wird er der perfekte Ehemann für ein Mädel sein, das frisch von der Uni kommt. Das ist vernünftig. Er hat bestimmt vor, sich erst einmal etwas aufzubauen. Sehr vernünftig. Das zeigt mir, dass er es goldrichtig macht. Schliesslich mangelt es dem weiblichen Geschlecht, wie es heisst, an Verstand und Glauben.«

»Einverstanden, mein Lieber, wir überlassen euch das Denken. Dann zeigt mal, wie ihr ohne uns zurechtkommt!«

»Geht das überhaupt? Ohne euch sind wir doch hilflos. Jetzt erzähl noch einmal ganz in Ruhe, was passiert ist.«

»Lass gut sein, Mustafa. Ich habe es dir doch gerade erklärt. Er hat ihr eröffnet, dass er die Amerikanerin heiraten wird.«

»Gut, dann müssen wir sie jetzt von dem Bräutigam überzeugen, der morgen kommt.«

»Du Scheusal! Ich sage dir doch, ihre Augen sind rot wie Tomaten. Geh und überzeuge dich selbst.«

»Im Gegenteil, das ist jetzt der ideale Zeitpunkt. Die Stunde der Rache.«

An jenem Abend führte Doktor Mustafa seine Tochter in die Bar Kasr al-Nil aus. Erst kurz zuvor hatte es zu regnen aufgehört. Die Strassen waren zu schwarzen Inseln in kleinen Seen und schlammigen Pfützen zusammengeschrumpft. Wie wilde Hasen hüpfend, legten die beiden den Weg zur Bar zurück. Am Eingang stand wie gewöhnlich der Buchverkäufer und beobachtete mit einem gewissen Mass an Impertinenz alle ein und aus gehenden Gäste.

Seine auf dem Boden ausgebreiteten Bücher hatte er zum Schutz vor neuen Regengüssen mit einer grossen Plastikplane bedeckt. Er grüsste Hâgar mit einem kurzen Nicken. Wollte er sie auffordern, einen Blick auf seine Ware zu werfen? Oder glaubte er, Hâgar zu kennen? Schliesslich sah sie aus wie unzählige andere Frauen in Kairo. Hâgar schenkte ihm keine Beachtung. Doktor Mustafa merkte von all dem nichts. Er war in Gedanken versunken, grübelte, wie er sein Anliegen am besten vorbringen sollte. Auf der langen Treppe zum Nilufer hinunter schlug ihnen ein kalter Windstoss entgegen. Hâgar erschauerte. Die Kälte liess den Eisklumpen wachsen, der sich in ihrem Inneren zusammenballte, kaum dass der Vater die Einladung ausgesprochen hatte. Derartige Aktivitäten passten gar nicht zu ihm, vor allem nicht an solch frostigen Abenden, wie sie in Kairo nur ein- oder zweimal im Jahr vorkamen.

Vater und Tochter nahmen an einem Tisch direkt am Ufer Platz. Hâgar betrachtete die zerschlissene Tischdecke und schlang, um die innere Kälte zu bezwingen, den Mantel enger um den Körper. Ein nicht mehr ganz junger Kellner erschien. Der Vater bestellte zwei Becher Cassata. Schweigend sassen sich die beiden gegenüber und schauten den nervtötenden Nilschiffen nach. Mit sicherem Griff hatten die Fahrgäste die schrecklichsten arabischen Lieder herausgepickt, um sie von voll aufgedrehten, rostigen Lautsprechern in die Welt tröten zu lassen. Verzerrt und scheppernd klangen die Lieder noch wehmütiger, als sie eh schon waren. Hâgar überlegte, ob sie kurzerhand in den lockenden Nil springen und dem Elend ein schnelles Ende setzen sollte. Zumindest würde sie damit dem Vater die Mühe ersparen, das anzusprechen, was ihm durch den Kopf ging. Was es war, wusste sie zwar nicht, aber sie merkte deutlich, dass es ihn bedrückte. Ausserdem würde sie dann zur Niljungfrau werden. Ein Schiff fuhr vorbei, so nah, dass es fast die Mauer der Bar streifte, gefolgt von einem anderen, auf dem ein Mann in den Fünfzigern so obszön tanzte wie Saad al-Sughair[7]. Peinlich berührt, musste Hâgar unwillkürlich lächeln.

Doktor Mustafa ergriff die Gelegenheit. Als er sah, wie sich die Miene seiner Tochter ein wenig erhellte, fasste er Mut und leitete das Gespräch mit einer seltsamen Frage ein. Was sie von den Vereinigten Staaten und insbesondere von New York und New Jersey halte, wollte er wissen.

Hâgar verstand nicht, worauf er hinauswollte. Wusste er, dass Elisa in New York lebte? Deutete er damit das an, was ihr die ganze Zeit durch den Kopf geisterte? Egal. Jedenfalls erklärte sie sich um Punkt Mitternacht prinzipiell einverstanden, behielt sich die endgültige Entscheidung aber bis zu dem Treffen am nächsten Tag vor.

Auf einen Toten einzudreschen sei angeblich Sünde.
Ich verstehe, ehrlich gesagt, nicht, warum.
Tote merken doch eh nichts.

Aiman verliebte sich auf den ersten Blick in Hâgar. Sie erfüllte alle Kriterien, die er seiner Mutter in dem Brief vom 22. November 2004 als Richtlinien für die Suche aufgelistet hatte. Zu erfahren, dass Hâgar ausgerechnet am 22. November Geburtstag hatte, rührte die Mutter zu Tränen. »Das ist ein grosser Triumph, mein Sohn«, jubelte sie.

7 Ägyptischer Popstar.

Er sass mit seinem ehemaligen Professor im Wohnzimmer, als Hâgar hereinkam und den Kaffee servierte. Aiman betrachtete Hâgar und registrierte alles. Von der Farbe des Kopftuches bis hin zur Schuhgrösse. Sie war perfekt, hatte ein ruhiges Auftreten, sprach mit gedämpfter Stimme und war studierte Juristin. Ihre Haut war weder unangenehm dunkel noch strahlend weiss. Gesicht und Hände wiesen keinerlei Pickel oder Pusteln auf. Aiman warf einen prüfenden Blick auf ihre Fingernägel, um zu sehen, ob sie sauber waren. Das Kopftuch war schlicht und nicht zu fest gebunden. Übermässige Strenge verabscheuten die Amerikaner nämlich. Seine Zukünftige sollte, was Schönheit und Körpergrösse anbelangte, einem gewissen Mittelmass entsprechen, damit er von dünkelhaften, selbstgefälligen Allüren ihrerseits verschont bliebe. Sie sollte frisch von der Universität kommen und noch keine Berufserfahrung aufweisen, um ihn nicht mit lästigen Karrierewünschen zu behelligen. Hâgar war also genau die Richtige.

Er verliess die Wohnung, ohne das Thema angesprochen zu haben, fasste aber in dem Moment, als er den Fuss auf die Strasse setzte, den Entschluss, seinen Rückflug zu verschieben, um die lang ersehnte Heirat in die Wege zu leiten. Trotzdem führte er alle noch anstehenden Visiten bei den potentiellen Bräuten planmässig durch.

Mit jedem Besuch wurde Aiman ob seiner amerikanischen Staatsbürgerschaft stolzer und selbstbewusster. Immer wieder spielte sich die gleiche Szene ab. Den Eltern oder dem einen Elternteil, sofern der Partner aus dem ehelichen Nest oder gar dem Leben verbannt worden war, stand die Hoffnung förmlich im Gesicht geschrieben. Die junge Frau hatte sich, das war nicht zu übersehen, für ihn herausgeputzt und jedes Detail ihrer Kleidung mit äusserster Sorgfalt ausgewählt. Währenddessen gab er prahlerisch zum Besten, was er in den Vereinigten Staaten alles erreicht habe, wie er es zum erfolgreichen Geschäftsmann gebracht habe und was für eine geräumige Eigentumswohnung er sich leisten könne. Und am Ende erntete er von ausnahmslos jeder Familie überaus grosse Wertschätzung.

Im Anschluss an den Bräutemarathon widmete er sich seinen Freunden. Als Treffpunkt wählte er eine Lokalität in dem Viertel, in dem die letzte Familie auf der von seiner Mutter zusammengestellten Liste wohnte. Er bestellte seine Freunde in ein französisches Café in Madinat Nasr. Nach herzlicher Begrüssung mit Umarmungen und Küssen musste er ihren Spott über sich ergehen lassen. Ungehalten über seine Einfalt, warfen sie ihm eine Frage nach der anderen an den Kopf: »Wie kannst du deine Zukünftige auf der Grundlage einer halbstündigen Bekanntschaft bestimmen? Wie kannst du deine Wahl auf der Grundlage von Aussehen X, Grösse X, Breite X, Format X im Quadrat treffen? Du heiratest doch kein Auto, bei dem es auf Hubraum, PS-Zahl und Chassis ankommt! Es kann doch nicht sein, dass es dir nach all den Jahren, die du auf dem Buckel hast, nur um Äusserlichkeiten und nicht ums Wesen geht! Bist du geistig zurückgeblieben oder bescheuert?«

Als Aiman um Hâgars Hand anhielt, glaubte Doktor Mustafa, Abdalghani al-Saîd[8] säusele ihm das Lied *Ach, meine schöne Apfeldame* ins Ohr. Wie berauscht legte er den Hörer

8 Ägyptischer Sänger.

auf und berief sofort einen Familienrat ein, den Hâgar nach ungefähr einer Stunde unterbrach. Sie ging in ihr Zimmer, rief Achmad an und erschien kurz darauf wieder, das Gesicht wie eine ausgepresste Zitrone.

Aiman kam in Begleitung seiner Mutter Amâl. Am Tisch im Salon wurde Saft gereicht. Das gesamte Inventar des Raums war etwa zwanzig Jahre zuvor speziell für diesen Anlass in Damiette gefertigt worden. Hâgar, die sich neben Aiman gesetzt hatte, starrte leer vor sich hin. Die Tischdecke im Blick, versuchte sie sich auf einen der vielen Orangetöne zu konzentrieren. Vergeblich. Schon immer hatte sie die Frage beschäftigt, warum Wasser weder Geruch noch Farbe, noch Geschmack besass. Es war ihr unerklärlich, dass etwas nach nichts riechen konnte. Und nun stellte sie auf einmal fest, dass die ganze Welt mit allem Drum und Dran geruch-, farb- und geschmacklos war.

Tags darauf begannen sogleich die geheimen Verhandlungen zwischen den beiden Männern. Nach zwei Sitzungen waren sie sich über alle Einzelheiten in Bezug auf Brautgeld, Brautschmuck und Sonstiges einig. Nur über einen Punkt konnten sie sich lange nicht verständigen: den Betrag, der im Scheidungsfall vom Bräutigam zu zahlen sei. Die bilateralen Verhandlungen dauerten fast eine ganze Woche. Am Ende entschieden sie, sich in der Mitte zu treffen und den Betrag auf 75 000 Pfund zu beschränken. Da Aiman von seinem Freund, dem Geschäftsmann George, gelernt hatte, handelte er für sich beste Bedingungen aus. Er übernahm etwa 40 000 Pfund der anstehenden Ausgaben inklusive Brautgeld, Schmuck und Reisekosten. Doktor Mustafa bestand darauf, eine komplette Schlafzimmereinrichtung zu spendieren, die Aiman unmittelbar vor Hâgars Ankunft zu kaufen hätte. Er beharrte darauf, diese in Greenbacks zu bezahlen, die er zuvor von Aiman kaufen würde. Darüber hinaus kam er selbstverständlich für das kostspielige Hochzeitskleid auf.

Über das Brautkleid hatte sich Hâgar noch keine Gedanken gemacht, obwohl sie und Achmad ihre Hochzeit bis ins kleinste Detail durchgeplant hatten. Sogar die Farbe der Blumen stand bereits fest. Sie hätte, so Hâgars Vorstellung, das angezogen, was ihr morgens im Schrank als Erstes in die Hände fiele. Und im goldenen Sonnenlicht würde sich dieses zweifellos in das schönste Kleidungsstück weit und breit verwandeln.

Ihr kam Vasilikia in den Sinn. Von ihr hatte sie vor langer Zeit einmal gelesen und dabei entdeckt, dass sie mit ihr so einiges gemein hatte. Obwohl Vasilikia etwa ein Jahrhundert vor ihr gelebt hatte, waren sie sich in vielem ähnlich: Aussehen, Augenfarbe, Empfinden, Lebenssituation. Und beiden schoss, wenn sie die Worte »ich liebe dich« hörten, sofort das Blut ins linke Ohr. Nur in Bezug auf das Hochzeitskleid unterschieden sie sich. Vasilikia hatte mit dem ersten Blut, das in einer kalten, regnerischen Winternacht auf ihr Nachthemd tropfte, angefangen, ihr Hochzeitskleid zu besticken. Es sollte, so schwor sie sich, einzigartig sein, es sollte ihr Herz bergen, das sie ihrem Liebsten schenken wollte, sobald sich ihrer beider Sterne träfen. Vasilikia war die Tochter eines Bootsmannes und lebte in Elounda, einem Dorf an der nördlichen Küste Kretas. Ihre Mutter hatte sie in der ersten Nacht des zwanzigsten Jahrhunderts zur

Welt gebracht. Die Wehen setzten am 31. Dezember 1899 ein, wurden immer heftiger und stärker, bis die Kirchenglocken die Ankunft des neuen Jahrhunderts einläuteten. Da streckte die Kleine vorsichtig den Kopf heraus, um zu sehen, was sie in der Welt erwartete, und zu entscheiden, ob sie herauskommen oder sich lieber wieder in den Bauch verkriechen sollte. Die Mutter aber presste ein letztes Mal und schleuderte das Mädchen geradewegs in die Klauen eines grässlichen Ungeheuers.

In Elounda legten die Boote einen Zwischenhalt ein, die Aussätzige zur Leprakolonie auf der Insel Spinalonga brachten. Vasilikias Vater hatte es sich zur Aufgabe gemacht, die Kranken überzusetzen.

Vasilikia war vierzehn Jahre alt, da brach der Erste Weltkrieg aus. Gleichzeitig hoben heftige Nordwinde an. Ihren Körper umtosend, formten die Stürme sie zur Frau und lenkten einen Pfeil tief in ihr Herz, abgeschossen aus einem in Erix' Augen schlummernden Arsenal von Pfeilen. Erix war ungefähr vier Jahre älter als sie. Obwohl seine Mutter die Liebes- und Schönheitsgöttin Aphrodite und sein Vater der Meeresgott Poseidon war, wurde er – wie unzählige vor und nach ihm – dem Krieg zum Frass vorgeworfen und kehrte nie mehr heim. Lange wartete Vasilikia auf ihn in dem Glauben, Poseidon würde seinen Sohn nicht fallen lassen. Auch alle anderen jungen Mädchen warteten, dass ein Bräutigam an ihre Tür klopfen würde. Woher aber sollten die Männer kommen, da doch der Krieg ihre Seelen geerntet hatte und die Überlebenden in ferne Länder geflüchtet waren? Die Väter beriefen eine Versammlung ein, um zu beraten, wie sie ihre Töchter vor der Jungfernschaft bewah-

ren könnten. Vasilikias Vater schlug vor, sich mit den le-
prakranken Männern zu behelfen, was allgemeines Gelächter auslöste, das verzweifelt wie aus vom Rost zerfressenen
Kehlen hallte. Doch dann kam ein Mann namens Boris ins
Dorf, im Gepäck den rettenden Ausweg. Er hatte auf die
Väter die gleiche Wirkung wie Aiman vor dem Denkmal
des Dichterfürsten Achmad Schauki auf Hâgars Vater.

Boris brachte stapelweise Fotos von jungen Männern, die
in den Vereinigten Staaten lebten. Die meisten davon arbeiteten in der Landwirtschaft auf grenzenlos weiten Feldern.
Und alle waren auf der Suche nach einer Frau. Griechin
und gläubige Christin sollte sie sein. Die Heiratswilligen
in Amerika würden für die Kosten der Reise über den Atlantik aufkommen, verkündete Boris. Am Ende nahm er
mit beeindruckend theatralischer Geste einen Stoss Papier
aus der Tasche und rief: »Das hier sind die Vollmachten,
die mich im Namen der Unterzeichneten und des Gesetzes
befugen, die Ehe für rechtsgültig zu erklären, bevor eure
Töchter die Insel verlassen.«

Die Männer zogen sich zur Beratung zurück. Boris versprach, in einer Woche wiederzukommen, und verschwand.

In regnerischer Nacht versammelten sich die Dorfbe-
wohner samt Priester Dorian vor der Kirche. Nach langer
Diskussion kamen sie überein, das Angebot anzunehmen.
Sie sahen keine andere Möglichkeit, ihre Töchter unter die
Haube zu bringen. Allerdings sollte, so ihre Bedingung, ein
Vater mitfahren. Die Wahl fiel auf Vasilikias Vater.

Kurz vor der Abreise hatte Vasilikia das drängende Gefühl, dass Erix ihr auf einem leuchtenden, von Poseidon
speziell für ihn gebauten Boot erscheinen würde. Immerzu

sah sie sich um. Als aber kein Licht im Dunkel aufschimmerte, schaute sie ein letztes Mal zum Himmel auf. Dann bestieg sie das Schiff.

An Bord waren Hunderte von jungen Mädchen auf dem Weg ins Ungewisse. Mitten auf dem Atlantik merkte Vasilikia plötzlich, dass ihr Vater fort war. Er sei bei einem Sturm in den Ozean gefallen, sagte man ihr. Sein weiteres Schicksal blieb ungeklärt.

Und nun sollte Hâgar sich – wie Vasilikia vor ihr – auf die Reise ins Ungewisse begeben, obgleich der Dritte Weltkrieg bisher nicht ausgebrochen war.

So wie Boris' Angebot einhellig angenommen wurde, kamen Hâgars Vater und Aiman überein, dass dieser eine vom ägyptischen Konsulat beglaubigte Vollmacht schickt, so dass binnen eines Monats die Ehe in Kairo geschlossen würde. Anschliessend würde die Braut im Hochzeitskleid den Flug zu dem rauschenden Fest antreten, das ihr Ehemann in den Vereinigten Staaten ausrichten werde.

Die Mutter von diesem Aiman scheint nicht alle Tassen im Schrank zu haben. Seit ihr Sohn abgereist ist, ruft sie mich fünfmal am Tag an. Sie hat wohl Angst, dass ich samt Brautgeld und Schmuck abhaue. Und wenn sie nicht so schwer wäre wie eine Tonne, dann würde sie hier bestimmt alle naselang auf der Matte stehen. Sie textet mich mit irgendwelchem Kleinkram zu. Am liebsten würde ich ihr sagen: Lass gut sein, Kleinkram interessiert Tote nicht. Tote interessiert – nachdem sie elend erstickt sind – nur, ob der Wind aus Meeresrichtung über den Friedhof weht.

Gestern wollte sie zwischen zwei Anrufen meine Mutter sprechen. Kaum aufgelegt, brach Mutter einen heftigen Streit mit mir vom Zaun. Ein richtiges Donnerwetter hat sie losgelassen. Was ich mir erlaube? Natürlich würde ich das Hochzeitskleid auf der Reise tragen! Dass ich das Kleid über dem Arm mitnehme und erst bei meiner Ankunft drüben anziehe, komme überhaupt nicht in Frage!

Wie sollte ich dieses schwere, aufgebauschte Kleid fünfzehn Stunden am Stück tragen? Die reinste Quälerei! Meine Mutter aber bestand darauf, dass ich das Haus im Hochzeitskleid verlasse, damit mich ja alle Leute im Viertel sehen. Sie hängte Lichterketten an die Fassade und veranstaltete auf der Strasse ein Riesentrara. »Wenn du nämlich mit dickem Bauch hier antanzt, müssen die Leute vorher mitbekommen haben, dass du geheiratet hast.«

Sie meinte es gut. Den ganzen Rummel hat sie nur veranstaltet, damit wir wiederkämen.

Am 4. März 2005 um zwanzig Uhr rief Hâgar Achmad an. Seine Stimme am Ohr, schöpfte sie Atem, speicherte den Sauerstoff im linken Lungenflügel und legte den Hörer wieder auf.

Am Morgen des 5. März verliess die Braut um 7 Uhr 15 das Haus im Viertel Hadâik al-Kubba, im Gepäck das Besteckset, vom Vater für sie in Port Saîd gekauft, als sie zwei Jahre alt war, und die Dessertschälchen, die ihr die Mutter in einem staatlichen Einkaufszentrum, dessen Name ihr inzwischen entfallen war, gekauft hatte, als sie fünf Jahre alt war. Das Porzellanservice, das seit knapp zwei Jahrzehnten auf diesen historischen Augenblick wartete, musste allerdings zurückbleiben.

Die Schleppe in der Hand, um nicht vornüberzufallen, stieg Hâgar langsam die Treppe hinab. Das weisse Kleid mit Pailletten am Rücken war unter dem Aspekt der Bequemlichkeit gekauft worden. Mit Rücksicht darauf, dass die Braut es viele Stunden am Stück würde tragen müssen und Bewegungsfreiheit vonnöten war, hatte man auf ein Modell mit Spiralfederstäben verzichtet und stattdessen eines mit kurzem Unterrock gewählt.

Doktor Mustafa begleitete seine Tochter nicht die Treppe hinunter, er fuhr auch nicht mit zum Flughafen. Er war wütend auf sie, denn Hâgar wollte vor ihrer Abreise partout kein Fest feiern.

»Meine Tochter hat geheiratet, und ich soll nicht einmal eine kleine Feier im Familienkreis ausrichten dürfen, du Miststück?«

Hâgar aber beharrte auf ihrem Standpunkt. Verständnislos wandte ihr Vater sich ab, sagte ihr vorher aber noch, dass er jegliches Interesse an ihr verloren habe und sie nicht mehr seine Tochter sei, er sie nicht einmal mehr kenne.

Vor der Haustür wartete ein Hyundai Accent, geschmückt mit bunten Bändern. Am Steuer sass ihr Cousin Islâm. Ein Jubeltriller ertönte, gefolgt von weiteren, noch schrilleren. Chadîga, die Nachbarin aus dem ersten Stock, zog den Vorhang auf, kniff, vom Morgenlicht geblendet, obwohl es noch recht dämmerig war, die Augen zu und stiess einen Jubeltriller aus. »Und vergiss nicht, Hâgar, mein liebes Kind«, rief sie, so laut sie konnte, »meinem Sohn Magdî eine Einladung zu schicken.«

Hâgar schaute, während sie in den Wagen stieg, zu der Nachbarin hoch, die sie noch nie hatte leiden können, und ein seltsames Gefühl der Sympathie ergriff sie. Es war das letzte Gesicht, das sie im Viertel sah, bevor sie abfuhr.

Die Maschine der EgyptAir in Richtung John-F.-Kennedy-Flughafen startete planmässig um 10 Uhr 10 und sollte in New York um 15 Uhr 15 amerikanischer Ostküstenzeit landen.

Hâgar flog zum ersten Mal. Trotzdem kam es ihr nicht fremd vor. Schon oft war sie in ihrer Phantasie durch die Luft oder zu Wasser gereist. Unzählige Male hatte sie sich vorgestellt, wie sie, im Flugzeug neben Achmad sitzend, nach Schweden auswanderte. Warum sie sich ausgerechnet Schweden erwählt hatte, wusste sie nicht. Wahrscheinlich, weil die Menschen dort, wie sie gehört hatte, aus Überdruss am Wohlstand Selbstmord begingen und weil sie das karge Leben satt war. Was sie allerdings überraschte, war die Tatsache, dass es auch männliche Flugbegleiter gab. In allen Filmen – denen, die sie gesehen hatte, und jenen, die nur in ihrem Kopf gelaufen waren – übten diesen Beruf ausschliesslich Frauen aus, und zwar echte Schönheitsköniginnen, ausnehmend grazile und elegante Damen. Die paar Stewardessen, die sich ihr jetzt aber in Wirklichkeit boten, waren alles andere als grazil und elegant.

Hâgar bekam einen bequemen Sitz am Fenster in der Businessclass. Ihr Ehemann hatte nämlich seine Beziehungen aus den Zeiten, in denen er Kameras ins Land geschmuggelt hatte, spielen lassen und für sie ein Upgrade erwirkt.

Beim Abheben bekam sie Druck auf den Ohren. Von einem leichten Schwindel erfasst, fragte sie sich, ob dies ein Anzeichen von Angst war ... oder eher von Todessehnsucht. Sie wusste keine eindeutige Antwort darauf. Ihr war seltsam zumute. Sie überlegte, wie sie sich ablenken könnte. Da fiel ihr die E-Mail ein, die Sainab ausgedruckt und ihr überreicht hatte mit der Bitte, sie erst dann zu lesen, wenn das Flugzeug gestartet sei. Hâgar holte das Papier aus der Tasche und las:

Zis is your cabten Haridi welcoming bassengers on board of EgybtAi.
Wir bitten die Verspätung zu entschuldigen. Glücklicherweise aber hat sich der Abflug um nur eine Woche verzögert. Der Grund hierfür sind die schlechten Wetterverhältnisse.
Zis is flight 717 to J. F. Kennedy Airbort.
Ob wir dort auch tatsächlich ankommen, ist ungewiss. Aber irgendwo auf der Weltkugel werden wir schon landen.
EgybtAi has an excellent safety-record.
Wir sind stolz, Ihnen mitteilen zu dürfen, dass wir im letzten Jahr einen neuen Rekord aufgestellt haben. Mindestens dreissig Prozent unserer Passagiere haben ihr Flugziel wohlbehalten erreicht.
We regret to inform you, zat today's in-flight movie will not be shown as we forgot to record it from z television.
Die Herrschaften, die an Bord links sitzen, können gern den Film der somalischen Maschine verfolgen, die uns auf unserem Flug begleitet.
Sanking you vry much for choosing EgybtAi to fly for z first and last time.
Ich habe vergessen, darauf hinzuweisen, dass die Passagiere, die an ihrem Sitz keinen Gurt vorfinden, ange-

halten sind, sich mit ihrem persönlichen Gürtel anzu-
schnallen.

I wish you a nice trib.

Cabten Haridi

Obwohl sie mit Schwindelgefühl und Schmerzen im Ohr zu
kämpfen hatte, lachte Hâgar herzlich und spähte aus dem
Fenster nach der somalischen Maschine.

Den Kauf der neuen Schlafzimmereinrichtung, für die er
von Doktor Mustafa Geld bekommen hatte, sparte sich
Aiman. Denn von seinem Schlafzimmer hatte er definitiv
keine Aufnahmen im Fotoalbum gehabt, das wusste er.
Schliesslich hatte er, um Peinlichkeiten zu vermeiden, das
Album mehrmals daraufhin durchgeblättert. Anstandshal-
ber aber war er gewillt, mehrere Garnituren neue Bettwä-
sche zu kaufen. Was steckte hinter seinem Verhalten? Geiz?
Ganz und gar nicht. Nein, Aiman war ein durch und durch
praktisch veranlagter Mann. Er hatte die Möbel aufs genaueste geprüft und festgestellt, dass das Holz noch einwandfrei war. Unter den Bedingungen fand er es reichlich
töricht, sie zu entsorgen. In den Vereinigten Staaten rech-
nete es sich nämlich eher, die Möbel einfach auf die Strasse
zu stellen – vorausgesetzt, man liesse sich dabei nicht erwischen –, als sie zum Verkauf irgendwohin zu transportieren.
Stattdessen brachte Aiman etwas viel Wesentlicheres zu-
wege: eine komplette Wohnungsrenovierung in Form eines
neuen Anstrichs aller Räume in zartem Pistaziengrün, ausgeführt von Abdallatîf alias Tîfa, einem Angestellten seines
Restaurants. Dass die Malerarbeiten nur einen Bruchteil des

Betrags kosteten, den er von seinem Schwiegervater erhalten hatte, kümmerte ihn herzlich wenig.

Er mietete einen kleinen Festsaal in der Jersey Street und erstellte eine Liste der Hochzeitsgäste. All seine Bekannten und die Bekannten seiner Bekannten, insgesamt kaum mehr als vierzig Personen. Die Einladungskarten liess er von Mûssa, seinem sudanesischen Mitarbeiter, persönlich den Empfängern übergeben.

Aiman koordinierte alle Vorbereitungen für diesen lang ersehnten Abend bis ins kleinste Detail. Das Glück habe sich, so bestätigte er sich selbst, nun endlich auch ihm zugewandt. Der letzte Gang führte ihn zum Blumenhändler. Für das Schmücken des Festsaals verlangte der Florist, Mister Howardson, 1000 Dollar. Mit Entsetzen vernahm Aiman die Zahl, liess sich am Ende aber wohl oder übel darauf ein.

Als alles für das Fest und für Hâgars Empfang am Flughafen bereit war, übermannte Aiman die Lust. All die Jahre in den Vereinigten Staaten hatte er auf jeden sexuellen Kontakt mit Frauen verzichtet. Er war von der Vorstellung beherrscht, dass die Amerikanerinnen unrein seien. Ausserdem hatte er Angst vor Aids. Deshalb hatte er sich darauf beschränkt, hin und wieder Lokalitäten aufzusuchen, in denen das Essen nackt serviert wurde, und mit den Augen zu verfolgen, wie den Kellnerinnen mit jedem Schritt die Brüste auf und ab hüpften oder nach rechts und links ausschlugen. Anschliessend eilte er heim, um mit sich allein zu sein. Busen in allen erdenklichen Formen und Grössen anzusehen machte ihn überaus glücklich. Er sei, wie er sich gern rühmte, der weltweit grösste Experte in Sachen Busen.

Mit der Zeit glaubte er, den Frauen ganz entsagen zu müssen, weil Unzucht Sünde und er ein gottesfürchtiger Mann sei. Dies führte zu einer stetig wachsenden Frömmigkeit, gepaart mit einer Unterdrückung des Sexualtriebs. So ging die Lust, die in ihm erwachte, während er auf seine Braut wartete, mit allerlei Phantasien einher. Diese speisten sich aus den vielen Pornovideos, die er sich vor dem Schlafengehen in rauen Mengen zu Gemüte führte.

Schau, ich habe mich mein Leben lang abgerackert. Regelrecht durch Felsgestein habe ich mich gebissen. Jeden einzelnen Cent habe ich im Schweisse meines Angesichts hart erarbeitet. Nie habe ich jemandem auf der Tasche gelegen. Alle kommen zum Arbeiten her, weil es ihnen dreckig geht. Also müssen wir irgendwie miteinander auskommen. Ich folge der Devise »leben und leben lassen«. Jedenfalls finde ich, dass ich nach all der Plackerei eine anständige Frau aus gutem Hause verdient habe. Seit über sieben Jahren versuche ich verzweifelt zu heiraten. Ich nahm mehrere Anläufe, hatte aber jedes Mal Pech. Es ist nicht einfach. Immer wenn ich auf Brautsuche nach Ägypten flog, traf ich hunderttausend heiratswillige Frauen. Die wollten aber alle in erster Linie nach Amerika. Wie hätte ich da meine Wahl treffen können? Eine unlösbare Aufgabe.

Bis zum allerletzten Tag vor der Abreise bin ich von einem Termin mit einer potentiellen Braut zum anderen gehetzt. So konnte ich ja wohl kaum eine Frau richtig kennenlernen. Ich habe mich mehrmals verlobt, bin aber jedes Mal reingefallen. Eine Erfahrung schlimmer als die andere! Und die Letzte, die hat vielleicht ein Ding abgezogen. Reingelegt, ja an die Wand gespielt hat die mich, ich kann dir sagen! Um es auf den Punkt zu bringen: Sie hat mich ausgenommen. Sie hat mir vorgegaukelt, dass sie mich liebt und mich heiraten möchte, und im gleichen Atemzug Brautschmuck im Wert von 25 000 Pfund verlangt. Und nach der Verlobung ... du glaubst nicht, was sie da gemacht hat. Sie könne mich erst heiraten, erklärte sie mir, wenn sie und ihre Mutter in Amerika seien. Ihr Vater war tot, muss ich dazusagen. Jedenfalls wollten sie und die Mutter sich ein Bild vom Leben in Amerika machen. Für das Visum habe ich mir regelrecht das Bein ausgerissen. Die beiden Tickets bezahlte selbstverständlich ich. Ebenso die zwei Wochen Urlaub, Übernachtung und Verpflegung inbegriffen. Um die 20 000 Pfund hat mich der Spass gekostet. Am Ende stimmte sie der Ehe zu, wollte aber in Amerika heiraten und mit einem neuen Touristenvisum einreisen. Ihren Aufenthaltsstatus wollte sie erst nach der Eheschliessung ändern. Ich hielt es für eine gute Idee, zumal ich mir so die Kosten für die Reise nach Ägypten sparte. Jedenfalls traf ich alle Vorbereitungen: Ich kaufte eine nagelneue, ziemlich teure Schlafzimmereinrichtung. Hinzu kam das Ticket von Kairo nach New York und, da wir ja noch nicht verheiratet waren, die Unterkunft in einem Hotel, das nicht ganz billig war. Am Tag nach ihrer Ankunft ging ich hin, und da war sie verschwunden. Ich habe sie überall gesucht, aber sie hatte sich in Luft aufgelöst. Sechs Monate später erfuhr ich, dass sie in Houston arbeitete. Ich fuhr überfallartig hin, um sie zur Rede zu stellen. Sie begrüsste mich vollkommen normal, als sei nie etwas gewesen. Mein Geld werde sie mir auf Heller und Pfennig zurückzahlen, sagte sie, doch jetzt sei sie pleite. Im gleichen Atemzug gab sie mir zu verstehen, dass ich keinerlei Zahlungsbelege hätte.

Das hat mir übel zugesetzt. Ich sehe nur so aus, als würde mich nichts umhauen. Aber im Grunde habe ich ein butterweiches Herz. Als ich Hâgar begegnete, wusste ich, dass Gott es gut mit mir meint. Schliesslich habe ich auch nichts Unrechtes getan, was Seinen Zorn

gerechtfertigt hätte. Ihr Vater war mein Professor. Ich weiss ... ich
bin überzeugt, dass er ein anständiger Mann ist. Den Fehler werde
ich nicht wiederholen, sagte ich mir, eine Verlobung kam für mich
nicht in Frage. Und noch eine Reise nach Ägypten konnte ich mir
nicht leisten. Das hätte mir das Rückgrat gebrochen, Geschenke
und dieser ganze Mist. Ausserdem ist das Land unglaublich teuer
geworden. Mittlerweile kosten Lebensmittel in Ägypten mehr als in
Amerika, das muss man sich mal vorstellen! Ohne Ehevertrag hätte
ich sie nicht zu mir geholt. Mir reichte, was ich mit dieser Sch...
durchgemacht hatte. Hâgars Vater war mit allem einverstanden.
Ich konnte es kaum fassen, dass ich endlich heiraten würde.

Hâgar konnte im Flugzeug nicht schlafen. Sie gab sich
redlich Mühe, ohne Erfolg. Immer wieder öffnete sie die Tasche, um zu sehen, ob das Medikament noch drin war, griff
nach der Schachtel, überlegte, eine Tablette einzunehmen,
schob es aber noch etwas hinaus. Eine Woche zuvor hatte
sie mit ihren besten Freundinnen Rîm und Narmîn bei sich
im Zimmer eine ausgedehnte Konferenz abgehalten. Nachdem sie Sainab fortgeschickt, die Tür abgeschlossen und die
Vorhänge zugezogen hatten, setzten sie sich aufs Bett unter
die mächtige Baumwolldecke, die schwerer war als alle drei
zusammen, und diskutierten. Das existentielle Thema, das
sie das neue Nahostproblem nannten und das den einzigen
Tagesordnungspunkt darstellte, war: Wie könnte Hâgar
mit ihrem Ehemann den Geschlechtsakt vollziehen?

Selbstverständlich gingen sie nicht näher auf Hâgars
Gefühle zu einem gewissen Achmad ein, über die alle Anwesenden im Bilde waren. Rîm warf eine Frage auf: »Wie
vollzieht eine Hure den Geschlechtsakt?«

»Eine Hure bin ich ganz bestimmt nicht«, stellte Hâgar klar und schlug Rîm mit einem kleinen Kissen, das sie gerade zur Hand hatte. Rîm schaute sie scharf an, worauf Hâgar einräumte: »In Anbetracht der Tatsache, dass ich der Ehe mit einem mir unbekannten Mann zugestimmt habe, obwohl ich eine andere Person liebe, könnte ich, von der Warte aus betrachtet, schon als Hure durchgehen.«

Rîm beglückwünschte sie zu ihrer Tapferkeit. »Wie also kann eine Hure den Geschlechtsakt mit irgendeinem dahergelaufenen Kerl vollziehen?« Zu dritt setzten sie diese fruchtlose Debatte fort, bis Rîm ein zündender Gedanke kam. »Ich habe eine Idee. Whisky ist die Lösung. Nutten, entschuldigt bitte den Ausdruck, trinken viel, um sich zu betäuben. In benebeltem Zustand schläft es sich nämlich leichter mit irgendwelchen Typen.«

»Grossartige Idee! Aber ich glaube, dieser Herr hat, soweit ich mich erinnere, einen dicken, fetten Gebetsfleck auf der Stirn. Deshalb kann ich mir kaum vorstellen, dass er Alkohol im Haus hat beziehungsweise welchen kaufen würde.«

»Hör bloss nicht auf den Blödsinn, den Rîm da verzapft«, warf Narmîn ein. »Die Lösung ist, dass du deinen Kopf anstrengst. Worum geht es denn bei der Sache? Doch um Herz und Verstand. Gut. Wenn aber das Herz nicht beteiligt ist, dann muss der Verstand die ganze Arbeit leisten. Zurzeit bist du von einem Gedanken getrieben: Du willst das Land verlassen. Wunderbar. Damit dieser Plan aufgeht, musst du was tun? Genau, du musst es knallhart über dich ergehen lassen. Sex ist im Grunde eine völlig belanglose Angelegenheit. Miss der Sache nicht mehr Bedeutung bei, als sie hat.

Ich nehme an, dass mindestens neunzig Prozent aller Frauen auf der Welt das Gleiche durchmachen wie du. Trotzdem geht das Leben weiter. Tagtäglich bringen Frauen Kinder zur Welt. Du musst das Rad also nicht neu erfinden.«

»Sie wird überhaupt nichts erfinden», entgegnete Rîm. »Das Problem ist doch, dass wir im gleichen Boot sitzen. Mehr als ein paar Küsse und Umarmungen haben wir drei doch nicht ausprobiert. Wir hätten uns während des Studiums mehr trauen sollen, dann würden wir jetzt nicht im Schlamassel sitzen.«

»Ich bin mit Achmad schon ein bisschen weiter gegangen, meine Gute.«

»Was hast du bloss angestellt?«

»Wir müssen eine Lösung finden. Ich werde schon bald fliegen.«

»Wir gehen zum Arzt.«

»Ist nur die Frage, wie wir es ihm erklären sollen.«

»Zu welchem Arzt, das ist die entscheidende Frage.«

»Hussains Cousin ist Arzt.«

»O nein, du willst doch nicht etwa Hussain einweihen. Der plaudert es garantiert gleich Achmad aus. Hussain ist ein altes Klatschweib. Nicht einmal eine Bohne behält der im Mund. An der Uni wusste ich über dich immer bestens Bescheid, und zwar von Achmad. Und der bekam immer alles von Hussain zugesteckt.«

»Ich mache das schon.«

Narmîn machte, und dann gingen sie zum Arzt. Voller Verständnis für Hâgars Lage, stellte er ihr ein Rezept aus. Das Medikament werde, erklärte er, im Volksmund »Glückspille« genannt. Es sei ein Antidepressivum und

68

bewirke lang anhaltende Entspannung und Glücksgefühle. Allerdings solle sie, riet er, das Mittel höchstens vor den ersten beiden Kontakten einnehmen, denn es sei gefährlich und führe bei dauerhafter Anwendung zu Abhängigkeit. Er verschreibe es ihr lediglich, um den ersten Schritt ins Eheleben zu erleichtern. Zu guter Letzt wolle er ihr, wie er sagte, die Quintessenz seiner Lebenserfahrung nicht vorenthalten: »Ich möchte Ihnen sagen, Frau Hâgar, dass die Salonehe sich als erfolgreichste Form der Ehe erwiesen hat. Sie müssen Ihrer Verbindung unter allen Umständen zum Erfolg verhelfen. Die Scheidung erlaubt Gott zwar, aber äusserst ungern.«

Hâgar griff zum zehnten Mal, seit sie im Flugzeug sass, zu dem Medikament. Und zum zehnten Mal überlegte sie, ob sie eine Pille falschen Glücks sofort oder später schlucken sollte. Sie befürchtete vor allem eines: dass das Mittel Einfluss auf ihr Verhalten nehmen und sich negativ auf ihren Auftritt vor der amerikanischen Flughafenpolizei auswirken könnte. Jeder, der davon erfahren hatte, dass sie in die USA geht, hatte ihr Angst vor der Begegnung mit den »Wächtern des Paradieses« eingejagt. Diese seien nämlich ganz anders als der Paradieswächter Ridwân, sie seien schärfer als Schäferhunde. Deshalb beschloss Hâgar, die Tablette erst einzunehmen, wenn sie das Tor des Schreckens passiert hatte.

Eine andersgeartete Sorge nagte ihrem Vater am Herzen. Seit seine Tochter ins Flugzeug gestiegen war, tigerte er rastlos durchs Schlafzimmer, nicht in der Lage, sich auch nur einen Augenblick zu setzen. Schliesslich suchte er Aimans Handynummer heraus und rief ihn an.

»Aiman, sag, wo bist du?«

»Ich bin schon auf dem Weg zum Flughafen.«

»Ist sie etwa immer noch nicht angekommen? Das gibt es doch nicht!«

»Das Flugzeug landet erst in einer Stunde. Ich werde aber rechtzeitig vorher dort sein.«

»Aiman, versprich, dass du gut auf sie aufpasst. Du musst das verstehen, sie ist noch sehr jung und tritt jetzt in einen neuen Abschnitt ihres Lebens ein. Sie reist zum ersten Mal. Bestimmt ist sie unsicher und voller Angst. Du musst sie beschützen, Aiman.«

»Keine Sorge, Doktor Mustafa. Ich werde sie hüten wie meinen Augapfel. Ich habe eine schöne Party für sie vorbereitet. Ausserdem habe ich alle Blumen in Amerika aufgekauft und noch welche aus Kanada dazu. Schliesslich haben wir nur diese eine Hâgar!«

»Gott segne dich, mein Sohn. Ich erwarte deinen Anruf. Sobald sie bei dir ist, will ich mit ihr sprechen.«

Zwei Tränen, die er seit ungefähr einer Stunde zurückzuhalten suchte, liefen ihm aus den Augen. Dann schaute er zum Himmel und wünschte seiner teuren Tochter ein unbescholtenes Leben.

Am John-F.-Kennedy-Flughafen angekommen, stellte sich Hâgar in eine endlos lange Warteschlange und betrachtete die gigantischen Plakate überall um sich herum, die davor warnten, die Fragen der Paradieswächter, der sogenannten »neuen Cowboys«, ironisch zu kommentieren oder zu belächeln.

Die Ägypter, die mit in der Schlange standen, beglückwünschten sie. Alle anderen Reisenden sahen sie verwundert an. Endlich war sie an der Reihe, dem Beamten ihren Pass vorzulegen.

»Grund Ihrer Reise?«

»Ich habe einen Ägypter mit amerikanischer Nationalität geheiratet und komme, um mit ihm zu leben.«

»Wie heisst Ihr Mann?«

»Aiman Subhi.«

Hâgar betrachtete den Beamten. Er sah gut aus. Jung, ozeanblaue Augen und eine Nase wie Elizabeth Taylor.

»Ist das Ihre erste Reise in die Vereinigten Staaten?«

»Ja.«

»Haben Sie Waffen oder Sprengstoff im Gepäck?«

Hâgar musste sich zusammenreissen, um nicht laut loszulachen. Offensichtlich schützte ihn sein gutes Aussehen nicht vor Dummheit.

»Nein.«

»Haben Sie Nahrungsmittel im Gepäck?«

»Nein.«

»Haben Sie Medikamente im Gepäck?«

Hâgar schüttelte den Kopf.

»Haben Sie Geschenke dabei?«

»Nein.«

»Wie viel Bargeld tragen Sie bei sich?«

»Ungefähr 800 Dollar.«

»Ungefähr? Sie haben also nicht mehr als 1000 Dollar in bar dabei, richtig?«

»Ja.«

»Wie lautet Ihre Adresse in den Vereinigten Staaten?«

»Die Adresse steht auf dem Zettel dort.«

»Was ist Ihr Mann von Beruf?«

»Geschäftsmann.«

»In welcher Branche?«

»Er besitzt ein Pizzarestaurant in Paterson, New Jersey.«

»Gehen Sie bitte links entlang. Dort werden Sie von einem Offizier in Empfang genommen.«

Hâgar schaute einen Reisenden hilfesuchend an. »Ich habe nichts verstanden. Bin ich jetzt fertig?«

»Von wegen fertig!«, sagte ein anderer. »Fertig sind Sie noch lange nicht. Das war erst das Vorspiel. Gehen Sie jetzt geradeaus weiter. Sehen Sie die Stuhlreihe dort am Ende des Ganges? Geben Sie Ihren Pass der schwarzen Frau, die aussieht wie ein fetter Sack. Dann setzen Sie sich und warten, bis Sie an der Reihe sind. Die Fragerunde steht noch an. Man wird Sie über Ihr Leben ausquetschen, bis zu Ihrer Geburt zurück.«

Etwa zwei Stunden wartete Hâgar und schwitzte Blut und Wasser. Immer wieder liess sie ihr Leben Revue passieren und suchte nach Anhaltspunkten, wo sie etwas falsch gemacht haben könnte. Würde man herausfinden, dass sie bei der Schariaprüfung abgeschrieben hatte, um nicht durchzufallen? Würden sie ihre Tasche durchwühlen und entdecken, dass sie dem Beamten die Glückspillen verheimlicht hatte? Akribisch durchforstete sie ihre Geschichte nach Schwachstellen.

Sie rekapitulierte im Geist, was sie eingepackt hatte. Mit Schrecken fiel ihr ein, dass Achmads Geburtstagsgeschenk in ihrer Tasche lag. Sie hatte sich davon nicht trennen können, zumal sie darauf hoffte, ihn in den Vereinigten Staaten zu treffen. Irgendwann, dessen war sie sich sicher, würde sie ihm das Geschenk noch geben. Da sie den Beamten diesbezüglich angelogen hatte, überlegte sie, was sie zu ihrer Verteidigung vorzubringen hätte.

Während sie dasass, beobachtete sie entgeistert, dass die Piloten und Stewardessen der EgyptAir-Maschine ebenfalls darauf warteten, verhört zu werden. Sie betrachtete all die Gesichter, die nach elf Stunden Reise müde und abgespannt aussahen. Dann wurde ein Name aufgerufen, der gewisse Ähnlichkeit mit ihrem hatte: »Aagi Mustafa, Aagi Mustafa.« Sie erhob sich und zeigte mit der Hand auf sich: Bin ich gemeint? Der Beamte nickte. Sie trat an ihn heran.

»Aagi Mustafa?«

Hâgar warf einen Blick auf den Pass, um zu sehen, ob es ihrer war. Der Offizier tippte beflissen irgendetwas in den Computer, obwohl sie noch kein Wort gesagt hatte.

»Ja.«

»Geburtsort?«

Wie gut, dass er nicht bei meinem Urgrossvater anfängt.

»Ich wurde in Talâ im Gouvernement al-Minufîja in Ägypten geboren.«

»Haben Sie an militärischen Trainingsprogrammen teilgenommen?«

Mit dem Riesenbusen, den ich vor mir hertrage, und im Brautkleid? Sehe ich etwa aus wie ein Mann?

»Nein.«

»Haben Sie schon einmal eine Waffe benutzt?«

Gilt ein Okraschoten-Putzmesser auch als Waffe?

»Nein.«

»Sind Sie Mitglied einer Terrororganisation?«

Am liebsten würde ich eine Terrororganisation gründen, um Achmad zu entführen.

»Nein.«

»Kennen Sie eine Person in den Vereinigten Staaten, die Mitglied einer Terrororganisation ist?«

Dich, du Schönling.

»Nein.«

»Wann waren Sie zuletzt in den Vereinigten Staaten?«

Du bist an die Falsche geraten. Immerhin komme ich aus al-Minufîja, dem Land der Schlitzohren. Gegen uns seid ihr Amerikaner die reinsten Grünschnäbel!

»Das ist meine erste Reise hierher.«

»Planen Sie, in den Vereinigten Staaten aufrührerische oder terroristische Aktionen durchzuführen?«

Ich plane, Achmad nachzustellen.

»Nein.«

Als sie die Gepäckhalle betrat, hatte Hâgar keine Ahnung, dass dieser Tag, der 5. März, Elisas Geburtstag und gleichzeitig auch, wie man Achmad erklärte, ihr Todestag war. Sie hatte keine Ahnung, dass an diesem Tag Achmads erster ernsthafter Versuch, Kairo zu verlassen, scheitern würde. Und sie ahnte ebenso wenig, dass nun sie, Hâgar, Mustafas Tochter, dafür zuständig wäre, alle erforderlichen Massnahmen einzuleiten, um Achmad Iseddîns Einreise zu erwirken.

Unmittelbar bevor sie das Gepäck in Empfang nahm, schluckte Hâgar die Pille. Krampfhaft durchstöberte sie die Windungen ihres Gehirns nach einer Erinnerung an Aiman. Irgendein Detail seines Gesichts, Haarfarbe, Augenfarbe, Körpergrösse. Sie realisierte, dass sie nicht die geringste Vorstellung mehr von ihm hatte. Würde sie ihn wiedererkennen? Na ja, schoss es ihr durch den Kopf, wann hat sich eine Hure je das Gesicht ihres Freiers gemerkt?

Abdallatîf Awad

Tîfa ist sein Spitzname. Oder auch Hansdampf in allen Gassen, weil er in den dreissig Monaten, die er nun in Paterson in New Jersey lebte, bewiesen hatte, dass er diese Bezeichnung wahrhaftig verdiente. Er war Chefkoch im Aladin, der Pizzeria, die Aiman Subhi gehörte. Ausserdem betätigte er sich als Maler. Der betörend pistaziengrüne Anstrich in Aimans Wohnung zu Ehren von Hâgars Ankunft war sein jüngstes Werk. Mit der linken Hand die letzten beiden Pinselstriche an die rechte Schlafzimmerwand gebracht, hatte Tîfa die Wohnung zu einer strahlend schönen Braut herausgeputzt, der zur Vervollkommnung nur noch der Einzug der wahren Braut fehlte. Zeitweise machte sich Tîfa auch als Klempner, Elektriker und sogar als Mechaniker nützlich. Seit er das Motorrad seines Kollegen und besten Freundes Mûssa repariert hatte, wurde er als Profi angesehen und in Notfällen stets zu Hilfe gerufen. Denn sachkundig wie Mister Honda höchstpersönlich, hatte er den Motor auseinandergenommen und wieder zusammengesetzt. Weitaus bedeutender jedoch waren Tîfas musikalische Fähigkeiten. War er in Stimmung, dann eroberte er mit seinem Gesang die Herzen aller.

Heute wurde Hansdampf in allen Gassen mit einer Aufgabe ganz neuer Art betraut. Aiman Subhi wies ihn an, die Blumen, die als Dekoration für das gesegnete Hochzeitsfest beschafft worden waren, im Anschluss daran weiterzuverkaufen. »Wir können doch nicht für irgend so einen Saal tausend Dollar aus dem Fenster werfen. Eine unverzeihliche Sünde wäre das!«

Das gesamte Aladin-Team gab sich grösste Mühe, ein Fest auf die Beine zu stellen, das dem guten Ruf des Hauses alle Ehre machte, zumal die geladenen Gäste Kunden der Pizzeria waren. Die Koordinierung der Feierlichkeit unterstellte der Bräutigam Tîfa. Im schwarzen Anzug, der zwei Nummern zu gross war – ein Geschenk von Aiman als Dank für die Malerarbeiten in der Wohnung –, stand Tîfa nun vor dem Eingang des Festsaals in der Jersey Street und schaute, in Erwartung des Brautpaars, auf seine neue Casio-Armbanduhr.

Um Punkt neunzehn Uhr war es endlich so weit, das Hochzeitspaar traf ein. Ihre Rechte mit beiden Händen umfassend, führte der Bräutigam die Braut in den Saal. Er trug einen schwarzen Anzug mit Fliege, den er sechs Jahre zuvor anlässlich seines ersten Heiratsversuchs gekauft hatte. Und sie trug, nach nunmehr zwanzig Stunden, noch immer das weisse Kleid.

Hâgar hatte die Mundwinkel krampfhaft zu einem Lächeln verzogen. Unwillkürlich prallte ihr Blick gegen die niedrige Decke, wanderte weiter zum Kronleuchter und über die glitzernden Kristallelemente abwärts. Der Stille dieses atemlos erwarteten Moments setzten die Gäste mit lautem Beifall ein Ende. Eine Frau stiess einen schrillen Jubeltriller aus, und augenblicklich kam heiter-ausgelassene Stimmung auf. Während das Brautpaar zum Hochzeitsthron schritt, spielte DJ Mûssa das unsterbliche Lied von Farîd al-Atrasch, *Stosst an, Leute, lasst die Gläser klingen!*.

Braut und Bräutigam nahmen in den beiden ausladenden, an der Stirnseite des Saals aufgestellten Sesseln Platz. Wieder stiess die Frau einen Jubeltriller aus, allerdings etwas zurückhaltender als beim ersten Mal.

Die Aufregung im Saal legte sich. Abdallatîf zählte mit Adleraugen bereits zum zweiten Mal die Blumengestecke auf den Tischen und musterte gierig den grossen, bunten Strauss hinter dem Brautpaar. Unvermittelt ging er darauf zu, um zu überprüfen, ob die Vase auch sicher stand. Böse Überraschungen, die ihm den Wiederverkauf der Blumen vereitelten, wollte er unbedingt vermeiden. Er merkte, wie ihn alle verwundert anstarrten. Also lenkte er seine Schritte um, trat vor das Brautpaar und begrüsste es, wie der Anstand es gebot, in aller Form, ohne dabei aber den Strauss aus dem Blick zu verlieren. Der Bräutigam umarmte und küsste ihn. Die Braut stand auf und reichte ihm die Hand im Spitzenhandschuh. Tîfa sah sie zum ersten Mal und fand, dass sie den Mund krampfartig verzerrte und ihr Gesicht dadurch wächsern wirkte. Zu einem Lächeln war er in dem Augenblick nicht fähig, denn er dachte verbissen darüber nach, wie er das Fest frühzeitig beenden könnte, um seiner Aufgabe nachzukommen und die Blumen in noch frischem Zustand zu verkaufen. Ihm kam eine Idee, eine geniale Idee, wie er fand, weil er gleich zwei Fliegen mit einer Klappe schlagen würde: Er beschloss, das Abendessen um eine Stunde vorzuverlegen. Und nun war er auch imstande, das Lächeln der Braut zu erwidern, die ihm, so starr grinsend, leicht debil vorkam. Entschlossen ging er in die Küche, um sich seinen Kochkünsten zu widmen und ein königliches Entenmahl zu zaubern.

Gott mag mich ausgesprochen gern. Solange ich denken kann, verwöhnt Er mich. Manche Menschen haben eben Glück. Ich bekomme zum Beispiel seit meiner Kindheit täglich Fleisch zu essen. Unge-

logen! Wer auf der Welt kann schon behaupten, dass er jeden Tag Fleisch in den Magen kriegt? Ich schon! Und zwar nicht irgendein beliebiges Fleisch, sondern Ente, das köstlichste Fleisch überhaupt! Das hat natürlich seine Geschichte. Mein Vater ist eines Tages abgehauen. Er hat sich auf Nimmerwiedersehen in den Irak abgesetzt. Damals war meine Mutter schwanger mit mir und musste zusehen, wie sie klarkommt. Also trommelte sie ihre drei jüngeren Brüder Hassan, Hussain und Hassanain zusammen. Gemeinsam heckten sie einen Plan aus. Einer stellte sich an die Strasse am Karûnsee, der nächste zweihundert Meter weiter und der dritte noch ein Stück weiter auf. Laut rufend priesen sie einen Inselausflug an. Sobald ein Wagen anhielt, rannten alle drei hin und unterboten einander, als seien sie Konkurrenten, die sich gegenseitig den Kunden auszuspannen versuchen. Der Interessent fühlte sich begehrt wie der Hahn im Korb und pickte sich das günstigste Angebot heraus. Er bekam den Preis, den die drei vorher untereinander festgelegt hatten, und freute sich, dass er den billigsten Begleiter in ganz Fajjûm ergattert hatte. So machten sie es, seit ich auf der Welt war. Die Inselausflüge ernährten uns alle. Eigentlich ist die Insel gar keine. Meine Kenntnisse sind zwar recht bescheiden, weil ich gleich nach der Mittelstufe von der Schule abging, aber soweit ich weiss, gibt es in dem See nur zwei Inseln, und auf denen wimmelt es von Skorpionen. Deshalb verirrt sich keiner dorthin. Die Besucher brachten wir in einer kleinen, klapprigen Feluke auf eine Landzunge, die wir Insel nannten. Dort hatten wir zum Sitzen eine Matte aus Palmblättern auf der Erde ausgebreitet. Na ja, wenn sie den ganzen Tag dort zubrachten, wollten sie natürlich irgendwann essen. Und da kam meine Mutter ins Spiel. Sie ist eine fabelhafte Köchin. Die lokalen Spezialitäten sind Seezunge und Fajjûm-Ente, dazu Reis, Salat und Ofenkartoffeln. Und dann

hiess es: Guten Appetit, Leute, haut rein! Natürlich blieb immer
etwas auf den Tellern liegen. An dieser Stelle kam der Diener des
Herrn, also ich, Abdallatîf, an die Reihe. Ich machte mich über die
Reste her, ich spachtelte und spachtelte, bis ich alles verputzt hatte.
Der reinste Luxus war das. Selbst die Lehrer beneideten mich und
wollten, dass ich ihnen etwas mitbringe von den Kreationen meiner
Mutter, möge Gott ihr Gesundheit und Glück schenken.

Abdallatîfs Onkel heirateten und bekamen Kinder. Auch
die Mutter heiratete erneut, nachdem sein Vater für vermisst
erklärt worden war, und gebar weitere Kinder. Schwere Zeiten brachen an. Die Zahl der Kunden ging zurück, gleichzeitig nahmen Konkurrenzdruck und Rangeleien zu. Wer
konnte, zog fort. In ernsthafte Schwierigkeiten aber kam die
in Sinnûris im Gouvernement Fajjûm lebende Familie erst
1998, als sich in ganz Ägypten wirtschaftliche Probleme
bemerkbar machten. In deren Folge schloss sich Abdallatîfs
Onkel Hassanain einer islamistischen Gruppierung an, die,
so ihr erklärtes Ziel, Doktor Jûssuf Wali aus dem Distrikt
Ibschâwi in Fajjûm töten wollte, weil er der Kollaboration
mit Israel bezichtigt wurde. Obendrein soll er durch die
Genehmigung krebserregender Düngemittel vorsätzlich die
Gesundheit des ägyptischen Volkes gefährdet haben.

Unmittelbar über dem Karûnsee tat sich im Himmel
eine Klappe zur Hölle auf, der niemand entrinnen konnte.
Hassanain, der das Inselprojekt am aktivsten betrieben
hatte, verschwand plötzlich. Im Laufe der Tage, Monate
und Jahre nahm die wirtschaftliche Not stetig zu, so dass
sich jeder sein Brot mit Gewalt und ohne Rücksicht auf
Verluste beschaffen musste. Die Welt steuerte auf das ein-

undzwanzigste Jahrhundert zu, das glückliche Zeitalter von George W. Bush, gewählt am 18. Dezember 2000, sechsundvierzig Tage nachdem Atif Abaid und Achmad Nasîf im Beisein von zig Universitätsabsolventen das Cybercafé in Gisa eröffnet hatten. Und sechsundvierzig Tage nachdem Abdallatîf sich über die mexikanische Grenze auf amerikanisches Staatsgebiet geschmuggelt hatte.

Abdallatîf, der am 29. Februar 1982 geboren wurde und keine Ahnung hatte, dass sein Geburtstag nur einmal in vier Jahren kam, weil er ihn sowieso nie feierte, hatte sich, nachdem die wunderbaren Errungenschaften der Obrigkeit wie eine Katastrophe über ihn hereingebrochen waren, geschworen, dass er das neue Jahrhundert nicht in dem trostlosen Kaff Sinnûris erleben wollte, zumal sich das Glück von Fajjûm und der gesamten Region endgültig abgewandt hatte. So nahm er im Alter von fünfzehn Jahren bereits die ersten Kontakte zu Schleusern auf. Anfangs plante er, in den Irak zu gehen und die Suche nach Arbeit mit der Suche nach seinem Vater zu verbinden. Abdallatîf war fest davon überzeugt, dass sein Vater noch am Leben war und dass er ihn früher oder später treffen würde.

Tîfa hatte immer hart gearbeitet. Seit dem fünften Lebensjahr hatte er der Mutter beim Kochen und, sobald die Gäste gegangen waren, seinen Onkeln beim Abräumen, Spülen und Putzen geholfen.

Nachdem das Inselprojekt ein jähes Ende genommen hatte, verdingte sich Abdallatîf als Mechaniker- und später als Elektrikergehilfe. Er hatte eine besondere Angewohnheit: Nach Feierabend hockte er sich, ganz gleich wie anstrengend der Arbeitstag gewesen war, vor das Haus und baute alle Geräte, die ihm in die Finger kamen, auseinander und wieder zusammen, Stecker, Verteilerdosen, alte Telefone, kaputte Transistoren. Das war sein einziges Hobby neben einem anderen: den Schleusern in Fajjûm nachzujagen.

»Ich bin Abdallatîf, der Sänger, den Tom Cruise beauftragt hat, das wunderbare Fest, das uns heute hier zusammenführt – die Hochzeit des Herrn Aiman Subhi und der entzückendsten aller Damen, Signora Hâgar –, ordentlich in Schwung zu bringen. Eigentlich sollte Britney Spears heute Abend singen. Leider ist sie aber verhindert, weil aufgrund eines leichten Schnupfens ihre Nase verstopft ist. Nichts für ungut. Deshalb hat sie Herrn Cruise angerufen und ihn gebeten, den Auftritt zu übernehmen. Der aber hat furchtbar nervös an seinen Jackettknöpfen herumgenestelt, als er zu mir kam, und sich mit fadenscheinigen Argumenten herausgeredet. Und so haben Sie, meine Damen und Herren, heute Abend das grosse Glück, Tîfa erleben zu dürfen. Ich beginne mit einem Lied, das noch nie vorgetragen wurde. Ich singe es heute zu Ehren von Signora Hâgar und hoffe, dass es ihr gefällt.«

Musik ertönte, Abdallatîfs Stimme erklang und brachte den Saal zum Beben.

Die Gäste wiegten sich hin und her und klatschten im Takt. Aiman sprang auf und fing wild zu tanzen an. Er versuchte, Hâgar auf das Parkett zu ziehen, doch sie lehnte ab. Also tanzte er allein weiter. Die Gäste scharten sich um ihn. Ein Mann wuchtete ihn hoch auf die Schultern. Aiman tanzte oben unbeirrt weiter, bis sein Kopf mit Wucht gegen den Kronleuchter prallte. Der Bräutigam fiel zu Boden. Es gab ein tumultartiges Durcheinander, und das Fest wurde abgebrochen. Tîfa seinerseits freute sich insgeheim und richtete seinen Blick auf die Blumen. Des einen Leid ist des anderen Freud.

Tîfa ist ein Geschenk Gottes. Ein Joker. Egal wo man ihn einsetzt, er macht einen hervorragenden Job. Seit er bei mir angefangen hat, boomt das Geschäft. Er ist ein grandioser Koch. Sein Essen ist unübertroffen köstlich. Als ich das Restaurant übernahm, habe ich es Aladin genannt. Der Name zieht bei Arabern und Amerikanern, dachte ich. Das war im August 2001. Wenige Tage später, am 11. September, wurden die beiden Türme in Schutt und Asche gelegt. Ich war am Boden zerstört. Das Geschäft wird nicht laufen, sagte ich mir, verkauf das Restaurant lieber. Ausserdem ist ein arabischer Name im Moment nicht gerade vorteilhaft. Nachher wird einem noch vorgeworfen, dass man terroristische Gerichte mit Dynamitsauce serviert. Aber ich hatte gerade erst 300 000 Dollar für den Laden hingeblättert. Da steckten neben meinen gesamten Ersparnissen das Geld von zwei Partnern und ein Bankkredit drin. Eine ziemlich ernste Sache also. Die Monatsmiete beträgt 2500 Dollar. Mein Vorgänger hatte es auf 10 000 Dollar Umsatz in der Woche gebracht.

Und dann geschah Folgendes: Nachdem ich den Laden übernommen hatte, ging der Umsatz von 10 000 Dollar wöchentlich auf 6000 Dollar im Quartal zurück. Das Lokal abzustossen hätte grosse Verluste bedeutet. Aber dank Tîfa und den anderen Mitarbeitern komme ich inzwischen auf 22 000 Dollar in der Woche. Aus einer simplen Pizzeria haben sie ein nobles Restaurant gemacht, das alle möglichen extravaganten Schlemmereien anbietet. Tîfa vollbringt an Enten wahre Wunder. Seine Kreationen sind, wie er sich rühmt, besser als die französische Küche.

Im Aladin arbeiteten neun Personen: Abdallatîf und Hussain in der Küche, Magdî und Scharbîni am Pizzaofen, Maya bediente das Telefon, George und Nassîm waren für die Bedienung zuständig, Mûssa und Ishâk lieferten die Bestellungen aus. Alle waren Ägypter, bis auf Maya, die aus Mexiko stammte, und Mûssa aus dem Sudan. Er war der Älteste. Mit dem Abspaltungsbeschluss vom 19. Dezember 1955[9] hatte er sich aber nicht abgefunden. Er hielt ihn für eine amerikanische Verschwörung, umgesetzt von zwei Unionisten namens Gamâl Abdel Nasser und Ismaîl al-Ashari[10]. Mûssa verstand sich als Sudan-Ägypter und betrachtete somit Maya als einzige ausländische Mitarbeiterin im Aladin. Maya aber bestritt, Ausländerin zu sein. Sie begriff sich als Nachfahrin der Pharaonen, der Errichter der mexikanischen Pyramiden.

Das Lokal liegt in einer Einkaufsstrasse in Paterson im Bundesstaat New Jersey. Wer durch das Viertel geht, fühlt sich wie in einem arabischen Land. Überall arabische Ladenschilder. Ein Metzger, der seine Ware als »Halâl-Fleisch« ausweist. Geschäfte, die orientalische Lebensmittel anbieten. Sogar von den weggeworfenen Zeitungen auf der Erde schauen einen arabische Buchstaben an. Tîfa traute seinen Augen nicht, als ihn das Schicksal hierher verschlug. Er glaubte, ein Schiff habe ihn entführt und mitten in der Alten Welt, unserem fernen Land, wieder ausgespuckt. Auch Hâgar konnte wochenlang nicht fassen, dass das tatsäch-

9 Das Parlament des Sudan erklärte an diesem Tag die Unabhängigkeit des Landes. Ägypten und Grossbritannien erkannten den Sudan am 1. Januar 1956 an.
10 Lebte 1902–1969. Erster Ministerpräsident und späterer Präsident (1965–1969) des Sudan.

lich die Vereinigten Staaten sein sollten. In der Wohnung schaute Aiman immerzu ägyptische Fernsehsender und hörte ägyptische Musik. Selbst das Lebensmittelgeschäft, in dem sie einkaufte, gehörte einem Ägypter.

Abdallatîf teilte sich ein Appartement, bestehend aus einem Schlafzimmer und einem kleinen Wohnzimmer, mit Hussain, Magdî und Scharbîni. Die Wohnung war nur ungefähr zwei Kilometer beziehungsweise fünfundzwanzig Minuten Fussweg vom Aladin entfernt. Die vier Männer deckten hinsichtlich ihrer Herkunft die ägyptische Landkarte von Nord nach Süd ab. Hussain stammte aus Buhaira im äussersten Norden, Magdî aus Sues im Osten, Abdallatîf, wie bereits bekannt, aus Fajjûm im Landesinneren, und Scharbîni kam aus Kinâ im äussersten Süden und war wie die meisten Leute aus seiner Region ehrlich und direkt, womit er oft den Unmut der anderen auf sich zog. »O Gott, bewahre uns vor Scharbînis Kaltschnäuzigkeit!«, schimpften sie dann.

Weil die vier, was ihre Charaktereigenschaften anbelangte, recht unterschiedlich waren, hatten sie für das Zusammenleben gewisse Regeln aufgestellt, an die sie sich auch konsequent hielten. Diese Disziplin garantierte in ihren Augen, dass alles friedlich blieb. Zustatten kam ihnen ausserdem, dass sie sich überwiegend im Aladin aufhielten. Ihre Regeln nannten sie »Chefin«. »Die Chefin sagt«, so hielten sie sich gegenseitig zu ihren Pflichten an, »dass Scharbîni heute mit der Wäsche dran ist.« Die »Chefin« regelte alle Angelegenheiten bis ins Kleinste, auch Dinge, die nicht in ihren Zuständigkeitsbereich gehörten.

Seit ich hier im Land bin, habe ich glücklicherweise nichts getan, womit ich Gott gegen mich aufbringen könnte. Ich führe ein anständiges Leben. Im Grunde tue ich das schon immer. Nur wie ich das Geld für den Schleuser Abdalnabi beschafft habe, war nicht ganz einwandfrei. Ursprünglich wollte ich in den Irak. Der Irak sei hoffnungslos verloren, sagte Abdalnabi. Er vermittle nur noch Reisen nach Amerika. Kaum hatte ich das Wort »Amerika« gehört, liess mich diese Idee nicht mehr los, und ich kam zu dem Schluss, dass ich dorthin muss. Allerdings sollte das Ticket 5000 Pfund kosten. Hinzu kamen 3000 Dollar für den Schmuggel ins Land plus Taschengeld. Diese Summe aufzubringen war utopisch, zumal ich noch nie im Leben krumme Dinger gedreht hatte. Abgesehen davon, bin ich für so etwas auch völlig ungeeignet, Gott ist mein Zeuge. Ich sah und hörte mich überall um, denn ich hatte mir geschworen, das Land vor Beginn des Jahres 2000 verlassen zu haben. Aber es war einfach zu viel Geld, da war nichts zu machen. Doch eines Tages traf ich einen Halunken, Râschid Kahrabâi hiess er. Er kam am 1. Januar 2000 in ein Café, in dem ich um die Mittagszeit sass, weil ich nichts zu tun hatte. Er fragte, ob ich mir nicht ein paar Scheine verdienen wollte, statt untätig herumzuhängen. »Klar doch«, sagte ich. Natürlich wusste ich, dass weder er sauber war noch sein Angebot. Aber ich brauchte das Geld. Er und seine Kumpel knackten in Kairo Autos und brachten sie nach Fajjûm auf ein abgelegenes Gelände. Ich sollte dort auf sie warten und alle Autos, die sie herbeischafften, zerlegen, damit sie die Einzelteile an Händler verscherbeln konnten. Ich schickte ein Beistandsgebet zum Himmel, machte mich an die Arbeit und beschloss, zur Busse zu fasten. Ich nahm Wagen aller möglichen Marken und Modelle auseinander. Nach sieben Monaten hatte ich die nötige Summe zusammen.

Abdallatîf schaute auf seine Uhr. Es war um zehn. Er klopfte an und wartete eine Weile. Endlich öffnete Hâgar die Tür und bat ihn herein. Sie trug einen langen, weiten Morgenmantel, der ihren Körper ganz bedeckte. Es war offensichtlich, dass sie das Kopftuch in aller Eile umgebunden hatte, denn einige Haare schauten heraus. Das Lächeln, das Abdallatîf sonst von ihr kannte, hatte sie nicht aufgesetzt.

Aiman war auf Geschäftsreise in Texas. Hâgar hatte ihn am Vorabend angerufen, um ihm die Katastrophe zu melden, die sich in der Wohnung anbahnte. Aus dem Abfluss kam Wasser. Aiman hatte Abdallatîf gleich angewiesen, Hâgar am nächsten Morgen zu retten.

»Gott steh mir bei«, murmelte Tîfa, wie er es früher in Fajjûm vor jedem Einsatz als Elektriker getan hatte. Dann trat er, mit dem rechten Fuss zuerst, in die Wohnung ein.

»Passieren solche Dinge bei euch etwa auch?«, fragte Hâgar. »Ich dachte immer, darauf hätte die ägyptische Kanalisation ein Monopol.«

»Nicht ›bei euch‹, sondern ›bei ihnen‹. Ich habe die Staatsbürgerschaft noch nicht, dafür aber die Greencard. Im Übrigen passieren hier selbstverständlich auch solche und noch viel schlimmere Dinge.«

»Apropos Greencard: Ich habe eine provisorische bekommen. Wann bekommt man eigentlich die richtige?«

»Nach ungefähr eineinhalb Jahren wird man zu einem zweiten Interview eingeladen. Und danach bekommt man die endgültige Greencard.«

»Wie lange gilt sie?«

»Zehn Jahre. Aber wenn man sie erst einmal hat, ist man aus dem Schneider.«

»Und die Staatsbürgerschaft?«

»Drei Jahre danach.«

»Also dauert es noch eineinhalb Jahre, bis ich die richtige Greencard bekomme.«

»Ungefähr.«

»Kommt der Abfluss wieder in Ordnung?«

»Auch in eineinhalb Jahren.« Tîfa kicherte, verstummte aber, als er merkte, dass Hâgar ernst dreinschaute. »Abflüsse sind nicht mein Fachgebiet. Aber Gott wird es schon richten. In der Not vertraue ich immer auf Gott.«

Abdallatîf verliess Aimans Wohnung mit einem unguten Gefühl. Der Verrat lag, wie er fand, regelrecht in der Luft. »Hâgar wird Aiman hinterrücks erstechen«, sagte er zu Scharbîni. »Sie wird alles zerstören und am Ende die Hälfte seines gesamten Besitzes abstauben. Es kann durchaus sein, dass wir das Aladin völlig umsonst hochgebracht haben. Wir müssen ihn unbedingt warnen.«

Sämtliche Aladin-Mitarbeiter hatten ihre Erfahrungen mit der sogenannten Businessehe. Jeder hatte eine Amerikanerin geheiratet, um eine Aufenthaltsgenehmigung und die Greencard zu bekommen. Diese Angelegenheiten regelte Peter Anastasi für sie, ein Amerikaner in den Dreissigern mit italienischem Hintergrund, spezialisiert auf alles, was mit Immigration und Einbürgerung zu tun hat. Er war mit allen Wassern gewaschen. Dank dem italienischen Blut in seinen Adern liess er sich nicht so leicht von tückischen Beamten hinters Licht führen. Er hatte Abdallatîfs Eheschliessung von Anfang bis Ende begleitet. Die Kosten beliefen sich auf 11 000 Dollar. Davon hatte die Ehefrau 8000 und

Peter 3000 Dollar bekommen. Nachdem die Ehe geschlossen war, hatte Peter den Nachweis erbracht, dass die beiden Eheleute an ein und derselben Adresse wohnhaft sind. Nur auf dem Papier natürlich. Darüber hinaus hatte er in der Ausländerbehörde gewisse Kontakte und war daher im Bilde, ob diese eine Überprüfung der ehelichen Verhältnisse seiner Klienten plante. Falls ein Kontrollbesuch anstand, was seit dem 11. September verstärkt vorkam, warnte Peter das betreffende Ehepaar vor, damit beide Partner zum fraglichen Zeitpunkt in der gemeinsamen Wohnung zugegen waren.

Allen widerstrebte eine Ehe, die auf Lüge und Vortäuschung von Gefühlen beruhte. Insofern war die Businessehe die bessere Lösung. Klare Verhältnisse sind das Prinzip der Prostitution, eines der ehrenhaftesten Gewerbe im einundzwanzigsten Jahrhundert.

Hätte mir jemand Stein und Bein geschworen, dass die Reise hierher so beschwerlich sein würde, ich hätte es nicht geglaubt. Na ja, es ist wie bei der Geburt, sage ich mir. Die Frau schreit sich nur so lange die Seele aus dem Leib, bis das Kind draussen ist. Die Reise war für mich im Grunde auch eine Art Neugeburt. Folglich gehörte es einfach dazu, dass ich mir unterwegs die Seele aus dem Leib schrie. So ist das Leben halt.

Die Reise dauerte über zwei Monate. Ich brach am Sonntag, dem 27. August 2000, um vier Uhr früh auf und kam am Donnerstag, dem 2. November, morgens um acht Uhr in Texas an. In den zwei Monaten und sechs Tagen habe ich Dinge erlebt, die sich keiner vorstellen kann. Ich wurde regelrecht bis auf die Knochen gegrillt.

Abdallatîf bestieg die Arche Noah, weil ihm alle Wege, seinen Lebensunterhalt in Fajjûm zu bestreiten, versperrt waren. Also tat er genau das, was alle Männer in seinem Umfeld taten. Die, die älter waren als er, hatten den Schritt bereits hinter, die Jüngeren noch vor sich. Er ging fort aus Sinnûris. Unter Jubeltrillern, Glückwünschen und Küssen der Mutter, der Onkel, Cousins und Freunde brach er auf. Er hoffte, seinen Onkel Hassanain, der ihm sehr nahegestanden hatte, wiederzutreffen. Wo dieser sich allerdings aufhielt, das wusste keiner.

Begleitet von Abdalnabi, nahm er zunächst den Mikrobus von Fajjûm nach Kairo. Er solle, hatte ihn Abdalnabi angewiesen, so wenig Gepäck wie möglich mitnehmen: Unterwäsche, ein Hemd zum Wechseln und Sandwiches für mindestens vier Tage, mehr nicht. Es sei eine lange Reise und er müsse sich ungehindert und schnell bewegen können. Abdalnabi erläuterte ihm Schritt für Schritt alle Einzelheiten und Stationen der Route und liess ihn die Handynummer eines gewissen Pedro so oft aufsagen, bis er sie auswendig konnte. Besagten Pedro solle er anrufen, sobald er auf dem Flughafen von Quito in Ecuador gelandet sei. Zum Schluss riet er ihm, die Sandwiches nicht ohne Sinn und Verstand auf einen Schlag aufzuessen, sondern sich die Mahlzeiten gut einzuteilen: alle paar Stunden nur ein Sandwich. Andernfalls müsse er sich Verpflegung zu astronomischen Preisen auf den Flughäfen kaufen.

Die beiden stiegen am Rimâjaplatz in Gisa aus. Zum ersten Mal im quirligen Kairo, war Abdallatîf völlig fasziniert von dem Gedränge auf den Strassen und von den gewaltigen Fünfsternehotels, die den Platz säumten. Das

Forte Grand Hotel rechts, das Sofitel links und das Jolie Ville in der Ferne. Und plötzlich sah er die Pyramiden. Wie angewurzelt stand er da und blickte zur gewaltigen Cheops-Pyramide. Ein stummes Gespräch zwischen ihm und Cheops entspann sich und blieb ihm unauslöschlich im Gedächtnis haften. Dann ging es mit einem anderen Mikrobus zum Gisaplatz und von dort weiter zum Tachrîrplatz. In einem exquisiten Restaurant in Bab al-Lûk stärkten sie sich mit Kuschari[11]. Abdallatîf lud sich extra viel Tomatensauce, Zwiebeln und Kichererbsen auf, weil diesmal ausnahmsweise Abdalnabi bezahlte. Anschliessend nahmen sie den Bus zum Flughafen. Fünf Stunden vor dem Abflug waren sie dort. Abdalnabi händigte ihm das Ticket aus. Es habe, erklärte er, 4400 Pfund gekostet. Blieben von den insgesamt 5000 Pfund, die Abdallatîf ihm gegeben hatte, also 600 Pfund übrig. Diese plus die 100 Dollar, die er zwei Tage zuvor von ihm bekommen hatte, behalte er als seinen Lohn ein. Abdalnabi verabschiedete Tîfa mit den Worten: »Wir sehen uns wieder. Schliesslich muss der Giftmischer sein Gebräu auch selbst einmal kosten.«

Die KLM-Maschine flog um vier Uhr von Kairo in Richtung Amsterdam ab. Um 7 Uhr 35 niederländischer Zeit landete Abdallatîf und musste im Transitbereich sechzehn Stunden auf den Anschlussflug nach Quito warten.

Im Flugzeug schlief ich wie ein Stein. Auf dem Flughafen Amsterdam dagegen war ich vor lauter Mädchen um mich herum die ganze Zeit hellwach. Unglaublich, was man da erlebt. Meine Kumpel aus Fajjûm, die in Hurghada oder Scharm al-Scheich

11 Gericht aus Reis, Nudeln und Linsen.

arbeiten, hatten mir oft erzählt, wie die Frauen herumlaufen und was sie mit den Männern so treiben. Zwar hatte ich mir in einem Café in Fajjûm auch schon einmal Pornos angeschaut, aber zu beobachten, wie die Leute am helllichten Tag knutschen und sich befummeln, ist etwas ganz anderes. Ich hatte das Glück, einen guten Platz zu erwischen. Mir gegenüber sassen drei junge Pärchen, die genau wie ich auf ihren Flug warteten. Währenddessen küssten sie sich, mit Zunge und so. Eine der Frauen hatte die Beine obendrein bis zum Anschlag gespreizt. Wie ein König habe ich mich gefühlt. Ich sass da, guckte und kam, ohne auch nur einen Cent bezahlt zu haben, wunderbar auf meine Kosten. Als die sechs weg waren, spähte ich nach anderen Frauen. Der einen hing der Busen halb aus der Bluse. Bei der anderen guckte die Unterwäsche heraus. Nicht zu fassen, diese Schamlosigkeit! Irgendwann musste ich aufs Klo. Als ich einen Fuss in den Waschraum setzte, entfuhr mir ein Schrei. Alles blitzte und funkelte, der Boden strahlte regelrecht. So einen sauberen Raum hatte ich noch nie gesehen. Danach ging ich mir alle naselang Gesicht und Hände waschen. Als ich wieder einmal die Toilette betrat, da – ich bitte den Ausdruck zu entschuldigen – fickten dort gerade zwei. Auf der Stelle rannte ich hinaus und sah noch, wie ein Polizist hineinging. Ach du Schreck, dachte ich, jetzt geht es denen da drin an den Kragen. Ich blieb an der Tür stehen, um zu beobachten, was passiert. Aber der Polizist kam ganz normal wieder heraus.

Ich muss sagen, dass ich panische Angst vor der Polizei hatte. Ich hatte nämlich gehört, dass die einen, wenn man auf seinen Flug wartet, gern auch einmal in die Mangel nehmen. Ich solle immer Pass und Ticket bereithalten, hatte man mir geraten. Aber zum Glück hat mich keiner angesprochen.

Am Ende fand ich es schade, nur sechzehn Stunden gewartet zu haben, das war viel zu kurz gewesen. Jedenfalls stieg ich zu guter Letzt ins Flugzeug.

Die KLM-Maschine hob um 23 Uhr 35 vom Flughafen Schiphol ab. Während des Flugs schlief Abdallatîf hauptsächlich. Kurz vor der Landung wurde er geweckt, damit er Quito aus der Luft sehen konnte. Ein atemberaubender Anblick. Die Stadt, 2800 Meter über dem Meeresspiegel, lag in einem grünen Tal. Diesen üppig bunten Garten konnte man in seiner ganzen Pracht nur aus der Vogelperspektive erfassen. Um acht Uhr Ortszeit landete Tîfa auf dem internationalen Mariscal-Sucre-Flughafen in Quito, der Hauptstadt der sogenannten Bananenrepublik. Deren politische und wirtschaftliche Situation war äusserst angespannt. Mit gewalttätigen Demonstrationen überall im Land hatte das neue Jahrhundert angefangen. Aufgebrachte Menschenmassen forderten den Rücktritt des ecuadorianischen Präsidenten Jamil Mahuad, der libanesische Wurzeln hatte. Er hatte das Land abgewirtschaftet. Die jährliche Inflationsrate war auf 40,7 Prozent gestiegen, die Strom-, Gas- und Benzinpreise waren innerhalb eines Jahres um 410 Prozent und der Wechselkurs der Landeswährung Sucre zum US-Dollar im Jahr 1999 um 197 Prozent in die Höhe geschnellt. So war am 6. Januar 2000 der Ausnahmezustand ausgerufen worden.

Glücklicherweise hatten die politischen Aufstände keine Auswirkungen auf die Einreisebestimmungen für Ägypter. Ecuador blieb nach wie vor eines der wenigen Länder auf der Welt, das Ägyptern direkt bei der Einreise am Flugha-

fen ein Dreimonatsvisum ausstellte. Bürger der Mitglieds-
staaten des Golf-Kooperationsrats dagegen benötigten gar
kein Visum. Und das, obwohl die ägyptische Botschaft –
abgesehen vom libanesischen Konsulat – die einzige arabische Vertretung in Quito war.

Dank der Fürbitten seiner Familie erreichte Abdallatîf
diesen ominösen Pedro problemlos. Er stammelte ein paar
Worte auf Arabisch, so ausgesprochen, dass sie, wie er
meinte, englisch klangen. Pedro verstand auf Anhieb. Abdallatîf wartete zwei Stunden am Flughafen, bis Mâsin erschien. Der junge Jordanier nahm Abdallatîf bei der Hand
und führte ihn hinaus.

*Kaum trat ich ins Freie, hatte ich das Gefühl, mir würde die
Luft abgeschnürt. Im Handumdrehen war ich klitschnass. Ich
wollte atmen, aber es ging nicht. Japsend stand ich da und dachte
schon, ich müsste sterben. »Keine Sorge«, beruhigte mich Mâsin,
»die Luftfeuchtigkeit ist heute etwas hoch.« Von wegen »heute«,
die ganze Zeit, die ich dort war, blieb es so. Junge, Junge, was für
ein Klima! So was hatte ich noch nie erlebt. Fünf Minuten später
überkam mich ein leichter Schwindel. Das liegt bestimmt daran,
dass ich kaum Luft, dafür aber jede Menge Wasser in die Lunge
bekomme, dachte ich. Ich hielt mir den Kopf mit beiden Händen.
»Der Schwindel kommt von der Höhenluft«, erklärte Mâsin lachend. »Immerhin befinden wir uns fast 3000 Meter über dem
Meeresspiegel.« – »Ich jedenfalls komme aus Fajjûm«, kommentierte ich. »Unser Lehrer, möge er in der Hölle schmoren … Also,
dieser Lehrer, den ich immer mit Mutters Entenbraten bestach,
damit er mich nicht durchfallen liess, hat uns eingetrichtert, dass
unser Land vierzig Meter unter dem Meeresspiegel liegt. Dann sah*

er mich an und sagte, dass das wohl erklärt, warum ich von solch
niederer Wesensart sei.«

Mâsin fuhr einen alten Wagen. Ich sass einfach nur im Auto
und schaute mir die Menschen an. Sie sahen komisch aus in ihrer
weiten Kleidung und mit den grossen Hüten auf dem Kopf. »Was
sind das für Leute?« – »Das sind Indios, sie stellen etwa dreissig
Prozent der Einwohner.« Endlich waren wir da. Wir betraten eine
grosse Blechbaracke. Auf dem Boden lauter ausgebreitete Decken
und niedrige Holztische. Wir setzten uns. »Du wirst zusammen
mit einer Gruppe reisen. Die anderen kommen noch. Wir warten,
bis ihr insgesamt dreissig seid. Und dann geht's auf nach Ame-
rika.«

Bis diese Zahl erreicht war, wartete Abdallatîf drei Wochen
in der Blechbaracke. Pedro besuchte ihn hin und wieder. Er
gehörte zu einer jener Schleuserbanden, die sich mit anderen
Mittellosen aus Kolumbien und Mexiko zu einer internationalen Gang zusammengeschlossen hatten. Sie schmuggelten
Arbeiter in die Vereinigten Staaten, in jenes Land also, unter
dessen Regie ihr Unglück in hübsche Fläschchen abgefüllt
wurde, seit der neue Präsident Ecuadors, Gustavo Noboa,
die Erwartungen seines Volkes enttäuscht hatte. Statt sich
darum zu bemühen, dass die Armut zurückgedrängt wird,
die bereits siebzig Prozent der Bevölkerung erfasst hatte, interessierte ihn nur eines: mit Gewalt den Bau einer neuen
Erdölpipeline durchzusetzen.

Abdallatîf war das Warten gewohnt. Sein Leben lang
hatte er gewartet. Gewartet, dass der Mikrobus in Fajjûm
sich bis auf den letzten Platz füllt, damit der Chauffeur los-
fuhr. Gewartet, dass sich am Himmel etwas Neues zeigt.

Insofern störte es ihn nicht, als Erster in der Blechbaracke angekommen zu sein. Gemächlich kaute er die Minuten. Am nächsten Tag bezog ein seltsamer Kauz, ein Nigerianer namens Kalu, die Decke neben ihm. Tîfa konnte beim besten Willen keinen Zugang zu ihm finden. Im Laufe der folgenden Tage stiessen Männer unterschiedlichster Nationalitäten dazu. Die meisten stammten aus afrikanischen Ländern: Sierra Leone, Kongo, Guinea. Und weil das Glück, wie sich Tîfa oft brüstete, immer auf seiner Seite stand, traf schliesslich auch ein Araber ein. Er hiess Saîd, kam aus Marokko und war etwa fünfzehn Jahre älter.

Als sie vollzählig waren, bezahlte jeder 2500 Dollar, das machte zusammen also 75 000 Dollar. Am darauffolgenden Tag brachen sie auf. Ein alter Bus fuhr sie von Quito über die Anden und durch den Amazonas-Regenwald in Richtung kolumbianische Grenze. Sie passierten viele Dörfer und Ortschaften, in denen die Menschen unter schwierigsten Bedingungen, ohne Trinkwasser und Strom, lebten. Unterwegs sahen sie überall Erdhaufen, vermischt mit einer schwarzen Masse, die aus Lecks in den Pipelines sickerte. 96,6 Prozent seines Erdöls fördert Ecuador im Amazonas-Regenwald. Für die Bohrungen wurde ein tausend Kilometer langes Strassennetz in den Wald hineingebaut, wurden also Tausende Hektar Urwald abgeholzt. Starke Regenfälle hatten diese Gebiete anschliessend in monströse Schlammflächen verwandelt. Welche Auswirkungen die Chemikalien, die bei den Bohrungen eingesetzt wurden, auf die Natur haben, wurde dabei nicht bedacht, ebenso wenig, dass sie bei Menschen Gesundheitsschäden, insbesondere Krebs, hervorrufen.

Ein paar Kilometer vor der kolumbianischen Grenze, in einem menschenleeren Gebiet, das so viele Bäume zählte wie die Wüste Sandkörner, mussten sie aus dem Bus steigen. Es folgte ein eintägiger Fussmarsch durch die Wälder, um die Grenzkontrollen zu umgehen. Jeder trug auf dem Rücken zwanzig Liter Wasser als Reserve für den Notfall. Doch sie kamen planmässig und unversehrt über die ecuadorianisch-kolumbianische Grenze. Im ersten kolumbianischen Dorf stiegen sie in einen Bus, der noch klappriger war als der erste.

Kaum waren sie losgefahren, wurde Saîd, der neben Abdallatîf sass, nervös. Sobald der Bus das Tempo drosselte, sprang er panisch auf, starrte gebannt an Tîfas Kopf vorbei aus dem Fenster und rezitierte Koranverse, die ihn bald, zumindest vorübergehend, beruhigten. Nach und nach übertrug sich die Panik auf Abdallatîf, der bis zu dem Zeitpunkt nicht einmal den Namen des Landes kannte, in dem er sich gerade befand. Saîd, der einen Bachelor in Pädagogik und zehn Jahre an verschiedenen Schulen in Marokko gelehrt hatte, war sich der lauernden Gefahren sehr wohl bewusst. Dass die Reise durchaus mit dem Tod enden könnte, wusste er nur zu gut. Bei diesem Wagnis sein Leben zu lassen aber war ihm lieber, als den langsamen, alltäglichen Tod in Marokko zu sterben.

Drei Tage nachdem er in Quito aus dem Flugzeug gestiegen war, sass Abdallatîf in der Blechbaracke und ernährte sich noch immer von den Sandwiches, die er in der Bäckerei Kauthar in Fajjûm gekauft hatte. Am gleichen Tag, dem 30. August, landete der amerikanische Präsident Bill Clinton in Kolumbien mit dem Ziel, den »Plan Colombia« zu starten und der kolumbianischen Regierung die erste Rate der vereinbarten 1,3 Milliarden Dollar zu überbringen. Dieser Betrag, in erster Linie eine militärische Hilfsmassnahme, sollte laut offizieller Darstellung die Regierung von Andrés Pastrana bei der Bekämpfung des Drogenhandels und des »illegalen« Drogenanbaus unterstützen. In Wirklichkeit aber diente diese Finanzspritze der Zerschlagung der in den Revolutionären Streitkräften Kolumbiens und der Nationalen Befreiungsarmee organisierten Aufständischen. Ausserdem sollten die Gelder die Regierung befähigen, im Ausland aktiv zu werden und Einfluss auf die undurchschaubare Politik der lateinamerikanischen Nachbarländer, wie zum Beispiel Ecuador, zu nehmen. Dieser »Plan« bezwecke, so die Einschätzung vieler Experten und NGOs, den Krieg anzuheizen, die Verhandlungen mit den Aufständischen einzufrieren und den paramilitärischen Kräften und der Armee freie Hand im Dienste der amerikanischen Interessen einzuräumen. So markierte der August 2000, zu Ehren der Ankunft des Herrn Abdallatîf aus Fajjûm auf südamerikanischem Boden, den Beginn neuer Beziehungen zwischen den Vereinigten Staaten und Lateinamerika, die dem US-Militär nun die Präsenz auf kolumbianischem Boden erlaubten.

»Quatsch nicht rum, Tîfa, und arbeite gefälligst! Sonst schmeiss ich dich noch raus, und dann kannst du sehen, wo du bleibst.«

»Sie wissen meine Arbeit nicht zu schätzen. Einen wie mich finden Sie nicht noch einmal.«

»Ja, das stimmt. Aber du telefonierst mir zu viel. Ständig hängst du am Telefon. Arbeiten sollst du und nicht stundenlang labern.«

»Aber es ging doch um die Entenbestellung, von der ich Ihnen erzählt habe. Glauben Sie mir, Herr Aiman, ich bin der Fleiss in Person.«

»Los, Magdî.«

»Ich beeil mich schon.«

»Mûssa, komm her. Hier, fahr die fünf Pizzas zu dieser Adresse.«

»Her damit. Ich bin schnell wie der Blitz.«

»Oh, Herr Akram gibt sich die Ehre und kommt höchstpersönlich in mein bescheidenes Lokal. Es hätte sich gehört, das Aladin samt Chef zu Ihrer Exzellenz zu tragen.«

»Hören Sie, Aiman. Ich will meinen Kühlschrank mit Tîfas Schlemmereien füllen. Mein Sohn Farîd kommt in ein paar Tagen für zwei Wochen aus London zu Besuch. Ich bin ganz aus dem Häuschen!«

»Gott erhalte Ihnen die Freude lebenslang, Herr Akram. Für Sie würden wir sogar einen nagelneuen Kühlschrank kaufen und ihn bis zum Rand füllen mit allem, was Ihr Herz begehrt. Nur damit Sie wissen, wie viel Sie uns bedeuten.«

Obwohl Aiman alles tat, um seine Frau glücklich zu machen, igelte sich Hâgar ein. Sie schien, in einer künstlichen Blase schwebend, darauf zu warten, endlich ins Leben hinauszutreten. Ein Zustand chronischer Abwesenheit, dem Aiman ratlos gegenüberstand. Doch als er erfuhr, dass sie schwanger war, machte er einen Freudensprung. Es war, als stünde die Welt still, und er verschmolz mit dem Augenblick. Noch in der Arztpraxis dankte er Gott mit einem Kniefall. Zurück in der Realität, sah er sich aber einem Eisblock gegenüber. Immerzu das gleiche teilnahmslose Lächeln auf den Lippen, war Hâgar ganz abwesend.

Obwohl sie dieses für ihn nicht nachvollziehbare Verhalten an den Tag legte und darin eher einer Maschine als einem Menschen glich, wies er Scharbînis und Abdallatîfs Warnungen scharf zurück. Davon, dass das gemeinsame Leben für sie nichts als eine Businessehe sei, dass sie ihn bei passender Gelegenheit mit einem erbarmungslosen Schlag zur Strecke bringen würde, dass dieser Schlag ausbleibe, solange sie nicht im Besitz der Greencard sei, und er deshalb mit allen Mitteln die Erteilung einer unbefristeten Aufenthaltserlaubnis hinauszögern müsse, wollte er absolut nichts hören. Allerdings suchte Aiman mit Leuten in seinem Umfeld, denen er Menschenkenntnis und Lebenserfahrung zutraute, das Gespräch über Hâgars Zustand. Ihre Worte beruhigten ihn.

»Menschen sind so vielfältig wie Stoffe«, sagte einer wohlmeinend. »Man findet alle möglichen Sorten und Farben. Gabardine, Crêpe, Wolle, Satin, Tüll, Taft, Chiffon, Organza, Linon … in Orange, Indigo, Azur, Zitronengelb, Violett. Es gibt reissfeste und leicht reissende Materialien und solche, die ganz von selbst zerfallen. Du darfst nicht davon ausgehen, dass deine Frau aus dem gleichen Stoff gewebt ist und die gleiche Farbe hat wie du. Das ist ihr Naturell. Du musst sie nehmen, wie sie ist.«

Diese Erklärung gefiel Aiman, und er erinnerte sich künftig stets an sie, in jeder schwierigen Situation, jedem Moment des Zweifels und immer wenn sich ihr toter Blick mit gnadenloser Härte in ihn hineinbohrte. Dennoch gingen ihm die Warnungen nicht aus dem Sinn, schliesslich hatte er so manche Businessehe um sich herum mitbekommen, und das beunruhigte ihn zutiefst.

»Das kann unmöglich sein.«

»Was kann unmöglich sein, Aiman?«

»Nichts, Herr Akram. Mir ist gerade etwas durch den Kopf gegangen. Ich war nur in Gedanken.«

Akram al-Mungi war ein ägyptischer Geschäftsmann in den Fünfzigern. Sein Land hatte er mit einem ordentlichen Visum verlassen, ausgestellt von der amerikanischen Botschaft in Kairo. Nun lebte er seit knapp einem Jahr in den Vereinigten Staaten, nachdem er sich verschuldet, den Betrag von achtzehn Millionen Dollar ins Ausland verschoben und seine Geschäfte in der Heimat mehreren Banken verpfändet hatte. Seine Frau war ungefähr sechs Monate vor seiner Flucht aus Ägypten an Brustkrebs gestorben. Er hatte eine Tochter, die seit fünf Jahren mit einem Amerikaner verheiratet war und mit ihm in Florida lebte, und einen jüngeren Sohn, der in London Wirtschaft studierte.

Akram hatte nach seiner Ankunft beschlossen, sich zur Ruhe zu setzen. Er wollte künftig nicht mehr arbeiten, unter allen Umständen aufs Glücksspiel verzichten, auf keinen Fall mehr an der Börse spekulieren und die Finger tunlichst von unsicheren Investitionen lassen.

Zwei Stunden später kehrte Akram ins Aladin zurück. Aiman war nicht dort. Also nutzte er die Gunst der Stunde, rief Abdallatîf und bat ihn, unter dem Vorwand, etwas frische Luft schnappen zu wollen, mit vor die Tür.

»Wie viel verdienst du, Tîfa?«

»Warum fragen Sie, mein Herr?«

»Nun verrat es mir doch einfach. Was verlierst du dabei denn schon?«

»Ich verdiene 450 Dollar die Woche. Und mit Nebenjobs mache ich weitere 120 Dollar die Woche. Also verdiene ich in vier Wochen um die 2280 Dollar.«

»Und wer bezahlt die Miete?«

»Ich.«

»Und Strom und Gas?«

»Ich natürlich. Aber was sollen die Fragen?«

»Wie wär's, wenn du bei mir arbeitest? Die Arbeit wird bei weitem nicht so anstrengend sein wie hier. Ich gebe dir 2000 Dollar im Monat. Ausserdem bekommst du ein Zimmer und einen Fernseher mit allen arabischen Sendern. Miete, Strom und Gas gehen auf mich und die Verpflegung selbstverständlich auch. Du kannst also das ganze Geld sparen. Was denkst du?«

»Eigentlich fühle ich mich hier sehr wohl. Ich habe nette Kollegen, und Herr Aiman ist ein angenehmer Chef.«

»Nimm dir Stift und Papier, und rechne es einmal durch. Addiere, subtrahiere, multipliziere. Das ist alles eine Frage der Kalkulation, Abdallatîf, und dann fällt die Entscheidung nicht mehr schwer.«

»Ich denke drüber nach.«

»Eine letzte Sache sollst du noch wissen, die für deine Kalkulation nicht unwesentlich ist. Es gibt da so ein blödsinniges Wort, das man in Ägypten ständig gebraucht: gesellschaftliche Solidarität. Die können wir für dich gern herstellen, natürlich nicht als karitative Massnahme, sondern als Gegenleistung für deine Kochkünste. Das heisst, du bekommst von mir Kleidung und Schuhe und musst nichts selbst kaufen. Also, dann kalkuliere mal, Tîfa. Aber triff deine Entscheidung schnell. Ich brauche sofort jemanden, mein Sohn kommt nächste Woche.«

In Kolumbien wurden sie, wie Saîd erwartet hatte, nicht mit offenen Armen empfangen. Die Spannungen zwischen der Regierung und den Revolutionären Streitkräften Kolumbiens hatten immer mehr zugenommen. Überall Militärpatrouillen, Söldner und Banden, bei deren Anblick Saîd angst und bange wurde. Einmal kam es ganz in ihrer Nähe sogar zu einer heftigen Schiesserei. Unverzüglich stoppte der Bus, sie hielten den Atem an und rührten sich nicht vom Fleck.

Am nächsten Tag ging es durch das Gebiet der berühmt-berüchtigten Kokainbanden. Nach einem zweitägigen Fussmarsch kamen sie in ein Dorf. Dort wurden ihnen vierzig Esel zur Verfügung gestellt, auf deren Rücken sie drei Tage weiterritten. Kaum war er aufgesessen, schloss Abdallatîf sein Tier ins Herz. Die beiden hatten ihren Spass miteinander und konnten sich am Ende nur schwer trennen.

Als Kalu, der Nigerianer, hörte, dass es in der Gegend Kokainhändler gab, bat er, zu ihnen gehen zu dürfen, um sich Nachschub zu beschaffen. Seit ihm die Vorräte einige Tage zuvor ausgegangen waren, war er unleidlich und sorgte immerzu für Unruhe. Schliesslich zog Pedro die Pistole und erschoss ihn kurzerhand. Kalu, gross und kräftig gebaut, stand unmittelbar neben Abdallatîf und riss ihn im Fall mit zu Boden. Tausende Kilometer hatte er fern seiner Hei-

mat, den Bergen von Obudu im Süden Nigerias, zurück-
gelegt, um in den Anden im Kokaingebiet zu enden und
von einem Schwarm nordwärts ziehender Vögel begraben
zu werden. Sie hoben ein grosses Loch aus, Saîd rezitierte
Koranverse, dann warfen sie den Leichnam in die Grube,
bedeckten ihn mit Erde und setzten ihren Weg fort.

Die Karawane zog immer weiter. Mal mit dem Bus, mal
zu Fuss, mal auf Eseln, mal in Motorbooten. Die Grenze
nach Panama umfuhren sie auf dem Pazifik in einem Boot.
Auf panamaischem Boden angekommen, brach Saîd in hys-
terisches Gelächter aus. Irgendwie musste er schliesslich
nach der Reise durch Kolumbien die innere Spannung loswerden.

Unermüdlich ging es weiter. Durch Panama, Costa Rica,
Nicaragua, Honduras. Endlose Kilometer legten sie auf Ser-
pentinenpfaden zurück, durch Schluchten, über Bergpässe:
eine Strecke, die in den vergangenen zwanzig Jahren Aber-
tausende von Menschen gegangen waren, um in die Vereinigten Staaten zu gelangen, auf der Flucht vor den blutigen
Kriegen, die in den siebziger und achtziger Jahren in Mit-
telamerika tobten.

Endlich in El Salvador, nahm die Reise eine andere Form
an. Sie wurden in Kühllaster verfrachtet, die dem Obst-
transport dienten. Sie passierten die Grenze und fuhren
quer durch Guatemala in Richtung Mexiko. Kurz vor der
Grenze stiegen sie aus, legten einen weiteren Tagesmarsch
zurück, durchschwammen einen Fluss und erreichten mexikanischen Boden. Wieder wurden sie in Obst-Lkws geladen.
Jeweils eine halbe Stunde vor den Polizeisperren schalteten
die Fahrer die Kühlung ein, so dass sich die Temperatur an

der Kontrollstelle auf dem Gefrierpunkt befand. Kaum war sie passiert, wurden die Kühlschränke wieder abgeschaltet.

Wir waren alle Afrikaner. Kälte kannten wir nicht. Keiner von uns hatte eine Vorstellung davon, was es heisst, vor Kälte zu bibbern. Und in den Kühlschränken, das war kein Bibbern. Nein, da hat einem die Seele geklirrt. Der reinste Tod war das. Wir hatten das Gefühl zu krepieren. Ein entsetzlicher Schmerz befällt deine Gelenke. Du reibst dir die Hände, spürst sie aber nicht. Da glaubst du, dass sie abgestorben sind. Nach und nach verlierst du das Gefühl für den ganzen Körper. Es ist, als würde dir das Blut in den Adern gefrieren. Mit jeder Sekunde kommst du dem Tod näher. Neben dem Fahrer sass der Todesengel Asraîl. Er lauerte darauf, dass einer von uns schwächelte, um sich seine Seele zu holen. Ich habe sein Gesicht gesehen, die Augen aber schnell geschlossen, damit er mich in Ruhe lässt.

Aber wie Pedro versprochen hatte, kamen wir heil in Nordmexiko an. Vor der Grenze zu Texas mussten wir aus den Lastern steigen. Und dann folgte die eigentliche Prüfung. Der Augenblick der Wahrheit.

Die Grenze zwischen den Vereinigten Staaten und Mexiko ist 3360 Kilometer lang. Im äussersten Westen am Pazifischen Ozean beginnend, im San Diego County in Kalifornien, zieht sie sich ostwärts durchs Landesinnere bis nach Brownsville in Texas. Ursprünglich gehörten alle Bundesstaaten im Südwesten der USA zu Mexiko, wurden aber im Laufe der vielen Kriege zwischen beiden Ländern im neunzehnten Jahrhundert von den Vereinigten Staaten nach und nach annektiert. Diese Grenze ist eine der am häufigsten widerrechtlich überquerten auf der Welt. Heute leben über acht Millionen Mexikaner in den USA, die meisten davon ohne Aufenthaltserlaubnis. Etwa 400 Menschen sterben jährlich bei dem Versuch, die Grenze zu überschreiten.

Illegal eingewanderte Mexikaner werden von den amerikanischen Behörden innerhalb von vierundzwanzig Stunden in ihr Land zurückgeschickt. Solche aus anderen Ländern stellen eine besondere Herausforderung dar. Seit Jahrzehnten können in den Auffanglagern aufgrund von Platzmangel nicht alle Menschen untergebracht werden, die an der Grenze gefasst werden. Deshalb werden viele in die amerikanische Gesellschaft entlassen. Allerdings wird ein Gerichtstermin für sie festgesetzt, zu dem sie persönlich zu erscheinen haben. Aber den nimmt kaum einer wahr.

Genau das widerfuhr Abdallatîf. Als sie sich nachts über die Grenze schmuggelten, kam es zu einer Schiesserei zwischen der Grenzpatrouille und Pedros Leuten. Dabei wurde ein Mann aus Sierra Leone getötet. Auch Saîd starb, von einem Querschläger am Kopf getroffen. Die ecuadorianisch-kolumbianisch-mexikanische Schlepperbande zog sich zurück und überliess die siebenundzwanzig Überlebenden der US-amerikanischen Polizei.

Wir wurden an der texanischen Grenze gefasst. Mir war das in dem Augenblick egal. Saîd war alles, woran ich dachte. Es war Nacht und stockfinster. Das einzige Licht kam von den Schüssen. Zuerst rannten wir panisch umher, aber dann drängten wir uns wie die Mäuse dicht aneinander, suchten an den Körpern der anderen Geborgenheit. Plötzlich gellte ein Schrei, und kurz darauf traf eine Kugel Saîd zwischen den Augen. Es war, als hätte er geahnt, dass der Tod ihn holen würde. Ich schloss ihn in die Arme. Obwohl es bitterkalt war, glühte sein Körper regelrecht.

Als wir festgenommen wurden, dachte ich nur an eines: Saîds Beerdigung. Wer würde für ihn beten? Wie würden sie ihn begraben? Womöglich wie einen von hier? Mir blutete das Herz. Saîd war für mich wie ein Bruder gewesen, ehrlich. Bis heute träume ich von ihm, sogar öfter als von meiner Mutter.

Ich wurde zu eineinhalb Monaten Gefängnis verurteilt. Bei der Entlassung sagte man mir, dass ich wegen meiner illegalen Einreise an einem bestimmten Tag zu einer bestimmten Zeit vor einem bestimmten Gericht erscheinen solle. Ich hatte keine Ahnung, warum ich entlassen wurde. Später aber begriff ich, dass in den Zellen nicht genug Platz war. Sie waren sozusagen komplett ausgebucht. In den amerikanischen Gefängnissen sollen zwei Millionen Menschen einsitzen. Anscheinend wimmelt es in diesem Land von Dieben und Mördern. Das war mein Glück. Jedenfalls sah ich plötzlich den blauen Himmel wieder. Ich fragte Araber, die ich zufällig kennenlernte. Ich solle auf keinen Fall vor Gericht erscheinen, rieten sie mir, sondern sofort in einen anderen Bundesstaat abhauen. Die Verhandlung würde mir nur Ärger einbringen. Das Einzige, was dabei für mich herauskäme, seien horrende Anwaltskosten, obwohl das Urteil von vornherein feststehe: sofortige Abschiebung. Ich nahm die Beine unter den Arm und kam hierher.

Inzwischen konnte ich ordentlich etwas zusammensparen und schicke meiner Mutter alle drei Monate 600 Dollar. Das sind über 1000 Pfund im Monat. Das heisst, sie ist Gott sei Dank versorgt.

Abdallatîf addierte, subtrahierte, multiplizierte und kam zu folgendem Schluss: Bei Aiman zu kündigen und Akram al-Mungis Angebot anzunehmen wäre für ihn von Vorteil. Unter den Fittichen eines reichen Mannes, der mit eigenen Händen diesen Aufstieg geschafft hatte, wäre ihm die Sicherheit garantiert, die er seit dem Verschwinden seines Onkels Hassanain vermisste. Sonderbarerweise nahm er sogar eine gewisse Ähnlichkeit zwischen Akram und seinem Onkel wahr, vor allem in der oberen Gesichtspartie. Abgesehen davon beunruhigte ihn die Situation im Aladin. Aiman war nur noch selten da, weil er, so die Begründung, mit familiären Angelegenheiten beschäftigt sei. Seine ständige Abwesenheit zog mittlerweile erhebliche Verzögerungen der Lebensmittellieferungen nach sich, denn für die Bestellungen war Aiman zuständig. Der ausschlaggebende Punkt für Abdallatîfs Entscheidung aber war, dass er den baldigen Verrat deutlich spürte. Er war überzeugt, dass Hâgar die Scheidung einreichen würde, sobald ihr Aufenthaltsstatus gesichert wäre. Frauen haben so ihre Tricks. Den ersten Schritt hatte sie ja bereits getan, indem sie Mutter geworden war. Das amerikanische Gesetz ist so ausgestaltet, dass der Mann für den Verrat seiner Frau bluten muss. Im Scheidungsfall würde Hâgar die Hälfte des Lokals bekommen. Und wer weiss, welche Auswirkungen dieses Erdbeben auf ihn als Mitarbeiter haben würde. Hinzu kam, dass er, auch wenn er es sich selbst nicht eingestand, in permanenter Angst lebte, jeden Moment festgenommen und per Gerichtsurteil abgeschoben zu werden. Die Sache in Texas, dessen war er sich sicher, würde ihr Nachspiel haben. Jedenfalls wäre ihm mit Akram zweifellos der helfende Arm gereicht. Abschiebung war Abdallatîfs ständiger Albtraum. Nachts im Schlaf und auch am Tag.

Zwei Männer, mächtig wie Elefanten, mit blauen Augen, in phosphoreszierender blauer Plastikkleidung. Auf dem Kopf eine dunkelblaue Mütze, in der rechten Hand einen gelben Revolver, in der linken einen neonartig leuchtenden Knüppel. Sie brechen seine Tür auf, fallen über ihn her, während er schlafend im Bett liegt. Einer der beiden stösst einen markerschütternden Schrei aus und drischt mit dem blauen Schlagstock auf seine Stirn ein, immer wieder auf die gleiche Stelle. Genau auf die Stelle, an der die Kugel Saîd traf. Abdallatîf schreckt hoch, sein wollenes Unterhemd ist blutbesudelt. Da feuert der andere Mann den tödlichen Schuss auf ihn ab.

Farîd al-Mungi

Ich hasse Amerika und die Amis mit ihren karierten Hemden und ihrem beschissenen Geschmack. Solche Lackaffen wie die, die mich an der Uni tierisch nerven, laufen hier überall herum. Keine Ahnung, wie Papa das aushält. Aber typisch für ihn! Schliesslich hält er die Amis für das grandioseste, tollste Volk überhaupt. Wer verlässt schon freiwillig Europa für so ein fades Wischiwaschiland? Nichts als Highways, Strassen, dazwischen noch mehr Strassen und an jeder Ecke Big Malls, wow! So was Langweiliges gibt's sonst nirgends. Echt ätzend dieses Land! Na ja, zum Glück bleibe ich nur ein paar Tage, und dann ciao bambino. *Das einzig Gute hier ist dieser Tîfa. Seine Stimme ist einsame Spitze. Gestern habe ich zu Ehren von Angie auf der Gitarre* Liebe meines Herzens *gespielt. Und er hat dazu gesungen. Auf orientalischen Gesang fahre ich total ab. Aber ich selbst kann nur westliche Lieder singen. Zum Kotzen!*

Farîd al-Mungi vereint in seiner Person alle Gegensätze des Dies- und des Jenseits. Er ist zartfühlend und grausam zugleich, spielt Gitarre und boxt. Er ist ein Dieb der übelsten Sorte und ein aufrichtiger Menschenfreund, ein Schürzenjäger par excellence und ein leidenschaftlicher Liebhaber, ein perfider Intrigant und ein bedingungsloser Altruist. Ausserdem ist er ein höchst ehrlicher Lügner. Wie kann ein Mensch von knapp einundzwanzig Jahren derart widersprüchlich sein? Wahrscheinlich, weil er ein waschechtes Kind der Kairoer Gesellschaft ist.

Am 22. August 2005 traf er, vom Flughafen Heathrow kommend, für einen dreizehntägigen Besuch bei seinem

Vater in den Vereinigten Staaten ein. Anschliessend wollte er nach London zurück, um pünktlich zum Trimesterbeginn sein Studium an der Amerikanischen Universität Richmond fortzusetzen.

Am Tag nach seiner Ankunft wurde er um ein Uhr mittags von einem Klopfen an der Wohnungstür geweckt. Abdallatîf trat seine neue Stelle an, jedoch nicht ohne bessere Bedingungen für sich ausgehandelt zu haben. Für den Allroundservice inklusive Tischler- und Klempnerarbeiten, Autoreparaturen und allem, was sonst noch anfiel, bekam er von Akram al-Mungi statt der ursprünglich angebotenen 2000 nun 2300 Dollar Monatslohn.

»Guten Morgen, mein Herr. Ich bin Abdallatîf, der neue Koch.«

»Aha, der neue Koch. Bitte, immer hereinspaziert. Papa hat schon angekündigt, dass du heute kommst. Hier, das ist dein Zimmer. Stell deinen Koffer ab, ich zeige dir die Wohnung.« Farîd führte Abdallatîf zu einem kleinen Zimmer neben der Küche und wartete draussen, bis er seine Sachen abgestellt hatte.

»Herr Akram sagte mir, dass Sie vor mir schon einen Koch hatten.«

»Stimmt, eine Philippinerin, ein Zwerg von einem Meter fünfundzwanzig. Aber sie ist nicht mehr da. Na ja, sie konnte eben nicht kochen. Und weisst du auch, warum? Ganz einfach: Der Herd war zu hoch für sie. Eines allerdings muss man ihr lassen: Sie war Meisterin im Öffnen von Thunfischdosen. Aber nun haben wir ja dich. Du bist ein grosser Koch, hat Papa gesagt. Seit ich das weiss, habe ich mächtig Kohldampf. Wir essen ja seit Jahren nur in

Restaurants. Ich kann's kaum erwarten, mal wieder etwas Hausgemachtes in den Magen zu kriegen.«

»In der Hinsicht können Sie beruhigt sein. Mein Essen wird Ihnen so gut schmecken, dass Sie sich garantiert alle zehn Finger danach lecken. Aber nicht dass Sie aus Versehen Ihre Finger gleich mit verschlucken! Dafür kann ich dann nichts.«

»Sag mal, Tîfa ... Du heisst doch Tîfa? Das jedenfalls hat mir Papa gesagt.«

»Ja, das stimmt.«

»Gut, Tîfa, hast du vielleicht eine Ahnung, wo man hier Haschisch auftreiben kann?«

»Also ... um ehrlich zu sein ... ich rauche nicht.«

»Dann frag deine Freunde. Enttäusch mich nicht, Tîfa. Und immer schön cool bleiben!«

Farîd war mit knapp sechzehn Jahren nach London gekommen. Seine Schwester Angie hatte nach dem Abschluss des Studiums an der Amerikanischen Universität in Kairo die Arche bestiegen. Sie hatte ihren Professor für Zeitgeschichte des Nahen Ostens geheiratet und mit ihm das Land verlassen. Kurz darauf war die Mutter gestorben. Nachdem diese auf vergeblicher Suche nach Heilung um die ganze Erdkugel gereist war, hatte sie schliesslich den Widerstand gegen die hartnäckige Bestie aufgegeben, die sie körperlich und seelisch zugrunde richtete. Wenige Monate nach ihrem Tod hatte Akram al-Mungi, genau wie er es später auch Abdallatîf ans Herz legte, eine Kalkulation angestellt. Dabei war er zu einem klaren Ergebnis gelangt: Würde er seine Geschäfte niederlegen, dann käme er bei weitem nicht auf die Summe, die ihm für seine langjährige Arbeit in der Finanz- und Geschäftswelt zukäme und die ihm einen würdigen Lebensabend bescherte. Er musste nicht lange überlegen, um eine Entscheidung zu fällen. Vier Monate später hatte er seine gesamten Besitztümer und Immobilien in Ägypten verkauft, so viel Geld wie möglich ins Ausland geschafft und selbst für immer das Land verlassen.

»Ich bin der glücklichste Vater auf der Welt. Endlich ist die Familie wieder vereint. Kinder, Kinder, über drei Jahre ist es jetzt her, dass wir alle beisammen waren. Immer wenn du zu Besuch nach Ägypten kamst, Angie, war Farîd in England. Und wenn du zu Besuch kamst, Farîd, war ich irgendwo in der Weltgeschichte unterwegs. Nicht einmal bei Mamas Beerdigung hatten wir Zeit miteinander, Angie. Du bist an dem Tag angekommen, an dem Farîd abgereist ist.«

»Ja, und wenn mich Papa in London besucht, bist du grundsätzlich verhindert, Schwesterchen. Immer ist irgendwas mit deinem Mann. Mein Mann hält einen Vortrag. Mein Mann hier, mein Mann dort … Was ist los mit dir? Machst du einen auf gehorsame Ehefrau, oder wie?«

»Was weisst du denn schon, Kleiner! Seit wir in Amerika sind, schuftet Kevin in einer Tour. Er hält Vorlesungen an der Uni, schreibt ein Buch über den Hisbullah und die Lage im Libanon von 2003 bis heute, reist von einer Konferenz über die Situation im Nahen Osten zur nächsten. Ich schaffe es ja nicht einmal, Papa zu sehen, der gleich nebenan im selben Land lebt.«

»Ich kapiere das nicht. Kevin hat viel zu tun, gut, das ist

ja noch nachzuvollziehen. Aber was hat das mit dir zu tun? Wieso sitzt du ihm dauernd auf der Pelle?«

»Halt den Mund, Farîd. Seit du auf der Welt bist, fällt mir zu dir immer nur eins ein: dummer Eeeeeesel!«

»Nicht doch, Angie. Farîd ist kein Esel, er ist ein Rindvieh!«

»Hackt ihr jetzt alle auf mir herum?«

»Hören wir auf damit, Kinder. Wir wollen die Zeit friedlich miteinander verbringen. Ich habe Tîfa beauftragt, ein fürstliches Mahl zu bereiten. Es gibt Ente mit Kischk[12] und dazu Reis mit Fadennudeln. Ausserdem gibt es Okraschoten mit Ochsenschwanz im Steintopf. Ein absolut sensationelles Menü habe ich für euch zusammengestellt.«

Angie Akram al-Mungi war am Tag nach Tîfas Arbeitsbeginn mit ihren drei Kindern Joseph (Jûssuf), Maya (Majj) und Alan (Alâa) angereist, von Selbstvorwürfen geplagt. Sie hatte sich hoch und heilig geschworen, nie mehr ihren Vater zu besuchen. Doch die Sehnsucht nach Farîd liess sie einknicken.

»Ich verstehe dich nicht«, platzte es aus ihr heraus, kaum dass sie ihren Bruder sah, »wie kannst du dich nur so gut mit Papa verstehen? Ich persönlich finde den Gedanken, dass unser Vater ein Dieb ist, unerträglich. Er hat die Bank bestohlen und sich aus dem Staub gemacht, das ist doch sonnenklar. Daran ändert auch alles Kaschieren, Retuschieren und Parfümieren nichts. Wie kannst du nur so blauäugig sein, ihm das Märchen von Zahlungsschwierigkeiten und Engpässen abzukaufen? Ich komme

12 Aus Joghurt, Mehl und Brühe bereitetes Gericht.

damit nicht zurecht. Seit er hier ist, kann ich mich nicht überwinden, ihn zu besuchen. Ich schiebe irgendwelche fadenscheinigen Ausreden vor: Kevin ertrinkt in Arbeit, Kevin schreibt einen Artikel … oder was auch immer. Dann komme ich eben zu euch, sagt er. Nein, wehre ich ab, wir fahren auf eine Konferenz oder sonst wohin. Kevin blockt jede Diskussion über dieses Thema ab. Und wenn ich es trotzdem anspreche, kriege ich einen wissenschaftlichen Vortrag über den Nahen Osten zu hören. Kevin scheint auf dem Auge völlig blind zu sein. Jedenfalls ertrage ich den Gedanken nicht, dass unser Vater ein Dieb ist. Und mit dir kann ich darüber auch nicht reden. Mich macht das krank, Farîd.«

Obwohl Angie intelligent war, nahm sie ihren Bruder nur oberflächlich wahr. Vielleicht weil sie sich nicht die Mühe machte, ihn mit anderen Augen zu sehen. Vielleicht auch weil sie bei jeder Wendung seines Lebens viel zu sehr mit ihren eigenen Sorgen, Gefühlen und neuen Freunden beschäftigt war. So kannte sie Farîd schliesslich nicht besser als irgendein beliebiger Mensch, der ihn an einem trüben Morgen im Vorbeigehen grüsst.

»Was ist die früheste Erinnerung, die du aus dem Gedächtnis kramen kannst?«, fragte ein spanischer Kommilitone, den Farîd nie zuvor gesehen hatte. Das war einige Wochen zuvor bei einer Kiffsession, die sie zusammen im Haus der Eltern eines englischen Freundes abhielten.

Farîd wollte eine schnelle Antwort geben. Unter dem Einfluss des blauen Dunstes aber drifteten seine Gedanken ins Unterbewusstsein ab. Und plötzlich sah er sich.

Er sitzt auf dem Spielplatz des Gasîra-Sportklubs in Samâlik mit drei anderen Kindern im Sandkasten. Sie spielen und tauschen Eimer, Schaufel, Sieb und Harke, wobei sie kreischen und einander Fusstritte verpassen.

Farîd zog am Joint und tauchte tiefer in sich ein.

Er hört die schrille Stimme der Mutter. Sie zerrt ihn aus dem Buddelkasten. Er sieht sie an. Wutentbrannt dreht sie sich zu einer anderen Mutter um und keift: »Ihr Sohn hat sich Farîds Sachen genommen. Er soll sie auf der Stelle zurückgeben. Kaufen Sie Ihren Gören gefälligst eigenes Spielzeug, dann brauchen sie keins zu klauen.«

»Lassen Sie die Kinder doch spielen!«, antwortet die Frau verwundert.

»Mein Sohn hat seine Sachen. Und die gehören ihm ganz allein!«

»Aber Kinder spielen nun mal hin und wieder mit den Sachen der anderen.«

»Ich will das aber nicht. Niemand hat sich am Spielzeug meines Sohnes zu vergreifen, basta!«

»Lassen Sie Ihren Sohn doch einfach machen. Er muss lernen, allein klarzukommen. Wenn er in ein paar Jahren zur Schule geht, sind Sie auch nicht immer zu seiner Verteidigung da.«

»Sollte meinem Sohn in der Schule auch nur einer zu nahe kommen, dann bauen wir ihm eine eigene Schule.«

Wieso konnte sich Farîd auf einmal so genau an all diese Einzelheiten erinnern? Wieder zog er am Joint. Tief und kräftig.

Die Mutter bringt ihn weg und setzt ihn in einen Sandkasten ohne Kinder. Er ist wie erstarrt.

Farîd öffnete die Augen. »Genau dieser Moment«, antwortete er dem unbekannten Kommilitonen, »ist meine früheste Erinnerung.«

Die Augen brannten ihm. Er wusste nicht, woran das lag, am dichten Rauch oder an der Angst, weil die Mutter auf dem Spielplatz herumgebrüllt hatte. Wie dem auch sei, jedenfalls wird Farîd in dem Moment eines klar: dass er einen grossen Fehler begangen hat und zur Strafe dafür von den anderen Kindern getrennt wird. Einsam hockt er da und grübelt, was er falsch gemacht hat.

Dieser Vorfall, der sich in den Windungen seines Gedächtnisses festsetzte, löste in Farîd das Gefühl aus, etwas Besonderes zu sein. Das Gefühl, reicher und bedeutender zu sein als alle anderen. Doch dann kam er nicht, wie seine Mutter Suha immer wieder hatte verlauten lassen, auf eine extra für ihn eingerichtete Schule, sondern auf ein Privatgymnasium nach amerikanischem Vorbild in Samâlik. Und sofort fingen die Konflikte mit sämtlichen Klassenkameraden an. Allmählich wurde ihm klar, dass er weder der reichste noch der stärkste, noch der beste, ja nicht einmal der korrupteste Schüler war. Diese Erkenntnis erschütterte ihn zutiefst. Es war ein Schock, über den er nie hinwegkam. Nur in einem einzigen Punkt hob er sich von den Mitschülern ab: Er spielte ein Musikinstrument.

Doch seine eigentliche Geschichte begann wie üblich mit der Liebe.

Er war in der achten Klasse, und da fiel sie eines Tages wie ein Lichtstrahl vom Himmel: Mariam. Farîd war auf der Stelle geblendet. Zum ersten Mal im Leben stockte ihm der Atem. Von Dauerröte und ständigen Hitzewallungen erfasst, überlegte er, was er machen könnte. Da kam ihm der Gedanke, ein Lied für sie zu komponieren. Er wollte es ihr widmen. Ihr, der Liebe, der Schönheit, ihren Augen, ihrem kastanienbraunen Haar. Ein Lied, das sie bezaubern und ihr unwillkürlich ein Liebesgeständnis entlocken würde. Eine seltsame Idee für einen Jungen, die aber keineswegs so verwunderlich ist, wenn man weiss, dass sein Onkel Asîs ihm am Vorabend seine neueste Komposition vorgespielt hatte: die Vertonung eines Gedichts von Machmûd Bayram al-Tunisi[13]:

Paris sagt, mini ist jetzt in, und wir machen mit.
Paris sagt, maxi ist jetzt dran, und wir machen mit.
Diesen Winter steht ärmellos an, und wir machen mit.
Diesen Sommer sind Mäntel ein Muss, und wir machen mit.
Blind folgen wir den Verrückten,
fänden uns auch mit ihrem Schlamm besudelt schick.
Wer ausser uns würde seinen Schlächter lieben?

Farîd sass, wie immer bei seinem Onkel, in dem grossen Saal mit hohen Holzfenstern, die Ausblick in den Garten gewährten, auf einem dicken Kissen, den Rücken an einen Wandteppich gelehnt. Einen edlen Perser aus Schiras mit sagenhaften geflügelten Löwen in einnehmendem Orange. Asîs al-Mungi spielte Klavier und sang dazu. Farîd sog die Melodie regelrecht in sich ein, zusammen mit dem Geruch des hundert Jahre alten Hauses, und jede Faser seines Körpers geriet ins Schwingen. Wann immer er dieses Haus

13 Ägyptischer Dichter (1893–1961).

in Hadâik al-Kubba betrat, entschwebte er in eine andere Welt, eine andere Galaxie. Er brach aus sich selbst aus, aus seiner Tristesse, aus seinem Gedächtnis und trat in die Galaxie der Lieder und der Musik ein.

Farîd lernte von seinem Onkel unzählige Lieder, die in seiner Klasse keiner kannte. Das gab ihm das Gefühl, sich von seinen Mitschülern abzuheben. Und als Mariam erschien, wollte er ihr etwas von der anderen, seiner besonderen Galaxie präsentieren.

Asîs war Akram al-Mungis Cousin. Weil Akram aber keinen Bruder hatte, betrachtete er Asîs als seinen Bruder, obwohl zwischen ihnen Welten lagen. Asîs wohnte im Anwesen der Familie al-Mungi im Kairoer Viertel Hadâik al-Kubba. Ausser ihm lebte dort keiner mehr, alle anderen waren im Laufe der Zeit fortgegangen: weggezogen oder zu Gott aufgestiegen. So war es gekommen, dass Asîs die Villa, die von einem kleinen Garten umgeben war, für sich allein hatte, zumal er unverheiratet war.

Lange Jahre hatte er an der Universität gelehrt. Da er aber mit gewissen Neuerungen nicht zurechtkam, war er aus dem Beruf ausgeschieden und widmete sich seither ausschliesslich dem Klavier, seiner letzten Freude.

Als Farîd Musikunterricht bei ihm nehmen wollte, war Asîs begeistert. Er ging noch am selben Tag los und kaufte ein Klavier für seinen neuen Schüler. Nach der ersten Stunde versuchte sich Farîd im Dichten auf Englisch. Doch er scheiterte auf ganzer Linie.

Erstens scheiterte er am Klavier. Die Sache gestaltete sich schwieriger als erwartet, und er war es nicht gewohnt, sich ernsthaft um etwas zu bemühen. Am Ende konnte er gerade einmal mittelmässig Gitarre spielen.

Zweitens misslang ihm das Dichten. Seine Verse kamen eher einem Gestammel gleich.

Drittens verliebte sich Mariam in Karîm, den Handballstar des Gasîra-Klubs. Er hatte von seiner englischen Mutter lange blonde Haare geerbt, die ihm lässig in die Stirn fielen. Farîd war felsenfest davon überzeugt, dass seine kurzen schwarzen Locken sein ärgster Feind und der eigentliche Grund für sein Pech waren.

Vom Wind lasse ich mich treiben,
wohin ich ziehe, hab' ich nicht in der Hand

Farîd spielte auf der Gitarre das Lied von Balîgh Hamdi[14], den Asîs sehr verehrte. Die Augen geschlossen, vergegenwärtigte er sich den erdigen Geruch und die Löwen mit den orangefarbenen Flügeln, die seinem Onkel im grossen Saal die Treue hielten. Farîd sog Abdallatîfs Stimme in sich auf, die mit ägyptischer Melancholie den Nil heraufbeschwor. Die Brust von Sehnsucht erfüllt, öffnete Farîd die Augen und sah, dass seine Schwester im Sessel eingeschlafen war und sein Vater, Zigarre rauchend, ins Leere starrte.

Er stammte offensichtlich aus einer anderen Welt als sein Vater und seine Schwester, aus einer anderen Galaxie. Sein einziger Seelenverwandter in diesem Amerika der Karohemden war Tîfa. Mit flehendem Blick bat er ihn weiterzusingen. Tîfa tat es gern, denn Singen war seine Leidenschaft.

14 Ägyptischer Komponist (1932–1993).

Unter grösster Anstrengung und mit Scharbînis Hilfe gelang es Abdallatîf, ein Stück echtes afghanisches Haschisch zu kaufen. Marihuana und Heroin waren auf dem Markt ohne weiteres erhältlich, Haschisch dagegen war in diesem Teil der Welt offenbar nicht gefragt, oder Scharbîni war auf dem Gebiet schlicht genauso unbewandert wie Tîfa. Er hatte versucht, sich aus der Affäre zu ziehen. »So ein armer Schlucker wie ich kennt sich auf dem Drogenmarkt doch gar nicht aus«, hatte er Farîd erklärt. »Es ist so, als würde man von mir erwarten, dass ich weiss, wo es Helikopter zu kaufen gibt. Unsereins muss jeden Cent umdrehen. Da sind keine Extravaganzen drin und Drogen schon gar nicht!«

Farîd aber beharrte auf seinem Willen und bekam ihn am Ende auch. »Du bist echt cool, Tîfa. Ich brauche heute einfach eine Dröhnung, sonst wird der Abend ein Reinfall für alle Beteiligten.«

»Jetzt kenne ich die Quelle, Farîd. Sollten Sie also wieder etwas wünschen … das ist kein Problem mehr.«

»In London gibt es einen Nigerianer, Kalu heisst er. Ein Anruf, und er besorgt einem den besten Stoff.«

»Heissen etwa alle Nigerianer Kalu? Gott sei deiner Seele gnädig, Kalu.«

»Kennst du einen Kalu, der gestorben ist?«

»Ja.«

»Nicht auszudenken, wenn mein Kalu sterben würde! Das wäre der Super-GAU. Ohne Haschisch geht bei mir gar nichts.«

Am Freitag, dem 31. Dezember 1999, um Viertel nach elf hatte Farîd auf dem Weg zur Silvesterparty seinen ersten

Joint geraucht. Er war fünfzehn Jahre plus knapp einen Monat alt. Es war der 23. des Monats Ramadan. Deshalb wollte seine Clique an dem Abend auf Alkohol verzichten. Haschisch im Ramadan sei bestimmt nicht so schlimm wie Whisky, meinten sie und beschlossen, »auf Nummer sicher zu gehen«.

Am Morgen hatte der Dealer vor der Schule, als sie sich als Neulinge auf dem Gebiet outeten, die Joints für sie gedreht. Eine Schachtel mit zwanzig nicht zu knapp gefüllten Zigaretten hatte jeder bekommen. Am Abend ging Farîd auf eine Party in einem Klub am Nilufer in Gisa. Massen von Menschen drängten sich in dem Saal, so dass er kaum einen Fuss auf den Boden bekam. Im Getümmel rauchte Farîd einen Joint nach dem anderen. Von den Tanzenden wie von einem Strudel mitgerissen, wurde er durch den Raum gewirbelt. Sein dröhnender Schädel kreiste mit und fand aus dem Drehwurm nie mehr heraus. Als die Uhr das neue Jahrhundert einläutete, küsste er in seiner Vorstellung die zarten Lippen seiner Angebeteten und freute sich, sie in wenigen Stunden zu sehen.

Um halb sechs Uhr morgens machte er sich auf ins Hotel Jolie Ville, wo anlässlich des tragischen Ereignisses eine Trauerfeier stattfinden sollte, an der seine ganze Klasse teilnahm. Auf dem Weg zur Haramstrasse sprach er sich immerzu den Satz vor, den er Mariam zum Tod ihrer Angehörigen sagen wollte. Ihr Onkel samt Frau und Kindern war ums Leben gekommen. Mariams Familie hatte sich bis zuletzt noch einen Funken Hoffnung bewahrt, doch dann vermeldeten die Zeitungen am 31. Dezember 1999 die traurige Nachricht: Der Chef der Nationalen Behörde für Transportsicherheit der USA, Jim Hall, habe bekanntgegeben, dass die Bergungstruppe die Suche nach den Trümmern der EgyptAir-Maschine, einer Boeing 767, die zwei Monate zuvor auf dem Flug von New York nach Kairo vor der US-amerikanischen Küste abgestürzt war, endgültig eingestellt habe.

An der Frühstückstafel wurde kondoliert. Mariam liefen die Tränen.

»Die ägyptische Regierung hat einen groben Fehler begangen«, trug Farîd den eingeübten Satz vor. »Es war falsch, die bestausgebildeten Militärpiloten in ein und derselben Maschine fliegen zu lassen. Sämtliche Eier in einem einzigen Korb zu transportieren war fahrlässig. Diesen Verlust hätte man nicht riskieren dürfen.«

»Ich habe gehört, dass an derselben Stelle schon einige Flugzeuge abgestürzt sind«, sagte Mariams beste Freundin Fausîja.

»Meine Cousine Mahitâb ist mir gestern Nacht im Traum als schöner Geist erschienen«, berichtete Mariam. »Sie hat gelächelt. Und dann roch der ganze Raum nach ihrem Parfüm.«

Um zwölf Uhr mittags bemerkte Farîd, dass sich Mariam zum Aufbruch bereitmachte. In aller Eile verabschiedete er sich, ging hinaus und wartete in seinem Golf, dass sie herauskäme. Kurz darauf trat sie aus der Lobby, blieb vor dem Hotel stehen und hielt Ausschau nach ihrem Chauffeur. Farîd beobachtete sie aus der Ferne, um sich an ihrem strahlenden Licht zu wärmen. Doch dann näherten sich ihr zielstrebig zwei junge Burschen. Er sprang aus dem Wagen und eilte hinzu. Auf der Stelle verzogen sich die beiden

Kerle. Farîd stellte sich zu ihr und bot ihr ein paar Minuten später an: »Komm, ich fahre dich nach Hause.«

»Keine Ahnung, warum sich der Chauffeur verspätet hat«, schimpfte sie. »Ich habe ihm halb zwölf gesagt. Und jetzt hat der Idiot auch noch das Handy abgeschaltet. Wozu haben wir es ihm überhaupt gekauft?«

»Wenn du hier allein herumstehst, wirst du nur belästigt.«

»Der Chauffeur kommt sicher gleich.«

»Wenn er kommt und dich nicht antrifft, ruft er dich bestimmt auf dem Handy an. Komm, ich lasse dich hier nicht allein stehen.«

Farîd startete den Golf, holte seinen MP3-Player heraus und spielte das Lied, das genau das ausdrückte, was er nicht zu Papier, geschweige denn über die Lippen zu bringen vermochte. »Hier, hör dir diesen Song an, *All I want is you* von Bryan Adams. Ich fahre total darauf ab.«

Und dieses Lied war der Auslöser für Farîds Wegzug aus Ägypten.

Mit einem Gläschen Alkohol und einer Zigarre, Sohn und Tochter um sich an der langen Tafel in seinem Wohnzimmer in New Jersey, vor sich Tîfas köstliche Basbûsa[15], sass Akram zurückgelehnt da und sah dem Rauch nach, der zur Decke aufstieg und sich in alle Richtungen ausbreitete. »Kinder, war das ein Moment. Ein Moment, wie er einem im Leben nur selten vergönnt ist. Kurz vor Mitternacht. In wenigen Minuten sollte das bedeutendste Jahrhundert aller Zeiten zu Ende gehen. Alle warteten mit angehalte-

15 Süssspeise aus Griess, Zucker, Milch und Öl.

nem Atem auf das neue Jahrtausend. Eure Mutter und ich Hand in Hand. Um uns herum die mächtigsten Männer des Landes. Sogar Präsident Husni Mubârak und seine Gattin Suzanne waren anwesend. Und dann der Augenblick, als Ägypten im Angesicht der Pyramiden von Gisa, eines der sieben Weltwunder, das neue Jahrtausend empfing. Das Fest war einzigartig, 50 000 Menschen aus Ägypten und aller Herren Länder verfolgten gebannt das Geschehen auf der Bühne. Jean Michel Jarre präsentierte seine schönsten Kompositionen. Er war grandios, wie von pharaonischer Grösse berührt. Und dann das pompöse Finale. Ich erinnere mich an jede Einzelheit, als sei es erst gestern gewesen. Lichtspiele und Feuerwerk, ein gewaltiges Bild bot sich einem, trotz des dichten Nebels. Alle anwesenden Persönlichkeiten waren begeistert von diesem sensationellen Event, das im Übrigen nur neuneinhalb Millionen Dollar gekostet hat. Eure Mutter war von Jean Michel Jarre und seiner brillanten Musik hin und weg.«

»Hört, wie ich die Jahrtausendwende verbracht habe«, unterbrach Angie ihren Vater. »Ich lag mit einer schweren Erkältung im Bett. Meine Freundin Maisûn rief mich völlig aufgelöst an. Sie hatte sich nach fünf Jahren von ihrem Verlobten getrennt, weil sie das Gefühl hatte, dass der goldene Ring ihren Finger stranguliert. Ich bot ihr an, zu mir zu kommen. Und dann haben wir zusammen geweint – um die verlorene Liebe und das verpasste Glück, über die eigenen Niederlagen, vor Schmerz und Sehnsucht –, bis wir in den Schlaf fielen. Auch eine tolle Art, das neue Jahrhundert zu feiern.«

Farîd ass ein Stück Basbûsa. »Unschlagbar, dieser Tîfa«, schwärmte er genüsslich.

Abdallatîf sass unterdessen bei Angies Kindern im Zimmer nahe der Wohnungstür und unterhielt sich mit ihnen in einer besonderen Sprache. Er konnte nur schlecht Englisch und sie kein Arabisch. Aber Kinder unter zehn brauchen ohnehin keine Worte, um sich zu verständigen. Und Tîfa war seinem Wesen nach kaum älter als vier.

Angie hörte das heitere Plaudern und Lachen bis ins Wohnzimmer und war glücklich, ihre Kinder so ausgelassen zu erleben. »Vielleicht bringt er ihnen ja ein paar Worte Arabisch bei. Mir ist das bisher nicht gelungen.«

»Lass du dir lieber das Kochen von ihm beibringen!«

»Wenn ich die Kinder so gut versorgt weiss, kann ich mich heute Abend endlich einmal ein bisschen amüsieren gehen.«

»Seit du Tîfa zum Babysitter gemacht hast, bist du wie ausgewechselt. Putzmunter, redselig und unternehmungslustig. Du bist ja völlig ausser Rand und Band.«

»Abdallatîf ist grossartig! Stimmt es, dass du ihm 2300 Dollar im Monat zahlst, Papa? Das ist ungewöhnlich, dass ein Hausangestellter so viel Geld bekommt. Hol dir doch eine Philippinerin, die kostet nur ein Viertel.«

»Ich habe ihn nur für euch eingestellt, Schätzchen, damit ihr wie in alten Zeiten einmal wieder ordentliche ägyptische Küche bekommt. Und damit es im Haus einmal wieder schön nach gebratenem Knoblauch duftet. Heute kocht er Muskraut. Keine Philippinerin könnte das so gut.«

»Ich verstehe nicht ganz. Du willst ihn nach unserem Besuch wieder entlassen?«

»Selbstverständlich! Ich behalte ihn einen Monat, vielleicht auch zwei, und dann weg mit ihm.«

In dem Moment beschloss Angie, den Kontakt zu ihrem Vater abzubrechen und den Trennungsschmerz in Kauf zu nehmen. Ihn fand sie erträglicher als den unsäglichen Abscheu und den Hass, der sie plötzlich überkam.

Anders als geplant, ging sie an dem Abend doch nicht aus. Es widerstrebte ihr, Abdallatîfs Dienste in Anspruch zu nehmen und ihm die Wahrheit zu verschweigen. Unter dem Vorwand, dass etwas Unvorhergesehenes eingetreten sei, reiste sie am nächsten Tag mit ihren Kindern ab. Anschliessend flog Farîd nach London. Und Akram blieb ohne Gesellschaft zurück.

Am Sonntag, dem 2. Januar, ging ich ganz normal zur Schule. Wie üblich fuhr mich Ibrahîm, unser Chauffeur. Als ich um zehn vor acht ankam, erwartete mich schon Karîm mit ein paar Jungs aus seiner Handballmannschaft und anderen aus seiner Clique. Ich war noch nicht richtig ausgestiegen, da schrie er mich wie verrückt an: »Was hat Mariam in deinem Auto zu suchen, du Hu…?«

»Hätte ich sie lieber allein auf der Strasse stehenlassen sollen, damit irgendwelche Typen sie angraben?«, fragte ich betont gelassen.

»Und dann All I want is you *spielen, obwohl du genau weisst, she is mine!«, brüllte er und beförderte mich mit einem Kinnhaken zurück ins Auto.*

Ibrahîm düste mit mir sofort wieder ab. Er musste mir versprechen, meinen Eltern kein Wort davon zu verraten.

Dass ich danach nicht in die Schule konnte, ist ja klar. Ich gab meinen Kumpels per SMS Bescheid. Dann setzte ich mich in den Golf und kurvte in der Gegend umher. Irgendwann bekam ich Hunger. Ich schaute nach, wie viel Geld ich dabeihatte.

650 *Pfund waren es. Grossartig, dachte ich mir, zuerst frühstücke ich bei McDonald's, und anschliessend überlege ich mir, was ich bis Schulschluss mache. Als ich aber am Restaurant Thomas in Samâlik vorbeifuhr, stand an der Tankstelle auf der anderen Strassenseite Ismaîls Jeep Cherokee. Drinnen sassen Karîm und seine Kumpels. Sie sahen mich, und schon machte Ismaîl kehrt und nahm mit quietschenden Reifen die Verfolgung auf. Ich gab Vollgas und schaltete in den fünften Gang hoch. Am besten, entschied ich spontan, fahre ich zu Papas Fabrik in der 6.-Oktober-City, und nach mir die Sintflut. Ich wusste, dass mein Wagen, ein Golf 2400 CC, auf geraden Strecken schneller war, und bog auf die Hochstrasse, sie mir hinterher. Sie rückten mir einfach nicht von der Pelle. Also machte ich ein Überholmanöver nach dem anderen, immer knapp rechts an meinem Vordermann vorbei. Sie überholten links, kriegten mich aber nicht. Ich fuhr auf das Fabrikgelände und bat die Security-Männer, keinen Cherokee passieren zu lassen, in dem Jungs in meinem Alter sassen.*

Sein Vater war zu dem Zeitpunkt nicht in der Fabrik. Farîd erzählte Taha, dem Betriebsleiter, was los war. Daraufhin liess dieser drei Riesenkerle von Arbeitern rufen und wies sie an, Farîd im Auto nach Hause zu begleiten. Im Grunde hätte einer von denen gereicht, um die ganze Schule ausser Gefecht zu setzen.

Farîd brachte den Nachmittag damit zu, alle Kumpel anzurufen, um zu sondieren, wer ihm am nächsten Tag im Kampf zur Seite stehen würde. Und als er sich schlafen legte, hatte er seine Armee rekrutiert und einen Schlachtplan entworfen.

Am Samstag, dem 3. September 2005, flog Farîd von New York nach London zurück, um am Montag pünktlich zum Vorlesungsbeginn wieder an der Universität zu sein. Iulia, seine rumänische Freundin, empfing ihn am Flughafen, und in seinem Jaguar fuhren sie dann zum Atlantic House auf dem Kensington-Campus. Das Gebäude bot Unterkunft für 114 Studenten, verfügte über einen Speisesaal, in dem täglich drei warme Mahlzeiten ausgegeben wurden, ausserdem über eine Bibliothek, einen Computersaal mit einundfünfzig Rechnern mit Breitbandanschluss, einen Billardsaal, Gemeinschaftsräume und einen Kinosaal mit DVDs zur kostenlosen Benutzung. Die Universität befand sich auf einem riesigen Areal mit vielen Gebäuden, darunter alte Schlösser, Sporthallen, Unterrichts- und Wohnkomplexe. Die Studenten kamen aus siebzig Ländern und teilten sich in verschiedene Gruppen auf. Es gab eine arabische und eine amerikanische Gruppe sowie eine türkische, die im Dauerclinch mit den Arabern lag. Kam es allerdings zum arabisch-amerikanischen Streit, dann schlugen sich die Türken unverzüglich auf die Seite der Araber. Ausserdem gab es eine Gruppe aller spanischsprachigen Studenten. Und nicht zu vergessen die radikalen Feministinnen.

Farîd war der einzige Ägypter an der Universität. Die anderen arabischen Studenten stammten vor allem aus Kuwait und Abu Dhabi. Im Vorjahr hatte sich Farîd das Zimmer mit einem afghanischen Kommilitonen geteilt und Iulia ihres mit einer Ecuadorianerin. Doch dann waren sich Farîd und Iulia nähergekommen und wollten unbedingt zusammenwohnen. Also heckten sie den Plan aus, den Afghanen und die Ecuadorianerin miteinander zu verkuppeln. Sie fädelten Begegnungen ein, verschickten fingierte Briefe und streuten schliesslich, in den schillerndsten Farben, das Gerücht, dass der Afghane nachts davon träume, sich einen Kuss von der Ecuadorianerin zu erhaschen. Der Plan ging auf: Die zwei verliebten sich ineinander. Und so zogen die beiden Paare – hinter dem Rücken der Verwaltung – jeweils zusammen.

Kennst du das Dream-Team, die US-amerikanische Basketball-nationalmannschaft? Als an den Olympischen Spielen zum ersten Mal Profis teilnehmen durften, hatten sich die Jungs vorgenommen, jedes Spiel mit über hundert Punkten zu gewinnen. Sie haben es tatsächlich geschafft! Und genauso ein Dream-Team ist Iulia, das absolute Traummädchen! Eine echte Sportskanone. Sie joggt jeden Tag drei Meilen, ist sehr auf Gesundheit und Fitness bedacht und erklärte Nichtraucherin. Täglich büffelt sie vier Stunden, und wenn ich nicht fleissig genug bin, macht sie mir die Hölle heiss. Ausserdem exzerpiert sie für mich die Bücher. Ein wirklich feiner Mensch, herzensgut und grundanständig. Sie liebt mich, ist treu und tickt exakter als ein Uhrwerk. Na ja, schliesslich hat sie auch eine deutsche Mutter. Und ihr rumänischer Vater, dafür verwette ich meinen Kopf, hat bestimmt auch deutsche Wurzeln, nur gibt sie es nicht zu. Woher sollte sie sonst diese ungeheure Disziplin und Ordnungsliebe haben?

Aber jeder Mensch hat zwei Seiten. Iulia ist kalt wie Eis. Die Monatsblutung tritt, wie der Name schon sagt, monatlich auf. Iulia dagegen bekommt ihre nur alle sechs Monate, deshalb müsste man in ihrem Fall eher von »Semesterblutung« sprechen. Und bei grosser Kälte kann sich die Sache sogar noch weiter verzögern. Keine Ahnung, wie das geht. Sex mit ihr ist kein leichtes Unter-

fangen. Sie macht lieber andere Sachen: lernen, lesen, im Internet surfen, sich einen Film ansehen oder früh schlafen gehen, um für die Vorlesung am nächsten Morgen fit zu sein. Wenn sich bei ihr ausnahmsweise doch einmal etwas regt, ergreife ich die Gelegenheit beim Schopfe. Ich lege mich ins Zeug, zapple mich im wahrsten Sinne des Wortes ab. Und auf dem Höhepunkt, wenn ich mich für den tollsten Hecht aller Zeiten halte, fragt sie plötzlich: »Wann ist deine Vorlesung morgen? Nur damit ich dich rechtzeitig wecke.« Ich habe versucht, ihr zu erklären, dass ich Ägypter und als solcher seit über 2000 Jahren sexuell unterdrückt bin. Dass genetisch bedingte Unterdrückung nicht einfach verschwindet. Dass wir Männer bedauernswerte Geschöpfe sind, die sexuelle Bestätigung brauchen, andernfalls ist das Selbstbewusstsein im Eimer und der Schiffbruch an der Uni vorprogrammiert. Doch das hat alles nichts genützt. Sie ist Björn Borg in Person, der rumänische Eis-Borg.

Hinzu kommt, dass ich das genaue Gegenteil bin. Undiszipliniert, fehlerhaft, verdorben, schäbig und ein Gewohnheitskiffer.

In einem Film, den sich Farîd in den Vereinigten Staaten ansah, gab sich die Hauptdarstellerin, eine schlanke Blondine, in einer lustvollen Szene heiss und mit zügellosem Stöhnen ihrem Liebsten hin. An dieser Stelle beschloss Farîd, sich von Iulia zu trennen. Ihm war klargeworden, dass er auf Dauer nicht mit einem makellos weissen Eisblock leben konnte. Weil er aber ihre Gefühle nicht verletzen wollte, musste eine elegante Lösung her. Er überlegte lange und intensiv, wie er sie loswerden könnte. Zwei Wochen nach seiner Rückkehr nach London kam ihm die zündende Idee. Und die setzte er in die Tat um.

Ich liebe Farîd von Herzen. Er hat eine künstlerische Ader, ist sympathisch und überaus klug. Ausserdem hat er eine schöne Stimme, wunderbares Lockenhaar, ein dunkles, einnehmendes Gesicht und einen athletischen Körper. Was will eine Frau mehr? Ich habe mich wirklich bemüht, zu verstehen, warum er gelegentlich so ein merkwürdiges Verhalten an den Tag legt. Aber ich begreife es nicht. Ich kann nicht nachvollziehen, warum er sich allen überlegen fühlt. Warum er – mit massloser Naivität – den listigen Fuchs herauskehren muss. Warum er den Drang hat, sich mit offensichtlichen Gaunereien zum allgemeinen Gespött zu machen. Stell dir vor, gestern hat er gestohlene Ware gekauft und sie Kommilitonen angedreht, indem er vorgab, der Erlös käme einem karitativen Zweck zugute. Braucht er Geld? Garantiert nicht. Bekanntlich ist der ärmste Student an dieser Uni Millionär. Immerhin kann er sich einen Jaguar leisten. Und die Studiengebühren, die Unterkunft hier, Reisen in die USA und die Geschenke, mit denen er mich überhäuft. Wenn er also nicht in Not ist, warum lügt und betrügt er dann? Wie kann er den Kommilitonen weismachen, sie würden eine gute Sache unterstützen, sich damit selbst bereichern und das Ganze obendrein für ein witziges Spiel und sich für ungemein gewieft halten? Gestern hatte ich ein Treffen mit der Ökonomieprofessorin. Er habe ihr eine Handtasche aus Krokodilleder geschenkt, berichtete sie mir. Sie gefalle ihr zwar sehr gut, trotzdem müsse er sich im Klaren sein, dass er dafür nicht die geringste Aufwertung seiner Noten zu erwarten habe. Für wen hält er sich? Für einen Waffenhändler, der es mit korrupten Beamten zu tun hat? Offenbar kapiert er nicht, was seine Aufgabe als Student ist. Dass er zu lernen und nicht zu bestechen hat! Meine Kommilitonin Margo hat mir erzählt, was er einer Angestellten der Pizzeria in der Wellington Street angetan haben soll, bevor wir zusammengekommen waren. Er habe ihr vor-

gemacht, in sie verliebt zu sein. Und nachdem er sie herumgekriegt hatte, habe er sie behandelt wie den letzten Dreck. Er habe sie als billig beschimpft und ihr gesagt, dass er nur mit ihren Gefühlen gespielt habe, um sie flachzulegen. Die Ärmste habe sich daraufhin das Leben nehmen wollen und sich die Pulsadern aufgeschnitten.

Ich wollte die Geschichte nicht glauben. Heute aber, nach einem Jahr Beziehung mit ihm, kann ich leider mit Gewissheit sagen, dass sie stimmt. Im Grunde seines Herzens ist er kein böser Mensch. Er hält es für eine normale, ja geglückte Form der Annäherung zwischen Mann und Frau. Das Schlimme ist, dass er nicht das Gefühl hat, irgendetwas Verwerfliches zu tun. Nein, er findet sich ungemein clever. Kommilitonen gestohlene Dinge anzudrehen, betrachtet er als geschäftstüchtig. Und Geschäftstüchtigkeit beinhalte, so die Logik, dass man Produkte zur besseren Vermarktung schönreden muss. Sonst wäre ja Werbung an sich verwerflich. Der Professorin Geschenke zu machen habe seiner Meinung nach zwangsläufig, ohne dass sie sich dessen erwehren könnte, Einfluss auf die Abschlussbenotung. Und über Mädchen herzufallen sei ein Jagdinstinkt, der jedem männlichen Lebewesen angeboren ist. Für die göttliche Schöpfung könne er schliesslich nichts.

Wie war Farîd zu dieser verdorbenen Wertordnung gekommen? Ich schliesse mich dem an, was Melanie, die Psychologieassistentin, sagte, als ich mit ihr über das Problem sprach. Was kann man von einem Jungen erwarten, der zwar intelligent ist, aber mit fünfzehn Jahren von Mutter und Vater verlassen wurde? Die beiden haben sich aus seinem Leben zurückgezogen und reden sich ein, dass die glorreichen Lehrer im fortschrittlichen Westen die besseren Eltern seien. Was soll ein Junge schon für eine Psyche entwickeln, der die Erfahrung macht, dass seine Eltern ausserstande sind, ihrer Erziehungspflicht nachzukommen?

Am 3. Januar ging ich wieder in die Schule, allerdings schon so früh, dass ich der Erste war. Sicherheitshalber nahm ich das Taschenmesser mit, das mir Papa aus Amerika mitgebracht hatte. Während die anderen den allmorgendlichen Appell auf dem Hof absolvierten, hielt ich mich im Raum der fünften Klasse versteckt. Dann ging ich in meine Klasse. Ich schaute in die Runde, Karîm war nicht da. Mariam wirkte zerknittert. Ein paar von Karîms Freunden zogen ihre Handys unterm Tisch hervor. Bestimmt, um ihm eine SMS zu schreiben, dass ich hier bin, dachte ich. Keine Ahnung, wie er es angestellt hat, aber auf einmal stand er im Raum, obwohl die Tür schon geschlossen war. Ich hatte mit meinen Kumpels ausgemacht, dass sie immer in meiner Nähe bleiben sollen. Karîm stürzte sich mit geballten Fäusten auf mich. Da stellte ihm einer meiner Jungs ein Bein, so dass er hinfiel. Ich warf mich auf ihn, zog das Taschenmesser und hielt es ihm an die Kehle. Ich konnte gar nicht so schnell gucken, wie ich Ismaîls Fuss im Gesicht hatte. Karîm sprang auf und zückte ebenfalls sein Taschenmesser. Wie aus dem Nichts tauchten plötzlich zwei Sportlehrer auf, echte Athleten, und in null Komma nichts hatten sie uns die Messer abgenommen. Ismaîl nietete einen der beiden mit einem Kinnhaken um, so dass er k.o. am Boden lag.

Die Eltern wurden in die Schule zitiert. Es wurde geredet, und das Ganze endete damit, dass vier von uns der Schule verwiesen wurden. Ich war selbstverständlich einer davon. Ismaîl dagegen wurde nicht gefeuert, weil sein Vater Macht und Einfluss hatte.

»Ein Taschenmesser in der Klasse, Farîd? Mein Sohn, ein Rowdy? Was soll ich nur mit dir anstellen?«

»Wieso mit ihm anstellen? Du solltest ihn lieber trösten, statt anzubrüllen. Was hat der Junge denn schon verbrochen? Nichts. Er hat sich als wahrer Gentleman erwiesen und seine Mitschülerin nach Hause gefahren, damit sie nicht auf der Strasse stehen muss.«

»Gentleman? Quatsch. Der Fahrer hat doch zugegeben, dass er 500 Pfund von ihm bekommen hat, damit er das Handy abschaltet und behauptet, durch eine Reifenpanne aufgehalten worden zu sein. Aber das ist nicht der Punkt. Viel schlimmer ist, dass er ein Taschenmesser in die Schule mitgenommen hat. Er glaubt offenbar, dass er in einem amerikanischen Film mitspielt und eine mexikanische Gangsterbande ihm den Rücken deckt.«

»Er wird sich doch wohl noch verteidigen dürfen, oder willst du ihm das verbieten? Schliesslich hatte dieser Dreckskerl von Mitschüler auch ein Taschenmesser dabei. Soll er sich etwa widerstandslos verprügeln lassen? Schlimm genug, dass du ihn im Stich lässt. Ich als seine Mutter jedenfalls werde ihn zu schützen wissen!«

»Es reicht. Halt den Mund, Suha, bitte! So, und nun zu dir, Farîd. Ich werde dich ins Ausland schicken. Dort bringst du die Schule zu Ende. Ich habe die Direktion überredet, ein Abgangszeugnis für einen ganz normalen Schulwechsel auszustellen und den Verweis unerwähnt zu lassen. Und wir datieren dann das Zeugnis auf einen Zeitpunkt vor Beginn der Weihnachtsferien zurück.«

»Es gibt doch auch in Ägypten gute amerikanische Schulen mit Lehrern aus dem Ausland.«

»Lass gut sein, Suha! Ein paar Eltern haben Rache geschworen, und einige von denen sind sehr einflussreich. Die werden keine Ruhe geben. Es wird wohl darauf hinauslaufen, dass ich dich nach England schicke, Farîd. Aber ich schaue erst noch nach Schulen in der Schweiz, in Kanada und Amerika.«

»Ich will lieber nach England, Papa.«

»Du hast keine Bedingungen zu stellen, Rowdy! Ich werde mich nach einer amerikanischen Schule in England umhören, die bereit ist, dich im zweiten Trimester aufzunehmen. Du kannst von Glück sagen, dass die Ferien gerade zu Ende sind und das neue Trimester erst begonnen hat.«

»Heisst das, dass ich sofort fahren soll?«

»Ja, klar, das ist das Beste. Ich wollte dich ohnehin nächstes Jahr ins Ausland schicken. Du sollst deinen Abschluss in einem vernünftigen Land machen. Und dann geht's dort gleich weiter. So hast du einen leichteren Übergang von der Schule an die Uni. *In all cases* brauchst du dich ab jetzt nicht mehr hier herumzuschlagen, dieses Land liegt im Sterben. Du musst raus hier, je früher, desto besser. Gut, dass es so gekommen ist.«

Hin- und hergerissen, zog sich Farîd in sein Zimmer zurück. Allerlei Gedanken gingen ihm durch den Kopf. Wie sollte er seine Welt von einem Tag auf den anderen verlassen? Käme er ohne Schule, Freunde, den Klub, die Eltern und die Schwester aus? Fühlte er sich alt genug, um auf eigenen Füssen zu stehen? Wie sollte er Papas Anweisung befolgen und seinen Freunden verschweigen, in welchem Land er lebte?

Farîd wusste nicht, ob er Angst hatte, traurig war oder Freude empfand. Ob er für oder gegen den Plan war. Im Bett schluchzte er wie ein kleines Kind, ohne zu wissen, warum. Wahrscheinlich hatte er Angst. In seiner Verzweiflung beschloss er, sich am nächsten Tag Unterstützung von seinem Onkel zu holen. Vielleicht würde es Asîs gelingen, die Eltern von ihrem Vorhaben abzubringen.

Suha hatte grundsätzlich nichts dagegen, dass Farîd fortging, schliesslich schickten fast alle im Freundeskreis ihre Söhne für die Oberstufe ausser Landes. Aitin hatte ihren Sohn sogar schon in der achten Klasse auf ein Internat in der Schweiz geschickt. Und der Sohn ihrer besten Freundin Schahd besuchte ein Gymnasium in Kanada. Im Anschluss an das nächste Rotarier-Treffen erzählte Suha ihren Freunden, was Farîd widerfahren war, um deren Meinungen einzuholen.

»Du solltest Gott danken, dass es so gekommen ist, Suha. Auf diese Weise rettet ihr euren Sohn. Ihr bringt Licht in sein Leben.«

»Ich mache mir Sorgen. Er ist noch sehr jung.«

»Die Zeiten haben sich geändert. Überleg nur, wie du die Welt mit fünfzehn gesehen hast und wie Angie sie im gleichen Alter gesehen hat. Das ist gar kein Vergleich. Eine völlig andere Generation wächst jetzt heran. Die Jugend von heute versteht die Welt viel besser als wir in dem Alter.«

»Es stimmt, der Fortschritt ist enorm. Die neuen Medien haben das Denken der Jugendlichen verändert. Im Grunde gibt es gar keine Kindheit mehr, durch Internet und Satellitenfernsehen sind sie schon alt, wenn sie noch die Flasche bekommen.«

»Man kann die jüngere Geschichte Ägyptens am Beispiel der Bildung veranschaulichen. Im zwanzigsten Jahrhundert haben wir unsere Kinder nach dem Universitätsabschluss zu weiterführenden Studien ins Ausland geschickt. Mit dem Niedergang der Universitäten ab 1990 fingen wir an, unsere Kinder gleich nach der Schule zum Studium wegzuschicken, vor allem nach Kanada. Zu Beginn des neuen Jahrhunderts kam es in Mode, die Kinder schon nach der Mittelstufe auf Internate zu schicken, vorzugsweise in der Schweiz. Offenbar geht es immer so weiter, und in zehn Jahren geben wir unsere Kinder unmittelbar nach der Geburt weg, um alle Sorgen los zu sein.«

»Du hast völlig recht, Imâd, du solltest ein Buch darüber schreiben: *Die Geschichte der Ausbildung unserer Kinder im In- und Ausland.* Ein ungeheuer interessantes Thema.«

»Meine Tochter macht jetzt das Internationale Bakkalaureat. Das kostet mich nur den Flug. Sie kann an einem beliebigen Ort der Welt die Schule besuchen. Zurzeit ist sie in Hongkong.«

»Bravo! Toll gemacht!«

»Meine Frau ist überglücklich. Sie findet, dass wir unsere Tochter vor der Bildung hierzulande gerettet haben.«

»Und du, Suha, rettest gerade deinen Farîd.«

»Wie sollte ich dich retten können, Farîd? Mir fällt dazu nur ein, was Machmûd al-Malîgi in *Alexandria, warum?*[16] gesagt hat. Der Film spielt im Zweiten Weltkrieg, Ägypten befand sich im Wandel. Er könne den Fall unmöglich gewinnen, sagte al-Malîgi zu Achmad Sâki. Er zählte alle ökonomischen und sozialen Katastrophen im Land eine nach der anderen auf und fragte in seiner wunderbaren Art jeweils: ›Wie sollte ich den Fall da gewinnen können?‹, was nichts anderes hiess als: Wie sollte er die Hei-

16 Ägyptischer Film von 1979.

137

mat retten können? Ich, dein Onkel Asîs, bin niemand anders als Machmûd al-Malîgi, der gescheiterte Mann, der sich von der Gesellschaft und jeglicher Auseinandersetzung mit ihr zurückgezogen hat, weil er mit ihr nicht zurechtkommt. Wie sollte ich deinen Fall da gewinnen können, Farîd?

Es war klar, dass Akram dein Schulzeugnis fälscht. Es war auch klar, dass er sich nicht mit einem Vater anlegt, der mächtiger ist als er, denn das könnte seinen weitverzweigten Geschäftsbeziehungen schaden. Insofern liegt es auf der Hand, dass es für ihn nur eine Lösung gibt: dich wegzuschicken, dich allein im Ausland leben zu lassen, obwohl du noch nicht trocken hinter den Ohren bist. Was folgt, ist absehbar: In der Oberstufe, oder wie auch immer sie bei den Amerikanern heisst, wirst du kaum noch deinen Namen auf Arabisch schreiben können. Wozu braucht man diese Sprache auch? Du wirst die Geschichte der Vereinigten Staaten bis ins kleinste Detail kennen, aber nicht den leisesten Schimmer von Achmad Orâbi[17] haben. Wie sollte ich deinen Fall da gewinnen können?«

Selbstverständlich gewann Asîs den Fall nicht, obwohl er dafür einen Vertrag verletzte. Am 8. März, dem Internationalen Frauentag, hatte er mit sich selbst ein Abkommen getroffen: »Ich werde Hadâik al-Kubba zeit meines Lebens nicht mehr verlassen«, so der genaue Wortlaut. Dennoch brach er Farîd zuliebe diesen Eid und liess sich dazu hinreissen, in Akrams Wohnzimmer ein Plädoyer zu halten.

17 Ägyptischer General (1841–1911). Er führte den sogenannten Orâbi-Aufstand (1879–1882) gegen die osmanische Herrschaft in Ägypten an.

Am Ende kehrte er, wie erwartet, unverrichteter Dinge heim und erneuerte noch am selben Tag das Abkommen.

Farîd reiste nach London, allerdings, um Verwirrung zu stiften, auf Umwegen. Mit einem einfachen Ticket flog er nach Genf. Nach zwei Tagen, die er in einem feudalen Hotel am halbmondförmigen Genfer See verbrachte, stieg er in den Zug nach Paris. Und von dort flog er nach London. Akram hatte unterdessen das Gefühl, Opfer einer Verschwörung geworden zu sein. Am Flughafen wurde Farîd von einem Verwandten seines Vaters abgeholt und ins Internat gebracht.

Als ich im aktuellen Vorlesungsverzeichnis blätterte, entdeckte ich zu meiner Überraschung einen neuen Professor namens Murtada al-Barûdi. Ich recherchierte und fand heraus, dass er Ägypter war. Mann, habe ich mich gefreut! Nun war ich nicht mehr der einzige Ägypter an der Uni. Ich suchte ihn auf, um ihn zu begrüssen und mich vorzustellen. Ein echter Akademiker im klassischen Anzug, der in Zeitlupe sprach. Er begrüsste mich ohne jede Gefühlsregung. Anschliessend ging ich zu meiner arabischen Gruppe, um ihnen von ihm zu berichten. Ich wollte ein bisschen damit angeben, dass ich jetzt Rückhalt an der Uni hätte. Im Hochschulrat sass nämlich ein Emirati, mit dem mir die emiratischen Studenten mächtig auf den Sack gingen. Ausserdem gab es einen hochrangigen Kuwaiter, der seinen Landsleuten den Rücken stärkte. Deshalb wollte ich mit dem ägyptischen Professor protzen, nach dem Motto: Ihr habt das Geld und wir die Bildung. Aber das war nicht der eigentliche Grund, weshalb ich die arabischen Kumpels aufsuchte, das sollte nur ein Gag am Rande sein. In Wirklichkeit wollte ich das Team zusammentrommeln, damit sie mir helfen, Iulia zu vergraulen.

Der Plan war simpel: Wir würden uns jeden Abend in meinem Zimmer treffen, arabische Lieder singen und kiffen, bis Iulia die Faxen dick hätte.

Der Plan ging auf. In London regnete es Bindfäden. Das Wetter lud nicht gerade zum Ausgehen ein, und so freute sich die arabische Gruppe über dieses Angebot. Farîd spielte auf der Gitarre, Faissal, ein saudi-arabischer Kommilitone mit einer schönen Stimme, sang, alle anderen klatschten dazu im Takt, und Kalu lieferte das Haschisch. In der zehnten Nacht regte Muadh, ein jemenitischer Student, an, von Haschisch auf Kat umzusteigen. Während alle kräftig kauten, sang er Lieder aus dem glücklichen Jemen. Eine unvergessliche Nacht. Farîds linke Wange war am Ende restlos betäubt. In der zwölften Nacht, als er gerade die neuesten Lieder von Hakîm[18] sang, machte Iulia Schluss. Der Schlafmangel hatte ihr Nervenkostüm völlig zerrüttet.

Vor zwei Jahren habe ich mich von Farîd getrennt. Nun sind wir kurz vor dem Abschluss, und mein wunderbarer, bedauernswerter Liebster steht noch immer nicht mit beiden Füssen auf der Erde. Nach wie vor irrt er kopflos umher.

18 Ägyptischer Folksänger (geb. 1962).

Doktor Murtada al-Barûdi

Ehemals Philosophieprofessor an der Ain-Schams-Universität in Kairo, lehrte Murtada al-Barûdi inzwischen Methodologie an der Universität Richmond. Er ist einer der schillerndsten Gelehrten Ägyptens auf seinem Gebiet mit einer beachtlichen Publikationsliste. Von den Studenten wird er überaus geschätzt, denn er ist ihnen Professor, Vater und Freund gleichermassen. In Aussehen und Wesen ist er unverkennbar von seinen ländlichen Wurzeln geprägt. Das Gesicht wie aus Stein gemeisselt, der typische Akzent, die mächtige Statur, die rauen, kräftigen Hände, grösste Bescheidenheit in Verbindung mit einem ausgeprägten Selbstbewusstsein – all das hatte er von seinem Vater mitbekommen, der Bürgermeister von Itâi al-Barûd im Gouvernement Buhaira gewesen war. Und dieser hatte jene Eigenschaften wiederum von seinen Vorfahren, einer langen, bis weit zurück in die Geschichte reichenden Reihe von Bürgermeistern, geerbt. Murtada hatte die Lehrerfachhochschule in Damanhûr besucht und anschliessend Geisteswissenschaften in Alexandria studiert. Hochbegabt und mit unerschütterlichem Willen, begann er dort seine akademische Laufbahn. Dass er am 1. Juli 1950 geboren worden war, gab ihm das Gefühl eines inneren Gleichgewichts. Exakt in der Mitte des Jahres, in der Mitte des Jahrhunderts das Licht der Welt erblickt zu haben, betrachtete er als ein Zeichen Gottes, gepriesen sei Er, ja geradezu als göttliche Aufforderung, gerecht zu sein, und zwar mit jedem Wort, das er von sich gab. Daher erwählte er die Waage zu seinem persönlichen Symbol und stellte im Büro und bei sich zu

Hause eine auf. Aber nie hatte er sich im öffentlichen Leben engagiert, weder politisch noch kulturell. Seine ganze Aufmerksamkeit galt der Wissenschaft. So hatte er sich während des Studiums bewusst von den Avantgardisten ferngehalten und auch sonst im Laufe seiner bewegten Vita von jeder politischen Partei.

Es ist schon seltsam mit mir. Für öffentliche Belange habe ich mich nie interessiert, geschweige denn begeistern können – bis ich nach England kam. Dabei hätte es doch viel näher gelegen, mich in meinem eigenen Land zu engagieren. Aber ich erfülle, wie ich immer sage, eine fest umrissene Aufgabe: ich lehre an der Universität. Und gelingt es mir, dieser Anforderung auch tatsächlich gerecht zu werden, so habe ich das höchste Ziel erreicht. Ich war immer der Ansicht, dass man Veränderungen im Kleinen beginnen sollte, bevor man sich ans Ganze wagt – insbesondere, da ich die nachfolgenden Generationen darauf vorbereite, Verantwortung zu übernehmen. Die nationalen Belange sind Sache der Politik und der Medien. Von beiden halte ich mich fern. Vereinfachte Betrachtungsweisen lehne ich ab, sie werden den Bedürfnissen der Bevölkerung nicht gerecht. Ebenso wenig bin ich bereit, meine Prinzipien über Bord zu werfen, um mich auf die Schultern des hässlichen Riesen Macht heben zu lassen. Was mich aber am meisten abstösst, ist die offenkundig diabolische Allianz zwischen Politik und Medien, die einen klaren Zweck verfolgt: die Menschen mit Belanglosigkeiten vom Wesentlichen abzulenken und sie zu manipulieren, um bestimmte wirtschaftliche und politische Interessen durchzusetzen. Mit all dem habe ich nichts im Sinn.

Wohl an die hundert wissenschaftliche Aufsätze habe ich in Fachzeitschriften publiziert, aber nicht einen einzigen Artikel in einer Tageszeitung. Gegenüber dem Journalismus hege ich tiefen Abscheu, denn diese Zunft verkauft die Lügen der Machthabenden. Selbst die schärfsten Kritiker spielen ihre vorgeschriebene Rolle, mit der sie den wirtschaftlichen Interessen jener dienen, die auf dem goldenen Thron sitzen. Am Tag nach meiner Ankunft in England wurde ich in dieser Ansicht bestärkt. Der Zufall wollte es, dass ich in der BBC die mehrteilige Dokumentation The Power of Nightmares. The Rise of the Politics of Fear *sah. Der Regisseur, Adam Curtis, bestätigte, wovon ich schon immer überzeugt war: dass die Regierenden und die Medien Lügen verbreiten und dass dieser Schwindel letztlich dazu dient, die Konten der Machthabenden zu füllen. Der Film behauptet, al-Kâida und die islamistische Terrorgefahr für die westliche Welt sei nichts als ein Mythos, erschaffen von der Politik und verbreitet von den Medien. Ein Mythos, der das Erdöl aus den arabischen Bohrlöchern zu goldenen Wasserhähnen in den Herrscherpalästen dieser Welt verwandelt.*

Nun lebe ich seit zwei Jahren in London. Der Aufenthalt hier hat meine Einstellung grundlegend verändert. Zum ersten Mal befasse ich mich auch mit öffentlichen Belangen. Heute zum Beispiel nehme ich an einer Diskussionsrunde in der Universität teil.

Wenige Monate nach der Ankunft in London, im Januar 2006, sass Doktor Murtada in seinem prachtvollen Büro. Fassungslos vor Entsetzen, las er das Fetwa, das Doktor Raschâd Hassan Chalîl, Exdekan der Fakultät für Scharia und Rechtswissenschaft an der Ashar-Universität, erlassen hatte. Laut des Rechtsgutachtens gilt eine Ehe mit sofortiger Wirkung als annulliert, wenn der Geschlechtsakt in unbekleidetem Zustand vollzogen wird. In dem Moment betrat Farîd al-Mungi das Büro und teilte ihm mit, dass das Studentenparlament entschieden habe – und zwar einstimmig, was bisher noch nie vorgekommen sei –, am Montag, dem 16. Januar, die Lehrveranstaltungen zu bestreiken. Dies sei, erläuterte er, eine spontane Reaktion auf die Beschlüsse der Universitätsleitung, denn diese seien für die Studenten von Nachteil. Aus diesem Anlass, sagte Farîd abschliessend, lade er am Abend vor dem Streik zum Essen ein.

Die Einladung lehnte Doktor Murtada ab, doch er bekundete Interesse, mehr über das Studentenparlament zu erfahren, von dem er noch nie etwas gehört hatte. Er schob Doktor Raschâds Fetwa beiseite und nahm sich die Studentenverfassung vor.

Sei genügsam, denn Segen ist ein flüchtiger Gast!, mahnte ich mich selbst immer wieder, als ich an diese Universität kam. Mit »Segen« meinte ich keineswegs, dass Gott so gütig war, mir die Reise hierher zu ermöglichen. Nein, denn Ägypten verlassen zu haben, empfand ich eher als Fluch. Mit »Segen« meinte ich vielmehr den hiesigen Überfluss: angefangen von meinem Büro über die Architektur der Gebäude, die Ausstattung der Bibliothek und Vorlesungssäle bis hin zum frischen Raumklima. Zu sehen, welche Möglichkeiten diese Einrichtung den Studierenden bot und welche Zustände dagegen an der Ain-Schams-Universität herrschten, erschütterte mich. Doch die luxuriösen Verhältnisse hier bedeuteten mir letztendlich nichts. Was mich weitaus mehr beeindruckte, war der Inhalt der Studentenverfassung wie auch die Tatsache, dass die Studenten den Streik konsequent durchzogen und am Ende tatsächlich ihre Forderungen durchsetzten. Man kann über Demokratie sagen, was man will, und sie als Marionettentheater bezeichnen, doch seit jenem

Tag verspürte ich den Drang, am politischen Leben meines Landes Anteil zu nehmen.

Der Typ ist nicht ganz dicht! Staucht mich zusammen, nur weil ihm meine Ansichten nicht passen. Ich habe gesagt, dass mir Ägypten gestohlen bleiben kann. Mein Vater und meine Schwester leben in Amerika, und meine Mutter ist im Himmel. Was soll ich also noch nach Ägypten fahren, wo die al-Mungis am Aussterben sind? Na ja, ich bin in dem Gespräch ziemlich heftig geworden. Wer an einem herrlichen Strand lebt und die geilsten Bräute um sich hat, wird wohl kaum in den Gully steigen wollen, habe ich gesagt. Daraufhin hielt er mir eine Moralpredigt über patriotische Pflichten und Vaterlandsliebe. Ausserdem kam er mir mit irgendwelchem Schwachsinn von Saad Saghlûl[19]. Über den weiss ich eh nicht viel, nur dass er den Spruch »es hilft nichts« abgesondert hat. Angeblich eine Fehlinformation, wie mich dieser Besserwisser belehrte. Zum Schluss schwafelte er noch so ein wirres Zeug: dass Ägypten durch unsere Adern fliesse und dass mir bei der kleinsten Verletzung Nilwasser aus den Klamotten sickern würde. Solche Reden hat er geschwungen, und zwei Tage später erfahre ich, dass er am Wochenende Deborah heiraten will. Ich war platt. Ausgerechnet Deborah, diese ätzende Schachtel aus der Bibliothek, in deren Nähe man am besten die Augen zukneift, um sich den grässlichen Anblick zu ersparen. Echt englisch die Tante, klobig wie ein Wanderstiefel. Was mich wahnsinnig macht, ist die Schizophrenie von diesem Kerl. Erst grosse Töne spucken und dann eine Engländerin heiraten!

Abgesehen davon ist mir nicht ganz klar, wie er sich mit ihr streiten will bei der miserablen Aussprache, die er hat. Wie ge-

19 Ägyptischer Politiker (1859–1927), der sich für die Unabhängigkeit seines Landes von Grossbritannien einsetzte.

denkst du, sie auf Englisch zu beschimpfen, wenn du nach jeder Silbe erst mal Atem holen musst? Das hätte ich ihn am liebsten gefragt, aber ich habe mich nicht getraut. Schrecklicher Typ! Doch dann habe ich meinen ganzen Mut zusammengenommen und ein paar arabischen Kumpels erzählt, dass wir zur Hochzeit eingeladen sind. Ich hatte mir überlegt, in die Party zu platzen und dem Herrn ordentlich auf den Geist zu gehen.

Wer Geduld hat, wird belohnt.
Wer noch mehr Geduld hat,
feiert am 25. Februar 2006 Hochzeit.
Wer es nicht glaubt –
er könnte richtig liegen –,
den erwarten wir bei uns zu Hause,
denn wir glauben es selbst nicht.
Wer es aber glaubt,
verfolge das Fest bitte
in der BBC oder im Discovery Channel.

Formuliert, geschrieben und gestaltet hatte die Einladungskarte Deborahs Bruder Richard, ein bildender Künstler und begnadeter Grafikdesigner. Da keine Hoffnung bestand, dass er jemals heiraten würde, hatte sich Richard von Herzen gewünscht, dass wenigstens Deborah diesen Schritt tut. Von Freude beseelt, dass dieser Traum nun in Erfüllung ging, schwang er sich aufs Fahrrad und brachte allen Bekannten und Freunden die Einladung persönlich vorbei.

Deborah lebte mit ihren Eltern in der Acacia Avenue 62 in einem jener typischen zweistöckigen Reihenhäuser mit einem kleinen Vorgarten und einem grossen Garten hinter dem Gebäude. 1892 erbaut, hatten es im Laufe seiner langen Geschichte mehrere Generationen der Familie nicht nur mit Leben erfüllt: nach und nach hatten sich auch jede Menge Tische, Aschenbecher, Sessel, Teppiche und Bilder angesammelt.

Dass ich, nunmehr in den Wechseljahren, tatsächlich noch heiraten sollte, hätte ich nie für möglich gehalten. Seit über zwanzig Jahren haben sich alle – meine Familie, meine Freunde, meine Kollegen und ich selbst natürlich – bemüht, einen passenden Partner für mich zu finden. Aber Aphrodite war mir nicht hold. Und nun klappt es doch noch, das ist wundervoll! Nicht zu glauben, was ich mir in düsteren Nächten so alles geschworen habe. Dass ich den Erstbesten zum Mann nehmen würde, der an die Tür klopft. Dass ich jede Bedingung akzeptieren würde. Wie besessen war ich von dem Wunsch zu heiraten, dass ich mehr und mehr meine Selbstachtung verlor. Die Männer in meinem Freundeskreis zogen über meinen Körperumfang her. Zudem duftete ich so übertrieben nach Seife, spotteten sie, dass man auch gleich eine Waschmaschine vögeln könnte. Und ich – ich lachte darüber auch noch wie ein Trottel! Als ich mit über vierzig die Hoffnung völlig aufgegeben hatte, tauchte plötzlich Murtada in meinem Leben auf. Der reinste Balsam für meine Wunden. Dass mich Gott für all das Warten mit solch einem wunderbaren Geschenk belohnen würde, hätte ich mir nie träumen lassen. Murtada ist der vollkommene Mann, im wahrsten Sinne des Wortes. Wie durch ein Wunder verliebte ich mich auf den ersten Blick. Kaum hatte er einen Fuss in die Bibliothek gesetzt, war es um mich geschehen. Dabei sieht er nicht gerade gut aus, und er ist fünfzehn Jahre älter als ich. Nachdem er mich bisher mit bewundernswerter Standhaftigkeit nicht einmal

an seine Nasenspitze herangelassen hat, werde ich in der Hoch-
zeitsnacht über ihn herfallen. Ich werde ihn mit Haut und Haaren
verschlingen.

Um im Erdgeschoss einen Festsaal herzurichten, schaffte
die Familie am Tag der Hochzeit diverse Möbelstücke in
den ersten Stock. Von zehn Uhr am Vormittag bis sechs
Uhr abends dauerte die Aktion. Um Viertel vor sieben
fanden sie sich, allesamt abgekämpft, zu einer kurzen Ver-
schnaufpause ein.

Der Vater erschien in einem schwarzen Anzug, den er auf
sämtlichen Beerdigungen und zu den Konzerten in der Kirche nebenan trug. Die Mutter, um einige Pfunde leichter,
seit sie in den Ruhestand getreten war, zeigte sich im eigenen Hochzeitskleid, das ihr nach über vierzig Jahren nun
erstmals wieder passte, und betrachtete dies als gutes Omen
für die Ehe der Tochter.

Das Hochzeitspaar nahm auf einem wuchtigen Zweisit-
zer Platz, dem sogenannten *love seat.* Um dem Fest einen
folkloristischen Anstrich zu geben, trug Murtada eine edle
weisse Gallabija, die er auf seiner Pilgerreise in Mekka gekauft hatte, und Krokodilledersandalen aus Khartum. Deborah erschien in einem bezaubernden, orange geblümten,
die üppigen Brüste betonenden Kleid. Ihr Gesicht war gerötet vom Brandy, den sie sich gegen die Aufregung im Laufe
des Tages hin und wieder genehmigt hatte. Ausserstande,
dieser lang ersehnten Nacht gelassen entgegenzugehen, hatten ihre Knie bereits am Morgen gezittert.

Murtada hatte im Vorfeld mit dem Gedanken gespielt,
seine Angehörigen einzuladen. Da man aber für das Vi-

sum erhebliche Mühen, ja Schikanen hätte in Kauf nehmen müssen, entschied er schliesslich, doch lieber im folgenden Sommer ein Hochzeitsfest in seinem Dorf zu geben.

Ab neunzehn Uhr trafen die Gäste ein. Als Erster kam Doktor Ikram Radsch, Ökonomieprofessor aus Indien. Ihn hatte Murtada kurz nach seiner Ankunft in London kennen- und schätzen gelernt. Ikram, in den Sechzigern, mittelgross, mager, dunkelhäutig und hochintelligent, gab sich gern zynisch, was sich auch in seiner Unterlippe manifestierte, die gewisse Ähnlichkeiten mit jener der Schauspielerin Malak al-Jamal[20] aufwies.

Ikram Radsch hatte Murtada seit langem zu diesem entscheidenden Schritt ermutigt. Überschwänglich wurde er von allen begrüsst. Im weissen Anzug und im weissen, an der Brust gerüschten Hemd, um den Hals eine schwarze Satinfliege und an den Füssen schwarze Lackschuhe, präsentierte er sich als Musterbeispiel britischer Vornehmheit.

Richard nahm ihn beiseite, er sah in ihm einen engen Freund und hatte ausserdem die Cover all seiner Bücher gestaltet. »Grossartig, Ikram, dein Wunsch ist in Erfüllung gegangen!«

»Wie stehen eure Eltern inzwischen dazu? Haben sie den ersten Schock überwunden, von dem du mir erzählt hattest?«

»Mutter ist in die Kirche gegangen und hat den Pfarrer gefragt, ob Deborah in der Hölle landen würde, weil sie einen Muslim ehelicht. Das haben ihr nämlich ihre Freunde eingeredet. Der Pfarrer, der Deborah bestens kennt, war so klug, Mutter zu beruhigen. Deborah sei durch ihren Glauben und

20 Ägyptische Theaterschauspielerin (1928–1991).

ihre guten Taten zweifellos der Himmel bestimmt, sagte er. Unserem Vater macht die Tatsache, dass sie einen Ägypter heiratet, sehr zu schaffen. Der Ärmste will es bis heute nicht wahrhaben. Ich muss zugeben, dass er hin und wieder rassistische Äusserungen von sich gibt. Man darf jedoch eines nicht vergessen: Beide gehören einer anderen Generation an. Ausserdem ist Vater noch nie aus England herausgekommen. Aber letztendlich freuen sie sich beide für Debbie.«

Die Braut bat den Bräutigam, sie kurz zu entschuldigen. Einen Augenblick lang wie verloren, fing sich Murtada schnell wieder und wollte sich zu seiner Schwiegermutter gesellen. Sie aber entfernte sich, kaum dass sie ihn kommen sah. Also setzte er sich zu Richard und Ikram. Seinem indischen Gast liebevoll auf die Schulter klopfend, fragte er: »Haben sie deinen Freund wirklich verhaftet?«

»Ja, die Polizei hat den armen Kerl in Neu-Delhi festgenommen, weil er als Chefredakteur der Zeitschrift *Senior India* die Muhammad-Karikaturen hatte abdrucken lassen.«

»Und was hat er mit dem Abdruck bezweckt?«

»Die Polizei unterstellt ihm, er wolle die Massen aufwiegeln. In der Tat kam es gestern nach dem Freitagsgebet in mehreren indischen Städten zu gewalttätigen Demonstrationen, auf denen antiwestliche und antichristliche Parolen laut wurden.«

»Wir haben von klein auf gelernt, dass es eine heilige Pflicht ist, alle Religionen zu respektieren. Daher fällt es überaus schwer, diese impertinente Diffamierung des Propheten hinzunehmen.«

»Ihr könnt einem wirklich leidtun«, schaltete sich Richard ein. »Wegen ein paar Karikaturen – veröffentlicht in einer bedeutungslosen Zeitung, die von vielleicht acht Personen gelesen wird, in einem winzigen Land mit etwas mehr als zehn Einwohnern, das Tausende Meilen entfernt ist – machen die Muslime solch einen Aufstand. Und das Ganze auch noch etliche Wochen nach Erscheinen. Geht es aber um echte Bedrohungen, wie zum Beispiel um die Plünderung eurer Schätze durch die USA und unsere ehrwürdigen Regierungen, dann macht ihr nicht halb so viel Wind. Eure schwache Reaktion beweist, dass ihr euch die realen, ernsten Gefahren lieber aus der Ferne anseht. Wahrscheinlich lassen sich manche sogar noch dazu hinreissen, Beifall zu klatschen oder mitzumachen. Was für ein Elend! Da drängt sich einem die Frage auf, ob ihr vielleicht zu jenen Nationen gehört, die immer noch vor sich hindämmern, wie Churchill es ausdrückte.«

»Unseren Glauben und unsere spirituellen Werte zu attackieren ist für uns die grösste Bedrohung. Immerhin sind das die Grundlagen unseres Seins. Und was die anderen Angriffe angeht, so ist es die Aufgabe der Regierungen, darauf zu reagieren, und nicht die der Völker.«

»Allein schon diese Antwort ist bemitleidenswert. Heute werde ich dazu aber nichts sagen, damit du keinen Rückzieher machst und Deborah mich am Ende noch umbringt. Schau nur, wie böse sie mich ansieht. Um diese jämmerliche Diskussion zu beenden, möchte ich aber noch einen von Churchills berühmten Aussprüchen über die Völker zitieren: ›Versucht, frei zu sein, und ihr werdet hungers sterben.‹ Die Bedeutung, mein Lieber, ist klar«, fuhr Richard fort und hiess Murtada zu Deborah hinüberschauen. »Verärgerst du deine Frau, dann kocht sie nichts mehr für dich. Geh also zu ihr, und gib ihr einen Kuss, damit du jeden Abend schön zu essen bekommst.«

Immer mehr Gäste kamen hinzu, Universitätsprofessoren, Deborahs Freunde und Kollegen. Dann traf eine grössere Gruppe ein: Tanten väterlicherseits, Tanten mütterlicherseits und deren Ehemänner und Kinder. Aus einer Ecke beäugten sie Murtada, der ihnen in der weissen Gallabija und den seltsamen Sandalen wohl vorkam wie von einem anderen Planeten. Alle freuten sich von Herzen für Deborah, die in einem fort gluckste und lachte und dank des Brandys völlig entspannt war.

Murtada war glücklich über die fröhliche, ausgelassene Stimmung. Dennoch fehlte ihm etwas: wenigstens ein arabisches Wort hätte er gern gehört. Er schloss die Augen und rief sich das Lied *Bahîjas Augen* in Erinnerung, gesungen von Suâd und nicht von Muhammad al-Asabi[21].

Murtada schaute Suâd an. Das Mikrofon in der Hand, sang sie melancholisch Bahîjas Lied. Ergriffen von ihrer schönen Stimme, schmolz er dahin, versank im Braun ihrer Augen und erkannte, dass »Arzt und Medizin dagegen machtlos waren«. Sein Herz pochte so heftig, dass es Musik und Text übertönte, er verstand kein Wort. »Ich liebe dich« war alles, was noch zu ihm vordrang. Der Festsaal im Gebäude der Luftwaffe war brechend voll. Rechts die Gäste aus Itâi al-Barûd, links die aus Damiette. In der Mitte standen Murtada und Suâd, um sie herum Familie und Freunde. Suâd gab den Ton an, alle anderen klatschten dazu und erwiderten im Chor: »Meide die Blicke, Mädchen.« Immer wenn eine Stro-

21 Ägyptischer Sänger.

phe zu Ende war, schaute Murtada verstohlen zum Tisch neben dem Verlobungsthron hinüber und versuchte zu erkennen, ob ihre Väter über den Hochzeitstermin sprachen. Er hatte seinen Vater nämlich beauftragt, einen Zeitpunkt auszuhandeln, allerdings einen innerhalb der nächsten sechs Monate. Suâd reichte Murtada das Mikrofon und forderte ihn auf, ein Lied für sie zu singen. Murtada wehrte heftig ab. Er habe Ohren aus Hartplastik, rief er, und singe daher nicht einmal im Bad. Suâd aber bestand darauf, die Gäste feuerten ihn an, also blieb ihm nichts anderes übrig. »Entbrannt in Liebe zu dir, will ich …«, begann er, worauf ihm Suâd das Mikrofon entriss, um Ohnmachtsanfälle im Publikum zu verhindern, denn drei Gästen waren, wie sie bemerkte, schon bei den ersten Worten die Sinne geschwunden. Suâd übernahm. »Die Liebe ist das Schönste, was mir geschah, als der Zufall dich mir schickte«, stimmte sie an, umringt von ihren Cousinen, die im Chor den Refrain »Freude und Glück tragen mich fort« schmetterten.

»Herrlich!«, rief ein Gast. »Mamûn al-Schinnâwi[22] ist übrigens ein Verwandter von mir.«

Wie wir alle wissen, liegt zwischen Leben und Tod manchmal nur ein einziger Augenblick. Doch wir rechnen nicht damit, dass dieser schreckliche Moment so unverhofft kommen könnte. Nur wenige Tage nach der Verlobung wurde meine Existenz auf den Kopf gestellt – aus Leben wurde Tod.

Der Abend, an dem wir unsere Verlobung feierten, war der glücklichste meines Lebens. Wie ein Traum verging er, im Nu war

22 Ägyptischer Poet (1914–1994), der einige von Umm Kulthûms Liedtexten dichtete.

er vorbei. Meine liebste Suâd verschwand urplötzlich ... Doch ich bewahrte sie in meinem Herzen. Tag für Tag atme ich im Gebet ihren herrlichen Duft.

Das Fest fand am 1. Januar 2000 statt. Suâd und ich hatten diesen Tag bestimmt, um mit unserer Liebesbeziehung eine neue Ära einzuläuten, die das blutigste Jahrhundert der Menschheitsgeschichte für immer verabschieden würde, ein Jahrhundert mit über 250 Kriegen, die 110 Millionen Menschenleben gefordert hatten. Ein Jahrhundert, das nicht ausklingen wollte, ohne im letzten Jahrzehnt noch über zwei Millionen Kinder zu töten, über sechs Millionen Kinder zu verstümmeln und zwanzig Millionen Kinder ihrer Heimat zu berauben. Wir wollten unsere Geschichte nicht an solch ein grausames Jahrhundert knüpfen. Ein Jahrhundert, in das die Dichter und Schriftsteller ihre ganze Hoffnung gelegt, von dem sie sich den Triumph der menschlichen Vernunft erwartet und das sie zur Ära der Rationalität erklärt hatten.

Ich war nicht mehr der Jüngste. Trotzdem hatte ich nie ans Heiraten gedacht, bis ich Suâd kennenlernte. Ich hatte mir eingeredet, mit der Wissenschaft verheiratet zu sein, und geglaubt, dass das Lehrerdasein keine Partnerschaft verträgt. Aus welchem anderen Grund hätte die Geschichte der Wissensvermittlung in Europa sonst so eng mit Nonnen und Mönchen verbunden sein sollen? Warum wären Lehrerinnen früher sonst ledig geblieben? Doch meine Theorie zerbröckelte, zerstob, verpuffte im Angesicht der Sonne Suâdscher Wahrheit, im Angesicht ihrer überwältigenden Präsenz.

Ich hatte sie auf einer Exkursion kennengelernt, organisiert vom Verein für den Erhalt des koptischen Kulturerbes. In den Gouvernements al-Minja und Assiut unterwegs, besuchten wir innerhalb von fünf Tagen fünf Städte und fünf Klöster. Auf ausgedehnten

Wandertouren über Berg und Tal entdeckte ich meine Liebe zu Suâd und erkannte, dass sie ewig währen würde.

In al-Kusîja bemerkte ich sonderbare Anwandlungen an mir, ich benahm mich wie ein Student auf seinem ersten Uniausflug. Da musste ich mir eingestehen, dass ich mich unsterblich verliebt hatte. Im al-Muharrak[23]-Kloster erklärte uns ein Mönch gerade, woher es seinen Namen hatte. In der näheren Umgebung sei das Schilfvorkommen sehr hoch und diese Pflanze entzünde sich bei grosser Hitze und Trockenheit leicht. Bei dem Wort muharrak schaute ich Suâd in die Augen. Auf der Stelle fing mein Herz Feuer. Nachdem es restlos verglüht war, offenbarte ich ihr meine Gefühle.

Jede Geschichte fängt einmal an. Dann nämlich, wenn der Stift auf das Papier trifft und zu einem neuen Lebenskapitel ansetzt. Die Geschichte von Doktor Murtadas Emigration begann in der Nacht, als er, frisch mit Suâd Schahîn verlobt, das Fest verliess. Vornehm gekleidet, in einem dunkelblauen Anzug aus indischer Seide, einem italienischen Hemd, das ihn ein ganzes Monatsgehalt gekostet hatte, und mit französischer Krawatte um den Hals, schritt er aus dem Gebäude der Luftwaffe. Arm in Arm mit Suâd, einem Engel im Kleid, der Eleganz in Person. Umringt von Familie und Freunden, trat das Paar aus der Tür. Murtada küsste Suâd zum Abschied die Hand. Sie stieg mit ihrem Vater ins Auto und entschwand seinen Blicken.

Doktor Suâd Schahîn lehrte Zeitgeschichte an der Universität Tanta. Sie hatte in Aix-en-Provence promoviert und lebte, seit sie zurück war, mit ihrem Vater in Banhâ. Hagg Schahîn, ein Möbelhändler, stammte aus einer Damiettiner

---

23 *muharrak* = Brand.

Familie, die seit Jahrhunderten in dieser Branche tätig war. Gott hatte ihm als einziges Kind Suâd geschenkt. Obwohl er, um das zu ändern, eine zweite und eine dritte Frau geheiratet hatte, war es dabei geblieben. Schliesslich hatte er sich mit seinem Schicksal abgefunden und sich von beiden wieder scheiden lassen. Dann war er aufgrund steigender Konkurrenz und rückläufiger Einnahmen von Damiette nach Banhâ gezogen. Dort hatte er ein grosses Möbelgeschäft eröffnet und sich mit seiner Familie im Ostteil der Stadt angesiedelt, nahe dem antiken Athribis. Suâd liebte den altägyptischen Ursprung des Namens Banhâ: *bâ in naht,* »Stadt der Maulbeerfeige«. Hagg Schahîn galt als geiziger Mann. Ging es aber um Suâd, dann zog er andere Seiten auf. Ihr erfüllte er jeden Wunsch. Für sie hätte er sogar seine Seele auf einem Silbertablett serviert. So zeigte er sich bei ihrer Verlobung, allen Erwartungen entgegen, nicht kleinlich, im Gegenteil. Er liess vier Rinder schlachten und das Fleisch unter die Armen verteilen. Ausserdem kam er für die gesamten Kosten des Festes auf.

Ich hätte nie damit gerechnet, dass ich den hiesigen Zuständen im Bildungsbereich als Erster zum Opfer fallen würde, der Sache, für die ich mich mein Leben lang eingesetzt hatte. Mir war zwar durchaus bewusst, welcher Abgrund vor den ägyptischen Hochschulen klaffte, doch ich versuchte mich damit zu arrangieren, ich hatte ja keine Wahl. Dass es aber so weit kommen und Suâd infolge der Missstände abgestochen würde, hätte ich mir in meinem schlimmsten Albtraum nicht ausmalen können.

Es war Ramadan. Ich sass allein zu Hause und wartete auf den Kanonenschuss, um endlich essen zu können. Traurig darüber, dass ich diesen feierlichen Akt ohne Gesellschaft begehen musste, fragte ich mich, wo all die Verwandten und Freunde waren, die mich noch zwei Tage zuvor auf meinem Verlobungsfest mit ihrer Anwesenheit erfreut hatten. Um die verbleibende Zeit bis Sonnenuntergang zu überbrücken, griff ich nach der al-Ahrâm. *Diese Zeitung las ich, seit sie zum banalen Anzeigenblatt verkommen war, nur noch selten. Jedenfalls stand auf der Titelseite, was der US-amerikanische Präsident Bill Clinton in seiner letzten wöchentlichen Rundfunkansprache hatte verlauten lassen: Die Vereinigten Staaten seien fest entschlossen, die Welt auch im einundzwanzigsten Jahrhundert zu führen. Das zwanzigste Jahrhundert, von einigen auch als das »amerikanische Jahrhundert« bezeichnet, wirke noch lange fort. Bills Worte bestärkten meine Ansichten: Verfluchte Bande, dachte ich. In dem Moment läutete das Telefon.*

»Murtada, du musst sofort herkommen«, sagte der Anrufer mit Grabesstimme. »Ein Student hat meiner Tochter auf dem Heimweg ein Taschenmesser in den Bauch gerammt. Sie liegt jetzt hier in Banhâ im Krankenhaus.«

»Wie konnte das passieren?«

»Es ist eben passiert. Komm her, beeil dich!«

Als er auflegte, war Murtada bereits klar, wie das passieren konnte. Suâd hatte am Institut, an dem sie arbeitete, schwere Vergehen aufgedeckt, die auf eine durch und durch korrupte Verwaltung zurückzuführen waren. Etliche Studenten waren unrechtmässig zu einem Studienplatz gekommen. Sie konnten kein Reifezeugnis vorweisen und hatten sich auch nie ordentlich im Immatrikulationsbüro eingeschrieben. Einige von ihnen, mittlerweile im vierten Studienjahr, standen kurz vor den Abschlussprüfungen.

»Ja, was willst du denn machen, Suâd?«

»Was für eine Frage, Murtada! Was würdest du an meiner Stelle tun?«

»So, wie die Gewaltverbrechen zugenommen haben, greift auch die Korruption immer mehr um sich, sie ist inzwischen Teil der Gesellschaft. Leute, die in der Lage sind, was weiss ich wen zu schmieren, um einen Studienplatz zu ergattern, werden sich nicht in die Suppe spucken lassen. In ein paar Monaten machen die ihren Abschluss, und dann bist du sie eh los.«

»Nicht zu fassen! Soll ich etwa vor diesen Halbstarken kuschen? Soll ich diesen Rechtsbruch ignorieren? Darüber hinwegsehen? Wie soll ich da nachts noch ruhig schlafen können? Nein, ich werde das tun, was mein Gewissen von mir verlangt.«

»Überstürz es nicht, lass uns nachdenken. Überlegen wir in Ruhe, welche Handlungsmöglichkeiten es gibt und welche Konsequenzen daraus erwachsen können. Gestern kam ein Student zu mir, er schreibt eine Arbeit, die eine Feldstudie im Ministerium für islamische Stiftungen erfordert. Dafür braucht er eine amtliche Genehmigung, auf die er aber bislang vergeblich gewartet hat. Da bat er mich um Rat. Was ich an seiner Stelle tun würde, wollte er von mir wissen.«

»Das ist nicht zu vergleichen. Die anderen haben geschmiert, gefälscht und betrogen, um sich Studienplätze und Zertifikate zu erschleichen.«

»Es ist der Staat, der Korruption und Betrug duldet und sie sogar noch fördert. Gezielt sucht er Leute, die bestechlich sind, und diese werden gepäppelt und machen Karriere. Gleichzeitig hindert der Staat Studenten am wissenschaftlichen Arbeiten, mit der Ausrede, sie hätten keine Genehmigung der Staatssicherheit. Die Zeugnisse, die du so in Ehren hältst, was sind die denn heutzutage noch wert? Zu einer Stelle verhelfen sie eh keinem. Wenn sie wenigstens fürs Heiraten von Vorteil wären, wäre das immerhin etwas. Ich bin deiner Meinung, Suâd, die Sache ist kriminell. Aber lass uns überlegen, Nachdenken hat noch nie geschadet.«

»Ich kann dazu nicht schweigen, Murtada. Ich platze, wenn ich nicht den Mund aufmache!«

Als Murtada im Krankenhaus ankam, war sie bereits tot. Er hatte sie nicht mehr sehen, keinen Abschied nehmen können. Hatte keine Gelegenheit gehabt, zu fragen, ob sie am Morgen die Zeitung gelesen habe. Ihr zu sagen, dass Clinton recht habe und sie beide im Irrtum seien. Dass das neue Jahrhundert in der Tat eine natürliche Fortsetzung des glücklichen amerikanischen Jahrhunderts sei, dass er und sie aber, von der Liebe geblendet, die Wahrheit nicht erkannt hätten.

Murtada wusste nicht, wem er sein Beileid hätte aussprechen sollen, ihrem Vater, der nur noch ein Häufchen Elend war, oder der bedauernswerten Welt.

Aus Angst vor Einsamkeit war er ausserstande, nach Kairo zurückzukehren, und beschloss, in sein Dorf zu fahren. Aber auch dort übermannte ihn dieses Gefühl. Sein Vater war am 2. Januar zur kleinen Pilgerfahrt nach Mekka aufgebrochen, nachdem er aus Rücksicht auf Murtadas Verlobung die lange geplante Reise verschoben hatte.

Murtada hätte nie gedacht, dass er als gestandener Mann seinen Vater so sehr vermissen könnte und seinen Trost so dringend benötigen würde. Wie ein Sünder auf seinen Erlöser wartete er auf die Rückkehr seines Vaters nach dem Ramadanfest. Die Angehörigen und Freunde kümmerten sich rührend um ihn, doch er steckte in einem finsteren Tunnel und erkannte vor lauter Dunkelheit niemanden.

Der Einzige, der es schaffte, Verbindung zu ihm aufzunehmen, war Jassîn, sein Cousin, der ihm trotz grossen Altersunterschieds sehr nahestand. Ihm gelang es, zu Murtada vorzudringen und im Tunnel eine Kerze anzuzünden.

Jassîn wich nicht von seiner Seite. Am Fest versuchte er, Murtada zu einem Stück Gebäck zu überreden. Dieser aber lehnte entschieden ab. Süsses zu essen kam in seinen Augen einem Hochverrat an Suâd gleich, denn es bedeutete, das Fest feierlich zu begehen. Wer aber feiert schon den Tod seiner Liebsten? Doch nur ein Verrückter!

Murtada zog sich in sein Zimmer zurück, schlüpfte in seinen gestreiften Baumwollpyjama und kam nicht mehr heraus. Er holte ein Foto von Suâd hervor, umarmte es und benetzte es mit Tränen. Ihm war unbegreiflich, wie das Fest des Fastenbrechens kommen konnte, wo sie doch fortgegangen war. Stunden sass er so da und unterhielt sich im Stillen mit ihr.

Farîd und ein paar andere arabische Studenten platzten ins Fest hinein. Deborah beobachtete das Geschehen verwundert, sie wusste nicht, dass Murtada auch sie eingeladen hatte. Er wiederum sah Deborah an, als wollte er sagen: Danke, dass du sie eingeladen hast. Wie feinfühlig diese Frau doch war.

»Wir wollten Ihnen unbedingt gratulieren.«

»Herzlichen Glückwunsch, Doktor Murtada.«

»Sie können sich nicht vorstellen, wie sehr ich mich über Ihren Besuch freue. Ich habe mich danach gesehnt, wenigstens ein arabisches Wort zu hören.«

»Aber Sie haben sich nun einmal für eine Engländerin entschieden.«

»Das war nicht meine Entscheidung, Farîd, das Schicksal hat es so bestimmt. Die alten, abgedroschenen Redewendungen bergen eben doch eine tiefere Wahrheit. Der Mensch ist in seinen Entscheidungen nicht so frei, wie ich immer dachte, vielmehr ist ihm sein Weg vorgezeichnet. Mein Leben lang habe ich mich gefragt, was der Vers ›Doch werdet ihr nicht wollen, wenn nicht Gott will‹[24] bedeutet. Und jetzt habe ich ihn endlich verstanden.«

Deborahs Vater kam zu ihnen herüber und lauschte interessiert. »Ist das Arabisch?«, fragte er.

Farîd legte ihm die Hand liebevoll auf die Schulter, was Mister Johnson gar nicht gefiel. »Ja, und wenn Sie möchten, gebe ich Ihnen gern privaten Arabischunterricht zu einem günstigen Preis, Hausbesuch inbegriffen.«

»Wozu sollte ich das brauchen? Ich spreche doch Englisch!«

Farîd lachte. »Wie witzig! Sie haben vollkommen recht, mein Herr.«

Die Studenten mischten sich unter Deborahs Verwandte und Freunde und taten, als wären sie des Englischen nicht ganz mächtig. Einer unterhielt sich mit Debbies Tante sogar auf Arabisch. Muadh ging hinaus und kam kurz darauf mit einer jemenitischen Ud wieder. Farîd stieg auf einen Stuhl mitten im Saal und machte eine Ankündigung: »Und jetzt

24 Sure 76,30 in der Übersetzung von Friedrich Rückert.

unser Geschenk an das Brautpaar: ein arabisches Volkslied. Es singt einer von Doktor Murtadas Studenten.«

Muadh schlug die Ud an, sang und erntete die Bewunderung der Anwesenden.

Deborah war klug und rücksichtsvoll genug, das Missverständnis nicht aufzuklären, sondern Murtada in dem Glauben zu lassen, sie habe die arabischen Studenten eingeladen, um ihm eine Freude zu machen.

Am nächsten Tag beim Frühstück schien die Sonne aussergewöhnlich hell. Sie schickte ihre goldenen Strahlen auf den runden Tisch mit der weissen Decke und dem Silbergeschirr und auf Murtadas gestreiften Baumwollpyjama, denselben, den er getragen hatte, als er sich im Dorf vier Tage einschloss und mit Suâd sprach. Deborah sass im Negligé da, durch das ihr Körper und besonders ihre Brüste schimmerten. Als sie dieses Kleidungsstück bei Peter Jones im Schaufenster gesehen hatte, war sie entsetzt, doch Helen klärte sie auf. Ein durchsichtiges Nachthemd gehöre zur Grundausstattung der Hochzeitsnacht und bilde die Basis einer gelungenen Ehe. Diese Tradition zu bewahren sei eine heilige Pflicht, insbesondere dann, wenn es sich bei dem Bräutigam um einen Araber handele.

Das Frühstück war sehr englisch, *bacon and eggs,* Butter und Marmelade. Das Paar hatte entschieden, dass Murtada sein Domizil aufgibt und sie sich eine neue Wohnung suchen. Deborahs Wahl fiel auf ein kleines, aber wunderschönes Appartement in einer Seitenstrasse der King's Road in Chelsea, unweit des Kaufhauses, in dem sie das Negligé für die Hochzeitsnacht erstanden hatte.

Gestern haben wir Hagg Ali anlässlich der Hochzeit seines Sohnes besucht. Sie haben drüben gefeiert und wir hier in Itâi. Alle freuen sich und können es kaum glauben. Ich bin überglücklich. »Jassîn«, hat er immer so liebevoll zu mir gesagt, »du bist der kleine Bruder, den Gott mir nicht schenken wollte.«

Endlich hat Murtada geheiratet. Wirklich Schreckliches hat er durchgemacht. Aber diese Zeiten sind nun Gott sei Dank vorbei. Das Blatt hat sich gewendet, jetzt soll ihm Glück beschieden sein. Das Glück sucht sich seine Leute. Es geht umher, schaut sich um und pickt sich schliesslich einen heraus. Du gehörst mir, bestimmt es dann.

Murtada hat es tatsächlich geschafft, eine Engländerin zu heiraten. Was für ein Luxus! Bei den Herrschaften ist es ja so, dass selbst die Bettler Millionäre sind. Ismaîl Abdalsalâm sagte uns, dass Murtada jetzt automatisch die britische Staatsbürgerschaft bekommt. Er wird also bald Engländer sein. Ach, lieber Gott, mach, dass ich auch bald an die Reihe komme! Hagg Ali hat angekündigt, dass es Ende des Sommers hier ein grosses Fest geben wird.

Bevor wir aufbrachen, bat ich den Hagg, mir Murtadas Handynummer zu geben. Ich warte die Flitterwochen ab, und dann rufe ich ihn an.

»Herzlichen Glückwunsch, lieber Murtada, ich gratuliere dir zur Hochzeit. Ich bin es, Jassîn, dein Cousin, ich rufe dich aus dem Dorf an.«

»Jassîn? Ich glaube es nicht! Gib mir deine Nummer, ich rufe dich gleich zurück.«

»Ich schicke sie dir per SMS. Aber sag, wie geht es dir?«

»Hervorragend, ich habe grosses Glück. Diesmal hat es mit der Heirat geklappt, eine Beerdigung ist mir erspart geblieben. Ich habe eine wunderbare Frau, die mich nimmt, wie ich bin.«

»Ein guter Mann bekommt eben eine gute Frau, mein Lieber!«

»Schick mir unbedingt deine Nummer, ich rufe dich an. Ich weiss ja, dass es teuer für dich ist.«

»Ach, das macht nichts.«

Den Anruf erhielt Murtada, als er mit Deborah in ihrem alten Austin zu einer Veranstaltung fuhr. Sechs Professoren verschiedener Nationalitäten sollten jeweils über ihr Land sprechen. Das konkrete Thema war jedem selbst überlassen. Deborah fuhr zügig durch die verstopften Londoner Strassen, um die zehn Minuten Verspätung aufzuholen. »Ich hätte lieber ein Taxi rufen sollen, statt mich auf dich und dein Auto zu verlassen«, hatte Murtada sie angeherrscht. Deborah hatte ein schlechtes Gewissen. Weil sie vier Kilo zugenommen und ewig gebraucht hatte, um ein Kleidungsstück zu finden, in das sie noch hineinpasste, würde er zu spät kommen. Nachdem sie sich in den Wagen gesetzt hatten, hatte Murtada beharrlich geschwiegen. Nach dem Telefonat aber war er zu Deborahs Überraschung wie ausgewechselt. Seine Miene klärte sich auf, er wurde plötzlich redselig und erzählte von Jassîn und dem Dorf. Kaum hatte sich seine Laune wieder gebessert, floss der Verkehr, und sie trafen schliesslich noch rechtzeitig ein.

Es war ein kleiner Saal mit einem überschaubaren Publikum. Obwohl er fast täglich Vorlesungen hielt, war Murtada sichtlich nervös. Deborah verstand den Grund seiner Aufregung nicht. Dennoch gab sie ihm während der

Begrüssungsrede zur Aufmunterung einen flüchtigen Kuss. Ikram war als Erster an der Reihe, er sprach über die indische Wirtschaft. Als Nächster hielt Murtada einen Vortrag über den Wandel in der ägyptischen Mittelschicht von der Revolution 1952 bis in die Gegenwart.

In seinem Referat attackierte Murtada die ägyptische Regierung aufs heftigste. Solche Kritik hätte er in Kairo gewiss nicht zu äussern gewagt. Nicht nur war er kein Mann der Politik, er verspürte auch eine chronische Angst vor der Staatsmacht und ihrem langen Arm. Wie kam es also, dass er plötzlich so unerschrocken war? Hatte er dank der Ehe mit Deborah mehr Vertrauen in die Zukunft gewonnen? Hatten die Prügel, die er bekommen hatte, Spuren in seinem Kopf hinterlassen? Oder gab es einen anderen Grund? Ihm war nämlich aufgefallen, dass die Staatsmacht seit geraumer Zeit die Hunde einfach bellen liess, zumal das Bellen keine Wirkung zeigte, ja nicht einmal vernommen wurde, weil das Volk vor Hunger schwerhörig geworden war.

Wieder zu Hause, erfasste Murtada ein für seine Verhältnisse ungewohnt stürmisches Verlangen. Wie ein Zwanzigjähriger liebte er seine Frau mehrere Stunden lang. Es war eine seltene körperliche Aufwallung, über die er noch viele Jahre sprach. Deborah, die Murtada von Herzen liebte, war so glücklich und zufrieden, dass sie noch im Schlaf lächelte. Mehrere Tage noch schwitzte sie seinen mit Nilschlamm getränkten Geruch aus allen Poren aus.

Wir sassen zusammen auf dem braunen Sofa, das ich eine Woche zuvor gekauft hatte. Murtada hatte wieder einmal seine eigenwillige Haltung eingenommen. Die Beine gekreuzt, den Oberkör-

per kerzengerade aufgerichtet, thronte er wie ein indischer Guru. Anfangs hatte ich gedacht, er mache Yoga. Doch dann erfuhr ich, dass dies seine bevorzugte Sitzposition war. Wenn ich ihn so sehe, will ich am liebsten gleich den Kopf in seinen Schoss legen, sein Gesicht von unten anschauen und in das Grübchen an seinem Kinn eintauchen. Ich betrachte ihn gern ganz aus der Nähe, denn dann sind die weichen Züge, die er hinter einer strengen Professorenmiene zu verbergen sucht, deutlich erkennbar. Ich streckte mich aus, legte die Füsse auf die Armlehne und den Kopf auf seinen Schenkel. Liebevoll strich er mir durch die Haare. Dass ich blond bin, gefällt ihm besonders. Eine ganze Weile schon hatte mir eine Frage auf der Zunge gebrannt, nun fasste ich mir endlich ein Herz. »Warum bist du aus deinem Land weggegangen und hierhergekommen?«

»Um dich kennenzulernen«, antwortete er.

»Das war Gottes Wille. Aber warum hast du diesen Schritt getan, wo du Ägypten doch so sehr liebst, wie du immer sagst?«

»Ägypten wirkt von aussen betrachtet politisch stabil, doch in Wirklichkeit brodelt ein Vulkan unter der Oberfläche. Nachts hört man die Lava bedrohlich laut rumoren. Es dauert nicht mehr lange, und sie wird sich entladen. Die allgemeine Angst vor dem Ausbruch dieses Vulkans lässt die Menschen den Verstand und die Hoffnung verlieren. Dieser Zustand gab mir – wie allen Ägyptern, die in einigermassen soliden Verhältnissen leben – das Gefühl, dass Sicherheit ein glücklicher Zufall ist. Und Glück ist, wie du weisst, nicht von Dauer. Glaub mir, das Gefühl, nur rein zufällig in Sicherheit zu leben, erschüttert den Menschen in seinen Grundfesten. Diesen Zustand habe ich nicht mehr ertragen.«

»Ich bin deine Frau, Murtada, und keine Studentin, der du einen philosophischen Vortrag halten musst. Dass du aus Ägypten weggegangen bist, hat sicher andere Gründe. Zu diesem Schritt

166

müssen konkrete Ereignisse geführt haben und ganz bestimmt keine
theoretische Analyse der Lage. Was ich hören wollte, ist, dass du
einem Mann oder vielmehr einer Frau begegnet bist, dies oder jenes
zu ihr gesagt hast, sie etwas anderes geantwortet hat und du dann
beschlossen hast, das Land zu verlassen. Aber du willst offensicht-
lich nicht darüber reden, und das ist dein gutes Recht.«

»Eben weil du meine Frau bist und ich dich liebe, möchte ich
über etwas anderes sprechen. Ich würde dir gern von meiner Fami-
lie erzählen. Was hältst du davon?«

»Grossartige Idee.«

Suâds Stimme klang Murtada sanft in den Ohren. Von der
Erinnerung in die Vergangenheit entführt, sah er, wie sie
vertraut zusammensassen und sich unterhielten. Er sprach
von den politischen Vulkanausbrüchen und Erdbeben, worauf sie ein Lied anstimmte.

Hennarot der Fuss, wie in Blut getaucht.
Der Reif am Fuss rasselt, die Erde bebt.
Stampf auf, du schöne Gazelle, mit Wucht,
damit die Erde fortan immer bebt.

»Ja, Murtada, betrachtest du meinen Fussreif, dann bebt
in deinen Augen die Erde wie von einem Vulkan entfes-
selt«, sagte Suâd mit einnehmendem Charme, so dass er
vor ihr hätte auf die Knie sinken können. »Das verstehe
ich als eine Liebeserklärung an meinen goldenen Fussreif.
Du schaust ihn an, und in deinem Herzen bricht ein Vulkan aus. Aber ...« Sie schwieg abrupt, beugte sich zu ihm
und flüsterte zärtlich in sein Ohr: »... in Ägypten gibt es

keine Vulkane, mein Lieber, dafür aber den Kamsin, der nun schon recht lange tobt.«

»Ich sehe da keinen wesentlichen Unterschied. Der Kamsin richtet Verwüstung an. Und der Vulkan bringt die Erde zum Beben und richtet folglich auch Verwüstung an.«

»Der Kamsin ist ein heftiger Sturm«, entgegnete sie und strich ihm über das grobe, dichte Haar, »und er wird vorüberziehen, wie jeder Sturm. Vulkane dagegen sind Teil der Erde. Unsere ägyptische Erde aber besteht aus Schlamm und Samen – und sonst nichts.«

Der »hennarote Fuss« war in weite Ferne gerückt, jetzt, da er zusammen mit Deborah Vivaldis *Vier Jahreszeiten* lauschte, dirigiert von Herbert von Karajan.

Murtada strich Deborah über das glatte blonde Haar und betrachtete ihre blauen Augen. Ganz bestimmt werde er nicht von dem Tropfen erzählen, der das Fass zum Überlaufen gebracht hatte, dachte er bei sich. Der gehe nur ihn etwas an.

Murtada hatte versucht, den Vorfall aus seinem Gedächtnis zu tilgen. Etwa ein Jahr nach Suâds Tod hatte Oberstleutnant Salâch Abdalnabi die Leitung des Sicherheitsbüros im Erdgeschoss des Fakultätsgebäudes übernommen. Ein stattlicher Mann, stets ein Lächeln auf den Lippen, gab er sich dem Lehrpersonal gegenüber freundlich-wohlwollend. Innerhalb kürzester Zeit hatte er beste Beziehungen zum Dekan und zu dem für die studentischen Belange zuständigen Prodekan aufgebaut. Auch Doktor Murtada hatte in seiner Eigenschaft als Leiter eines Fachbereichs mit ihm zu tun.

Eines trüben Morgens klopfte der Oberstleutnant an seine Bürotür. »Guten Morgen, Herr Professor.«

»Guten Morgen.«

»Ich habe gehört, dass Ihnen heute früh der Führerschein abgenommen wurde.«

»Ach, du meine Güte! Das ist gerade mal eine Stunde her, und da hat sich die Nachricht schon bis zu Ihnen herumgesprochen?«

»Wie Sie wissen, Herr Professor, bekommen wir alles mit. In diesem Land bleibt uns nichts verborgen. Geben Sie mir doch die Quittung, dann hole ich eben den Führerschein ab, bevor er beim Verkehrsamt landet.«

»Aber das ist doch nicht nötig.«

»Dafür bin ich schliesslich hier. Es ist meine Aufgabe, den Professoren zu Diensten zu stehen.«

»Vielen Dank. Bitte, hier ist die Quittung.«

Oberstleutnant Salâch Abdalnabi war anders als die Offiziere, von denen es in Ägypten nur so wimmelte. Solche, die jeden schikanierten, demütigten, folterten oder totschlugen, der es wagte, ihren politischen, wirtschaftlichen oder finanziellen Interessen im Wege zu stehen. Als hochrangiger Offizier erfreute Salâch sich einer breiten Allgemeinbildung. Er kannte seine Befugnisse und war sich über seine Rolle an der Universität im Klaren. Er wusste, dass Informationen das A und O für die Sicherheit sind, wie präzise sie sein müssen, wie sie zu beschaffen, einzuschätzen und auszuwerten sind. In diesem Kontext war es von essentieller Bedeutung, alle verfügbaren Informationen über Dozenten zu sammeln, die nicht mit den Sicherheitsorganen kooperierten, um jederzeit, wenn es aus irgendeinem Grund erforderlich sein sollte, etwas aus der Schublade ziehen und den Betreffenden zugrunde richten zu können. Zu seinen Aufgaben gehörte es ausserdem, neue Studenten anzuwerben, was kein schwieriges Unterfangen war, denn die meisten boten ihre Dienste aus freien Stücken an.

Etwa einen Monat nachdem er den Führerschein wiederbeschafft hatte, suchte er, wie immer lächelnd, Doktor Murtada in seinem Büro auf.

»Sie haben ja noch immer keinen neuen Personalausweis. Das geht nicht, Herr Professor, demnächst werden die alten Ausweise nämlich alle für ungültig erklärt. Gestatten Sie mir, die Sache für Sie zu erledigen.«

Oberstleutnant Salâch Abdalnabi hatte bereits gewusst, bevor er die Arbeit an der Fakultät antrat, dass sich Murtada nie auf eine Zusammenarbeit mit dem Sicherheitsapparat einlassen würde und sich aus allem heraushielt. Trotzdem konnte er seinen Groll gegen ihn nicht bändigen, obwohl er nicht einmal wusste, warum er so empfand.

»Ich habe da eine Sache auf dem Herzen, Herr Professor. Ich schätze und respektiere Sie, und deshalb möchte ich mit Ihnen über eine gewisse Angelegenheit sprechen.«

»Bitte.«

»Beim Dekan, beim Prodekan und bei mir sind schriftliche Beschwerden von mehreren Studenten über Sie eingegangen. Sie sollen kürzlich in einer Vorlesung zum Thema Sprache das zwanzigste Jahrhundert als Zeitalter der Sprachphilosophie bezeichnet haben. Sie hätten wörtlich gesagt, ich zitiere: ›Wie können wir uns mit der Welt auseinandersetzen, die wir mittels Sprache erfassen, wenn wir uns nicht mit der Sprache selbst auseinandersetzen?‹ Anschliessend hätten Sie auf geradezu darwinsche Weise über eine Evolution der Sprache referiert. Die Studenten sind irritiert und fragen sich, warum Sie in Ihrem Vortrag über ein so wichtiges Thema mit keinem Wort den Koran erwähnten.«

»Ich verstehe nicht. Was ist das Problem?«

»Die Studenten sind aufgebracht, schliesslich ist die Sprache, wie Sie ja wissen, ein Geschenk, eine Eingebung Gottes, gepriesen sei Er. Warum sollte Ihrer Meinung nach denn sonst der heilige Vers ›Nun lehrte er den Adam alle Namen der Geschöpfe‹[25] offenbart worden sein? In den Beschwerden heisst es ausserdem, dass Sie freitags, Gott bewahre, nicht beten würden, denn immerhin empfingen Sie Studenten am Freitagmorgen zur Sprechstunde bei sich zu Hause.«

Doktor Murtadas Gesichtsmuskeln verkrampften sich, dicke blaue Striemen zeichneten sich auf seiner breiten Stirn ab.

»Verstehen Sie mich bitte nicht falsch, das ist bloss eine nette Plauderei. Ich will Sie nur freundschaftlich über die Beschwerden in Kenntnis setzen, die eingegangen sind. Das geht im Übrigen schon einige Jahre so. Nur diesmal haben die Studenten es ein wenig übertrieben, sie haben Ihre Vorlesung mitgeschnitten und die betreffenden Passagen auf eine CD gebrannt.«

»Ich werde mich nicht in die Defensive drängen lassen.«

»Jetzt sind Sie ja doch wütend geworden, Herr Professor. Genau das habe ich befürchtet. Was ich gesagt habe, ist doch im Grunde völlig belanglos.«

»Wenn es so belanglos ist, warum erwähnen Sie es dann überhaupt? Warum verschwenden Sie Ihre und meine Zeit damit? Das ist doch Psychoterror.«

25 Sure 2,31 in der Übersetzung von Friedrich Rückert.

»Aber Herr Professor, Terror? Dafür ist Bin Lâdin zuständig. Zur Aufheiterung erzähle ich Ihnen jetzt mal einen Witz. Der geht so: Einem Mann wird zugetragen, dass seine Frau es mit dem Elektriker von nebenan treibt. Das ist kein Elektriker, erwidert er, der hat von Strom nicht den leisesten Schimmer.«

Niedergeschmettert schleppte sich Murtada heim, er fühlte sich zutiefst gedemütigt, die Kehle war ihm zugeschnürt. Er ging ins Schlafzimmer, zog den Baumwollpyjama an, schaute in den Spiegel und glaubte, einem hundertjährigen Greis ins Gesicht zu sehen. In der Verzweiflung rief er seinen Vater an. »Was hat das Leben überhaupt noch für einen Sinn«, klagte er, »wenn ein Lehrer kein Vertrauen mehr in seine Studenten haben kann?«

Ihn schockierte die Vorstellung, dass seine Vorlesung aufgezeichnet, zusammengeschnitten und dem Sicherheitsoffizier zugespielt worden war. Hätte er sich verteidigen sollen? Hätte er sagen sollen, dass er sehr wohl fünfmal am Tag bete, und zwar seit Urzeiten? Zeiten, als der Oberstleutnant noch gar nicht auf der Welt war? Sollte er sich künftig selbst beim Freitagsgebet filmen und die Aufnahme an den Innenminister schicken?

Salâch Abdalnabi hatte sich grösste Mühe gegeben, irgendeine Information auszugraben, mit der er Doktor Murtada hätte ruinieren können, aber alles entpuppte sich als heisse Luft. Also hatte er seine Finanzlage überprüft, dabei jedoch entdeckt, dass Doktor Murtada an keinen universitätsinternen Forschungsprojekten beteiligt war und folglich nie von irgendeiner Seite Gelder bezogen hatte. Verbissen hatte Salâch Abdalnabi weiterermittelt, bis er irgendwann an seinen Fähigkeiten zu zweifeln begann. Das Gefühl, versagt zu haben, spornte ihn aber zusätzlich an, irgendeine Unstimmigkeit ausfindig zu machen. Nach dem Motto »ein genügsamer Mensch gibt sich mit wenig zufrieden« recherchierte er, ob und wie Doktor Murtada seine wissenschaftlichen Publikationen an die Studenten verkaufte, in der Hoffnung, wenigstens da gewisse Verstösse aufzudecken. Diese Idee war ihm bei einem Gespräch mit Kollegen gekommen. In geselliger Runde berichteten sie von einem Professor, der durch einen Kniff beträchtliche Nebeneinkünfte erwirtschaftete. Sein Buch, in einem staatlichen Verlag erschienen, kostete im Buchhandel vier Pfund. Er aber verkaufte es an der Universität für fünfundzwanzig Pfund und hatte zudem einen Studenten beauftragt, alle Kommilitonen namentlich aufzulisten, die das Werk erwarben. Und wehe dem, der es wagte, sich keines anzuschaffen! Dass Professoren ihre Publikationen zu Wucherpreisen verkauften, war an sich nichts Ungewöhnliches, allerdings bekam man diese Werke sonst nirgends. Das Neue und Dreiste an diesem Fall bestand darin, dass das Buch regulär lieferbar war. Salâch Abdalnabi aber musste leider feststellen, dass sich Doktor Murtada auch in dieser Hinsicht vollkommen korrekt verhielt. Er verkaufte seine Bücher zum üblichen Ladenpreis.

Kochend vor Wut, ging der Oberstleutnant zum letzten Versuch über. Er verabredete sich mit seinem Freund Schâkir, einem Offizier bei der Sittenpolizei.

»Was hältst du von einem Professor, der mit über fünfzig immer noch ledig ist, Schâkir?«

»Entweder ist das eine Schwuchtel, oder er treibt's mit einer Nutte. Was stört dich an ihm?«

»Ein gottloser Dreckskerl ist das! Ich habe ihn vor zwei Tagen Bier trinkend in der Stadt gesehen.«

»Ach, du Schreck! Da hat er einiges mit mir gemein, ich trinke auch Bier.«

»Na ja, du bist ja auch durch und durch verkommen. Der Unterschied ist nur, dass er einen Erziehungsauftrag hat.«

»Meinst du, er stiftet die Studenten zur Ketzerei an?«

»Komischer Kauz, den soll einer mal verstehen. Er kooperiert nicht mit uns. Ausserdem mag ihn keiner. Für unsere Männer ist er ein rotes Tuch. Und mir persönlich ist er nicht ganz geheuer. Also, langer Rede kurzer Sinn: Wenn wir ihn rauskanten, schert es keinen.«

»Und was willst du, dass ich tun soll?«

»Du bist von der Sitte. Finde heraus, was er für einer ist. Such nach einer Leiche in seinem Keller. Wie gesagt, er ist mir nicht geheuer.«

Beide versanken in Schweigen. Währenddessen drehte sich Schâkir einen Joint.

»Ich sage dir, was das Problem ist«, erklärte Salâch Abdalnabi nach einer Weile. »Das Schlimme ist, dass wir heutzutage vom wahren Terror richtiggehend umzingelt werden. Der Terror bedroht die Ordnung und die Werte im Land. Dieser Doktor Murtada mit seinen Philosophievorlesungen und den gefährlichen Ansichten, die er vor den Studenten vom Stapel lässt, stellt eine ernsthafte Bedrohung der öffentlichen Ordnung dar. Und unsere Aufgabe ist es, solchen Leuten das Handwerk zu legen.«

Als ich am Morgen erwachte, lag Murtada nicht neben mir – zum ersten Mal, seit wir verheiratet waren. Ich hörte seine Stimme

aus der Küche. Er konnte es offenbar kaum erwarten, bis wir end-
lich in die British-Airways-Maschine nach Kairo stiegen. Auch
ich war sehr aufgeregt, genau sieben Tage und fünf Stunden waren
es noch bis zum Abflug.

Es war das erste Mal, dass ich in ein aussereuropäisches Land
reiste. Deshalb sass ich viel in der Bibliothek und las Bücher über
Ägypten und die arabische Welt. Ahmose, Thutmosis III. und
Sethos I. waren mir sympathisch. Mit Echnaton und Ramses II.
konnte ich mich aber überhaupt nicht anfreunden, einer schlimmer
als der andere. Der Erste wollte alle Götter in einem vereinen,
und zwar in seinem. Und Letzterer wollte alle Könige in einem
König vereinen, und zwar in der eigenen Person. Wie dumm und
kurzsichtig! Murtada fand das seltsam, aber so ist das nun mal,
die Interessen des Menschen werden von seinen Gefühlen bestimmt.
Bald wusste ich über die altägyptische Kultur mehr als er. Mich
wunderte, dass er Karnak, eine der bedeutendsten Tempelanla-
gen der Welt, noch nie besichtigt hatte. Was mir Sorgen bereitete,
waren Hitze und Insekten. Murtada war auch nervös, er dachte
immerzu darüber nach, was sich in den letzten zwei Jahren wohl
verändert haben könnte. Ausserdem ging es seinem Vater gesund-
heitlich schlecht, wie er von seinem Cousin Jassîn wusste. Murtada
war seit zwei Tagen damit beschäftigt, alle Personen aufzulisten,
die er zu unserem zweiten Hochzeitsfest in seinem Dorf einladen
wollte. Auch Farîd hatte er eingeladen, um ihn auf diese Weise
zu einem Ägypten-Besuch zu bewegen. Dieser hatte versprochen, es
zu versuchen.

Einige Tage danach traf ich in der Bibliothek meine Freundin
Melanie, die Psychologieassistentin. Ich erzählte ihr von unserer
Einladung. Farîd werde ihr wohl kaum folgen, sagte sie und er-
zählte mir eine schreckliche Geschichte. Kurz vor seiner Abreise

habe er seine Mutter mit einem fremden Mann in ein anderes Haus gehen sehen. Er habe kurz die Lage beobachtet, und dann sei klar gewesen, dass die Mutter seinen Vater und die ganze Familie betrog. Seither sehe Farîd in jedem Ägypter einen potentiellen Liebhaber der Mutter. Deshalb könne er, wiederholte Melanie seine Worte, auf keinen Fall mehr nach Ägypten reisen. Armer Kerl!

Für eine wunderbare Überraschung sorgte Richard. Er beschloss, uns auf der Reise zu begleiten. Ich freute mich riesig, denn beim ersten Besuch in Murtadas Land brauchte ich meinen Bruder dringend bei mir.

Am Tag vor der Abreise verlängerte die Universität Doktor Murtadas Lehrauftrag um zwei Jahre. In den vergangenen Wochen hatte er aus Sorge, keine Verlängerung zu bekommen, schreckliche Zustände durchlebt. Davon hatte er Deborah jedoch nichts erzählt. Und sie, voll und ganz mit den Reisevorbereitungen beschäftigt, hatte nicht gemerkt, dass es ihm zunehmend schlechtergegangen war.

Am letzten Abend trafen sie sich mit Deborahs Familie. Nachdem auch endlich Richard eingetroffen war, liess sie die Bombe platzen: »Ich war am Nachmittag beim Arzt. Er hat bestätigt, dass ich schwanger bin.«

Richard kamen vor Freude die Tränen, Murtada war sprachlos, und Deborahs Mutter stiess einen Schrei aus. Der Vater nahm die Nachricht so auf, wie es sich für einen Briten gehörte: Er lächelte kaum sichtbar und zündete sich eine Zigarette an. Deborah fiel ihrem Mann um den Hals. Lachend und weinend zugleich, küsste sie ihn stürmisch.

Sonderbarerweise dachte Murtada in dem Moment nicht an das Kind, nicht an Deborah, nicht einmal an sich selbst, sondern an seinen Vater. Er überlegte, ob er mit der frohen Botschaft noch bis zum nächsten Tag warten oder ihn sofort anrufen sollte. Er hatte Angst, dass das Schicksal den Vater nicht bis zum nächsten Tag verschonen würde. Am Ende aber beschloss er, ihm die Nachricht von Angesicht zu Angesicht zu überbringen, und wünschte sich im Stillen von Gott einen Sohn – seinem Vater zuliebe.

Die beiden Offiziere trafen sich erneut. Schâkir teilte Salâch das Ergebnis seiner Nachforschungen mit. Doktor Murtada sei weder sexuell abnormal, noch gehe er zu einer Prostituierten. Somit könne man ihm nur eines anhängen: Masturbation. Leider sei die aber nicht verboten. Zudem sei es schwierig, jemanden dabei in flagranti zu erwischen.

Am nächsten Tag ging Oberstleutnant Salâch zu Doktor Murtada ins Büro, ruhig und zielsicher wie eine Kobra, die sich ihrer tödlichen Wirkung bewusst ist. »Ich weiss nicht, was ich sagen soll, Herr Professor. Die Studenten können ganz schön unangenehm werden. Die Sache ist jetzt nicht nur beim Dekan, sondern beim Rektor der Universität gelandet. Und da Sie mein guter Freund sind, empfinde ich es als meine Pflicht, Sie zu warnen.«

»Was ist denn passiert?«

»In Ihrer gestrigen Philosophievorlesung haben Sie besorgniserregende Dinge gesagt. Das Einzige, was ich jetzt aus dem Bericht konkret in Erinnerung habe, ist Ihre Aussage ›Glück ist die säkulare Form des Schicksals‹.«

»Dieser Satz stammt von Marcel Achard, dem berühmten französischen Dramatiker, der einst Sitz 21 in der Académie française besetzte. Ich habe ihn lediglich zitiert.«

»Aber das sind gefährliche Worte, Herr Professor. Sie kennen doch sicher diesen heiligen Hadith: Als der Erzengel Gabriel, Friede sei mit ihm, zu unserem Propheten Muhammad, gepriesen sei er, kam und ihn nach den sechs Grundpfeilern des Glaubens fragte, was antwortete er da? Na, was sind die Grundpfeiler des Glaubens, Herr Professor? Ich werde es Ihnen sagen: dass man an Gott glaubt, an Seine Engel, Seine Bücher, Seine Propheten, an die Auferstehung und an das Schicksal, im Guten wie im Schlechten. Der Glaube an das Schicksal ist also ein Grundpfeiler des Glaubens. Doch Sie, Herr Professor, haben in Ihrer Vorlesung das Schicksal herabgewürdigt. Sie nennen es in einem Atemzug mit Glück und Säkularismus.«

»Ich verstehe nicht ganz, in welcher Eigenschaft Sie mich hier aufsuchen. Sie sind für die Sicherheit zuständig. Was mischen Sie sich also in die Lehrinhalte ein? Was verstehen Sie schon von Philosophie, dass Sie mich, einen Professor auf diesem Gebiet, belehren wollen? Was Sie hier von sich geben und was in dem Bericht steht, sind die Äusserungen von Ignoranten. Menschen, die nichts begriffen haben, sondern nur auswendig Gelerntes nachplappern. Die Grundpfeiler des Glaubens sind allgemein bekannt, aber was haben die mit meiner Vorlesung zu tun? So, und jetzt raus hier!«

»Ich komme als Freund, keinem anderen Professor würde ich diesen Dienst erweisen. Im Grunde könnte es mir ja egal sein, schliesslich ist es Sache des Dekans, sich darum zu kümmern. Aber ich mag und schätze Sie, ich wollte Sie nur über den Bericht ins Bild setzen, der dem Dekan vorliegt.«

»Wissen Sie eigentlich, was Sie und Ihresgleichen anrichten, was Sie den Studenten und ihrer Psyche antun? Wissen

Sie, was es heisst, Studenten anzustiften, Berichte über einen Kommilitonen oder einen Professor zu verfassen oder eine Vorlesung für Sie aufzuzeichnen? Das ist das Allerletzte, ihr verkorkst die Studenten von Grund auf! Und anschliessend stellt ihr sie als Assistenten ein. Die offiziellen Stellenausschreibungen haltet ihr natürlich zurück und besetzt die Posten dann nach Belieben. Inzwischen ist es so weit, dass man nur noch durch Beziehungen zu einem Job kommt. Und ist der Student seelisch erst richtig verkorkst, dann spielt er die dreckige Rolle immer weiter. Dafür schickt ihr ihn ja auch auf eure Kosten in exquisite Einrichtungen im Ausland. Dann kommt er an die Uni zurück, aber nicht in den wissenschaftlichen Betrieb, sondern in den Dienst der Staatssicherheit. Wer seinen Job zu eurer Zufriedenheit erledigt, bekommt einen Posten in der Regierung, als Dekan oder als Universitätsrektor. Und am Ende ernennt ihr ihn zum Minister. Die sind doch heutzutage alle entweder Geschäftsleute oder lebende Tote. Achmad Matar[26] hat diesen Zustand in zwei Versen auf den Punkt gebracht: ›Menschen bieten keine Sicherheit, Menschen haben keine Sicherheit. / Entweder sind sie Spitzel, oder sie werden ins Gefängnis gesteckt.‹«

»Das sind gefährliche Worte, die Sie da sagen, Herr Professor. Solche Reden gehören sich nicht für jemanden mit Ihrem Bildungsstand und in Ihrer Position.«

»Von wegen gefährlich! Wissen Sie, was wirklich gefährlich ist? Dass Ägypten das Land ist, das weltweit am wenigsten in die Wissenschaft investiert. Stellen Sie sich vor, wir sind das absolute Schlusslicht! Ägypten gibt für

26 Irakischer Dichter (geb. 1954).

die Wissenschaft kaum mehr als 0,2 Prozent des Brutto-
inlandsprodukts aus, die Entwicklungsländer dagegen ein
Prozent, also fünfmal so viel. Die Industriestaaten wenden
sogar mindestens zwei Prozent auf. Und was machen Sie
und Ihresgleichen indessen? Ihr verbietet hier eine Vorlesung, da eine Konferenz, streicht dort Kandidaten von der
Wahlliste. Ihr engagiert Schläger, um Studenten zu verprügeln, die euch nicht in den Kram passen. Gefährlich ist,
dass ihr rund um die Uhr hier an der Fakultät hockt und
nichts Vernünftiges zu tun habt. In der Zeitung *al-Wasît*
habe ich folgende Anzeige gelesen: ›Uniprofessor verfasst
Masterarbeiten und Dissertationen für Akademiker jeder
Universität zum Spottpreis, Erläuterungen für die Verteidigung inbegriffen. Erreichbar unter der Nummer ...‹ Und
das in einem offiziellen Blatt! Aber die Universitätsverwal-
tung samt Sicherheitspersonal schwebt ja in anderen Sphä-
ren. Selbstverständlich ist das für euch nicht von Belang,
sonst könnte sich ein Betrüger ja nicht erdreisten, so eine
Anzeige mit Telefonnummer in die Zeitung zu setzen. Und
das am helllichten Tag! Bleibt ihr nur untätig auf euren vier
Buchstaben sitzen. Oder wissen Sie was? Nein, nicht sitzen
bleiben, sondern raus hier!«

Was ein paar Tage später geschah, hatte Doktor Murtada
versucht zu vergessen. Wie immer erreichte er die Universität um 10 Uhr 30. Nachdem er sein Auto vor der Fakultät
abgestellt hatte, trat ein Soldat an ihn heran und forderte
ihn auf, woanders zu parken, denn dieser Platz sei für den
Pascha reserviert, also für den Offizier. Doktor Murtada
weigerte sich, woraufhin ihm der Soldat den Weg versperrte

und ihn zurück zum Wagen stiess, um ihn zum Einsteigen zu zwingen. Die Auseinandersetzung endete damit, dass ein weiterer Soldat hinzukam und Doktor Murtada am helllichten Tag vor den Augen seiner Studenten zusammengeschlagen wurde.

Jassîn al-Barûdi

Eine heitere Sommernacht, durchweht von einer betörenden Brise, die Hagg Ali al-Barûdis Herz beflügelte. Auf diesen Augenblick hatte er Jahrzehnte gewartet. Überschwänglich wie ein junger Mann, führte er einen Stocktanz zu Ehren seines Erstgeborenen auf, der Seite an Seite mit der Braut auf dem Hochzeitssitz thronte. Murtada trug ein britisches Jackett und eine italienische Krawatte, Deborah eine bäuerliche, paillettenbesetzte Gallabija.

Diesmal war es Murtada, der so unbändig lachte, dass der Boden bebte, während er eine nicht enden wollende Reihe von Angehörigen umarmte. Deborah verfolgte das Geschehen mit grossen Augen und fragte sich, wie ein Mensch derart viele Cousins haben konnte.

Hagg Ali al-Barûdi, der Bürgermeister des Dorfes war, hatte darauf bestanden, das Fest so fürstlich zu begehen, als feierten sie Murtadas und Deborahs Hochzeitsnacht. Der Park füllte sich mit Menschen. Riesige traditionelle Zelte waren aufgestellt worden, in die unzählige Speiseplatten getragen wurden. Der Bürgermeister hatte das ganze Dorf und alle Freunde und Verwandten aus Damanhûr, Alexandria und Kairo eingeladen. Er hatte Tänzerinnen bestellt, und als Höhepunkt des Festes sollte zu später Stunde Husni Dijâb, der bekannteste Sänger Damanhûrs, auftreten. Musik ertönte, und schon stiegen farbenfroh gekleidete Tänzerinnen die Treppe herunter und wiegten sich in den Hüften, so dass die Metallplättchen an ihren Kleidern im Rhythmus des Trommelschlags rasselten. Riesige Platten, beladen mit Reis und Lammfleisch, mit gebratener Ente und Gans, Tontöpfe mit grünem Weizen, Gemüse und gewürfeltem Rindfleisch und viele andere Köstlichkeiten standen bereit.

Richard, mit dem Blick und den geschärften Sinnen eines bildenden Künstlers, sog alles auf wie ein Schwamm. Er filmte das Geschehen und bereute, nur seine alte DV-Cam und nicht die neue in HD mitgebracht zu haben. Geradezu überwältigt war er von dem bunten Treiben. Allerdings waren er und Deborah bei ihrer Ankunft auch schockiert gewesen über die Armut, die sie sahen. Er konnte nicht begreifen, dass die Schere zwischen masslosem Elend auf der einen Seite und verschwenderisch gedeckten Tafeln auf der anderen Seite so gross war. Dahinter müsse ein Geheimnis stecken, sagte er sich.

Zu Tode erschrocken, warf sich Richard auf den Boden, als plötzlich mit Gewehren, die noch aus dem Zweiten Weltkrieg stammten, Freudenschüsse abgegeben wurden. Jassîn musste bei dem Anblick herzlich lachen. Auch Deborah erschrak und griff unwillkürlich nach der Hand ihres Mannes. Murtada aber strahlte übers ganze Gesicht und beobachtete seinen Vater. Der alte Herr strotzte vor Kraft wie in alten Zeiten und schwang das Zepter, als sei er ein Kommandant, der seine Truppe inspizierte. Hagg Ali wollte das grösste Fest geben, das das Dorf seit Nahhâs Paschas Besuch in ihrem Haus vor über einem halben Jahrhundert gesehen hatte.

Heute kreuze ich den Weg des Glücks, dachte Murtada bei sich, doch das ist kein Garant dafür, dass ich glücklich werde.

An Murtada ist irgendetwas anders. Was genau, weiss ich nicht. Ob es damit zusammenhängt, dass er eine Ausländerin geheiratet hat? Hat sich dadurch bei ihm eine gewisse Gefühlskälte eingestellt? Er ist zwar körperlich hier bei uns, aber er wirkt abwesend. Na ja, vielleicht kann er es einfach nur nicht glauben, dass er jetzt mit fast sechzig noch Vater wird. Oder bilde ich mir das alles nur ein, weil ich befürchte, dass er mir nicht helfen kann?

Ich habe Angst, dass er wieder abreist, bevor ich Gelegenheit habe, ihm zu sagen, was mir auf der Seele brennt. Aber er muss mir doch helfen, schliesslich ist er mein grosser Cousin!

Ich erzähle ihm einfach, was mir passiert ist. Vielleicht erweicht das ja sein Herz. Morgen nach dem Mittagsgebet rede ich mit ihm.

Jassîn hatte haarsträubende, ja grauenerregende Dinge erlebt. Was ihm 2005 widerfahren war, haben wohl nur wenige Menschen auf der Welt durchmachen müssen.

Angefangen hatte alles am Freitag, dem 15. Oktober 2004, um sechs Uhr, als er zusammen mit anderen Dorfbewohnern seine Cousins Abdalhalîm und Gâbir, die das Land verlassen wollten, zum Abschied an den Bahnhof im Nachbarort Itâi al-Barûd begleitete. Wie immer am Freitagmorgen war er menschenleer, Abdalhalîm und Gâbir waren die einzigen Reisenden. Alle waren bestens im Bilde über jeden Schritt, den die beiden in Vorbereitung auf diesen Tag unternommen hatten, seit sie vier Monate zuvor Achmad Abu Salâma in einem Café in Damanhûr getroffen hatten. Dafür, dass er sie nach Italien schleuste, mussten sie, so die Vereinbarung, jeweils 14 000 Pfund bezahlen – die erste Hälfte vor Antritt der Reise, die zweite, wenn sie in Libyen das Boot nach Italien bestiegen. Dank eines Darlehens der Bank für Entwicklung und Agrarkredit hatten sie das Geld zusammenbekommen.

Tage-, ja wochenlang warteten die Daheimgebliebenen auf ein Lebenszeichen der beiden, bis Jassîn am Mittag des 1. Januar 2005 endlich den erlösenden Anruf von Abdalhalîm bekam. Sie seien, berichtete er, nach zweitägiger Fahrt über Land wohlbehalten in Tripolis angekommen. Dann seien sie mit vielen anderen in eine Stadt westlich von Tripolis weitergezogen. Nach zehn Tagen sei Abu Salâma aufgetaucht. Er habe ihnen befohlen, die Reisepässe zu zerreissen, und sie zusammen mit einem libyschen Offizier zu einem kleinen Hafen gebracht. Dort hätten sie ein marodes Boot bestiegen. Einige Hundert Meter vor der italienischen Küste seien sie mit Rettungsringen ins Meer geworfen worden. Das Rote Kreuz habe sie aus dem Wasser geborgen. Sie hätten sich, wie ihnen eingeschärft worden war, als irakische Kriegsflüchtlinge ausgegeben. Alles sei planmässig verlaufen, sie hätten sich fortgestohlen und ins Land eingeschlichen. Jetzt seien sie in Neapel und arbeiteten täglich zwei Schichten in einer Pizzeria. Die erste Schicht gehe von neun Uhr morgens bis drei Uhr am Nachmittag. Nach zwei Stunden Pause folge von fünf Uhr bis Mitternacht die zweite Schicht. Jassîn fragte nach dem, was ihn am meisten interessierte. Sie bekämen am Tag je sechzig Euro bar auf die Hand, antwortete Abdalhalîm. Und sie wohnten mit acht anderen Ägyptern aus al-Sakasîk zusammen.

Kaum hatte ich aufgelegt, schwirrte mir der Kopf. Sechzig Euro, das sind etwa 500 Pfund! Sie verdienen an einem Tag so viel wie ich in zwei Monaten. In diesem Jahr werden sie mehr verdienen als ich in sechzig Jahren. Das heisst, sie verdienen in vier Jahren so viel Geld wie ich in 240 Jahren nicht.

Ich muss auf der Stelle auch dorthin.

Jassîn al-Barûdi, 1964 geboren, schloss 1987 sein Studium der Geisteswissenschaften an der Universität Alexandria ab. 1996, also erst kurz vor dem zehnjährigen Examensjubiläum, bekam er durch Gott weiss wie viele Beziehungen eine Stelle als Sozialkundelehrer an der Märtyrer-Achmad-Mabrûk-Mittelschule. Sein Monatsgehalt von 104 Pfund wurde Ende 2004, nachdem er die vierzig erreicht hatte, auf 260 Pfund aufgestockt.

Einen Monat nach seiner Anstellung heiratete er Aischa. Gott schenkte ihnen Hassan, Hussain und zu guter Letzt Sainab. Aischa war eine wunderbare Ehefrau. Darüber hinaus erwies sie sich als begnadete Köchin, Jassîn nahm bereits im ersten Monat der Ehe um fünfzehn Kilo zu und brachte somit 104 Kilo auf die Waage. Er bekomme, so witzelten sie, monatlich sein Körpergewicht in Pfund ausbezahlt. Aischa versprach, sie werde ihn binnen zwei Monaten auf 300 Kilo bringen, wenn sein Gehalt entsprechend angeglichen werde. Doch nachdem die Kinder zur Welt gekommen waren, erreichte er wieder sein Normalgewicht.

Jassîn hatte vier Brüder. Der erste war in den Irak gegangen, der Kontakt zu ihm brach mit der Eroberung Bagdads durch das amerikanische Militär am 20. März 2003 ab. Was aus ihm wurde, weiss Gott allein. Der zweite Bruder arbeitete als Buchhalter in den Emiraten. Der dritte, Abdallah, war Jassîns engster Vertrauter. Er war weder fortgegangen, noch hatte er je geheiratet, denn er war an Kinderlähmung erkrankt. Der jüngste Bruder, Muhibb, war im Jahr 2000 an Nierenversagen gestorben. Er hinterliess eine Tochter. Seine Witwe, Jasmin, weigerte sich jahrelang, wieder zu heiraten.

Die fünf Brüder hatten seit 1992 zusammen eine Geflügelfarm betrieben. Geschäftsführer war Abdallah, der Älteste. Doch Muhibb, sein Assistent, war die eigentliche Triebfeder des Unternehmens. In den ersten Jahren erzielten sie gute Gewinne. Ab 2001 aber erlitten sie zunehmend Verluste, als neue Konkurrenten aggressiv auf den Markt drängten. Hinzu kam Muhibbs Tod, denn alle Erfolge waren seinem kreativen Geschäftssinn geschuldet gewesen. So konnten die vier verbliebenen Brüder dem Dahinsiechen der Farm letztlich nur noch durch die Schliessung im Dezember 2004 ein Ende setzen.

Für ihren Vater hatte das verheerende Folgen, denn nun lastete die ganze Verantwortung für die Familie des verschollenen Sohnes, die Familie des verstorbenen Sohnes Muhibb und für den behinderten Abdallah auf seinen Schultern. Die elf Feddan aber, die ihm noch blieben, nachdem er jede Menge Grund und Boden verkauft hatte, um die ärztliche Versorgung des nierenkranken Sohnes zu bezahlen, warfen bei weitem nicht genug ab.

Paradoxerweise zählte Jassîn noch zu den privilegierten Leuten im Ort, er entsprang einem Geschlecht, das seit langer Zeit den Bürgermeister stellte. Aktuell bekleidete sein Onkel dieses Amt. Doch Jassîns Grossvater war ein überaus fruchtbarer Mann gewesen, er hatte zehn Kinder und Scharen von Enkeln hinterlassen, die sich das Land teilen mussten. Aufgrunddessen und weil sich Landwirtschaft immer weniger rentierte, waren alle Familienzweige im Laufe der Zeit verarmt.

Wir haben immer Baumwolle angebaut, aber seit mindestens fünfzehn Jahren deckt der Ertrag kaum mehr die Ausgaben. 1997 beispielsweise hat die Baumwolle nicht einmal die Hälfte der Unkosten eingebracht, jawohl. Als die Regierung den Dieselpreis erhöhte, setzten wir uns zur Wehr und erreichten einen Streik. Alle Lastwagen standen still. Daraufhin wurden die Fahrer verhaftet und so übel zugerichtet, dass sie, wieder auf freiem Fuss, sofort an der nächsten Zapfsäule volltankten. Sie hätten den Diesel notfalls auch getrunken! Ein weiteres Problem ist, dass die echte ägyptische Baumwollsaat, also die einheimische Sorte, hier nicht mehr zu bekommen ist. Sie wird nun in Israel und Südafrika angebaut. Die Saat, die die Regierung heute vertreibt, ist völlig anders. Einmal haben sie uns eine langfaserige Sorte vorgesetzt. Nachdem sie aufgegangen war, hiess es, dass sie auf dem Weltmarkt nicht gefragt sei, und sie weigerten sich, den Bauern die Ernte abzukaufen. Ja, aber wieso mussten wir das ausbaden? Soll die Regierung doch die Verantwortung für ihren Fehler tragen, schliesslich hatte sie die Saat angeschafft!

In den Fünfzigern und Sechzigern bekam man für einen Kantar[27] Baumwolle vierzig Pfund. Ein Feddan kostete hundert Pfund. Das heisst, dass man von dem Ertrag, den ein Feddan abwarf, zwei Feddan kaufen konnte. Mein Grossvater, Gott hab ihn selig, wartete jeweils die Baumwollernte ab, bevor er seine Söhne verheiratete. Heute dagegen warten die Leute die Ernte ab, bevor sie sich scheiden lassen.

27 Gewichtseinheit. Ein Kantar entspricht in Ägypten etwa 45 Kilogramm.

Jassîn hatte in den vergangenen Jahren oft mit dem Gedanken gespielt, das Land zu verlassen. Er hatte sich um ein Visum für Italien bemüht, einige Jahre später um ein Visum für Frankreich, dann für Griechenland. Aber jeder Versuch war gescheitert. Was die Konsulate forderten, hatte jenseits seiner Möglichkeiten gelegen. Der Anruf der beiden Cousins war wie ein Rettungsring, von dem er sich Erlösung aus seiner finanziellen Not versprach. Unverzüglich rief er Achmad Abu Salâma an. Sie vereinbarten, sich am darauffolgenden Freitag, dem 7. Januar, im Café Masîri in Damanhûr zu treffen.

Ich habe keine Ahnung, wie mein Mann es geschafft hat, in nur zwei Tagen allen im Ort mitzuteilen, dass er am Freitag den Schleuser treffen werde. Ausserdem hat er mit Schâkir und Sâdik vereinbart, dass sie die Reise zu dritt antreten. Nach dem Mittagessen fragte er, ob ich mich freuen würde, wenn er fortginge. Ich wusste nicht, was ich sagen sollte, jede Antwort hätte ihn verletzen können, und das wollte ich nicht. Also hielt ich den Mund und ging in die Küche. Um ehrlich zu sein, wäre es mir am liebsten, er ginge, solange die Kinder noch klein sind und ihn noch nicht allzu sehr brauchen.

Am Abend bei einem Glas Tee sagte Jassîn, dass er fest entschlossen sei. Wir einigten uns darauf, dass er höchstens für fünf Jahre fortgeht. Das sei völlig ausreichend, fand ich und servierte das Abendessen.

»Sollen wir wirklich in Jahren rechnen, Aischa?«, fragte er. »Oder nicht doch lieber in Ersparnissen? Wäre es nicht besser, zurückzukommen, wenn ich einen bestimmten Betrag angespart habe, den wir jetzt festlegen? Mit wie viel Geld auf der hohen Kante willst du mich wiederhaben?«

190

Ich gab ihm keine Antwort. Aber die Frage hat mir den Schlaf geraubt, ich konnte die ganze Nacht kein Auge zumachen.

Jassîns Entschluss fortzugehen freute alle, nur Jasmin, Muhibbs Witwe, nicht. Die Nachricht traf sie wie ein Blitz aus heiterem Himmel. Nachdem ihr Mann nun schon vier Jahre tot war, hatte sie ihrem Schwiegervater vorschlagen wollen, dass er sie mit Jassîn verheiratet. Gerade einmal siebenundzwanzig Jahre alt, konnte sie unmöglich den Rest ihres Lebens ohne Ehemann bleiben. Deshalb hatte ihre Schwiegermutter in den vergangenen Jahren öfter versucht, sie zu einer erneuten Heirat zu bewegen. Jasmin aber hatte dieses Ansinnen jedes Mal entschieden zurückgewiesen, sie werde nicht zulassen, dass ihre Tochter bei einem Fremden aufwachse. In all den Jahren hatte sie viel über dieses Thema nachgedacht und entschieden, dass überhaupt nur der Onkel ihrer Tochter für die Erziehung in Frage käme.

An dieser Stelle erübrigt sich, zu erwähnen, was auf der Hand liegt: Jasmin war verrückt nach Jassîn und nahm keinen anderen Mann wahr. Sie hatte alles versucht, ihn für sich zu gewinnen. Aber er hatte nicht den Mut oder das Bedürfnis gehabt, sich auf sie einzulassen.

Sie war es leid, allein zu sein. Sollte sie den Schwiegervater darauf ansprechen? Aber selbst wenn er zustimmen würde, was hätte sie von einem Mann, der nicht da wäre? Seit Muhibbs Tod lebte sie bei ihren Schwiegereltern und besorgte mittlerweile den ganzen Haushalt, weil ihre Schwiegermutter körperlich zusehends abbaute. Hinzu kam, dass sie sämtliche Launen des vom Verlust der beiden Söhne geschlagenen Ehepaars ertragen musste.

Nach reiflicher Überlegung beschloss Jasmin, mit Jassîn direkt zu reden. Dafür fasste sie den Mittwochnachmittag ins Auge, also einen Zeitpunkt vor seinem Treffen mit all denen, die ihn zu dem Termin mit dem Schleuser begleiten wollten.

Ich traf Jassîn bei Sonnenuntergang, er kam gerade vom Feld. In seiner weissen Gallabija erleuchtete er den Himmel. Ich konnte nicht anders, unwillkürlich trat ich an ihn heran. Ich schaute mich um, wir waren allein. Also drängte ich mich an ihn, ich loderte wie Feuer. Sanft schob ich ihn zu dem Heuschober beim Tor, tat so, als sei ich gestolpert, und lag plötzlich im Stroh. Ich zog ihn an der Hand, so dass er auf meinen durstigen Körper fiel. Meine Haut dampfte förmlich, als wir miteinander verschmolzen. Gleich darauf sprang er auf und rannte zum Tor.

Jasmin war schön wie der junge Morgen, ihr Körper hatte die wunderbarsten Proportionen, die es auf Erden gibt. Das Gesicht ein wahres Paradies. Die Brüste je eine Handvoll weisser Marmor. Die Figur rank und schlank wie eine indische Löwin. Das Becken ausladend wie das einer afrikanischen Gazelle, schien sie allzeit bereit, den Liebsten zu empfangen. Und Jassîn: Gross, breitschultrig, gutaussehend, hätte er ohne weiteres der Mann sein können, den Umm Kulthûm in dem Lied *Ruinen* mit den Worten besang: »Wo ist mein Liebster hin? Kraftstrotzend, majestätisch kommt er daher. Schöner Tyrann, sanftmütig und stolz.«

Nur eines unterschied die beiden: das m.

»Weisst du, Jassîn, heute überkam es mich. Ich sagte mir immer wieder unsere Namen vor. Jassîn und Jasmin. Jasmin und Jassîn. Und da fiel mir auf, dass sie wunderbar zusammenpassen. Probier es selbst, sprich sie mal nacheinander aus.«

»Lass gut sein, Jasmin.«

»Also, mein Lieber, willst du mich heiraten? Mir macht es nichts aus, die zweite Frau zu sein und Aischa als Nummer eins anzuerkennen.«

»Du willst, dass ich dich heirate?«

»Was ich mache, schickt sich für keine Frau. Das tue ich alles für meine Tochter. Glaub ja nicht, dass ich nur an mich denke, nein, weiss Gott nicht! Ich denke dabei bloss an sie.«

»Aber ich gehe doch weg. Und wenn ich wiederkomme, findet Gott bestimmt eine Lösung.«

Das Café Fallûha lag an einem grossen, sandigen Platz, der an einer Seite von einem Bewässerungskanal begrenzt war. Von der anderen Seite ging eine verwinkelte Gasse ab, die von ärmlichen Häusern gesäumt war. An jenem Mittwochabend strömten junge Männer aus dem Dorf scharenweise dorthin. Anfangs diskutierten sie über das Fussballspiel ENPPI gegen Zamalek, das eins zu eins unentschieden geendet hatte. Nach einer Weile kamen sie auf ihr eigentliches Thema zu sprechen: Wege und Möglichkeiten, das Land zu verlassen. Sie waren das ewige Unentschieden endgültig satt und wollten ausnahmslos alle ins Ausland gehen. Ernster wurde die Debatte, als sich konkrete Fragen aufdrängten: Kosten der Überfahrt, Zahlungsmodalitäten und vor allem wie das nötige Geld aufzutreiben sei.

An dieser Stelle meldete sich Scheich Sâlich zu Wort. Er war Mitte sechzig und hatte die angenehme Stimme eines

Rundfunksprechers. »Wir haben heute viel gehört. Doch keiner hat auch nur ein ehrliches Wort gesagt. Jeder hier kennt die Wahrheit, aber niemand will sie aussprechen. Deshalb werde ich sie euch ins Gesicht sagen: Auf diese Art zu reisen ist menschenunwürdig! Alle, die vor euch diesen Weg wählten, wurden schmählich behandelt. In Libyen ist es besonders schlimm. Die Männer werden in einem Raum zusammengepfercht, nichts und niemanden bekommen sie zu sehen. Wie Häftlinge in der Folterkammer hocken sie da und warten auf den Termin ihrer Abfahrt, der von nichts-nutzigen Halunken und Dieben bestimmt wird. Die reinste Mafia ist das! Es ist kein Geheimnis, dass unsere Leute von den Schleusern in Libyen mit der Waffe in der Hand emp-fangen werden. Wir haben ja alle die Geschichte von dem Jungen gehört, der Angst vor dem hohen Wellengang hatte, darauf verprügelt und mit Gewalt auf das Boot gebracht wurde. Jeder weiss, dass dieser Weg in den Tod führt. Hört ihr? Dieser Weg führt in den Tod! Trotzdem sind heutzu-tage alle gewillt, das Leben ihrer Söhne aufs Spiel zu setzen und dafür auch noch ihr Land zu verpfänden. Eure Familien werden einen Kredit bei der Dorfbank aufnehmen, ihr Land oder den einzigen Büffel verkaufen müssen, um eure Reise zu finanzieren. Ihr wisst sehr wohl, dass die Boote, die für höchstens zwanzig Personen bestimmt sind, mit über fünf-zig Mann beladen werden. Habt ihr eine Ahnung, was da passieren kann? Ich sage euch laut und deutlich: Wer sich darauf einlässt, ist verloren. Hoffnungslos verloren!« Scheich Sâlich wechselte den Tonfall. Nun nicht mehr mahnend, sondern sanftmütig setzte er hinzu: »Leute, macht euch ei-nes klar: Gott ist allwissend und wird für uns sorgen.«

Die Versammlung endete damit, dass die jungen Männer – vierundzwanzig an der Zahl – einhellig beschlossen,
Jassîn am Freitag zu dem Treffen mit dem Schleuser Abu
Salâma zu begleiten. Niedergeschmettert kehrte Scheich Sâlich heim.

*Nach dem Freitagsgebet ging ich ins Café Masîri, um Jassîn und
Ismaîl zu treffen. Ich dachte, ich mache sie miteinander bekannt,
setze mich eine Stunde mit ihnen zusammen und erläutere ihnen
alles Nötige. Aber als ich eintraf, erwarteten mich über vierzig
Männer. Das Café, die Strasse, alles war voller Menschen. Einige
sassen sogar auf dem Bürgersteig gegenüber, andere auf Tonnen,
die draussen herumlagen. Eine regelrechte Invasion! Die Szenerie
beunruhigte mich, das Ganze sah wie eine Demonstration aus. Um
Gottes willen, dachte ich, nachher werde ich noch wegen Aufwie-
gelei festgenommen. Im Übrigen treffe ich meine Kundschaft gar
nicht gern in solch grossen Gruppen. Aber was sollte ich machen?*

*Es waren Männer vom Land, aus Nikla al-Inab, Ischlima, al-
Nubaira, Gabaris, Kafr al-Sawâlim al-Bachri, Kafr al-Sawâlim al-Kibli, Dimisna, Kfar Awana und Amlit. Und jeder hatte
ein ganzes Heer im Schlepptau. Mit ihnen hätte man geradewegs
in den Krieg ziehen können. Sie stellten sich der Reihe nach vor.
Der Erste renkte mir bei der Begrüssung fast den Arm aus, so dass
ich anschliessend keinem mehr die Hand geben konnte. Was für ein
Kraftpaket, gross und breit! Taha hiess er. Und neben ihm sass ein
gewisser al-Tûchi. Während ich sprach, klebten meine Augen immerzu an einem Koloss namens Saksûka. Er solle lieber boxen gehen, riet ich ihm. Sie stellten mir weitere Kumpel vor: Muhammad
Schindi, Abduh al-Charrât, Schâkir, Alaiwa al-Fachl, Samach-
mach und Bajâda. Unschlagbar, diese Truppe, ein Geschenk des*

Himmels, das – Gott sei gelobt – mir in den Schoss fiel. Und das ausgerechnet jetzt, wo die Konkurrenz so massiv zugenommen hat.

Ich erklärte ihnen, was sie benötigten: ihren Pass, einen Nachweis über den geleisteten Wehrdienst und 15 000 Pfund. 10 000 davon wären sofort zahlbar und 5000, wenn die Sache so weit klar wäre, dass sie ihren Eltern Bescheid geben könnten, also unmittelbar bevor sie das Boot bestiegen. Wir vereinbarten ein Treffen für den Freitag vier Wochen später am selben Ort. Dann sollten sie mir definitiv sagen, wer alles mitkomme. Sie waren sich einig, dass sie im Sommer aufbrechen wollten, weil das Wetter besser und die See ruhiger sei. Ausserdem hätten sie dann noch genug Zeit, das Geld aufzutreiben.

Anschliessend nahm Abu Salâma Jassîn und Ismaîl zur Seite, er wusste genau, dass jedes Wort, das er ihnen sagte, alle anderen erreichen würde. Er wollte ihnen eine alternative Zahlungsmöglichkeit erörtern.

»Ihr seid prima Leute. Und da wir uns ja jetzt so gut kennen, will ich euch helfen und euch keine Informationen vorenthalten.«

»Worum geht's denn, Abu Salâma?«

»Hört einfach zu.«

»Wir sind ganz Ohr.«

»Nun gut, Männer, möge Gott euch Glück und Zufriedenheit schenken. Ich möchte ja keinem zu nahe treten … aber wer nicht die nötigen Mittel hat … also, da gibt es jedenfalls so ein Krankenhaus. Die suchen Leute, die bereit sind, eine Niere zu spenden für Kranke, die sonst sterben würden, möge Gott das verhindern. Im Gegenzug kommen sie für die gesamten Reisekosten auf.«

»Bist du Schleuser oder Schlächter? Verfluchter Kerl!«

»Nicht so hitzig, Ismaîl. Die Schlächter sind doch wohl eher die Hurensöhne von Schleusern, die für ein Visum für Europa einen medizinischen Check fordern, dich betäuben und dir dann alle Organe klauen, die sie gebrauchen können. Lest ihr etwa keine Zeitung? Ich tue nichts, was Gott missfällt, ich arbeite nicht im Verborgenen, sondern lege alles offen. Meine Aufgabe besteht darin, euch zu informieren. Und jeder bettet sich dann auf die Seite, auf der er bequem liegt.«

»Wer sich eine Niere entnehmen lässt, kann eh nur noch auf einer Seite liegen.« Jassîn lachte über seinen Scherz, den Abu Salâma und Ismaîl nicht verstanden.

»Wer es ins Ausland schafft, bekommt nach ein paar Jahren eine Aufenthaltserlaubnis und dann die Staatsbürgerschaft. Von der medizinischen Versorgung ganz zu schweigen, anstelle der fehlenden Niere können sie einem dort fünf einpflanzen. Das ist ein völlig anderes Leben, Leute!«

»Und kann jeder spenden?«

»Selbstverständlich nicht. Zuerst werden Untersuchungen, Analysen und solcher Kram durchgeführt, und am Ende sagen sie einem, ob man zum Spenden geeignet ist.«

»Und für diese Aktion müssen wir blechen?«

»Natürlich nicht, sonst wäre das ja Betrug und keine Spende. Das ist alles kostenlos. Ich überlege selbst schon zu spenden, um mich auf ihre Kosten durchchecken zu lassen und sicherzugehen, dass der Apparat wirklich noch intakt ist. Und dann mache ich mich aus dem Staub.«

»Nicht doch, was ist denn mit dem Apparat? Es ist doch hoffentlich alles in Ordnung.«

»Ach, was soll ich sagen, Jassîn. In letzter Zeit hakt er etwas. Die Sache ist mir ein bisschen peinlich, aber das Ding kommt nicht mehr so recht in Fahrt.«

»Das geht uns allen so.«

»Gut, Männer, dann also bis zum ersten Freitag im nächsten Monat, so Gott will.«

Zur Überraschung aller tauchte Wahdân, Scheich Sâlichs Sohn, im Café Masîri auf. Nachdem er Wirtschaftswissenschaften studiert und jahrelang keine Arbeit gefunden hatte, überlegte er, ein eigenes Projekt aufzuziehen. Doch sein Vater hatte jeden vernünftigen Vorschlag abgelehnt. Schliesslich fügte sich Wahdân dem Willen des Vaters und baute einen Taubenturm, dessen gesamten Ertrag er behalten durfte.

Scheich Sâlich investierte alles, was er mühsam zusammengespart hatte. 15 000 Pfund musste er aufbringen, 13 000 für den Bau des Turms mit 5000 Zellen und 2000 für die Tauben. Es wurde ein mächtiges Bauwerk, innen mit einer Holzleiter ausgestattet, die Zugang zu jeder Zelle bot. Aussen war der Turm zum Schutz vor Schlangen und Ratten rundum bis zu einer Höhe von zwei Metern mit Fliesen verkleidet. Den Eingang sicherte eine robuste Eisentür.

Wahdân hatte den Turm vor etwa fünf Jahren fertiggestellt und anlässlich der Einweihung seine Cousine Hanîja geheiratet. Gott schenkte dem Paar keine Kinder und verwehrte aus einem Grund, den nur Er allein kennt, Wahdân auch jeden nennenswerten Gewinn aus dem Turm. Im ersten Jahr war eine Eule in den Bau eingedrungen, im dritten Jahr waren die Tauben von einer üblen Krankheit heimge sucht worden. Dieses Jahr hatte hervorragend angefangen, die Tiere vermehrten sich wie erhofft. Doch kurz bevor Wahdân die Früchte seiner Arbeit ernten konnte, wurden die Tiere von einer Welle von Krankheiten überzogen und alle dahingerafft. Seither torkelte Wahdân nur noch durchs Leben. Er schloss sich im Turm ein und weinte tagelang. Manchmal glaubte er, eine Eule mit den Flügeln schlagen zu hören. Er kletterte die Leiter hoch und suchte wie besessen jede der 5000 Zellen einzeln ab. Hin und wieder hörte er die Eule sogar schreien. »Verschwinde, du Miststück!«, brüllte er. »Ich finde dein Versteck.« Aber er bekam sie nicht zu fassen und sank am Ende, schnaufend wie ein wütender Stier, auf den Boden.

Wahdân sah nur noch einen Ausweg: wie alle anderen das Land zu verlassen. Scheich Sâlich hatte zwar vor dem Risiko des Ertrinkens gewarnt – dass sein eigener Sohn längst unterging, bekam er aber nicht mit. Er merkte nicht, dass Wahdân auch ohne Meer und Wellen ertrank, unterging in seinem Turm, während er darauf wartete, von der verdammten Eule verschlungen zu werden. So fasste Wahdân den Entschluss, heute im Café öffentlich und im Beisein des Vaters zu verkünden, dass er sich Abu Salâma anschliessen und das Geld für die Überfahrt notfalls auch stehlen werde.

Als ich Wahdân ertrinken sah, fragte ich mich, ob er vielleicht dran glauben musste, weil er eine Niere hergegeben hatte. Wahdân war der Erste. »Er ist nicht ertrunken, sondern an Herzversagen gestorben«, sagte der Mann am Kanister neben mir. Wahdâns Herz hat es einfach nicht verkraftet. Stirbt man nämlich durch

Ertrinken, dann steigt man erst nach vier Stunden wieder an die Wasseroberfläche, Wahdâns Körper aber trieb schon knapp fünf Minuten später wieder oben. Diese Frau Doktor Nivîn Adli, dachte ich, sie hatte Wahdân die Niere entnommen. Sie hat seine Konstitution und sein Herz derart geschwächt, dass er nicht mal mehr das Glaubensbekenntnis hatte aufsagen können. Möge Gott ihm das Tor ins Paradies öffnen. O Herr, erhöre meine Bitte, und gesteh ihm das Glaubensbekenntnis zu. Ich versuchte, Wahdân zu erreichen und seinen Körper auf den Rücken zu drehen. Vergeblich. Ein Strudel hatte mich erfasst, ich drehte mich, alles drehte sich mit mir, und meine Gedanken kreisten um das Krankenhaus und die Operation.

Angefangen hatte alles im Juli, als wir nach Libyen aufbrachen. Wir kamen in die Stadt Suwâra, wo uns Abu Salâma mit Gamâl Ali bekannt machte, einem libyschen Offizier im Rang eines Hauptmanns, der die Überfahrt organisierte. Er nahm uns bei sich auf, von Montag bis Freitag blieben wir Tag und Nacht in seinem Haus. Am Freitagmorgen platzte unverhofft ein Mann herein. »Auf, Leute«, rief er, »macht euch bereit! Jetzt geht's los.« Er gab uns nicht einmal die Zeit für das Gebet. Wir folgten ihm, unterwegs stiess Hauptmann Gamâl dazu. Sie führten uns an einen einsamen Strand, eine Ecke, an die sich keine Menschenseele verirrte. Dort warteten drei Männer. Jeder ein Handy am Ohr, telefonierten sie mit ernster Miene. Immer zu acht wurden wir mit einem kleinen Schlauchboot etwa 200 Meter aufs Meer hinaus zu einem Kahn gefahren, bis insgesamt sechsundachtzig Mann verladen waren.

Der Kahn glich einem schäbigen Fischerboot. Kaum hatten wir uns in Bewegung gesetzt, fragten wir den Kapitän, wie schnell dieser Kahn fahren würde. »Ungefähr fünfundzwanzig Kilometer *die Stunde«, sagte er, nachdem er die Knoten umgerechnet hatte. Um genau ein Uhr, also in der grössten Mittagshitze des 15. Juli, stachen wir in See.*

Ein unglückseliger Tag, den ich mein Leben lang nicht vergessen werde. Nach ungefähr eineinhalb Stunden begann Wasser ins Boot zu dringen. Es stieg unaufhaltsam. Wir riefen den Kapitän. Er schrie uns zu, die Kanister loszumachen und das Wasser auszuschöpfen. Wir legten uns ins Zeug. Nach etwa einer Viertelstunde ging eine gewaltige Welle auf uns nieder und schlug den Kahn kaputt. Wir schrien den Kapitän wie von Sinnen an, er solle umkehren. Er riss das Ruder herum, und wir kenterten.

Wer schwimmen konnte, sprang ins Meer und versuchte, sich nicht weiter als fünfzehn Meter vom Kahn entfernt über Wasser zu halten. Ich konnte nicht schwimmen, bekam aber einen Kanister zu fassen und merkte, wie ich immer mehr abgetrieben wurde. Mir war schwindlig, die Sonne brannte. Um mich drehte sich alles mit rasender Geschwindigkeit. Das Letzte, was ich hörte, war ein Flattern über meinem Kopf. Dann verlor ich das Bewusstsein.

Ein Vogelschwarm kreiste über Jassîn und verfolgte das Geschehen. Würden die Vögel sich später an diese Szene erinnern? Oder vertrieb jede neue Sekunde die vorhergehende für immer?

Die Männer, vorwiegend Bauern, hatten das Meer noch nie mit eigenen Augen gesehen, sie kannten es nur von Fotos und aus Filmen und wussten nicht, dass es so erbarmungslos wie ihr fruchtloses Leben war. Sie waren vor dem Galgen geflüchtet und sassen nun auf dem elektrischen Stuhl. Jeder rang mit gnadenlosem Egoismus um sein Leben. Muhammad, der wie viele nicht schwimmen konnte, versuchte, sich an der Hand eines anderen festzuhalten, worauf dieser ihm mit aller Kraft auf den Kopf schlug, um ihn sich vom Leib zu halten. Die Männer lieferten sich eine erbitterte Schlacht um jeden Kanister. Und wären Waffen verfügbar gewesen, hätte sich keiner gescheut, den Erstbesten zu töten, der ihm im Wege war. Die einen schrien und winselten, andere fügten sich in ihr Schicksal und sanken in die Tiefe. Die Vögel können sich glücklich schätzen, Jahr für Jahr legen sie, lauernden Gefahren zum Trotz, Tausende Kilometer zurück, um am Leben zu bleiben. Dem Menschen aber hat Gott keine Flügel geschenkt, mit denen er, wenn sich die Welt um ihn verdüstert, auf und davon fliegen kann.

Ein Vogel kam heran und berührte Jassîns Kopf mit den Füssen, um ihn vor dem Tod zu retten.

Nach Gott weiss wie langer Zeit kam ich wieder zu mir und sah Wahdân. Sein Körper trieb vor mir auf dem Wasser. Ich weinte, um mich selbst, um ihn, um alle, die dem Tod zu entkommen suchten.

Plötzlich hörte ich meinen Namen. Es war Saksûka, der noch auf dem Kahn sass. Schwimmen konnte er nur in Computerspielen, nicht im Wasser. Ich solle zu ihm hochklettern, sagte er, aber ich schaffte es nicht. Vergeblich hielt ich Ausschau nach Schâkir. Etwa zwanzig Minuten später war das Boot gesunken und Saksûka auf Nimmerwiedersehen fort. Ich schrie, betete zu Gott, rief nach meiner Mutter. Warum ich nicht auch nach meinem Vater rief, weiss ich nicht. Alle um mich herum klammerten sich an irgendeinen Gegenstand und beteten. Manch einer rief auch nach seiner Mutter und ging kurz darauf unter, ohne je wieder aufzutauchen.

Die Strömung trieb mich von den anderen weg. Ich rief nach Taha, Akâscha und Muhammad, doch antwortete mir nur mein Echo. Meine Schuhe quetschten mir die Füsse ab und zogen mich hinunter. Ich versuchte, sie auszuziehen, was sehr schwierig war, denn auf keinen Fall wollte ich den Kanister loslassen. Als ich die Schuhe endlich los war, ging es mir viel besser, plötzlich fühlte ich mich so leicht. Ich zog auch das Hemd aus, ein teures Hemd, das ich für sechzig Pfund in der Safîja-Saghlûl-Strasse in Alexandria gekauft hatte. Sechs Stunden später brach die Dunkelheit herein. Ab und zu hörte ich noch einen Schrei durch die Nacht gellen.

Irgendwann verliessen mich die Kräfte, ich war am Ende. Jeder einzelne Körperteil schrie regelrecht vor Schmerzen. Mein Mut war mit dem letzten Sonnenstrahl geschwunden. Vom Festland keine Spur. Die Hoffnung auf ein rettendes Boot war mit meinem ausgedörrten Hirn verflogen. Der Durst zerriss mir die Kehle, schnitt mir ins Gesicht. Eines war mir klar: Würde ich den Kanister zum Trinken anheben, könnte ich mich nicht an der Wasseroberfläche halten und würde ihn verlieren.

Trotzdem wollte ich es versuchen. Ich beschloss, zu trinken und mich in Gottes Hand, gepriesen sei Er, zu begeben. Ich fragte mich, ob es Selbstmord wäre, entschied jedoch, dass es keiner war, sondern dass ich mich einfach nur meinem Schicksal fügte und zu meinem Schöpfer zurückkehrte. Ich rezitierte die Fâtiha und öffnete mit letzter Kraft den Kanister. Zu meinem Entsetzen stellte ich fest, dass er mit Benzin gefüllt war. Das gab mir den Rest. Ich liess den Kanister los und ging unter. Die Augen weit aufgerissen, ohne aber etwas zu erkennen, sank ich tiefer und schluckte dabei Salzwasser. Plötzlich fühlte ich, wie ich wieder an die Oberfläche stieg. Der Kanister schwamm noch an derselben Stelle, als hätte er auf mich gewartet, ich konnte es kaum glauben. In dem Moment wusste ich, dass ich

nicht sterben würde und dass Gott, der Erhabene, das Wasser im
Kanister in Benzin verwandelt hatte, damit ich am Leben bliebe.

 Ich habe keine Ahnung, wie die Zeit verstrich, irgendwann ging
die Sonne wieder auf. Wahrscheinlich hatte ich, mein Plastikkissen
fest umklammert, tief geschlafen. Als ich die Augen wieder öffnete,
sah ich überall auf dem Wasser Leichen treiben. Erneut geriet ich
in einen starken Strudel. Immerzu drehte ich mich inmitten der
Leichen. Auf einmal beruhigte sich die See, und ich hatte das Ge-
fühl, weiter aufs offene Meer gezogen zu werden.

 Wie mir zumute war, weiss Gott allein. Mein linkes Bein liess
sich nicht mehr bewegen, mein Hals war wie gelähmt. Kurz dar-
auf merkte ich, dass auch mein rechtes Bein schlaff hinunterhing.
Angst erfasste mich, sie wurde zu Panik, als mein Bein etwas be-
rührte. Ich dachte, dieses Etwas würde mich verschlingen oder wie
ein Strudel hinunterziehen. Erst nach einer Weile wurde mir klar,
dass ich auf Grund gestossen war. Ich schleppte mich an Land und
brach ohnmächtig zusammen.

Wie in alten ägyptischen Filmen, in denen sich jemand in
der Wüste verirrt, tauchte plötzlich ein vermummter Araber in weisser Tracht auf. Er trat an Jassîn heran und flösste
ihm einen Schluck Wasser aus seinem ledernen Trinkbeutel
ein. Dann liess er ihn schlafen und setzte sich neben ihn,
während sein Kamel in die Ferne schaute. Irgendwann kam
Jassîn, von unheimlichen Geräuschen geweckt, die er weder
identifizieren noch orten konnte, zu sich. Er versuchte, die
Augen zu öffnen, vergeblich. Fragen schwirrten ihm durch
den Kopf. War er im Himmel oder in der Hölle? Würde er
Wahdân, Saksûka, Akâscha, Taha und Muhammad wieder-
sehen?

Jassîn glaubte, er sei tot, und war sich dessen umso sicherer, als er plötzlich in der Luft schwebte und sein Gesicht von einer Brise umspielt wurde. Als er kurz darauf wieder auf festem Untergrund lag, setzte Motorenlärm ein. Er schaffte es, die Augen zu öffnen, und sah, dass er sich in einem Krankenwagen befand. Da erkannte er, dass er nicht tot war.

Während der ganzen Fahrt gab er keinen Ton von sich. Reglos und scheinbar taub, reagierte er auf keine der Fragen, die ihm die Männer im Wagen stellten. Auch im Krankenhaus schwieg er beharrlich. Kaum aber hörte er den Arzt reden, der ihn untersuchen wollte und unverkennbar Ägypter war, brach er in Tränen aus. Alle seine unterdrückten Gefühle machten sich plötzlich Luft.

Eine Stunde später sass Jassîn im Polizeiauto auf dem Weg in ein Spezialgefängnis des Grenzschutzes. Nachdem sich ein libyscher Offizier davon überzeugt hatte, dass er körperlich unversehrt war, liess er ihn in eine stockfinstere Zelle sperren. Dort empfing ihn Akâscha mit offenen Armen. In dem Verlies sassen alle, die gerettet worden waren. Von den sechsundachtzig hatten siebenundzwanzig Ägypter und Marokkaner überlebt.

Am nächsten Morgen wurden sie aus der Zelle geholt, um die Toten zu identifizieren. Jassîn bat einen Offizier um Schuhe und ein Hemd, doch man liess ihn, nur mit einem zerrissenen Unterhemd der Marke Jil bekleidet, barfuss gehen. Er identifizierte die Leichen von Schâkir, Wahdân und anderen, die mit im Haus des Hauptmanns Gamâl Ali gewesen waren. Er suchte Saksûka, fand ihn aber nicht. Dann wurden sie verhört.

»Name?«

»Nationalität?«

»Wer hat die Reise organisiert?«

»Wo ist Ihr Reisepass?«

»Wer hat Ihnen hier in Libyen geholfen?«

»Wohin sollte die Reise gehen?«

»Wann sind Sie in Libyen eingereist?«

»Wie sind Sie ins Land gekommen?«

»Wie viel Uhr war es?«

»Wo haben Sie sich die paar Tage in Libyen aufgehalten?«

»Ist Ihnen klar, dass Sie eine Straftat begangen haben?«

Nach dem Verhör wurden sie zur Volksmiliz gebracht, wo man ihnen die gleichen Fragen stellte. Anschliessend wurden sie der Staatsanwaltschaft vorgeführt. Quälendes Warten, unerträgliche Hitze. In Strömen lief ihnen der Schweiss den Rücken hinab zum Gesäss, wo er einen fauligen Gestank erzeugte. Er vermischte sich mit dem Meersalz, das ihre Poren ausdünsteten, so dass sie sich bald wünschten, sie wären ertrunken. Immer wieder die gleichen Fragen, auf die sie die immer gleichen Antworten gaben. Zurück in ihrem finsteren Kerker, fanden sie endlich ein bisschen Ruhe.

Tags darauf, am Montag also, begannen die libyschen Behörden Druck auf uns auszuüben, damit wir den Namen des Offiziers und die seiner Helfer unerwähnt lassen. Sie boten uns dafür sogar 15 000 Dollar an. Wir lehnten ab und bestanden darauf, dass der Offizier für die vielen Opfer zur Verantwortung gezogen wird. Schliesslich hatte er sechsundachtzig Mann auf einen Kahn pferchen lassen, der höchstens dreissig Personen fasste. Mir hätten sie

freilich statt der 15 000 Dollar lieber Hemd und Schuhe spendieren sollen, ich hatte nämlich jede Menge Blasen an den Füssen.

Jedenfalls wurden wir dann vor Gericht gestellt, doch der Richter vertagte die Verhandlung sogleich um eine Woche. Am festgeleg-
ten Termin wiederholte sich das Ganze, und so ging es Woche für
Woche weiter, bis eineinhalb Monate ins Land gezogen waren. Am
Ende wurden wir zu vier Monaten Haft und einer Geldstrafe von
fünfzig Pfund verurteilt. Hauptmann Gamâl erhielt ebenfalls vier
Monate Haft und wurde ausserdem aus dem Dienst entlassen. Zur
Verhandlung waren Vertreter der ägyptischen Botschaft erschienen,
die sich nach unserem Befinden erkundigten und unsere Adressen
in Ägypten notierten, um die Familien zu benachrichtigen.

Ein Tag folgte dem anderen. Die Minuten und Stunden waren
das Einzige, das wir verschlangen, denn das Essen war ungeniess-
bar. Wir magerten zu Schreckgespenstern ab. Ich sehnte mich nach
Aischa und ihren Kochkünsten. Irgendwann hatte das Warten
auch uns satt, und man brachte uns nach Tripolis zum Flughafen.

Kaum waren wir aus dem Wagen gestiegen, empfingen uns eine
knackige junge Italienerin und eine Tunte und machten Fotos von
uns. Grossartig, dachten wir, jetzt sind wir berühmt.

Berühmt waren wir allerdings nur bei den Italienern. Die Hu-
rensöhne in Ägypten bereiteten uns einen ganz anderen Empfang:
Sie verhörten uns noch auf dem Flughafen. Danach ging es zur
Mugamma am Tachrîrplatz für eine weitere Vernehmung. Von
dort wurden wir auf eine Polizeiwache in Chalîfa gebracht. Vier
Tage Prügel in der Zelle folgten. Anschliessend lieferte man uns im
Gouvernement Buhaira bei der Staatssicherheit ab. Wir wurden
übel zugerichtet und dann entlassen.

Bei ihrer Ankunft war das Dorf in Trauer, die Strassen still, die Stimmung trist. Mit gesenktem Kopf schleppten sich die Menschen dahin. Unterdessen hielt Jasmin hinter dem Vorhang Ausschau nach ihrem Liebsten.

Was war ich froh! Das ist deine Stunde, Mädchen, sagte ich mir, als ich ihn so niedergeschlagen ankommen sah. Lass dir diese Gelegenheit nicht durch die Lappen gehen! Gott will es so. Meine Tochter hat ein Recht darauf, bei ihrem Onkel aufzuwachsen. Wenn ihr jemand ein Vater sein soll, dann er. Obwohl er sich in einem jämmerlichen Zustand befand und der Bart sein Gesicht völlig zugewuchert hatte, sah er erstaunlich gut aus. Kaum hatte ich ihn gesehen, fing mein Herz wie verrückt an zu klopfen. Herr im Himmel, hat es gepocht! Er muss es gehört haben, denn zwei Tage später stand er vor meiner Tür und wollte mich. Ich konnte es kaum glauben. Bestimmt hat ihn das Meer zur Vernunft gebracht und ihm klargemacht, wie sehr ich ihn liebe, dachte ich.

Ich empfing ihn mit offenen Armen, stellte aber schnell fest, dass der arme Kerl nicht nur den Kopf hängen liess, sondern alles andere auch. Womöglich hat es mit Aischa nicht geklappt, und deshalb versucht er sein Glück jetzt bei mir. Na ja, das passiert dem stärksten Löwen, tröstete ich mich.

Während wir uns in den Armen lagen, schaute ich in meinen Spiegel und schwor: Wenn ich es schaffe, Jassîn wiederherzustellen, dann werde ich ihn heiraten. Ich drückte ihn fest an mich, doch er sprang unvermittelt auf und rannte wie von Sinnen hinaus.

Ich liess mich nicht entmutigen und bemühte mich weiterhin um ihn. Vergeblich. Wochenlang lief er wie verloren durchs Dorf. Ich klaubte mein ganzes Geld zusammen und sagte zum Hagg, dass ich mir gelobt hätte, die Stätte der heiligen Sainab zu besuchen, und meinen Bruder Chalîfa mitnehmen würde. Er war einver-

standen. So fuhr ich nach Kairo und ging direkt zum Heiligtum.
Dort suchte ich als Erstes eine Apotheke und bat Chalîfa, draussen
zu warten.

»*Herr Doktor …*«

»*Ja, bitte.*«

»*Ähm …*«

»*Sprechen Sie etwas lauter, ich verstehe nichts.*«

»*Mein, mein, mein Mann … Bitte verzeihen Sie.*«

»*Was ist mit Ihrem Mann?*«

»*Verzeihen Sie, aber …*«

»*Sie können offen sprechen. Was ist mit ihm?*«

»*Da ist ein Problem. Wenn er mit mir zusammen ist …*
Er …«

»*Hat er vielleicht Erektionsstörungen?*«

»*Ja, mein Herr.*«

»*Hat er Herzbeschwerden? Wurde er schon mal operiert?*«

»*Nein, noch nie, sein Herz ist in Ordnung.*«

»*Wie viel wollen Sie ausgeben?*«

»*Ich habe dreissig Pfund.*«

»*Nehmen Sie diese drei Schachteln. Das Mittel heisst Virecta.*
Er soll eine Stunde vor dem Geschlechtsverkehr eine halbe Tablette
einnehmen. Und dann kommt hoffentlich alles wieder ins Lot.«

Ein Lied wurde angestimmt. »Lasst die Gläser klingen! Seht,
wie schön sie ist!« Jasmin heiratete ihren Herzallerliebsten
dank einer Investition von nur dreissig Pfund. Kaum aber
waren die Schachteln aufgebraucht, suchte Jassîn wieder
nach einer Möglichkeit, ausser Landes zu kommen. Die Situation hatte sich nicht geändert, ja sie hatte sich sogar rapide verschlechtert. Das Lehrergehalt, bisher bestenfalls ein

schlechter Scherz, empfand er nunmehr als demütigenden Auswurf. Abu Salâma hatte sich, wie nicht anders zu erwarten war, aus dem Staub gemacht, keiner hatte mehr etwas von ihm gehört. Tagsüber verfolgte ihn der Anblick von Scheich Sâlich und Schâkirs Brüdern Hussain und Ibrahîm, die ihn ständig nach Abu Salâma fragten, weil sie sich an ihm rächen wollten. Abends war es ihm ein Gräuel, an der Videothek vorbeizugehen und Saksûka dort nicht mehr zu sehen. Darüber hinaus plagten Jassîn existentielle Fragen: Was war der Ausweg? Es konnte so nicht weitergehen, wenn er seine Kinder vor einer Zukunft ohne Hoffnung bewahren wollte. Dieser Gedanke quälte ihn, wenn er seine Schüler sah, die noch kaum lesen konnten. Als er eines Tages auf dem Schulhof unter der Maulbeerfeige sass, kam ihm die Idee, Doktor Nivîn Adli aufzusuchen und ihr eine Niere zum Kauf anzubieten.

Nivîn Adli

Am Samstag, dem 18. Februar 2006, war es so weit: Jassîn hatte einen Termin bei Frau Doktor Nivîn Adli. Noch wusste er nicht so recht, wie er das Thema ansprechen sollte, denn bislang hatte Abu Salâma alles geregelt. Wer eine Niere spenden wollte, brauchte sich nur an ihn zu wenden, und kurz darauf waren die Formalitäten erledigt. Allerdings war zum Spenden nur einer aus dem Dorf zugelassen worden: Wahdân. Da Abu Salâma nun jedoch fort war, musste Jassîn allein zurechtkommen. Er hatte Doktor Nivîns Adresse recherchiert, dort angerufen und einen Termin für die folgende Woche bekommen – am Samstag um einundzwanzig Uhr.

Jassîn schickte ein Stossgebet zum Himmel und stieg nachmittags um vier in den Mikrobus. Dreieinviertel Stunden später in Kairo angekommen, machte er sich zu Fuss auf in die Innenstadt. Die Praxis in der Scharîfstrasse war brechend voll. Hilflos stand er herum, bis ihn schliesslich der Arzthelfer ansprach. Jassîn nannte ihm seinen Namen und bezahlte mit zitternder Hand hundert Pfund, die er sich vom Bürgermeister geliehen hatte. Dann setzte er sich in den Warteraum und schaute in die Runde. Die Menschen waren ganz grau im Gesicht, mit jeder Faser strahlten sie eine Schwermut aus, dass allmählich auch er ganz trübsinnig wurde. Die Luft war zum Schneiden, er rang nach Atem.

Nach einer Stunde wurde Jassîn unruhig. Auf der Suche nach etwas, womit er sich die Zeit vertreiben konnte, schaute er sich um und entdeckte *al-Ahrâm* auf dem Tisch vor sich. Er zögerte eine Weile und griff schliesslich zu, schielte dabei aber zum Arzthelfer, wie um zu fragen, ob er das überhaupt durfte. Dieser hatte sich hinter seinem winzigen Schreibtisch verschanzt und schenkte ihm keinerlei Beachtung. Jassîn schlug die Sportseite auf. »Zamalek SC bietet 600 000 Dollar für Muhammad Fadl. Ismaily SC fordert stattdessen 600 000 Euro.« Er fragte sich, ob ihn wohl jemand für nur 600 000 Millime nehmen würde. Nein, ausgeschlossen, ihn würde keiner kaufen. Eine eigenartige Meldung, dachte er. Was hatte es mit dem Geschäft auf sich, warum feilschten zwei ägyptische Vereine in Dollar und Euro um einen ägyptischen Spieler? Jassîn fand die Sache höchst seltsam, aber eines wurde ihm dadurch klar: Es wäre am besten, noch bevor er ins Ausland ginge, sich an den Umgang mit fremden Währungen zu gewöhnen. Er könnte beispielsweise das Bildungsministerium ersuchen, die Gehälter künftig in Euro auszuzahlen. In seinem Fall wären das etwa fünfzig Euro. Damit könnte er … Jassîn überlegte, aber ihm kam keine Idee, was er mit diesem »Batzen« Geld hätte anfangen können. Deprimiert faltete er die Zeitung zusammen, dabei fiel sein Blick auf die Titelseite. Die israelische Regierung habe am Vortag beschlossen, las er, sämtlichen hochrangigen Palästinensern das Sonderrecht auf Bewegungsfreiheit zwischen dem Westjordanland und dem Gasastreifen abzuerkennen. Jassîn musste über seine Vermessenheit schmunzeln. Palästinensische Politiker durften sich nicht einmal im eigenen Land frei bewegen, und er war so unverfroren, nach Europa auswandern und wie die Spieler des Ismaily SC Euros verdienen zu wollen. Wie unverschämt von ihm! Aber das würden die Abendländer schon zu unterbinden wissen. Bald würden sie ihn auch von Kairo fernhalten, indem sie um Itâi al-Barûd eine Absperrung zogen, die kein Mikrobus durchbrechen könnte. Womöglich wäre ihm dann auch jeder Schritt aus dem Dorf hinaus untersagt. Eine Anordnung des Weissen Hauses auf weissem Hochglanzpapier, erlassen von einem Mann mit weissem Herzen, mit folgendem Wortlaut: »Jassîn al-Barûdi ist es strengstens verboten, sich mehr als zwanzig Meter von seinem Schlafzimmer zu entfernen.« Erleichtert dankte Jassîn dem lieben Gott, dass wenigstens sein Bad gleich nebenan lag. In dem Moment hörte er den Arzthelfer seinen Namen aufrufen.

Doktor Nivîn Adli ist urologische Chirurgin und Professorin im Kasr-al-Aini-Universitätsklinikum. Vormittags lehrt sie und praktiziert in der Poliklinik, mittags operiert sie, nachmittags kommt sie ihrer Rolle als Mutter nach, und abends sitzt sie an dem antiken Holzschreibtisch mit Perlmutt- und Elfenbeinintarsien, den sie samt der Praxis im Kairoer Zentrum von ihrem Vater geerbt hat. Die vielen von Vater und Onkel an den Wänden hinterlassenen gerahmten Zeugnisse und Fotos reflektieren das Licht: Zeugnisse aus Frankreich, England und den USA und Familienfotos in Schwarzweiss, Doktor Nivîns bevorzugtem Farbton. Das älteste Foto stammt aus den Vierzigern: der Vater im Kreise seiner Kommilitonen an der medizinischen Fakultät. Das jüngste der Sammlung ist vermutlich jenes, auf dem der Vater in Anwesenheit von Präsident Gamâl Abdel Nasser den Staatsorden entgegennimmt, der ihm für seine wissenschaftlichen Verdienste auf dem Gebiet der Urologie verliehen wurde. Im Schutz der Ahnen, deren Geist wachend über ihr schwebt, empfängt Doktor Nivîn bis Mitternacht Patienten. Sie ist fest davon überzeugt, dass Gott sie zur Königin der Heilkunde erkoren hat. Bevor sie heimgeht, verabschiedet sie sich jeden Abend von ihrem Vater. Sanft streicht sie über sein Foto, das in einem Rahmen aus purem Gold auf dem Schreibtisch steht. Zu Hause schaut sie als Erstes nach den Kindern, Sylvia, Michael und Carol, die bereits fest schlafen, wenn sie kommt. Dann schleicht sie auf Zehenspitzen hinaus und geniesst das königliche Mahl bei Kerzenlicht, das ihr Ehemann, Nabîl Scharubîm, bereitet hat.

Doktor Nivîn ist wie eine deutsche Maschine mit japanischem Motor, amerikanischer Software und französischer Verkabelung, also auf dem allerneuesten Stand. Tief im Herzen aber ist sie von unverfälscht ägyptisch-koptischer Prägung, die auf einer jahrtausendealten Geschichte fusst.

Dass sich ein so attraktiver Mann wie Jassîn al-Barûdi in die Praxis verirrt, kommt nur äusserst selten vor. Er müsste zum Film gehen, er sieht Rushdy Abaza[28] zum Verwechseln ähnlich. Keine Ahnung, wann ich ihn zuletzt gesehen habe. Jedenfalls kam er mir heute in den Sinn, kaum dass dieser Jassîn das Sprechzimmer betrat. Ich fasste es nicht, ein armer Schlucker von Bauer und so gutaussehend! Dabei hatte ich immer gedacht, dass Schönheit von der sozialen Schicht abhängig ist. Na ja, da muss ich meine Meinung wohl revidieren. Ich habe den knackigen Kerl zu Doktor Schindi geschickt, damit er ihn untersucht und gegebenenfalls auf die Spenderliste setzt, die im Übrigen täglich länger wird.
28 Ägyptischer Schauspieler (1926–1980).

Ich überlegte, Scharîf Chairat anzurufen und ihm vorzuschlagen,
sich diesen Jassîn einmal näher anzusehen und ihm vielleicht eine
Rolle in einem Film zu geben. Es ist entsetzlich, aber dieser arme
Schlucker heute hat tatsächlich geglaubt, dass ich ihm eine Niere
abkaufen würde, um ihm die Überfahrt nach Europa zu finanzie-
ren. Er wollte einen Handel mit mir abschliessen und einfach nicht
begreifen, dass ich dafür die Falsche bin. Immer wieder hat er von
seinem Freund erzählt, der genau auf diese Art eine Niere gespen-
det haben soll. Er habe eine Operation vornehmen lassen, dann
habe der Schleuser von der Familie des Kranken das Geld für die
Niere bekommen und die Überfahrt organisiert. Im Gehen sagte er
noch, dieser Freund sei ertrunken, am 15. Juli vergangenen Jahres
sei er umgekommen. Eine fürchterliche Geschichte.

Am 15. Juli waren wir mit den Kindern nach Kanada geflo-
gen. Ob es ein Freitag gewesen sei, erkundigte ich mich. Er bejahte.
Endlos viele Fragen schossen mir durch den Kopf. Wie konnte das
Boot kentern? Wer hat das zu verantworten? Warum? Wieso?
Weshalb? Aber die Worte blieben mir im Hals stecken. Alles, was
ich herausbekam, war die Frage nach dem Namen seines Freundes.
Ich notierte ihn und beschloss, ihn am Sonntag am Altar nieder-
zulegen. Herr Jesus Christus, ich bitte um Gnade für ihn und für
uns alle.

Doktor Nivîn hatte ihrer Familie versprochen, zeitig Feierabend zu machen, denn es war der letzte Tag vor der Grossen
Fastenzeit. Sie wollten ins Restaurant Bâscha in Samâlik gehen und deftige Fleischgerichte essen, sich regelrecht einen
Vorrat anlegen, mit dem sie die fünfundfünfzig mageren
Tage überbrücken konnten. Zwar stopften die Kinder bereits seit einer Woche bergeweise Schokolade, Eiscreme und

Pizza in sich hinein, trotzdem war dies ein ganz besonderer Abend. Nabîl und die Kinder trafen zuerst ein und wählten einen Tisch auf der Dachterrasse mit Blick auf das Rundfunkgebäude und das Aussenministerium. Kaum hatten sie sich gesetzt, verkündete Nabîl lautstark: »Ich könnte auf der Stelle den Turm des Aussenministeriums samt Beton, Eisen und seiner ganzen Scheusslichkeit verschlingen. Und damit hätte ich sogar noch ein gutes Werk getan, dann könnte das Ministerium nämlich zurück in den Palast am Tachrîrplatz ziehen, diesen herrlichen Palast der Prinzessin Nimet Allah Hanum[29], Gattin des Prinzen Kamâl al-Dîn Hussain, der wiederum Spross des Sultans Hussain Kâmil war.«

Wie immer verspätete sich Nivîn. Weil die anderen ihre knurrenden Mägen aber möglichst schnell beruhigen wollten, riefen sie sie an, um sie zu fragen, was sie bestellen wolle. Nabîl hatte keine Ahnung, dass seine Frau wegen der Sache mit Wahdân schreckliche Qualen litt.

Kaum betrat Nivîn die Terrasse, fing John Lahûd zu singen an. Es versetzte ihm einen Stich, zu sehen, wie sie ihren Mann auf den Mund küsste, er konnte sie, seine erste Liebe, einfach nicht vergessen. Ihr zu Ehren sang er *Que je t'aime,* jenes Lied von Johnny Hallyday aus dem Jahre 1969, nach dem Nivîn einst so verrückt gewesen war.

Was das Fasten anging, war die Familie gespalten. Die Männer und Sylvia handhabten die Sache eher locker, sie fasteten ausschliesslich am ersten Tag und in der letzten Woche. Und selbst an diesen Tagen genehmigte sich Michael abends immer sein Glas Milch. Diesen Regelverstoss würde

---

29 Jüngste Tochter (1881–1966) des osmanischen Vizekönigs von Ägypten, des Khediven Taufîk Pascha.

ihm der liebe Gott, davon war er fest überzeugt, gewiss nachsehen. Wie sein Vater ging Michael auch nur alle drei Monate zur Messe. Nivîn und Carol dagegen fasteten streng nach Vorschrift. Das Osterfest liebten alle fünf gleichermassen, ebenso den traditionellen Ausflug. Jedes Jahr besuchten sie in der Woche danach Priester Estephanos, den geistigen Vater der Familie, im Sankt-Antonius-Kloster. Er war ein alter Klassenkamerad von Nabîl, und trotz grundlegender Differenzen verband die beiden eine innige Freundschaft. *»Tout passe, tout casse, sauf les copains de classe«,* wie Nabîl immer sagte. Nichts ist beständig, nur Schulfreunde bleiben einem erhalten. Nivîn hatte dem Priester, soweit sie sich erinnern konnte, nie widersprochen, schliesslich war er ihr Beichtvater. Ausserdem schätzte sie seine Weisheit zutiefst. Doch beim Besuch im vergangenen Jahr war sie in einem Punkt anderer Meinung gewesen. Am Thema der Auswanderung nach Kanada hatte sich eine Diskussion entzündet, die ihr nachhaltig in Erinnerung geblieben war.

»Ägypten bietet keine Perspektive, Vater. Ich möchte nicht, dass meine Kinder als Fremde im eigenen Land aufwachsen.«

»Nivîn, reich mir doch bitte das Glas neben dir.«

»Soll ich nachgiessen, Vater? Da ist kaum noch Wasser drin.«

»Dieser Schluck wird den Durst fürs Erste schon löschen, meine Tochter. Wenn du meinst, dass das Glas immer randvoll sein muss, wird ein Glas deinen Durst bald nicht mehr stillen können. Als Nächstes wirst du eine ganze Flasche brauchen, dann einen laufenden Wasserhahn und immer so weiter. Bescheide dich mit dem Wasser im Glas, so wie sich deine Kinder mit ihrem Leben in diesem Land bescheiden müssen. Das Wasser in der ausländischen Flasche dagegen ist so eine Sache, von dem weiss keiner, ob es auch wirklich trinkbar ist. Womöglich sieht die Flasche äusserlich gut aus, doch ihr Inhalt ist vergiftet. Gib dich mit dem Schluck in dem Glas da zufrieden, meine Tochter.«

Nivîn setzte das Glas an die Lippen und trank bedächtig. Ihr war, als trinke sie aus einem grossen, vollen Krug, und schon war ihr Durst so gelöscht wie nie zuvor. Geläutert kehrte sie heim. Sie hatte das Gefühl, sich nicht nur satt getrunken, sondern regelrecht satt geatmet zu haben. Plötzlich war die Beklemmung verschwunden, die ihre stete Angst vor der Zukunft angetrieben hatte. Frieden kehrte in ihr ein, und sie hörte auf, nach der vollen, eisgekühlten Flasche namens Kanada zu schielen. Doch dann, sie waren erst wenige Tage zurück in Kairo, ereignete sich etwas, das sie nie für möglich gehalten hätte.

Was am 25. Mai 2005 um 13 Uhr 05 geschah, veranlasste Doktor Nivîn, auf der Stelle einen Antrag auf Einwanderung nach Kanada zu stellen. An dem Tag ging Laila Scharubîm, Journalistin bei Associated Press, zusammen mit ihrer Cousine Sylvia und ihrer Freundin Suâd Hussain ins Stadtzentrum, um die Ereignisse vor Ort mitzuverfolgen. Die regierende Partei hatte nämlich ein Referendum über die Änderung des Artikels 76 der Verfassung angesetzt.[30] Wie immer bei solchen Anlässen glich Kairo einer

30 Der Artikel betrifft die Präsidentenwahl. Gemäss der Neuregelung sollten zum ersten Mal auch Gegenkandidaten zugelassen werden. Die Reform entpuppte sich jedoch als Farce, denn um zur Wahl zugelassen zu werden, mussten die Kandidaten Auflagen erfüllen, die faktisch nicht zu realisieren waren.

Kaserne. Ausserdem wimmelten die Strassen von Polizisten in Zivil. Willkürlich wurden unbescholtene Bürger kontrolliert, nur weil sie das Pech hatten, im falschen Moment am falschen Ort zu sein. Doch als Laila, Sylvia und Suâd die Abdalchâlik-Tharwat-Strasse entlangliefen, wollte es der Zufall, dass sich dort gerade kein einziger Sicherheitsbeamter aufhielt.

Und da geschah es. Vor einer Zoohandlung, die zu dem Zeitpunkt geschlossen war, fielen wie aus dem Nichts drei Männer über sie her. Das Glied in der Hand, baute sich einer direkt vor Sylvia auf und fixierte sie, während er masturbierte. Der Zweite grapschte Laila stöhnend an die Brust und zog gleichzeitig an dem goldenen Kreuz, das sie um den Hals trug. Der Dritte packte Suâd von hinten, riss ihr Kopftuch herunter und fasste ihr unter das Kleid. Der Erste presste sich an Sylvia, brüllte sie an und betatschte mit der Hand, mit der er eben noch masturbiert hatte, ihr Gesicht. Sie klammerte sich an Laila, schloss die Augen, schaltete ihren iPod ein und liess sich Metallicas Song *St. Anger 'round my neck* in die Ohren dröhnen.

Diesen Tag vergesse ich nie im Leben. Ich machte mir schreckliche Sorgen um Sylvia, dieses kleine, zarte Wesen. Sie war noch keine sechzehn. Ich hatte ja keine Ahnung, dass das solche Dimensionen annehmen könnte. Schlägertypen, bezahlt vom Sicherheitsapparat, mit dem Auftrag, Frauen sexuell zu belästigen und sich an Passanten und Demonstranten zu vergreifen. Das Schlimme ist, dass diese Rowdys absolut skrupellos sind, sie hätten uns sonst was antun können. Nachdem ich mich beruhigt hatte, begriff ich erst, was da eigentlich passiert war. Eine überaus clevere und originelle Idee,

fand ich. Für so viel Kreativität hätten sie vom Kulturministerium
eine Auszeichnung verdient. Sexuelle Übergriffe zur Zerschlagung
von Demonstrationen, wirklich genial! Sie haben aus ihren Erfah-
rungen gelernt. Brandschatzungen hatten in der Vergangenheit nur
zu Aufständen geführt, mochte sich die Regierung gesagt haben.
Also machen wir es diesmal auf die sanfte Tour – Küsse, Stöhnen,
Grapschen, das sind die neuen Methoden, Waffen, mit Vaseline
geschmeidig gemacht. So setzt man heutzutage Verfassungsände-
rungen durch. Und das alles, damit unser Süsser da oben glücklich
ist. Wir gingen nach Hause. Sylvia war in einem Schockzustand,
ja geradezu traumatisiert. Sie konnte nicht weinen, nicht schlafen,
starrte nur leer vor sich hin. Ihre Augen kamen mir vor wie zer-
splittertes Glas. Ich überliess sie Tante Nivîn. Wahrscheinlich hat
sie ihr eine Beruhigungsspritze gegeben.

Gleich am nächsten Tag stellten Nabîl und Nivîn in einem Beratungsbüro für Emigrationsfragen einen Antrag
auf Einwanderung nach Kanada. Unzählige Dokumente
hatten sie noch am Abend des unglückseligen Tages ausge-
graben: Geburtsurkunden, Zeugnisse, die Heiratsurkunde,
Bescheinigungen über Arbeit, Einkommen und Ausbildung. Sämtliche Papiere hatte Nabîl zusammengetragen,
vom ältesten Schriftstück bis zum jüngsten, von behördli-
cher oder halbamtlicher Stelle ausgestellten Wisch. Nur das
Toilettenpapier hatte er an Ort und Stelle hängen lassen,
bot dem Berater aber an, die blaue Rolle bei Bedarf gern
nachzureichen. Doch der Mann war zu beschäftigt, um zu
schmunzeln, stattdessen stellte er die Bedingungen klar. Im
Erfolgsfall seien ihm für seine Bemühungen 4000 kanadische Dollar zu bezahlen, ein Betrag in gleicher Höhe sei

an die kanadische Botschaft zu entrichten. Ausserdem kämen dann weitere Kosten auf sie zu: für den Flug und für etwa zwei Wochen Logis, denn so lange dauere es, bis ihnen die Aufenthaltspapiere ausgehändigt würden. Der Berater nahm den Scheck über die erste Rate seines Honorars entgegen und verliess den prunkvollen Saal, wohl um sich einer anderen Familie im Nebenraum zu widmen. Eine hübsche Frau in schlichter, aber offensichtlich teurer Kleidung kam herein. Sie prüfte mit schnellem Blick die Unterlagen und versicherte, dass ihre Chancen überaus gut stünden, insbesondere weil alle drei Kinder im schulpflichtigen Alter seien und ihre Verwandtschaft in Kanada gut situiert sei. Zweifellos bekämen sie die erforderlichen Punkte zusammen, die nötige Gesamtzahl belaufe sich auf 134 Punkte, wovon jeder Ehepartner mindestens siebenundsechzig beizutragen habe. Allerdings würden ihnen von vornherein aus Altersgründen achtzehn Punkte abgezogen, denn Nabîl habe das einundvierzigste Lebensjahr bereits überschritten. Ausserdem würde er weitere zehn Punkte verlieren, da er kein Jobangebot aus Kanada nachweisen könne. Nabîl fragte sich, wie man denn eines bekommen könnte, das zwei Jahre lang aufrechterhalten würde. Im Grunde aber wollte er sich nicht näher mit den Einzelheiten befassen, schliesslich bezahlte er ja den Berater dafür, dass er kanadischen Regeln entsprechend addierte, subtrahierte und dividierte.

Seit mehreren Jahren komme ich nicht voran, ich mache einen Schritt vor und zwei zurück. Ich habe eine Schwester in Québec, und Nabîl hat eine Schwester in Houston und eine in Ontario. Wir erörtern jetzt schon eine ganze Weile, ob wir in Ägypten eine Zu-

kunft haben. Die Frage ist schmerzhaft, sie fühlt sich an wie ein Messer an der Kehle. Es gibt viele Gründe wegzugehen. Die Gesellschaft wird zusehends islamisiert, was dem Konzept der Gleichheit aller Bürger widerspricht. Wer finanziert diese Islamisierung? Keiner weiss es. Wie hat es der Staat geschafft, in nur dreissig Jahren das Auftreten der Menschen in der Öffentlichkeit dermassen zu verändern? Keiner weiss es. Eigenartigerweise können sich die Leute nicht einmal mehr erinnern, wie sie vor dreissig Jahren gelebt haben. Ich spreche nicht nur vom Kopftuch und vom Nikâb, sondern von den vielen kleinen Dingen. Es gibt Beispiele ohne Ende. Hat EgyptAir früher in ihren Maschinen vor dem Start etwa Koranverse abgespielt? Natürlich nicht! Ich brauche sie nur zu hören, und schon wird mir jedes Mal angst und bange. Musste man vor zwei, drei Jahren etwa seinen Ausweis vorlegen, wenn man im Ramadan ein Bier bestellte, weil das nur Ausländern erlaubt ist? Natürlich nicht! Man hat vergessen, dass es in diesem Land auch Christen gibt! Ich weiss, das sind alles Kleinigkeiten. Aber letzten Endes sind es doch die Kleinigkeiten, die das Leben ausmachen. Inzwischen sind wir schon so weit, dass es rein christliche Schulen gibt. Das Gleiche gilt für Krankenhäuser, manche werden vorwiegend von Christen aufgesucht, andere von Muslimen. Mein Mann hat mich auf eine höchst eigenartige Sache aufmerksam gemacht: Es gibt kaum namhafte christliche Fussballspieler, man kann sie an einer Hand abzählen. Und warum? Weil alle Trainer Muslime sind und christliche Spieler ablehnen. Religiöse Diskriminierung zeigt sich in allen Bereichen. Das hat es vor dreissig Jahren nicht gegeben. Richtig schlimm würde es, wie Nabîl und ich immer sagen, wenn die Muslimbrüder eines Tages die Herrschaft übernähmen und auf die Idee kämen, eine Kopfsteuer für Nichtmuslime einzuführen. Dann würden wir zu Bürgern dritter, wenn nicht gar siebenter Klasse degradiert. Und am Ende hätten wir hier genauso eine hierarchische Gesellschaft wie in den Golfstaaten.

Doktor Nivîn sass am Freitagmorgen im Klub und trank einen Guaven-Milch-Shake. Um sie herum waren alle Tische und Stühle frei. Voll wurde es im Allgemeinen erst unmittelbar vor dem Freitagsgebet, denn viele Mitglieder kamen zum Beten in den Klub. Und anschliessend strömten Massen von Menschen ins Lokal, so dass man unmöglich noch einen Platz ergattern konnte. Doktor Nivîn trank ihr Glas in einem Zug aus und bestellte beim Kellner einen Bananen-Milch-Shake.

Meine Kinder besuchen jetzt internationale Schulen, die dem englischen oder amerikanischen System folgen. Die Zustände vorher waren nicht mehr tragbar, sie bekamen in den Fächern Arabisch und Sozialkunde islamische Texte vorgesetzt. Ich rede nicht von islamischer Geschichte – dass man sich mit ihr auseinandersetzt, ist selbstverständlich. Nein, ich rede von Religion. In rauen Mengen mussten sie elend lange Koranverse lesen, und man durfte nichts dagegen sagen. Die Arabischlehrer gaben mit Vorliebe Aufsätze zu rein islamischen Themen auf. Als andere Lehrer kamen und trotzdem alles beim Alten blieb, war klar, dass das Anordnungen von oben sind. »Warum der Erzengel Gabriel dem Propheten Muhammad im Ramadan erschien« lautete das Thema des letzten Aufsatzes, den Michael schreiben musste und bei dem ich ihm half. Und das im Arabischunterricht! Im Fernsehen sieht es auch nicht besser aus. Die islamischen Programme nehmen überhand, während christliche Sendungen völlig verbannt worden sind. Genau die gleiche Entwicklung wie im Bildungswesen. Das Ganze laut zu hinterfragen ist mittlerweile unmöglich.

Von den Minaretten werden wir derart beschallt, dass uns ständig der Kopf dröhnt. Das geht nicht nur den Christen so, sondern etlichen unserer muslimischen Freunde auch, aber keiner kann sich dem widersetzen. Jussuf Idris, Gott hab ihn selig, hat in den Zeitungen heftig dagegen gewettert. Viele andere genauso, soweit ich weiss auch Achmad Bahâa al-Dîn[31]. Heute jedoch macht ausser ein paar wenigen vom Weg abgekommenen Muslimen keiner mehr den Mund auf.

Meine Tochter hat inzwischen Angst, mit unbedecktem Haar und Kreuz am Hals auf die Strasse zu gehen. Christinnen in der Öffentlichkeit wirken fast schon fremd, geradezu wie Ausländerinnen. Hinzu kommt, dass wir uns im Klub und auf der Strasse allerhand Beleidigungen anhören müssen. Ganz zu schweigen von den Freitagspredigten, in denen über Lautsprecher richtiggehend Hetze betrieben wird. Wo soll das nur enden?

Ja, dann geh doch, mag da so mancher sagen. Aber das ist mein Land. Die Geschichte meiner Vorfahren reicht Tausende von Jahren zurück. Wie soll ich da einfach verschwinden?

Am 15. Juli 2005 sass die Familie am Flughafen und wartete auf die Maschine. Nabîl las Zeitung: Der Grossmufti von Saudi-Arabien, Seine Eminenz Abdalasîs Ibn Abdallah Al al-Scheich, habe die Bombenanschläge in der britischen Hauptstadt, bei denen Dutzende Menschen getötet wurden, in zwei Erklärungen verurteilt. Ebenso verurteile er die Ermordung von Botschafter Ihâb al-Scharîf, Leiter der diplomatischen Vertretung Ägyptens in Bagdad, Anfang dieses Monats. Beide Attentate betrachte er als ein Verbrechen an Unschuldigen. Dies seien Gräueltaten, denen gewaltsam

31 Bekannter ägyptischer Journalist (1927–1996).

und auf verleumderische Weise ein religiöses Gewand über-
gestülpt worden sei. Er betonte, dass Attentate auf Einzel-
personen oder Gruppen, Bombenanschläge, die Zerstörung
von Eigentum und die Verbreitung von Angst und Schrecken Verbrechen gegen die Menschlichkeit seien. Der Islam
trage daran keine Schuld. Nabîl Scharubîm war beruhigt.
Dann war es so weit. 2 Uhr 20, die Maschine der Air France
nach Paris hob ab. Von dort ging es weiter nach Montreal.
Die Familie wollte sich einen Eindruck vom Leben und insbesondere von den Universitäten und Schulen in Kanada
verschaffen.

Eines aber brachten die Zeitungen an jenem Tag nicht,
ebenso wenig an den folgenden Tagen: die Nachricht vom
Untergang eines Bootes im Mittelmeer, auf dem Ägypter
waren, die ebenfalls der Hölle zu entkommen gesucht hatten.

Wenn Nabîl Scharubîm im Leben etwas heilig war, dann
seine Tennistermine. Dreimal die Woche spielte er mit
seiner alten Clique, die sich seit über zwanzig Jahren un-
verändert in der gleichen Konstellation traf. Das hatte für
ihn höchste Priorität. An zweiter Stelle folgte, morgens um
8 Uhr 30 die Apotheke zu öffnen. Das hatte auch schon sein
Vater so gehandhabt, jeden Tag auf die Sekunde zur gleichen Zeit, bis er starb. »Wäre ich nicht schon Apotheker,
dann würde ich mir wünschen, einer zu sein« hatte sein
Motto gelautet. Nabîl liebte seinen Beruf nicht ganz so sehr
wie der Vater. Ihm reichte es, ein guter Geschäftsmann zu
sein, und das war er auch. Die Apotheke war nur wenige
Meter vom Haus entfernt, das er ebenfalls von seinem Vater

geerbt hatte und in dem er mit Frau und Kindern lebte. Er hatte Sylvia, Michael und Carol von klein auf zum Tennisspielen angehalten, beharrlich und mit Nachdruck, bis sie sich zu den Spitzenspielern im Klub entwickelten. Am weitesten aber hatte es Carol gebracht. Dank ihrer angeborenen Disziplin wurde sie eine der besten Tennisspielerinnen ihrer Altersklasse in ganz Ägypten. Da sie extrem viel Zeit aufs Training verwendete, schickte Nabîl sie nicht wie ihre Geschwister auf eine britische, sondern auf eine amerikanische Schule. Er erzählte oft und gern, wie er zum Tennisspielen gekommen war. Bei dieser Gelegenheit gab er auch gleich zum Besten, wie es zu der langen, aber einzigen Tennispause in seinem Leben gekommen war.

»1980 ging ich zum Studium nach Paris. Ich war kaum in der Stadt, da hatte ich mir schon einen Tennisplatz ausgeguckt. Am nächsten Tag ging das Training los. Einmal setzte ich mich ins Café Les Deux Magots am Boulevard Saint-Germain. Ich wollte mir einen Eisbecher und einen Croque-Madame genehmigen. Und siehe da, wem begegne ich? Meinem Schicksal, Frau Nivîn höchstpersönlich. Sie sass da, eine Brille auf der Nase, seriös, in der linken Hand ein Buch. Klein, brünett, kein Gramm Fleisch auf den Knochen, blass im Gesicht, Nase und Mund winzig. Das Kleid war fad, irgendwo zwischen grau und beige, es erinnerte mich an eine triste Schuluniform. Sie trank ein Glas Tee. Warum fühlte ich mich zu ihr hingezogen? Warum habe ich mich verliebt und liebe sie bis heute? Ich weiss es nicht. Ich versuchte, Kontakt aufzunehmen, aber sie hatte um ihren Tisch eine undurchdringliche Mauer gezogen. Dann kam Madeleine hinzu, eine gemeinsame Freundin, und der Funke sprang über. Ich gab das Tennisspielen auf und fing damit erst hier wieder an, sechs Jahre nach unserer Rückkehr aus Paris.«

Bei der Ankunft in Montreal erlebte die Familie gleich eine Überraschung: Sie waren alle viel zu warm angezogen. Es war heiss und schwül, also warfen sie nach und nach die schützenden Panzer ab. Nivîns Schwester Mary hatte für sie Zimmer im Hôtel de Paris reserviert, einem historischen Gebäude aus dem Jahre 1865 unweit der Altstadt und nur wenige Schritte vom herrlichen Parc La Fontaine entfernt. Von der Reise noch völlig erschöpft, unternahmen die Scharubîms am ersten Tag nichts.

Um Mitternacht waren sie am Kairoer Flughafen eingetroffen. Der Abflug hatte sich etwas verzögert, und sie hatten folglich in der Wartehalle herumgesessen und Zeitung gelesen. Dann viereinhalb Stunden Flug nach Paris, dort fünf elend lange Stunden Wartezeit, anschliessend siebeneinhalb Stunden Flug nach Kanada. Eine wahre Tortur! Nivîn hatte etliche Bücher eingesteckt, Nabîl und Carol hatten ihre Playstations mitgenommen, er hatte *Pro Evolution Soccer*, sie *Little Aid* gespielt. Michael hatte vorwiegend geschlafen und nur zum Essen die Augen geöffnet. Die schöne Sylvia hatte in einem fort Liebeslieder gehört, die sie zuvor auf ihren zwanzig Gigabyte fassenden iPod geladen hatte, und von Taimûr, ihrem Liebsten, geträumt.

Am zweiten Tag standen sie früh auf und gingen als Erstes zu Fuss zur McGill-Universität, die unweit des Hotels lag, einer englischsprachigen Hochschule im frankophonen Montreal, gegründet 1821 von dem schottischen Geschäftsmann James McGill. Als die fünf durch das Tor in der alten Mauer den Campus betraten, waren sie überwältigt: lauter Paläste in einem sattgrünen Park. Sie betraten eines der Gebäude und bekamen von einer chinesisch aussehenden Angestellten Informationen über die Einrichtung. Der Etat für die wissenschaftliche Forschung betrage im Jahr 2005/2006 397 Millionen Dollar. Jährlich würden rund hundert Patente angemeldet. Die Studenten kämen aus 140 Ländern, die Universität biete 300 Fächer an. Das Lehrpersonal sei im Weltmassstab von höchstem akademischem Niveau und treibe die Wissenschaft in Kanada aktiv voran. Nach diesen Erläuterungen erkundete die Familie bei einem Spaziergang das Gelände und einige Fakultäten.

Es ist empörend! Die medizinische Fakultät hier ist wirklich schlimm. Wie weit ist es mit uns nur gekommen? Mein Vater hat immer betont, dass das Kasr-al-Aini-Klinikum zu seiner Zeit medizinisch besser dastand als die Universität in England, an der er sein Studium fortsetzte. Ich weiss noch, als ich 1975 das erste Mal nach Frankreich reiste, das Hin- und Rückflugticket kostete ungefähr 140 Pfund. Damals fuhr ich nach Marseille, die Stadt war weitaus heruntergekommener als Alexandria. Danach besuchte ich Italien. Ärmliche Verhältnisse herrschten dort, dagegen ging es uns in Ägypten blendend. Von Griechenland ganz zu schweigen, wo ich 1976 war. Im Vergleich zu denen waren wir geradezu eine Grossmacht. Jetzt hinken wir Griechenland um Jahrzehnte hinterher.

Eines ist wirklich beeindruckend an Kanada: Nicht einen Moment habe ich mich dort als Fremde gefühlt. Auf den Strassen sieht man Menschen aller Hautfarben und Glaubensrichtungen, Menschen in kurzer und in langer Kleidung, mit Kreuz und mit Kopf-

tuch. Keiner stört sich am anderen. In der U-Bahn zum Beispiel,
die brechend voll war, trug ich kurz, aus Rache an den Zuständen
in Ägypten. In Kanada ist aber keiner auf die Idee gekommen, mir
eine Moralpredigt zu halten. Und fehl am Platze habe ich mich
auch nicht gefühlt. Es gibt Ägypter, Inder, Marokkaner, Griechen,
Libanesen, Syrer, Iraker, Hispanos – sie alle sehen uns ähnlich. In
Paris, London oder Rom beispielsweise fühle ich mich als Auslän-
derin, als Schwarze gar behandelt und irgendwie abgelehnt. In
Kanada dagegen nicht, dort gibt es Menschen in allen Schattie-
rungen.

Anfang August flogen die Scharubîms heim, beseelt von
dem, was sie in Kanada erlebt hatten. Gleich im Anschluss
fuhren sie für zwei Wochen in ihr Haus im neuen Diplo-
matendorf an der Nordküste. Braungebrannt und erholt
kehrten sie zum Beginn des Schuljahres in den Kairoer Alltag zurück. Ans Auswandern dachte keiner mehr. Die Be-
arbeitung des Antrags bei der kanadischen Botschaft würde
ohnehin ihre Zeit dauern, mitunter bis zu drei Jahre. Nivîn
kam allmählich zu dem Schluss, dass Priester Estephanos
recht gehabt hatte. Die Heimat zu verlassen war unsinnig.
Aber sie stimmte auch Nabîl zu, der von Anfang an der
Meinung gewesen war, dass sie auf jeden Fall den Antrag
auf Einwanderung nach Kanada stellen sollten, um im
Katastrophenfall flüchten zu können. Bliebe die Katastrophe jedoch aus, dann läge es näher, im Land zu bleiben.

Hussain Jusri war der Erste aus der Tennisclique, der einen
Fluchtplan erstellt hatte, um im Notfall gewappnet zu sein. Das
war 1988, nachdem sich Mubârak die Herrschaft zum zweiten

Mal gesichert hatte, obwohl ihm laut eigener Aussage bei Über-
nahme der Präsidentschaft 1981 eine Amtsperiode völlig reichte.
Wie dem auch sei, jedenfalls überraschte uns Hussain mit einer
unerwarteten Neuigkeit. Er habe einen Antrag auf Einwanderung nach Neuseeland eingereicht, platzte er heraus. »Ich ziehe
auf die Insel der Träume«, verkündete er theatralisch, »ins Land
der Freude und des Glücks, und euch lasse ich hier im Land der
Mühsal und der Plagen zurück.«

Die Sache mit den Papieren zog sich lange hin. Wir rechneten
mit ihm die Punkte zusammen, die er für Ausbildung, Alter, Beruf und Kinder bekommen würde. Es war schon komisch, plötzlich
fühlten wir uns um Jahre zurückversetzt. Wie die Schulkinder
zählten wir Punkte, die so schwierig zu ergattern waren, dass man
hätte meinen können, die Lehrer schnitten sie sich aus dem eigenen
Fleisch. Zu guter Letzt kam Hussain auf mehr Punkte als nötig und erhielt den Einwanderungsbescheid. Daraufhin musste er
nach Neuseeland fliegen, um allerlei Behördengänge zu erledigen.
Eine Reise ans Ende der Welt, achtundzwanzig Stunden Flug. Zuerst ging es nach Wellington, dann weiter nach Christchurch. Er
wusste selbst nicht, warum er sich für diese Stadt entschieden hatte.
Drei Wochen später war er wieder zurück. »Alles klar, Leute«,
berichtete er. »Dort gibt's massig Fleisch, für Nahrung ist gesorgt.
In Neuseeland leben ungefähr vierzig Millionen Schafe und sonstiges Viehzeug und nur drei Millionen Menschen. Das heisst, die
könnten wir alle ins Schubrâ-Viertel quetschen, und dann machen
wir uns über die Schafe her, bis wir sie alle verputzt haben. Das
Schlimme ist, dass ich jedes Jahr dorthin muss. Wie ein Beamter
hat man seine Anwesenheit per Stempel nachzuweisen.«

Natürlich wollte er nicht auswandern, es sei denn, es passierte
eine Katastrophe, die Muslimbrüder ergriffen die Macht, eine

Hungerrevolte bräche aus oder wir würden erneut von Saudi-Ara-
bien besetzt. Eine richtige Katastrophe also. Und siehe da, bis heute
lungert er im Klub mit seinem neuseeländischen Pass herum. Klar,
dass wir ihn mit dieser Geschichte viele Jahre aufgezogen haben.
»A plan B is a must for us«, *sagte er dann jedes Mal.*

Unsere eigene Dummheit erkannten wir erst zehn Jahre später.
Magîd Kyrollas war der Zweite, er beschaffte sich die amerikani-
sche Staatsbürgerschaft. Jûnis Fâdil heiratete eine Marokkanerin
mit französischer Nationalität, wurde eingebürgert und erfreut sich
nun eines weinroten Reisedokuments. George Michaîl hat auch die
Einwanderung nach Neuseeland beantragt und den Pass ebenfalls
bekommen. Die Sache mit Talaat Dhihni aber ist ganz anders
gelagert. Ich habe keine Ahnung, in welchen Schwierigkeiten er
jetzt wieder steckt. Einer nach dem anderen ... Mittlerweile hat
jeder aus der Clique eine zweite Staatsbürgerschaft. Ein Fuss hier
im Land und einer auf dem Flughafen, und bei der ersten Bombe
machen sich alle aus dem Staub, nur ich habe es verpasst und gucke
jetzt dumm aus der Wäsche. Keine Ahnung, warum, vielleicht aus
Trägheit, aus Enttäuschung oder weil ich gern ein Risiko eingehe.
Doch nun sind wir an dem Punkt angelangt, an dem mir nichts
anderes übrigbleibt, als den Einwanderungsantrag in die Wege zu
leiten. Aber nur als Plan B.

»Hallo, Taimûr, wie geht es dir?«

»Bist du wahnsinnig, Sylvia? Mitten in der Nacht, es ist
zwei Uhr! Wie willst du morgen in die Schule kommen?
Ich habe dir tausendmal gesagt, dass du früh ins Bett gehen
sollst.«

»Und warum hast du dann das Handy an?«

»Ich habe auf deinen Anruf gewartet.«

231

»Ist ja grossartig! Ich konnte nicht schlafen, also habe ich mir gedacht, ich rufe dich an.«

»Ich habe völlig vergessen, dir zu sagen, dass ich morgen nach der Schule ein Squashturnier in al-Maâdi habe. Es fängt um sechs an. Kommst du?«

»Und was soll ich erzählen, was ich in al-Maâdi will? Ausserdem ist morgen Dienstag. Da bringt mich der Chauffeur Michael zum Nachhilfeunterricht in die Sûrijastrasse.«

»Ich liebe dich.«

»Mann, bist du mutig! Du scheinst ja wirklich schon zu schlafen.«

»Und du? Du sagst mir doch hundertmal am Tag, dass du mich liebst!«

»Ja, ich bin ja auch die Verrückte und du der Vernünftige.«

»Selbst die Vernunft in Person darf um zwei Uhr morgens mal überschnappen. Aber verlass dich nicht drauf, dass das zur Regel wird.«

Taimûr war, seit er das Licht der Welt erblickte, ein ruhiger, freundlicher, pflegeleichter Junge. Er schlief zu regelmässigen Zeiten und ausgiebig, so dass die Eltern sich schon fragten, warum andere Leute so oft über ihre Kinder klagten. Vom ersten Schultag an war er Klassenbester gewesen. Diese Position verteidigte er bis zur neunten Klasse, als sein Vater das Flugzeug nach Doha bestieg, um den katarischen Wohlstand zu mehren. Doch er fing sich bald wieder, und nun, auf der Oberstufe am englischen Gymnasium, erzielte er in allen Fächern beste Ergebnisse.

Mit Beginn des letzten Schuljahres hatte Taimûr einen Entschluss gefasst. Nach mehreren Jahren heimlicher Liebe wollte er endlich Sylvia seine Gefühle gestehen. Doch sie kam ihm zuvor. Von Anfang an stellte Taimûr aber strenge Regeln auf. Jeden von Sylvias Versuchen, aus dem engen Rahmen von Sitte und Anstand auszubrechen und ihn zu einem spontanen Abenteuer zu bewegen, blockte er ab, so auch den Kuss eines Abends im Klub. Das stehe ihnen noch nicht zu, erklärte er liebevoll. Sie erwiderte, man solle seine Bedürfnisse nicht aufschieben. Taimûr aber liess sich nicht umstimmen, schliesslich war er ein durch und durch disziplinierter junger Mann. Die Grenze zwischen Richtig und Falsch, gezogen anhand der Anweisungen der Eltern und Lehrer, überschritt er nie, ausser in einem Fall: seiner Liebe zu Sylvia.

Jeden Morgen und Abend fragte sich Taimûr, ob er lieben durfte. Wenn sein Herz dies bejahte, meldete sich sofort die nächste Frage: Durfte er eine Christin lieben? Das bereitete ihm Kopfzerbrechen und schlaflose Nächte, insbesondere weil er sich damit auf keinen Fall an seine Mutter wenden wollte. Er litt schrecklich unter der Abwesenheit des Vaters, jetzt hätte er ihn dringender gebraucht als je zuvor. Immer wieder nahm er sich vor, das Thema bei ihren täglichen *Skype*-Sitzungen anzusprechen. Doch der Bildschirm zwischen ihnen belegte ihm Herz und Zunge mit Eis, so dass er einfach nicht unbefangen reden konnte.

Taimûr ist ohne Übertreibung der coolste Typ auf der Welt. Nett, gutaussehend, klug, sportlich, er hat einen tollen Körper und superschöne Haare. Ausserdem kriegt er in allen Fächern immer Einsen mit Sternchen. Meine Freundin Nada steht auf Logan Huntzberger aus der Serie Gilmore Girls, *den Kerl, in den sich Rory Gilmore* verliebt hatte. Nada findet, dass er der geilste Typ überhaupt ist. »Blonde Haare, schwarze Augen, einfach mega!«, hat sie gestern geschwärmt. »Taimûr kann da nicht mithalten. Logan ist halt everything you could ever want in a guy.« – »Ich fahr auch total auf die Serie ab«, sagte ich, »trotzdem finde ich Taimûr hunderttausendmal schöner.« Daraufhin haben wir uns in die Haare gekriegt. »Du bist ja völlig blind«, sagte sie. »Und du bist blöd«, konterte ich. Und auf einmal mussten wir laut loslachen. Aber als sie mich fragte, ob ich zum Islam übertreten würde, um Taimûr zu heiraten, kippte die Stimmung. Nada erzählte mir, dass ihre und seine Mutter in dieselbe Religionsstunde gingen. »Wenn sie wüsste, dass er mit einer Christin zusammen ist, würde sie ihn umbringen.«

Ich weiss echt nicht, was ich machen soll. Muslimin werden kann ich nicht, so viel steht fest. Und einen Christen herbeizaubern, den ich liebe ... wie soll das gehen? Liebe funktioniert doch nicht auf Knopfdruck. In meiner Klasse und im Klub sind die meisten Jungen Muslime. Und die, die in die Sonntagsschule gehen und auf die Pfadfinderausflüge mitkommen, sind blöd. Vielleicht sind sie auch nicht blöd, egal. Ich liebe Taimûr und sonst niemanden, was für ein Schlamassel! Ich weiss nicht, was ich tun soll. Aber Liebe ist mächtiger als jeder Schlamassel und sowieso das Wichtigste auf der Welt.

Die Liebe war Sylvia wichtiger als der gesellschaftliche Druck und der zu erwartende Tobsuchtsanfall ihrer Eltern. Also überredete sie Michael, bei seinem Klassenkameraden Hussain im Auto zum Chemieunterricht im Nachhilfezentrum mitzufahren. Auf diese Weise hatte sie den Wagen samt Chauffeur zu ihrer Verfügung, denn sie wollte sich

Taimûrs Squashturnier anschauen, immerhin spielte er gegen einen ehemaligen Juniorenweltmeister. Ausserdem hatte er ihr deutlich zu verstehen gegeben, wie wichtig ihm ihre Anwesenheit war, was angesichts seiner zurückhaltenden Art Seltenheitswert hatte. Sylvia ging in ihr Zimmer und schloss sich ein. Nachdem sie sich wiederholt vergewissert hatte, dass die Tür auch wirklich zu war, riss sie den Kleiderschrank auf und zog den scharlachroten Trainingsanzug heraus, den sie sechs Monate zuvor in Montreal gekauft hatte. Die Worte der indischen Verkäuferin klangen ihr noch im Ohr, als diese ihr die Tüte reichte: »Mit diesem Trainingsanzug kannst du auf ein Hochzeitsfest gehen, und du bist die Schönste!« Sylvia überlegte es sich trotzdem anders. Die Jeans aus Florenz mit den Perlenkettchen passte vielleicht doch besser und dazu das T-Shirt von Mango, das sie von ihren Freundinnen zum Geburtstag bekommen hatte. Aber auch dieses Outfit verwarf sie bei einem kritischen Blick in den Spiegel. Eine halbe Stunde später war der Schrank leer, und auf dem Boden lag ein bunter Teppich aus verstreuter Kleidung. Sylvia schaute auf die Uhr. Hastig schlüpfte sie dann in den scharlachroten Trainingsanzug und trug Lipgloss auf. In der Hektik konnte sie sich nicht entscheiden, mit welchem Parfum sie Taimûr bei einer unauffälligen Annäherung betören wollte, also nahm sie gleich mehrere Fläschchen mit. Fehlte nur noch die Tasche. Da ihr aus ihrem beachtlichen Sortiment aber keine so richtig geeignet schien, beschloss sie kurzerhand, auf dem Weg nach al-Maâdi eine zu kaufen. In Gedanken schon auf dem Weg in die Apotheke, um sich vom Vater hundert Pfund zu leihen, stürmte sie aus dem Zimmer, vorbei an den Geschwistern, die vorm Fernseher sassen, und hinaus aus der Wohnung.

Gestört von dem Gepolter, nahm Michael den Fuss vom Tisch und drehte sich nach Sylvia um, bekam aber nur noch ihre Hand zu sehen, die von draussen schnell die Haustür zuzog. Er schaltete den Ton ab – die Fernbedienung fest im Griff, wie immer, wenn er im Wohnzimmer sass – und sah Carol entrüstet an. »Ich werde es Mama sagen. Die bekloppte Kuh glaubt wohl, dass keiner was mitbekommt.«

»Wenn du petzt, bringe ich dich um.«

»Was Sylvia da macht, ist falsch, falsch und noch mal falsch! Und das weiss sie ganz genau.«

»Und weil sie es weiss, wirst du sie gefälligst in Ruhe lassen. Sie kriegt das schon selbst klar.«

»Zumindest müssen wir ihr sagen, dass wir es wissen. Sie ist einfach zu blöd, der ganze Klub weiss ja Bescheid.«

»Tu mir den Gefallen, Michael, und lass sie in Ruhe! Sie regelt ihren Kram schon selbst.«

Um 18 Uhr 30 hielt der Wagen vor dem Klub in al-Maâdi, die Dämmerung war bereits hereingebrochen. Sylvia sprang aus dem Auto, sie war bereits eine halbe Stunde zu spät. Der Chauffeur rief ihr noch schnell hinterher, dass er tanken und einen Ölwechsel vornehmen lassen wolle. In einer Stunde sei er zurück und würde hier auf sie warten. Sylvia ging zum Tor, doch der Wächter hielt sie an und fragte sie nach ihrem Mitgliedsausweis. Sie erläuterte ihm den Grund ihres Besuchs, ohne jedoch zu erwähnen, dass ihr Herz für einen der Spieler schlug. Als er ihr den Zutritt verweigerte, erkundigte sie sich, ob sie eine Eintrittskarte kaufen könnte, merkte im gleichen Moment aber, dass sie ihre neue Handtasche samt Parfumfläschchen im Auto hatte liegenlassen. Sie schaute nach dem Wagen, doch er war bereits weg. Also überlegte sie, sich von jemandem ein Handy zu leihen und den Chauffeur anzurufen, doch die Telefonnummer wollte und wollte ihr nicht einfallen. Dabei rief sie den Fahrer doch mindestens zwanzigmal am Tag an! Blieb nur eine Möglichkeit: einen anderen Eingang zu finden. Sie ging die Mauer entlang und fand sich keine zwei Minuten später in einer völlig anderen Welt wieder. Gerade eben hatte auf dem Platz vor dem Eingang noch ein buntes Treiben geherrscht, Menschen, Autos, Lärm. Hier dagegen Totenstille. Eine innere Unruhe befiel sie. Und just tauchten wie aus dem Nichts drei junge Männer auf. Einer kniff sie gleich in den Po. Sylvia schrie, und kurz darauf hielt ein Polizeiwagen an und nahm sie alle mit auf die Wache.

Würde ein Engel vom Himmel steigen und mich fragen, was mein schrecklichster Albtraum sei oder das Schlimmste, das mir widerfahren könnte, würde meine Phantasie nicht so weit reichen. Eine derartige Katastrophe würde mir nie und nimmer in den Sinn kommen. Im Volksmund spricht man doch von dem Grashalm, der dem Kamel das Rückgrat bricht. Mein Leben lang habe ich mich gefragt, was es damit auf sich hat, jetzt weiss ich es: Ich bin das Kamel, und diese unerhörte Liebe ist der Grashalm. Sylvia hat mir das Rückgrat gebrochen. Heute habe ich zum ersten Mal in der Praxis abgesagt. Auf dem Weg zur Wache hatte mir Michael unentwegt in den Ohren gelegen: »Sylvia ist mit einem Muslim aus ihrer Klasse zusammen. Wahrscheinlich hat man sie deshalb aufs Revier gebracht.« Ich rief den Pascha an, aber der spielte

natürlich wieder einmal Tennis und hatte das Handy abgestellt.
Da hätte die Welt untergehen können, Hauptsache, er hat seinen
Spass und verliert das Match nicht! Noch eine Minute länger in
diesem Land, und ich krepiere. Als vor einer Woche dieser Bauer
zu mir in die Praxis kam und von dem gekenterten Boot und den
Ertrunkenen berichtete, konnte ich nicht glauben, dass Menschen
sich selbst so etwas antun, ich hielt sie für verrückt. Na ja, die
Feudalherrenmanier meiner Mutter überkommt auch mich hin
und wieder. Nun aber bin ich so weit, dass ich mit Sylvia ein
Boot besteigen und den Tod in Kauf nehmen würde, nur um sie in
Sicherheit zu bringen.

Dienstag, 28. Februar 2006. Nachdem sie von der Polizeiwache zurückgekommen war, markierte sich Nivîn dieses
Datum im Kalender als den Tag, an dem sie endgültig
beschlossen hatte, Ägypten zu verlassen und nach Kanada
auszuwandern. Sie legte den Stift auf das Kopfkissen ihres
Mannes, der noch immer nicht heimgekehrt war, und griff
nach dem Telefon, um zusammen mit der Verwandtschaft
in Übersee eine Lösung zu finden. Sylvia sollte ihrer Ansicht
nach unverzüglich das Land verlassen und ihre Prüfungen
in Kanada ablegen. Wie von Sinnen legte Nivîn sich ins
Zeug, um Sylvia aus der Katastrophe zu retten, die über
die ganze Familie hereingebrochen war. Als Nabîl nichtsah-
nend heimkam, fuhr Nivîn ihn sogleich an und übergoss
ihn mit den Lavaströmen ihrer Wut. Er aber erklärte ruhig,
das sei völlig normal, Sylvia sei in der Pubertät und würde
sich noch viele Male verlieben. Das Herz einer Jugendlichen gleiche einer Artischocke, jeden Tag spriesse ein neues
Blatt.

Nabîls Gelassenheit machte sie noch rasender, und es kam zu Handgreiflichkeiten, Geschrei und Tränen. Im Wohnzimmer sassen Michael und Carol stumm und reglos da wie zwei Wachsfiguren und vergingen fast vor Angst. Carol versuchte vergeblich aufzustehen, um ihre geliebte Schwester zu trösten. In ihrer Ohnmacht gefangen, sah sie, wie Sylvia plötzlich aus ihrem Zimmer trat, zu ihr herüberkam und sich neben sie in den Sessel zwängte. Sie war in einem Schockzustand, sie hatte den 25. Mai 2005, als sie von den jungen Männern bedrängt worden war, erneut durchlebt und war paralysiert wie eine Gazelle, die von einer Hyäne angegriffen wird.

Die Angst, die ihrer Tochter ins Gesicht geschrieben stand, bemerkte Nivîn nicht.

Michael sah sie an und sprach mit den Augen zu ihr: ›Sylvia, ich weiss, ich bin ein Idiot, alle sagen das. Ich pauke wie blöd und komme trotzdem nur mit Hängen und Würgen durch. In der Schule bin ich Klassenletzter. Ich muss nur noch iahen, sagt unser Lehrer Abdalrassûl, und dann werde ich offiziell als Esel zugelassen. Aber heute habe ich es zum ersten Mal selbst erkannt: Ich bin wirklich ein Idiot. Carol hat mich gewarnt, ich soll Mama nichts verraten, hat sie gesagt. Aber ich bin umgekippt und ausgelaufen wie ein Eimer. Ich habe ihr von Taimûr erzählt. Ich hatte eben Angst um dich, als die Polizei hier anrief, ich dachte, sie hätten dich wegen dieser Sache festgenommen. Seit du zurück bist, Sylvia, ist meine Stimme weg. Du willst mich nicht ansehen und auch nicht mit mir reden. Ich möchte dir bloss sagen, dass ich Angst um dich hatte, aber ich kann nicht sprechen.‹

Es war eine einschneidende Nacht im Leben der Familie. Nachdem Nabîl und Nivîn ihren Streit beigelegt und sich wieder beruhigt hatten, fassten sie diverse Beschlüsse. Sylvia würde ihre Abschlussprüfungen in Ägypten absolvieren und danach unverzüglich das Studium in Kanada oder den USA aufnehmen. Bis zum Abflug stünde sie rund um die Uhr unter direkter Aufsicht eines der beiden Elternteile. Sylvia würde jeden Tag – und sei es nur für eine Viertelstunde – in die Kirche gehen, damit ihr Herz sich dem Glauben öffnete. Ausserdem beraumten sie für den darauffolgenden Freitag einen Familienbesuch bei Priester Estephanos an, um die Beichte abzulegen, Vergebung zu erbitten und von ihm ins Gebet eingeschlossen zu werden, auf dass sich Gottes Wille in ihren Taten niederschlage, sie für sich und Sylvia die richtigen Entscheidungen träfen und ihre Tochter auf den rechten Pfad gelenkt würde.

In der Nacht tat die ganze Familie kein Auge zu. Nabîl rief zig Freunde in den USA und in Kanada an, um Informationen über die Universitäten einzuholen. Plötzlich kam ihm sein Freund Talaat Dhihni in den Sinn, der seit über sechs Jahren in den USA lebte und sich durch eine besondere Eigenschaft auszeichnete: Er wusste mit all den Minuten und Stunden, die Gott ihm täglich schenkte, nichts anzufangen. Am liebsten hätte er sie angespart, um sie später, wenn er wieder in Ägypten wäre, zur Verfügung zu haben. Nabîl erinnerte sich, dass er Talaats Frau und Kinder einige Tage zuvor im Klub getroffen und sich seine Telefonnummer in Amerika notiert hatte.

Talaat Dhihni, eine grossartige Idee!

*T*alaat ist ein wunderbarer Kerl. Ausserdem hat er massig Zeit, denn er geht keiner geregelten Arbeit nach. Viel entscheidender aber ist die Tatsache, dass er die reinste Kontaktmaschine ist, er kennt alle Welt. In den sechs Jahren, in denen er jetzt in Amerika lebt, hat er schon fast alle 300 Millionen Einwohner kennengelernt. Und früher stand er mit allen siebzig Millionen Ägyptern auf Du und Du. Offensichtlich aber war das hier erst die Aufwärmphase gewesen, um sich anschliessend an die Amerikaner heranzumachen. Bleibt nur zu hoffen, dass er nicht noch auf die Idee kommt, sich die Chinesen zu erobern. Talaat ist sagenhaft, was soziale Beziehungen angeht. Meine Schwester in Houston zum Beispiel wäre völlig überfordert, sie schuftet von früh bis spät, und nachts schläft sie, die Arme! Talaat ist da anders. Mich würde nicht wundern, wenn die Präsidentin der Harvard-Universität seine intime Freundin wäre. Er brauchte sie nur anzurufen und zu sagen: »Bitte, lass Sylvia zum Studium zu.« Und Drew Faust würde erwidern: »Dein Wunsch ist mir Befehl, liebster Talaat.« Anschliessend würde er einen milliardenschweren Kopten mit amerikanischem Pass auftreiben, der gut aussieht, sich unsterblich in Sylvia verliebt und sie vom Fleck weg heiratet. Talaat wird's richten!

Nivîn und ich stellten uns schlafend. Bis heute wachen wir bei völliger Dunkelheit, und das nur dir zuliebe, Sylvia, Schatz.

Talaat Dhihni

Was für eine Überraschung! Ich war mit einer Neuen zugange, einer Chinesin, an deren Namen ich mich schon nicht mehr erinnere. Jedenfalls war sie gerade dabei, ihren BH auszuziehen, um zu Umm Kulthûms Lied Du, mein Ein und Alles *zu tanzen, als mein Handy klingelte. »Nabîl Scharubîm, nicht zu fassen!«, schrie ich ins Telefon, das Mädel muss mich für verrückt gehalten haben. »Ich habe hier eine geile Schnitte, die dir gefallen würde«, erzählte ich ihm. Aber er war überhaupt nicht zum Scherzen aufgelegt, er blieb so ernst, als stünde ein Polizist neben ihm. Und da erst begriff ich, dass die Lage kritisch war.*

Dass Sylvia sich in einen Muslim verguckt hatte, fand ich nicht weiter schlimm. Mich erschütterte vielmehr, dass sie überhaupt schon verknallt war. Als ich aus Ägypten wegging, war sie gerade einmal zehn Jahre alt und sah aus wie sieben, ein echtes Babygesicht. Ich erinnere mich noch genau an den Tag ihrer Geburt, es kommt mir vor, als wäre es gestern gewesen. Am 1. Februar war das. Ich muss ein Geschenk mitbringen, hatte ich gedacht und bei grimmiger Kälte die Geschäfte in Samâlik abgeklappert. Mann, habe ich geschlottert! Am Ende kaufte ich einen richtig edlen Wintermantel für die Kleine. Alle machten sich lustig über mich, denn er war viel zu gross. »Da muss sie erst noch reinwachsen«, hatte Nabîl kommentiert. »Das dauert wohl noch ein paar Jährchen, zur Hochzeit wird er ihr dann passen.« Ich glaube es nicht, die paar Jährchen sollen schon verflogen sein? So verdammt schnell? Das kleine Würmchen ist verliebt? Du meine Güte, das heisst ja, dass auch ich nicht mehr der Jüngste bin.

Talaat trat vor den Spiegel und besah sich kritisch. Die Fältchen unter den Augen, die weissen Haare, die nun endgültig die Herrschaft übernommen hatten – nicht zu fassen, wie der körperliche Verfall voranschritt! Talaat hatte nie auch nur einen Gedanken daran verschwendet, in die Jahre zu kommen. Trotzdem war das Alter so unverfroren, bei ihm anzuklopfen, und das, obwohl er eisern Sport trieb. Täglich zwei Stunden Tennis und zwei Stunden Training im Fitnessstudio mit anschliessendem Saunagang. Aber nein, das Alter hatte nicht nur an seine Tür geklopft, viel schlimmer! Heimtückisch war es bei ihm eingefallen, hatte sich breitgemacht und es sich bequem eingerichtet. Talaat hatte zwar noch keine fünfzig Jahre auf dem Buckel, trotzdem verschwieg er die konkrete Zahl beharrlich. »Ich bin immer noch in Bestform!«, brüllte er sein Spiegelbild an und erblickte die Chinesin. Sie lag auf dem Sofa, das ein Drittel des Wohnzimmers einnahm, nippte an einem Glas Whisky und verfolgte gebannt einen auf stumm geschalteten Porno auf dem 60-Zoll-LCD-Bildschirm, der das zweite Drittel des Raums einnahm. Im verbleibenden Drittel stand ein grosser rechteckiger Esstisch. Talaat hatte jegliches Interesse an der Chinesin verloren. »Verfluchtes Leben in der Fremde!«, schimpfte er. Er bezahlte ihr zwanzig Dinar und bat sie zu gehen. Sie stand auf, zog sich an, drückte ihm einen Kuss auf die Halbglatze und verschwand. Er schaltete den DVD-Player aus und seinen iPod an. Halbnackt und sichtlich betrunken, lauschte er Muhammad Abdalwahhâbs[32] Gesang:

Heimat, o liebe, grosse Heimat,
Tag um Tag herrlicher,
erlebst du Triumph um Triumph.

32 Ägyptischer Sänger und Komponist (1902–1991).

Obwohl Nabîl ein enger Freund war, hatte ihm Talaat Dhihni nicht verraten, dass er vor wenigen Wochen von den USA nach Kuwait gezogen war. Er wollte Familie und Freunde erst in Kenntnis setzen, wenn er sicher war, dass es die richtige Entscheidung war und er dortbleiben könnte. Kuwait hatte ihn nie gereizt, nicht für einen Urlaub, geschweige denn zum Leben. Aber sein irakischer Freund Schaukat Thâir hatte so lange auf ihn eingeredet, bis er schliesslich den Atlantik überquerte.

Schaukat hatte eine Weile in Ägypten gelebt und dort in der Faisal Islamic Bank gearbeitet, in der auch Talaat tätig gewesen war. Täglich hatten sie im selben Büro neun Stunden einander gegenübergesessen, sich angefreundet und abends Frauen und Haschisch geteilt. Irgendwann war Schaukat in den Irak zurückgekehrt, kurz darauf aber vor Saddams Wahnsinn geflohen. Er hatte politisches Asyl in Holland bekommen, dort rund fünfzehn Jahre im Bankwesen gearbeitet und mit erheblichen Anstrengungen schliesslich die niederländische Staatsangehörigkeit ergattert. Dank seiner Arabischkenntnisse war ihm eines Tages grosses Glück zuteilgeworden: Man bot ihm die Leitung einer Bank in Kuwait an.

Er und Talaat hatten in all den Jahren immer Kontakt gehalten. Schaukat wusste um Talaats Situation in den USA und sah daher in ihm den perfekten Mann für sein Vorhaben. Er plante, zusammen mit einem Kuwaiter eine Firma zu gründen. Da er aber als Direktor der Bank, die diese Firma finanzieren sollte, offiziell nicht als Teilhaber in Erscheinung treten durfte, sollte Talaat diese Rolle pro forma übernehmen. Über einen Monat lang bestürmte er seinen Freund in Amerika mit Anrufen, bis dieser am Ende widerstrebend einwilligte und seinen Namen für die Papiere hergab.

Mit offenen Armen empfing ich ihn am Flughafen. Er sah trist aus, genauso wie bei unserer letzten Begegnung in den USA ein Jahr zuvor. Zwei wulstige Sorgenfalten verunstalteten seine Stirn. Er litt unter Einsamkeit und Depressionen. Ich kenne sonst niemanden, der sein Land so abgöttisch liebt. Wir alle sind mit Freude und Erleichterung in die Welt gezogen, nicht aber Talaat. Seit er Ägypten verlassen hat, ist sein ganzes Tun und Handeln auf die Rückkehr ausgerichtet. Den berühmten Spruch »Wer einmal vom Nilwasser gekostet hat, kommt davon nicht mehr los« habe ich früher für reinen Chauvinismus gehalten. Doch dann sah ich es mit eigenen Augen: Talaats Durst ist durch kein anderes Wasser zu stillen. Deshalb hat der Ärmste nun immerzu Durst. Also surft er stundenlang im Internet, damit ihm nicht die geringste Neuigkeit aus Kairo entgeht. Als ich ihn in der Faisal Islamic Bank kennenlernte, hätte ich nie gedacht, dass er so sentimental ist. Gestern war er bei mir zum Essen eingeladen. Im Laufe des Abends bekam er einen Anruf von einem Freund aus Kairo, der ihm erzählte, dass ein Autounfall am Tag zuvor die gesamte Abbâs-al-Akkâd-Strasse für mehrere Stunden lahmgelegt hatte. Danach war er völlig aufgelöst, er verstand nicht, wie ihm diese Nachricht hatte entgehen können. Talaat will das Gefühl haben, nie aus Kairo weggegangen zu sein. Stell dir nur vor, wie schlimm es für ihn sein muss, nicht zurückzukönnen. Seit über sechs Jahren hat er Ägypten nicht mehr betreten, der Arme.

Ich bin sehr froh, ihn in Kuwait zu haben, ich mag ihn nämlich wirklich gern. In einem arabischen Land zu leben wird ihm

*bestimmt guttun, auch wenn ihm die Entscheidung überaus schwer-
gefallen ist.*

*In Amerika habe ich es nicht mehr ausgehalten, deshalb bin ich
nach Kuwait gekommen. Als ich* Egypt *verliess, ging ich davon
aus, dass ich höchstens* three months *im Ausland bleiben und
dann zurückkehren würde. Amerika war für mich nie ein Zuhause, deshalb verrichtete ich meine Gebete in der Kurzform. Das
erlaubt mir die Religion, solange ich auf Reisen bin. Ich muss sagen, dass das Leben in* the United States *unheimlich teuer ist.
Anfangs wohnte ich in Manhattan, weil sich dort ein französisches*
lycée *befindet. Ein solches besuchen meine Kinder auch in Kairo.
Geplant war, dass sie in New York zur Schule gehen und wir
dann im Sommer alle zusammen zurückkehren. Sie flogen nach
Hause, ich aber blieb in der Verbannung. Das Leben in Manhattan war sündhaft teuer. Meine unmöblierte Dreizimmerwoh-
nung kostete 5000 Dollar* per month. *Die Schränke musste ich
im* living room *aufstellen. Das reinste Loch war das! Aber so
viel kostet das in Manhattan eben. Ich hätte natürlich wegzie-
hen können, aber die Tunnel am Morgen, einfach eine Zumutung!
Die Kinder hätten dann zweieinhalb Stunden für den Schulweg
gebraucht. Man hätte ihnen einen Chauffeur für fünf Uhr früh
bestellen müssen, und das bei der brutalen Kälte. Ausserdem waren sie ja noch so klein.*

*Als meine Frau und die Kinder zurückkehrten, zog ich nach
Santa Cruz in Kalifornien, dort lebte mein Kompagnon Anwar
Ramadân. Das war zwar ziemlich weit vom Schuss, aber es ist
eine schöne Ecke, die obendrein wesentlich günstiger ist als Man-
hattan. Das Allerbeste war freilich das Klima, es war wie in
Alexandria, der Heimatstadt meiner Eltern.*

Ach, wann sterbe ich endlich? Wann bin ich endlich wieder mit euch vereint?

Drei Kompagnons waren sie: Talaat Dhihni, Gamâl Sâlim und Anwar Ramadân. Gamâl war als Erster ausgestiegen, gefolgt von Anwar. Talaat hatte noch vier Monate ausgeharrt, sich dann aber gezwungenermassen auch auf die Arche Noah geflüchtet. Gamâl hatte sich in London niedergelassen, allein, nachdem er sich kurzentschlossen einen Tag vor der Abreise von seiner Frau hatte scheiden lassen, um jede Verbindung zu diesem unglückseligen Ort ein für alle Mal zu kappen. Anwar dagegen war mit der gesamten Familie, also mit Frau und Kindern, fortgegangen und hatte ausserdem seine Mutter, deren Schwester, seinen Chauffeur und das Dienstmädchen mitgenommen.

Allen drei war unauslöschlich in Erinnerung, wie alles angefangen hatte. Es war der 1. September 1999. Sie hatten sich zum zehnjährigen Gründungsjubiläum ihres Import-Export-Unternehmens al-Fagr getroffen und mussten die Schliessung der Firma verkünden. Die ägyptische Regierung, vertreten durch den grossartigen Wirtschaftsminister, hatte ihrem Geschäft nämlich den Todesstoss versetzt. Daher waren die drei Partner in Trauerkleidung erschienen. Sie waren sich darüber im Klaren, dass sie wohl oder übel ihre Koffer packen mussten. Das war immer noch besser, als eines Tages im Gefängnis zu landen. Dort würden sie keinen Koffer mehr benötigen, nur einen blauen Anzug, und den gab dankenswerterweise Vater Staat aus.

Versammelt hatten sie sich im grossen Konferenzsaal mit herrlichem Ausblick auf den Nil. Ein atemberaubendes

Panorama: rechts die Universitätsbrücke, dahinter die Abbâsbrücke, die etliche Studenten auf dem Gewissen hatte,[33] links eine beeindruckende Fontäne vor der Insel Samâlik, auf der sich einst der Sitz des Obersten Revolutionsrats[34] befunden hatte. An der Wand hing in einem pompösen goldenen Rahmen ein Foto, das am 1. September 1989 anlässlich der Firmengründung aufgenommen worden war. Lächelnd standen sie nebeneinander, zu dritt ein riesiges Messer umfassend und im Begriff, die Torte anzuschneiden. Eine überdimensionale Torte in Form einer Erdkugel.

Das Ende der Firma wurde im März neunundneunzig durch einen Regierungsbeschluss besiegelt und damit auch unsere Flucht. 1999 war ein unvergessliches Jahr. Das Ganze kam ohne jede Vorwarnung, Knall auf Fall hatte das Wirtschaftsministerium beschlossen, dass die Banken alle laufenden Kredite aufzukündigen und sämtliche Dokumentenakkreditive zu streichen hätten. Was für eine Katastrophe! Die Kredite gestrichen, einfach so. »Surprise«, ruft fröhlich eine Stimme, und du guckst dumm aus der Wäsche.

Überall auf der Welt werden Beschlüsse, die in einem solchen Ausmass die Bevölkerung betreffen, ein oder zwei Jahre vorher bekanntgemacht, geprüft und öffentlich diskutiert, so dass der Bürger die Gelegenheit hat, seine Angelegenheiten zu regeln. Nur in unserem Land nicht, hier werden Verordnungen mit sofortiger

33 Anspielung auf die Studentenrevolte gegen die britische Kolonialmacht 1946, die von der probritischen Regierung blutig niedergeschlagen wurde. Die Abbâsbrücke, eine Zugbrücke unweit der Universität Kairo, wurde geöffnet, als aufständische Studenten sie überquerten, so dass viele von ihnen im Nil ertranken.

34 Julirevolution 1952, bei der König Farûk von der ägyptischen Armee abgesetzt wurde.

Wirkung erlassen. Erschütternd ist dabei, dass unsere Minister allesamt studierte Leute sind, keine Ahnung, wie das zusammenpasst.

Als Importeure verdienen wir an der Masse. Weitaus grössere Gewinnspannen haben aber die Gross- und Einzelhändler. Das ganze Geschäft fusste auf bestimmten Verpflichtungen und Handlungsabläufen. Wir bekamen von den Banken einen Tilgungsplan aufgestellt, der sich an den zu erwartenden Gewinnen aus den nächsten Lieferungen orientierte und den wir selbstverständlich einhielten. Natürlich hatten auch wir mit gewissen Widrigkeiten zu kämpfen: geplatzte Wechsel der Grosshändler, erhebliche Zahlungsrückstände seitens staatlicher Firmen, ausserdem waren hier und da Schmiergelder vonnöten, ganz zu schweigen von den Zinsen. Also der pure Stress. Trotzdem lief es irgendwie, wir konnten uns halten. Bei einem Umsatz von einer halben Milliarde Pfund kann die Regierung aber nicht einfach kommen und alles durcheinanderbringen – ohne Vorwarnung, ohne Ankündigung, ohne alles.

Was das Fass jedoch zum Überlaufen brachte, war der Zeitpunkt. Anfang 1999 brach die Konjunktur in Ägypten auf einmal ein, gnadenlos ging es abwärts. Die Lage war beschissen. Reihenweise beglichen die Händler ihre Rechnungen nicht. Sie waren eher bereit, ins Gefängnis zu gehen, als zu bezahlen, denn sie wurden die Ware ja nicht mehr los. Keiner hatte mehr Geld, um etwas zu kaufen. Die Lager waren im ganzen Land übervoll.

Und was tat die bekloppte Regierung samt ihren Banken in dieser Situation? Sie unterstützten Importeure, die mit südostasiatischen Ländern, wie Malaysia, Indonesien und Taiwan, Geschäfte gemacht hatten, als die Währungen dort in den Keller gingen. Ware, die im Einkauf ein Pfund gekostet hatte und in Ägypten grossen Absatz fand, war plötzlich nur noch ein Viertelpfund wert.

Wie bescheuert haben die Importeure Kredite aufgenommen und eingekauft, ohne den Markt vorher analysiert zu haben. Und die Banken finanzierten das Ganze, bis es im Land keine Dollars mehr gab. Schliesslich überstieg das Angebot die Nachfrage bei weitem, und die ganze Ware stapelte sich in den Lagern.

Kurzum, schlau, wie sie sind, haben sie also die gesamten Devisenreserven für Produkte verschwendet, die sich nicht verkaufen liessen. Genau das Gleiche hatten sie bereits bei dem Bauprojekt an der Nordküste getan. Statt das Geld in Projekte zu stecken, die Arbeitsplätze schaffen, kauften sie für Milliarden von Pfund Zement und Eisen. Ein paar Jahre wurde gebaut wie blöd, und dann war Schluss. Man hatte massenhaft Häuser hochgezogen, die nichts einbrachten.

Bei unserem Treffen errechneten wir, dass die Firma Aussenstände von fünfzehn bis zwanzig Millionen Pfund hatte. Wenn einem in solch einer Situation alle Kredite gestrichen werden, fühlt es sich an, als würde man mit zwanzig Millionen Stundenkilometern gegen die Wand rasen.

Am 1. Mai sollten die Fazilitäten für Bankkredite erneuert werden. Wir zahlten bereits eine bis eineinhalb Millionen Pfund Zinsen monatlich. Wie sollten wir das angesichts der jüngsten Regierungsbeschlüsse bewerkstelligen? Auf der einen Seite wurde einem das Geschäft ruiniert, auf der anderen Seite musste man fleissig Kredite tilgen. Das war das Todesurteil. Ein funktionierender Kreislauf wurde mir nichts, dir nichts zerschlagen. Wie um alles in der Welt soll man zig Millionen Pfund bezahlen, wenn einem die Arme gebunden sind, wenn man lahmgelegt ist und nicht agieren kann?

»Sämtliche Dollarreserven im Land sind aufgebraucht, und was macht die Regierung? Sie schiesst sich ins eigene Knie. Mit

diesen Beschlüssen wird sich die Regierung um Hunderte Millio-
nen Dollar bringen«, vermutete Gamâl bei unserem Treffen. »Die
Geschäftsleute werden die Bankkredite nicht zurückzahlen können
und sich ins Ausland absetzen – allen voran ich.«

Genauso kam es dann auch. In Scharen wanderten die Ge-
schäftsleute ab. Daraufhin stimmten die Medien das alte Lied
an: von Verrätern und niederträchtigen Bankenplünderern, die
mit dem Landesvermögen durchbrennen. Doch keiner fragte sich,
warum sie alle auf einen Schlag das Weite suchten. Keiner fragte
sich, warum Leute, die hierzulande in Saus und Braus lebten,
plötzlich abhauten. Keiner fragte sich, warum die Regierung solche
idiotischen Beschlüsse fasste. Ich persönlich bin mir nicht sicher, ob
sie es in böser Absicht oder aus reiner Dummheit getan hatte.

Ende Mai 1999 begann die Firma mit der Rückzahlung.
Anfang September 1999 hatte sie die Schulden zu hundert
Prozent beglichen und die Zinsen zu dreissig Prozent abbe-
zahlt. Die Firma verfügte zwar noch über Vermögenswerte,
doch die waren bei der wirtschaftlichen Flaute nicht zu li-
quidieren. Der Fall kam vor den Staatsanwalt. Gamâl ging
am 3. September nach London, Anwar flog samt Familie am
darauffolgenden Freitag in die USA. Talaat blieb allein in
Kairo zurück.

Bring mich heim, so weit weg von zu Haus
bricht in mir das Feuer der Sehnsucht aus.

Ergreifend melancholisch sang Abdallatîf Awad Umm
Kulthûms Lied. Talaat, Schaukat und ihre drei Kompagnons applaudierten begeistert. Dann eilte Tîfa in die Kü-

che, um dem Abendessen den letzten Schliff zu geben. Die köstlichste Ente ihres Lebens bekämen sie in Kürze serviert, versprach Talaat seinen Gästen stolz. Er schätzt sich glücklich, Tîfa bei sich in Kuwait zu haben. Begegnet war er ihm bei Akram al-Mungi, und auf der Stelle hatte er eine Entscheidung gefällt, die er keine Minute bereute. Talaat war zum Abendessen bei Akram eingeladen gewesen, mit dem er seit etwa zwanzig Jahren befreundet war. Nachdem sie ein fürstliches Mahl genossen hatten, liess Akram die Bemerkung fallen, dass er dem Meisterkoch am nächsten Morgen den Laufpass geben werde.

»Grossartig, Akram, wenn du ihn loswerden willst, nehme ich ihn.«

»Hol dir lieber eine Philippinerin, mit der fährst du besser. Der hier bildet sich ein, bei mir eine Stelle als Chefkoch zu haben. Irgendwann wird er noch das Streikrecht einfordern.«

»Ich will aber einen Ägypter.«

»Du führst dich auf wie meine Tochter, die isst auch nur ägyptische Kost.«

»Hast du ein Problem damit? Lass mich mit ihm reden, wir werden uns schon einigen.«

»Hör zu, Talaat, ich will dir was sagen. Seit ich in Amerika lebe, ist mir klargeworden, dass die Leute hier auf einer höheren Stufe stehen als wir. Nimm es mir nicht krumm, aber das ist die Wahrheit. Das hat mit Herkunft und Rasse zu tun, sie sind einfach intelligenter und tüchtiger als wir. Unsereins gehört einer minderwertigen, schmutzigen Rasse an. Das ist kein Grund, beleidigt zu sein, es ist einfach eine Tatsache.«

»Meinst du das ernst?«

»Bitterernst. Selbst die gelbe Rasse ist uns überlegen, schau nur, was die Japaner und Chinesen auf die Beine stellen. Und schau, wo wir stehen. Aber so weit braucht man gar nicht zu gehen. Vergleich nur mal ein ägyptisches mit einem philippinischen Dienstmädchen. Beide kommen vom Land. Die Gelbe ist zwar unansehnlich, das ist richtig, aber zumindest ist sie sauber, ordentlich und gewissenhaft, und das von Natur aus. Die Ägypterin dagegen ist chaotisch und dreckig. Jahrelang gibst du dir Mühe, sie zu belehren, doch alles vergebliche Liebesmüh. Am Ende hintergeht sie dich und haut ab. Ein mieser Menschenschlag. Ich würde dir raten, dir eine von der gelben Rasse zuzulegen.«

»Und ich bin der Meinung, du solltest Hitler in der Hölle Gesellschaft leisten. Ich bleibe dabei, ich will diesen Tîfa!«

»Setz auf einen Ägypter, und du hast verloren, Talaat.«

Akram al-Mungis Vorhersage bestätigte sich nicht, Talaat verlor nicht im mindesten. Tîfa machte seinem Spitznamen vom ersten Arbeitstag an alle Ehre, ein echter Hansdampf in allen Gassen. Er war Koch, Kellner, Chauffeur, Entertainer, Sänger, vor allem aber das stets offene Ohr. Talaat fand in ihm den authentischen Charakter eines Ägypters wieder und brachte ihm all die Liebe entgegen, die er auch für seine Heimat empfand. Im Gegenzug gab Abdallatîf sein Bestes. Als sei Talaat ein Familienangehöriger, umsorgte er ihn liebevoll, ja hütete er ihn wie seinen Augapfel.

Die neuen Kompagnons der kuwaitischen Firma verspeisten die Ente, leckten sich vor Begeisterung sämtliche Finger und bekamen anschliessend als Ohrenschmaus Umm Kulthûm präsentiert, gesungen von Abdallatîf. Rundum

254

verwöhnt, kam ihnen im Sinnenrausch eine Idee. Sie wollten Tîfa Gesangsstunden spendieren, damit er professionell in diese Kunst eingewiesen würde. Als Gegenleistung sollte er einmal wöchentlich in der Diwanîja[35] des Scheichs Sâlich einen orientalischen Liederabend geben. Schaukat Thâir stellte aber eine Bedingung: »Er muss Lieder von Nâsim al-Ghasâli[36] lernen.«

Gestern war ein unglaublicher Tag, den vergesse ich nie, einfach traumhaft: Sonntag, der 5. März 2006. Mein Lehrer, Herr Emil, ein Palästinenser, kam mit einer alten Ud zu mir. »Lass mal etwas von Umm Kulthûm hören«, sagte er. Ich dachte, ich mache ihm eine Freude mit einem prolligen Lied von Sha'bola[37], und schmetterte Ich hasse Israel. Aber Herr Emil hat sich darüber nicht gefreut, also sang ich ein Lied von Umm Kulthûm. »Aus dir kann was werden, deine Stimme hat Charakter«, sagte er, als er ging. Die Sache mit dem Charakter hat mir imponiert, denn daran hapert es ja bei mir, wahrscheinlich, weil sich meine Stimme alles gekrallt hat, was mir an Charakter mitgegeben wurde. Das würde auch erklären, warum ich so durchs Leben laviere.

Nachdem er gegangen war, bat ich, Aiman Subhi in Amerika anrufen zu dürfen, denn der 5. März war sein Hochzeitstag. Genau vor einem Jahr hatte er Hâgar geheiratet. Wo die Zeit nur geblieben ist, mir kommt es vor, als wäre erst ein Tag vergangen. Ein unvergesslicher Abend war das mit den vielen Blumen und dem wunderbaren Essen. Aiman ist ein anständiger Kerl. Seit ich ihn verlassen habe, ruft er regelmässig an, als wäre nie etwas vor-

35 Traditioneller kuwaitischer Salon für gesellschaftliche Zusammenkünfte.
36 Berühmter irakischer Sänger (1921–1963).
37 Ägyptischer Popsänger (geb. 1957).

gefallen. Am Tag, an dem ich nach Kuwait abreiste, versuchte ich,
ihn anzurufen. Ich wollte ihm zu seinem Baby gratulieren, ich
wusste, dass es ein Mädchen war und er ihr den Namen Sainab
gegeben hatte. Aber sein Telefon war abgestellt, das passte gar nicht
zu ihm. Jedenfalls habe ich ihn gestern angerufen und es im Nach-
hinein bitter bereut.

Ende September 1999 berief Talaat seinen Anwalt und seinen Steuerberater zu einer Sitzung ein. »Ich bin bereit, allein gegen Windmühlen zu kämpfen«, verkündete er. »Auf
keinen Fall werde ich so feige sein wie meine Kompagnons
und abhauen. Wenn mir das Land den Rücken kehrt, laufe
ich eben herum, bis ich ihm von Angesicht zu Angesicht
gegenüberstehe, und dann schliesse ich es in die Arme.«
Tag und Nacht schufteten sie, stellten die Vermögenswerte
der Firma zusammen, eine Bilanz auf und erarbeiteten einen Tilgungsplan für die Restschuld. Er setzte alle Hebel
in Bewegung, um den Plan auch ja einzuhalten, denn die
Bank sass ihm im Genick. Im Oktober begann er mit den
Rückzahlungen.

   In dieser Situation erwies sich Hind als grandiose Ehefrau. Er hatte sie aus Liebe geheiratet und wurde dafür
mit Hingabe, Grossmut, Güte und menschlicher Wärme
belohnt. Sie war im Besitz der Zauberformel. Sobald sie
»Sesam, öffne dich!« rief, bot sich ihm das Paradies dar. In
kritischen Momenten hatte er sich dennoch so manches Mal
insgeheim gefragt, ob es wohl richtig gewesen war, eine
Frau zu heiraten, die in einem Palast, wenn nicht gar am
Hofe Alexanders des Grossen zur Welt gekommen war, um
sich herum Bedienstete noch und noch. Deshalb konnte er

kaum glauben, dass dieses zarte Geschöpf plötzlich so eine Härte zeigte, mehr gar als die Göttin Nut, wenn sie den Sonnengott Re verschluckt. Hind verkaufte ihren gesamten Besitz und verstand zuerst gar nicht, warum Talaat ihr diese Selbstverständlichkeit so hoch anrechnete.

Der November ging glatt vorüber, Anfang Dezember aber kam der vernichtende Schlag.

Eines finsteren Tages spaltete das Schwert der Justiz meinen Schädel. Mittags zur Gebetszeit platzten zwei Männer von der Umsatzsteuerbehörde bei mir herein und legten mir eine Rechnung vor. Ich soll Waren im Wert von fünfundvierzig Millionen Pfund eingekauft haben, und dafür müsste ich nun Umsatzsteuer entrichten.

Ich beteuerte, dass die Firma nicht das Geringste mit der Rechnung zu tun hätte. Nach einigem Hin und Her forderte ich die beiden Herren schliesslich auf, doch bitte zu überprüfen, ob ich die Waren auch tatsächlich eingeführt hätte. »Es lässt sich ohne weiteres bei der Hafenbehörde oder beim Zollamt feststellen, ob die Ware tatsächlich eingeführt wurde. Es gibt zig Wege und Möglichkeiten, das zu überprüfen, immerhin geht es hier nicht um eine einzige läppische Million, sondern um fünfundvierzig Millionen! Man könnte auch bei der Bank nachfragen, ob ich einen Kredit in dieser Höhe aufgenommen habe, schliesslich ist das kein Pappenstiel!«

»Es bleibt dabei«, beharrten sie, »die Umsatzsteuer wird bezahlt, und zwar entsprechend dem Rechnungsbetrag.«

»Eure Rechnung in allen Ehren, liebe Leute, aber die kann doch jeder dahergelaufene Buchhalter gefälscht haben. Die Schrift ist ja völlig verschwommen. Ich verstehe nicht, was das für ein Wisch ist.«

»*Erst bezahlen, dann beschweren!*«, kamen sie mir mit ihrer bekloppten Regierungslogik.

Eines sage ich dir, ich bin mir sicher, dass mich irgendjemand angeschwärzt hat, wahrscheinlich sogar meine beiden Kompagnons. Sie wollten mich bestimmt auch aus dem Land treiben, weil es ihnen draussen dreckig ging, nachdem sie abgehauen waren. Es hat sie wohl gewurmt, zu sehen, wie ich mit den Banken verhandle, mich mit dem Staatsanwalt auseinandersetze, Finanzberater konsultiere, bei einer Bank alle Schulden restlos zurückgezahlt und bei anderen mit den Tilgungen begonnen hatte. Aber die beiden Herren von der Steuerbehörde blieben stur. Sie wollten bis zum Schluss partout kein Bestechungsgeld annehmen. Warum wohl? Na, weil sie von anderer Seite welches bekommen hatten.

Kaum waren sie gegangen, rief ich einen Anwalt nach dem anderen an, alles hochkarätige Leute. Das sei eine ernste Sache, schätzten sie einhellig die Lage ein und zählten mir auf, wer alles schon wegen der Umsatzsteuer verhaftet worden war.

Man hatte mir einen Knüppel zwischen die Beine geworfen. Dahinter steckte sicher ein Konkurrent, der von der Regierung protegiert wurde. Ich solle nicht vergessen, warnte man mich, dass mein Freund, der Klimaanlagen verkaufte, auch wegen Umsatzsteuerbetrugs hinter Gittern sass.

Hind war mit drei Freundinnen und ihren Kindern nach Asbat Tunis im Gouvernement Fajjûm gefahren, wo sie einen entspannten Tag ohne Männer verleben wollten. Nie hätte sie damit gerechnet, dort gewisse Dinge über ihren Mann zu erfahren. Bei angenehmen Temperaturen, die für Hinds Empfinden paradiesisch waren, sassen sie auf dem

Anwesen einer Freundin am Swimmingpool und genossen den herrlich grünen Garten.

Hind rief Abdallatîfs Mutter an und orderte Ente und Seezunge. Nachdem sie aufgelegt hatte, schwärmte sie allen vor, wie wunderbar sich ihre Beziehung zu der alten Frau entwickelt habe, seit Tîfa bei ihrem Mann arbeitete. Sie habe ihr sogar ein Handy gekauft, damit sie ihren Sohn jederzeit anrufen könne und immer für ihn erreichbar sei.

Doch als Abdallatîfs Mutter mit dem Essen kam, liess sie eine Bombe platzen, die den Urlaubstag restlos zerfetzte: »Herr Talaat und Abdallatîf sind seit ungefähr zwei Monaten in Kuwait.«

Erst zu Hause, als ich mich wieder einigermassen gefasst hatte, wurde mir klar, was mich eigentlich so getroffen hatte. Es war die Peinlichkeit, vor meinen Freundinnen als Idiotin dazustehen, als eine Frau, die keinen blassen Schimmer hat, wo sich ihr Mann herumtreibt. Das ist wirklich demütigend!

Normalerweise finde ich immer Entschuldigungen, aber diesmal nicht. Ich wusste, dass Talaat in guter Absicht gehandelt hatte. Er wollte mich nicht belasten mit irgend so einem Pseudoprojekt, das er wieder mal am Laufen hatte, er war besorgt um mich – aus Erfahrung. Er hatte Angst, dass ich zerbrechen oder mich eines Tages noch in Luft auflösen würde. Als ich ihn das letzte Mal besuchte, bemerkte ich in seinen Augen einen panischen Ausdruck, kaum dass er mich auf dem Flughafen erblickte. Verständlich, ich erkenne mich im Spiegel ja selbst nicht wieder. Trotzdem hätte er mir diese Peinlichkeit ersparen können.

Das geht doch auf keine Kuhhaut, Talaat! Muss ich mich von der Frau, die die Ente zubereitet, darüber aufklären lassen, in

welchem Land mein Mann gerade hockt? Aber muss man nicht
auch hin und wieder lügen, um seine Mitmenschen zu schonen?
Ganz bestimmt, Ehrlichkeit ist nämlich manchmal scharf wie ein
Messer.

Noch am selben Tag habe ich Talaat eine SMS geschickt: »Ich
weiss, dass du seit einer Weile in Kuwait bist.« Abdallatîfs Mut-
ter habe ich mit keinem Wort erwähnt, damit er dem armen Kerl
keinen Ärger macht. Na ja, auch ich habe eben meine Geheimnisse.
Himmelherrgott! Ich weiss wirklich nicht mehr, was richtig und
was falsch ist.

Schwamm drüber, die Welt ist einfach verdorben.

Talaat schlug die noch immer schweren Lider auf, nachdem er nachts Unmengen von Wein in sich hineingeschüt-
tet hatte. Der Schädel dröhnte ihm. Er schaltete das Handy
ein – sechzehn Uhr bereits, stellte er fest, innerlich noch
ganz aufgewühlt. So viele Prostituierte wie in der letzten
Nacht hatte er nie zuvor gesehen, am liebsten hätte er
Herrn Guinness angerufen, um ihm einen neuen Rekord
zu melden. Nachdem sie gegangen waren, hatte er glatt vergessen zu masturbieren, wie er es sonst immer tat. Ausserdem hatte er am Vortag seine obligatorischen zwei Stunden
Fitnesstrainig ausfallen lassen, um einen kuwaitischen Im-
porteur zu treffen, mit dem sich ein Geschäft anzubahnen
schien.

Die zwei Kurzmitteilungen, die er auf seinem Handy
entdeckte, liessen seine Erregung und seine Kopfschmerzen
auf der Stelle verfliegen. Die erste SMS war abstrus. Sein
ehemaliger Kompagnon Anwar sei verhaftet worden, weil
er eine Minderjährige als Dienstmädchen zwangsbeschäftigt

haben soll. Seine Frau bat um Hilfe, Talaat solle umgehend einen seiner Anwaltsfreunde einschalten. Die zweite SMS stammte von seiner eigenen Frau. Hind war empört, weil er ihr nichts von seinem Umzug nach Kuwait gesagt hatte.

Er rief Abdallatîf zu sich und nahm ihn in die Mangel. Es stellte sich heraus, dass er den Ärger verursacht hatte. Erbost jagte ihn Talaat aus dem Schlafzimmer. Wenige Minuten später rief er ihn zurück, versöhnte sich mit ihm und bat ihn, Essen zu machen, gebratene Eier mit Pastrami. Talaat warf sich in den wuchtigen Sessel, den er zwei Tage zuvor von einem indischen Händler gekauft hatte, und schaute aus dem Fenster neben dem Bett. Da erschien ihm plötzlich das Gesicht seiner Frau. Eingehend betrachtete er es, die dichten schwarzen Brauen, die strahlend weisse Haut. Er verlor sich in ihren Augen und fing an zu weinen. Wie ein Wasserfall brach es unvermittelt aus ihm heraus. Als berge er sämtliche Meere in sich, liefen ihm nur so die Tränen. Er war übermannt von tiefer Traurigkeit und dem Gefühl, verraten und verkauft worden zu sein. Würde man ihm die Welt in die rechte und Hind in die linke Hand legen, dann würde ohne Frage die linke schwerer wiegen. Die Welt war hart, böse und ungerecht. Da musste wenigstens er fair bleiben und durfte Hinds Güte nicht mit Undank vergelten. Unendlichen Grossmut hatte sie bewiesen. Wie konnte er sie nur derart verletzen? Ach, hätte er jetzt nur einen fliegenden Teppich, er würde sich sofort aufschwingen, ihr die Füsse küssen und sie um Vergebung bitten. Während er sich Aladins Wunderlampe herbeiwünschte, kam Abdallatîf mit dem Essen herein. Talaat machte sich über Eier und Pastrami her, schmeckte aber nichts als seine Tränen.

Danach rief er Hind an. Er ertrinke in einem indischen Sessel, der so rot sei wie Gazellenblut, sagte er. Beide brachen in Tränen aus. Nachdem sie aufgelegt hatte, sass er noch eine ganze Stunde schweigend da.

Als er wieder zu sich gekommen war, fiel ihm ein, dass er noch Anwars Frau anrufen musste. Sainab brach ebenfalls in Tränen aus, so dass Talaat glaubte, ein Tsunami rolle heran.

»Etwas Schreckliches ist passiert, Talaat, du musst uns helfen! Ich komme gerade vom Anwalt, einem gewissen David. Der Fall ist aussichtslos, sagt er. Anwar muss für längere Zeit ins Gefängnis, man hat ihn verhaftet. Ich weiss nicht, was ich machen soll. Ach, Hagg, Gott sei deiner Seele gnädig, wärst du noch am Leben, dann wäre es niemals so weit gekommen. Aber das Schicksal will es offenbar so. Wir haben es noch rechtzeitig aus Ägypten herausgeschafft, und jetzt wird er hier verhaftet! O Gott, was für ein Desaster! Und an allem ist dieses Miststück schuld, ich bringe sie um! Dabei haben wir sie aus diesem armseligen Kaff Kûm Hamâda gerettet. Mickrig wie ein Wurm und völlig abgemagert war sie. Und jetzt, da sie sich bei uns ordentlich durchgefressen hat, spielt sie sich auf. Mieses ägyptisches Dreckstück!

Wir haben sie in die USA mitgenommen. Dank uns spricht sie jetzt so gut Englisch wie die Amerikaner. Jane nennt sie sich. Stell dir vor, nach allem, was wir für sie getan haben, fällt sie uns in den Rücken und verspritzt ihr Gift, diese hinterhältige Natter! Lacht die sich doch so einen Kerl vom Pizzaservice an. Ein Säufer ist der und obendrein auf Drogen. Und wir hatten von all dem nicht den leisesten

Schimmer. Keine Ahnung, was dieses Flittchen abzieht. Um uns loszuwerden, hat sie sich mit dem Kerl und seinem Vater verbündet. Sie sind zusammen zur Polizei gegangen, dann wurde Anwar verhört, und jetzt sitzt er hinter Gittern. Was soll ich nur machen, Talaat? Ich weiss nicht mehr weiter.«

An Gannât konnte sich Talaat noch sehr genau erinnern. Sie hatte einen überaus intelligenten Blick, das war ihm in Santa Cruz gleich aufgefallen, als sie ihm den Tee aufs Zimmer brachte. Sie war neun oder zehn Jahre alt. »Bitte, der Tee, Herr Talaat«, hatte sie gesagt. Die Stimme passte nicht zu ihr, sie klang viel älter. Ausserdem hatte sie ein unglaubliches Strahlen in den Augen. Jetzt war sie erwachsen und sprach von Kinderrechten und Arbeitsgesetzen. Ach, Gannât, warum bedienst du dich nicht auch dieser Sprache, wenn es um unsere Rechte geht? Schliesslich sind wir allesamt die Sklaven deiner vermeintlichen Freunde! Ohne Anwars Schutz bist du dem Dschungel der amerikanischen Rücksichtslosigkeit ausgeliefert. Irgendwann wirst du den Schritt bereuen, aber dann ist es zu spät. In der amerikanischen Maschinerie wird dir deine Intelligenz nichts nützen, denn das Getriebe wird dich ausquetschen und zermalmen, bis das letzte Fünkchen Wärme in dir erkaltet ist.

Talaat setzte sich an den Computer und verfasste E-Mails an seine Anwaltsfreunde. Bei der Gelegenheit schrieb er auch gleich an alle Dozenten und Professoren in seinem Bekanntenkreis, um Informationen einzuholen, die für Sylvia von Nutzen wären, und verpasste so schon den zweiten Tag in Folge sein Fitnesstraining. Er beschloss, zu Hause zu bleiben und sich Tîfas Gesangsstunde anzuhören. Ausserdem wollte er Emil bitten, auf der Ud das Lied *In deinen Armen* zu spielen, und Tîfa sollte dazu singen, denn Talaat verging buchstäblich vor Sehnsucht. Er hatte den unbändigen Wunsch, seine ferne Heimat beim Klang der Laute jenes palästinensisch-jordanisch-kuwaitischen Musikers in die Arme zu schliessen, dem ebenfalls die ewige Fremde vorherbestimmt war.

In deinen Armen, in deinen Armen,
geliebte Heimat, in deinen Armen
finden sich all deine Kinder ein.
Es leben hoch die Feste dein.
Fern von dir fühlt jeder sich allein,
sehnt sich zurück nach deinen Armen.

Tîfa bekam seit etwa einem Monat Gesangsunterricht, als Schaukat Thâir bei Talaat anrief und vorschlug, sich zu einem geselligen Abend in der Diwanîja ihres Kompagnons Achmad zu treffen und Abdallatîf für die musikalische Unterhaltung zu engagieren. Er bereitete sich intensiv auf den Auftritt vor. Obwohl er schon oft bei solchen Anlässen gesungen hatte, war dieses Ereignis für ihn von besonderer Bedeutung, denn zum ersten Mal trat er ausschliesslich als Sänger auf. Es war ein erhebendes Gefühl. Allerdings geriet ihm vor Aufregung der Atem aus dem Takt. Sein Gehirn hatte grosse Mühe, die Lungentätigkeit zu steuern. Als habe er gerade erst das Medium Luft kennengelernt, konzentrierte er sich voll und ganz auf das Ein- und Ausatmen. Plötzlich fühlte er sich nicht mehr wie Hansdampf in allen Gassen, sondern wie Hansdampf im Nichts.

Während er, fein gekleidet, vor dem Haus auf Talaat wartete und den Blick über den Arabischen Golf schweifen liess, versuchte er, sich zu beruhigen, vergebens. Das gelang ihm erst später: Als Nabri ihn in der Diwanîja so aufgewühlt sah, verschwand er in die Küche und brachte ihm kurz darauf einen ungesüssten schwarzen Kaffee. Dann legte er ihm die Hand auf den Kopf und rezitierte Verse aus dem Koran: »Hat denn der Mensch nicht gesehen, dass wir ihn aus einem Tropfen erschaffen haben? Und da ist er deutlich Widersacher. Er prägt für uns einen Vergleich und vergisst, dass er erschaffen ist. Er sagt: ›Wer schenkt den Knochen Leben, wenn sie morsch sind?‹«[38] Seit dieser Berührung verschlangen sich Nabris und Tîfas Lebenswege. Sie wurden unzertrennliche Freunde.

Beide bestimmten ihren Tagesablauf weitgehend selbst. Nabris einzige Verpflichtung bestand darin, abends in der Diwanîja Kaffee zu servieren. Auch Abdallatîf arbeitete ausschliesslich am Abend, denn Talaat, dem in Kuwait ein Tag vorkam wie ein Jahr und ein Monat wie ein Jahrhundert, stand erst nachmittags auf und wartete auf Godot.

Jeden Morgen trafen sich die beiden neuen Freunde zu einer Spritztour mit Talaats Wagen, den Tîfa jederzeit benutzen durfte, zumal er einen amerikanischen Führerschein besass. Zweck der Rundfahrten war, Nabris Cousin Abdalhamîd, der seit über einem Jahr verschwunden war, ausfindig zu machen. Als Erstes besuchten sie den Verein Nubisches Haus und den Verband der Nubier in Kuwait. Auf der Suche nach der Nadel im Heuhaufen lernten sie viele Ägypter kennen. Sie erfuhren, dass schon etliche in der

38 Sure 36,77–78 in der Übersetzung von Hans Zirker.

Fremde gestorben waren, und rezitierten für alle, die fern der Heimat begraben worden waren, die Fâtiha.

Talaat erwachte früh am Morgen und sah, dass es in Strömen regnete. Er hatte Lust, durch den Regen zu joggen, also zog er seine Sportsachen an, küsste Frau und Kinder und verliess die kleine, zauberhafte Wohnung mit Blick auf den Pazifik, die er während der Schulferien für einen Monat in einer Küstenstadt im äussersten Westen der USA gemietet hatte. An den Namen der Stadt konnte er sich nicht mehr erinnern, aber er wusste noch, dass sie dort ungefähr ein Jahr vor seinem Umzug nach Kuwait gewesen waren.

Kaum hatte er einen Schritt vor die Tür gesetzt, schauderte er vor Kälte, doch er liess sich davon nicht abschrecken. Er nahm einen tiefen Atemzug, der seine Luftröhre fast zu einem Eiszapfen gefrieren liess, und setzte sich langsam in Bewegung. Ziellos lief er durch die unbekannte Stadt, bis er die Orientierung vollends verloren hatte. Er kam an ein grosses schmiedeeisernes Tor mit tulpenförmigen Verzierungen, hinter dem sich ein endlos weiter Garten erstreckte. Das Grün glitzerte unter den sanft vom Himmel fallenden Wasserkristallen. Überall ragten Bäume in schwindelerregende Höhe auf und streichelten mit den Zweigen die Wolken, um ihnen weitere Regentropfen zu entlocken. Sandwege, gesäumt von römischen Statuen aus weissem Marmor, schlängelten sich durch die hügelige Landschaft.

Weil die Quellen im Himmel versiegt waren oder die Zweige die Wolken nicht mehr streicheln wollten, hörte es plötzlich auf zu regnen. Der Nebel lichtete sich allmählich, und da erst merkte Talaat, dass er sich auf einem Friedhof befand. Die Grabsteine um ihn herum zeugten von Männern und Frauen, die im vergangenen Jahrhundert gestorben waren.

Talaat lief weiter. In einiger Entfernung sah er einen grauen Halbmond, angestrahlt vom Tageslicht. Noch ein Halbmond zeigte sich und noch einer. Je weiter er sich den Halbmonden näherte, desto mehr wurden es. Jeder gehörte zu einem Grabstein, und darunter standen Namen, die ihm vertraut waren.

Er hielt inne, setzte den rechten Fuss auf zartgrünes Gras, trat an einen Grabstein heran und las: »Talaat Dhihni, gestorben am 18. März 1958«. Ihm stockte das Herz, die Knie zitterten ihm, beinahe stürzte er. Er liess sich zwischen den Grabsteinen nieder. Arabische, iranische und indische Namen waren in den Marmor graviert und mit islamischen Ornamenten verziert. Talaat warf einen Blick nach links und sah, dass sein direkter Nachbar auch in Kairo geboren und 2005 hier gestorben war. Da wurde ihm zum ersten Mal bewusst, dass er in einem fremden Land sterben könnte. Es war durchaus möglich, dass er hier sass – mutterseelenallein wie immer – und der Todesengel Asraîl plötzlich auf die Idee käme, seine Seele zu holen. Dann würde er an einem schönen, aber kalten und fremden Ort wie diesem begraben werden. Die Vorstellung war ihm unerträglich. Wie konnte Talaat 1958 hier beerdigt worden sein? Warum war Ibrahîm hier und nicht in seiner Geburtsstadt Kairo beerdigt worden? War er selbst dazu verdammt, bis in alle Ewigkeit in der Fremde zu leben? Talaat versuchte, sich zu bewegen, aber es ging nicht. Die Sehnsucht hatte ihn gelähmt.

Talaat quälte die Vorstellung, dass Anwar die Haft in den USA nicht überstehen und womöglich im Gefängnis sterben könnte. Deshalb wollte er alles tun, um ihm beizustehen. Auch wenn es ihm masslos widerstrebte, rief er als Erstes ihren dritten Kompagnon an, den Oberfeigling Gamâl, der sich über fünf Jahre zuvor aus dem Staub gemacht hatte. Dessen Vater wäre wahrscheinlich am ehesten in der Lage, Anwar zu helfen.

Gamâl sass gerade am See im Londoner Hydepark auf einem Liegestuhl, den er für zwei Pfund gemietet hatte, in der Hand seine Kamera, die er wie einen weiteren Körperteil immer bei sich trug. Während er darauf wartete, dass die Demonstration gegen Robert Mugabe beginnen würde, las er das Flugblatt, das er bekommen hatte. Darauf war die zynische Erklärung abgedruckt, die der Präsident von Simbabwe am 15. September 2005 abgegeben hatte. Sein Volk lebe in einem Zustand höchster Zufriedenheit, in Simbabwe müsse keiner verhungern, allerdings sei die Bevölkerung nicht gewillt, ihre Essgewohnheiten umzustellen. Der Staat produziere Unmengen an Mais und Kartoffeln, doch das Volk verschmähe diese leider. Gerade als sich ein seltener Vogel direkt vor ihm am Seeufer niederliess, klingelte das Handy. Gamâl zögerte. Sollte er ans Telefon gehen oder lieber den Vogel fotografieren? So ein Exemplar hatte er in London noch nie gesehen. Schliesslich drückte er doch auf den grünen Knopf, weil er befürchtete, die Demonstration könnte verschoben worden sein.

»Gamâl, wie geht es dir?«

»Gamâl, wer soll das sein? Ich heisse Jimmy. Bei deiner Stimme bekomme ich direkt einen Flashback, Talaat. Mein Hirn hat alles ausgeblendet, was vor der Hidschra liegt.«

»Vor der Hidschra? Der Auswanderung des Propheten?«

»Nein, vor dem Exodus des ägyptischen Volkes.«

»Noch sind nicht alle ausgewandert.«

»Das kommt schon noch, du wirst sehen. Und alle werden Farbe, Religion, Namen, Beruf und Angewohnheiten ändern – genau wie ich. Verzeihung, wer spricht da gleich noch mal?«

»Anwar ist im Gefängnis.«

»Verfluchter Kerl! Wann ist er nach Ägypten zurückgegangen?«

»Er ist nicht zurück.«

»Dann sitzt er in Amerika ein?«

»Sein Dienstmädchen hat ihn angezeigt. Sie behauptet, dass sie unbezahlte Zwangsarbeit bei ihm leisten musste.«

»Wieso, hat sie etwa keinen Lohn bekommen?«

»Nun weich nicht vom Thema ab, darum geht es jetzt doch gar nicht. Im Übrigen hat sie selbstverständlich Lohn bekommen und ihr Vater, der Dreckskerl, auch. Der Punkt ist der: Was sollen wir jetzt machen?«

»Wir?«

Gamâl wollte sich für niemanden einsetzen. Nicht aus Egoismus, nein, sondern aus einer bewussten Entscheidung heraus. »Ich möchte zehn Jahre für mich allein sein«, hatte er eines Tages verkündet. Er wollte nichts von seiner Frau, nichts von seinen Kindern und erst recht nichts von seinem Vater hören. Sie würden sich wundern, ihn in zehn Jahren, so Gott es wünschte, völlig verändert zu sehen. Als reifen Mann mit Selbstbewusstsein und der Fähigkeit, die Menschen mit seiner Weisheit zu bereichern.

Viele Jahre seines Lebens hatte er für ein Dasein geopfert, das ihm von der Gesellschaft aufgedrückt worden war. Er war sich selbst fremd gewesen, so fremd, dass er nicht einmal mehr Bezug zu seinem Schatten hatte. Jetzt hingegen gestaltete er seinen Schatten eigenhändig, und das zum ersten Mal. Der Vater hatte ihn mit seinen Beziehungen und seinem Geld in die Rolle des Geschäftsmanns gedrängt. Wie also hätte er da einen anderen Weg einschlagen können? Damals aber war ihm klargeworden, was es mit dem Aufstieg und Niedergang von Familien, ja ganzen Ländern und Nationen auf sich hatte. Der Geschichtslehrer hatte solche Prozesse damit erklärt, dass Menschen, die in Saus und Braus leben, mit der Zeit verweichlichten. In der Regel sei es so, dass ein Reich ausgerechnet vom Enkel jenes Königs zu Fall gebracht werde, dem Ruhm und Wohlstand zu verdanken waren. Gamâl jedoch war im Laufe seines früheren Lebens auf eine andere Wahrheit gestossen: Nachlässigkeit war keineswegs immer die Ursache für Verfall. Vielmehr stehen Bildung, Moral und gute Manieren im Widerspruch zu Macht und Stärke, denn Erfolg, so hatte ihn die Erfahrung gelehrt, setzt Ignoranz, Grobheit, Rücksichtslosigkeit, ja Brutalität voraus, also die Bereitschaft, gewisse Prinzipien aufzugeben.

Gamâl erinnerte sich an einen Satz aus dem Film *Supermarket*[39]. »Um emporzukommen, Ramsi«, hatte Âdil Adham[40] gesagt, »musst du gewisse Prinzipien über Bord werfen.« Gamâl erinnerte sich sogar noch an Âdil Adhams Tonfall und daran, wie er bei dem Wort »Prinzipien« kurz auf dem z innegehalten hatte. Was das »Über-Bord-Wer-

39 Ägyptischer Spielfilm von 1990.
40 Ägyptischer Schauspieler (1928–1996).

fen« im Einzelnen beinhaltete, wurde nicht näher erläutert. Gamâl aber hatte klare Vorstellungen. Wer aufsteigen will, muss unverschämt, niederträchtig und ehrlos sein. Ausserdem gehört eine Portion Inkompetenz dazu, um die Machthabenden zufriedenzustellen. Man sollte auch prahlen können, zum Beispiel damit, wie man die Schöne flachgelegt hat, deren makellose Haut kein anderer je zu Gesicht bekommen hat. Geschäftliches wird wie folgt erledigt: lächeln, schmieren, zustechen. Die Waffen sind bekannt: ein dicker Umschlag, Beziehungen zu einer einflussreichen Person, ein Geschenk in Form einer Frau, ein Pornofilm, ein Messer zum Drohen oder auch, wenn nötig, zum Töten.

Zur Abwicklung eines Geschäfts hatten Talaat und Gamâl einmal einen Profi auf dem Gebiet der Korruption aufgesucht. Gamâl hatte ein Szenario wie im Film erwartet: Sie bieten dem Mann einen Betrag an, er lehnt ab, sie erhöhen, am Ende nimmt er widerstrebend an, aber nur weil sie ihm so sympathisch seien. Er betont, dass er von dem Geld nicht einen Piaster einbehalte, sondern alles der Sache zugutekomme. Dieser Film aber hatte ein anderes Drehbuch, es glich einem Boxkampf: Der Kontrahent forderte eine bestimmte Summe und fletschte die schwarzen Zähne. Talaat reagierte mit einem überraschenden Schlag auf den Mund. Gamâl sass da und beobachtete den erbitterten Fight, während das Blut nur so spritzte. »Hätte Muhammad Ali, noch im Vollbesitz seiner Kräfte, den Kampf mit ihnen aufgenommen, dann hätten ihn die beiden Bestien bereits in der ersten Runde k.o. geschlagen.« Gamâl war bei dem Anblick übel geworden, so dass er am Abend im Bad den gesamten Mageninhalt erbrach.

Einmal, er ging damals noch aufs Gymnasium, hatte ihm ein Freund seines Vaters, ein Militäroffizier, erklärt, wie das Leben funktioniert. »Gamâl, mein Sohn«, hatte der Offizier gedonnert, dass das Esszimmer bebte und ein Kristallglas zersprang, »hau kräftig drauf, und du steigst auf! Wie gesagt, immer kräftig drauf, und du steigst auf!« Wie konnte ein Mensch, der im Wohlstand aufgewachsen war, so widerwärtig und brutal sein? Gamâl wusste, dass er für diesen Weg nicht geeignet war. Sein türkischer Urgrossvater hatte keine Skrupel gekannt, er hätte jedem die Gedärme herausgerissen, der sich ihm entgegenstellte. Talaat glich ihm, er hatte die Statur eines Ringers und war mental allzeit bereit zu kämpfen.

Gamâl weigerte sich strikt, seinen Vater anzurufen. Es gab da nämlich eine klare Abmachung: Nachdem der Vater seine Schuldenberge beglichen hatte, musste Gamâl versprechen, ihn nie mehr um einen Gefallen zu bitten.

Talaat wusste nicht, dass Gamâl inzwischen Fotograf war. Er wusste auch nicht, dass Gamâl mit seinem früheren Leben radikal gebrochen hatte. Dass er eine neue Seite aufgeschlagen hatte und nun seiner Kreativität freien Lauf liess. Das Telefonat nahm eine seltsame Wendung. Sie kamen auf Mugabe zu sprechen, von dem Talaat noch nie etwas gehört hatte. »Vergiss nicht, was Ägypten uns angetan hat. Du solltest die Akte ein für alle Mal schliessen!«, brüllte Gamâl unvermittelt und legte auf.

Es ist viel passiert. Schläge noch und noch haben uns zu Boden geschmettert. Wer aber stark ist, rappelt sich wieder auf und macht weiter. Die Schläge zeichnen meinen Körper, sie haben mein Leben ruiniert, mich von Frau, Kindern und Heimat getrennt. Sicher prägen sie mich.

Der vernichtende Schlag jedoch war dieses unsägliche Gesetz, das der Industrieverband eingebracht hatte. Danach hatte jedes Eisenhalbzeug alle 150 Zentimeter das Siegel des Herstellers zu tragen. So wurde in Ägypten ein Eisenmonopol errichtet. Eisen ohne Siegel durfte im Hafen nicht mehr gelöscht werden.

Natürlich stellten daraufhin weltweit alle Hersteller, mit denen wir Verträge hatten, die Lieferungen ein. Schliesslich hatten sie genug Abnehmer, auf uns konnten sie gut und gerne verzichten. Unsere Sonderwünsche zu berücksichtigen hätte eine Veränderung im Produktionsablauf bedeutet. Das war nicht machbar, zumal das Einkaufsvolumen Ägyptens für sie kaum ins Gewicht fiel. Als unsere Regierung das Gesetz erliess, wusste sie sehr genau, dass sich kein Hersteller auf der Welt dieser Forderung beugen würde.

Wir hatten damals gerade einen Kredit für den Import einer Ladung Eisen aufgenommen. Dann kam das Gesetz, und wir sassen dumm da. Ein K.-o.-Schlag. Es war, als würde dir jemand von einem Ohr zum anderen einen heissen Spiess durch den Kopf jagen. Wir klapperten diverse Hersteller ab, bis wir einen fanden, mit dem wir ins Geschäft kamen. Da brach der nächste Regierungsbeschluss über uns herein: Die Einfuhr von Eisen wurde gänzlich verboten. Ein neuer Schlag. Später wurde das Verbot wieder aufgehoben, und wir stiegen ins Blechgeschäft ein. Und just da belegte der Staat die Importe aus bestimmten Ländern mit einer zusätzlichen Steuer, weil deren Preise weit unter den unseren lagen. Das fiel zeitlich mit dem Beginn der einheimischen Blechproduktion zusammen. Nachdem die Umsatzsteuer auf Metall ursprünglich bei fünf Prozent gelegen hatte, betrug sie plötzlich dreissig Prozent. Vor dieser Neuregelung hatten wir wie auch andere Importeure in Ägypten unsere Fracht bereits vollständig verkauft, bevor das Schiff überhaupt im Hafen eingelaufen war. Dank dieser genialen Politik haben in Ägypten mindestens 500 Firmen in der Metallbranche Konkurs gemacht oder die Flucht ergriffen. Meine verbindlichsten Grüsse an das Kartellamt!

Heute ist ein Feiertag, der schönste Tag in meinem Leben. Ich habe das Gefühl, über den Wolken zu schweben und vor Kraft zu strotzen. Wir haben es geschafft, der zweiten Bank alle Schulden zurückzuzahlen. Jetzt steht nur noch ein bisschen Umsatzsteuer aus, und dann haben wir den grässlichen Albtraum endlich überstanden.

Die Bodenpreise in der 6.-Oktober-City sind wahnsinnig in die Höhe geschossen, und wir konnten das Grundstück verkaufen, das mir Vater vermacht hatte. Das Leben ist schön. Nur noch ein, zwei Schritte, und du kannst zurückkommen, mein Liebster.

Talaat hat mich gebeten, ihm die Telefonnummer von Gamâls Vater in Abu Dhabi zu beschaffen, und das ist mir tatsächlich gelungen. Wenn man erst einmal Erfolg hat, dann geht's immer weiter aufwärts. Ich sass im Klub und wartete, dass die Kinder vom Tennisunterricht kamen. Dort traf ich Nivîn mit ihrer Tochter Sylvia, Remonda und Bassant. Letztere erzählte, dass sie am Tag zuvor mit Onkel Sâlim Hussain auf einer Konferenz in Dubai gewesen war. Ich stürzte mich sofort auf sie. Sie gab mir die Handynummer, unter der er immer erreichbar ist. Nichts auf der Welt ist so effektiv wie ein Schwätzchen unter Frauen im Klub. In null Komma nichts hat man sich über alle möglichen Leute ausgetauscht, und hinterher hat das ganze Land Schluckauf.

Ich könnte zerspringen vor Glück!

Anwar war nicht zu retten und sass nun als Häftling Nummer 007 im Gefängnis von Santa Cruz. Nabri und Tîfa konnten den verschollenen Nubier namens Abdalhamîd nicht ausfindig machen. Die Firma, derentwegen Talaat nach Kuwait gezogen war, scheiterte. Allerdings musste er seinem Freund Schaukat Thâir eines eingestehen: Obwohl er über ein Jahr lang vergeblich gewartet hatte, dass das Projekt in Gang käme, habe der Aufenthalt in diesem Land auch seine guten Seiten gehabt. Seit er hier sei, mache er sich ernsthafte Gedanken, sich dem Leben wieder zuzuwenden. Zuvor in Amerika sei er völlig gelähmt gewesen, ohne zu wissen, warum. Irgendwie habe er sich erstarrt und uralt gefühlt und jeden Glauben an die Zukunft verloren. Womöglich, weil er sich, fern der Heimat, vorgekommen sei wie auf einem Friedhof. Dieser Zustand habe ihm die Luft zum Atmen genommen, ihn paralysiert. Die Tristesse habe wie ein Schatten auf ihm gelegen. Nun aber könne er förmlich spüren, wie er sich davon befreit habe.

Talaat wollte ein touristisch-therapeutisches Projekt in Assuan aufziehen. Partner hatte er dafür auch schon gewonnen: einen Kuwaiter, einen Emirati und einen Iraker. Nabri hatte ihn auf die Idee gebracht, als er ihm erzählte, wie er in Assuan mit einem warmen Sandbad von einem Muskelleiden geheilt worden war. Interessiert hatte sich Talaat in dieses Thema eingelesen und herausgefunden, dass Assuan sich durch eine hohe UV-Strahlung und eine geringe Luftfeuchtigkeit auszeichnete. Die konstante Sonneneinstrahlung übers ganze Jahr in Kombination mit der trockenen Luft hatte eine heilende Wirkung bei chronischen Erkran-

kungen wie Rheumatismus, Bronchitis, Asthma, Nieren-
entzündung und Hautausschlägen.

Zu guter Letzt machte Nabri einen Vorschlag. Sein Bruder Hassûna lebe in Assuan, er sei in der Tourismusbranche
tätig und könne bei der Suche nach einem Grundstück be-
hilflich sein. Talaat solle ihn ruhig anrufen.

Das war am 4. Juli 2007, als die arabischen Regierungen
den amerikanischen Unabhängigkeitstag feierten.

Hassûna Sabri

Hassûna ging an sein Handy und versuchte herauszuhören, wer der Anrufer war. Touristisches Projekt? Grundstück? Gesicherte Finanzen? Was hatte das alles mit ihm zu tun? Er verstand gar nichts, ausser dass dieser seltsame Talaat am anderen Ende der Leitung die Nummer von seinem Bruder in Kuwait hatte. Da er in diesem Augenblick aber mit den Gedanken ohnehin woanders war, wollte er später Nabri anrufen, um Genaueres in Erfahrung zu bringen.

Umgeben von Familienangehörigen und unzähligen Nubiern, stand Hassûna in Assuan auf dem Flughafen und wartete auf die Maschine aus Mailand, die den Leichnam seines Onkels Uthmân Muhammad an Bord hatte. Nachdem dieser über zwanzig Jahre lang als Koch in einem Klub der traditionsreichen, seit 1899 bestehenden Fabbrica Italiana Automobili Torino – kurz Fiat – gearbeitet hatte, wurde er nun von seinem Sohn heimgeführt.

Der Empfang am Flughafen hätte einer hochrangigen Persönlichkeit gelten können. In der Tat hatte der Verstorbene bei seinen Leuten eine besondere Stellung. Dank seiner engen Beziehung zu Gianni Agnelli, dem Enkel des Firmengründers Giovanni Agnelli und ehemaligen Aufsichtsratsvorsitzenden des Konzerns, hatte er vielen Nubiern zu einer Anstellung verholfen – entweder im Unternehmen selbst oder im firmeneigenen Tennisklub, in dem er arbeitete. Herr Agnelli hatte grosse Stücke auf Uthmân gehalten. Wann immer er den Klub besuchte, hatte er den Küchenchef zu sehen gewünscht, um ihm persönlich für die erlesenen Speisen zu danken, ganz besonders aber für das exquisite Kaninchen an Muskraut. Weil Herr Agnelli es so sehr liebte, hatte Uthmân dieses Gemüse immer extra für ihn aus Ägypten kommen lassen. Ihre Gespräche unter vier Augen hatte er zu nutzen gewusst. Er hatte einfliessen lassen, wie schwer es seine Volksgruppe in der Heimat habe, und vorsichtig gefragt, ob es in der Firma nicht Arbeit für einen Nubier gebe. Jahr um Jahr und Arbeitsvertrag um Arbeitsvertrag war Uthmâns Ansehen bei den Nubiern gestiegen, bis er schliesslich als Nationalheld betrachtet wurde.

Die Temperatur in Assuan am 4. Juli hatte etwas von der Hölle, die Dante wohl vorschwebte, als er, am Ofen sitzend, die *Göttliche Komödie* schrieb. Wegen der geringen Luftfeuchtigkeit aber war die Hitze durchaus erträglich im Vergleich zu dem, was Talaat in Kuwait auszuhalten hatte. Dort war es nämlich nicht bloss Dantes, sondern die echte Hölle. Die Nubier am Flughafen waren einheitlich gekleidet, sie trugen eine hauchdünne weisse Gallabija mit aufgestickten Quadraten, darunter eine kurze weisse Hose und zum Schutz vor der gleissenden Sonne eine bestickte weisse Kappe auf dem Kopf. Der Flughafendirektor, der immerzu nervös durch den Wartesaal hastete, hatte alle Vorbereitungen getroffen, um dem Heimkommenden einen würdigen Empfang zu bereiten und ihm wenigstens in dieser bescheidenen Form all die guten Taten zu vergelten. Schliesslich hatte sein Sohn dank Uthmân eine Stelle in Turin bekommen.

Als die Sonne ihren höchsten Stand erreicht hatte, landete das Flugzeug endlich, und heraus kam der Leichnam. Die Massen drängten vor, alle wollten dem Toten die letzte Ehre erweisen und den Sarg tragen. Ein grüner Peugeot 504

Break, Baujahr 1979, der draussen bereitstand, fuhr den Verstorbenen durch die Abbâs-Farîd-Strasse zum Totengebet in die Tâbiamoschee.

Es war ein denkwürdiger Tag. Alle Frauen der Familie weinten sich die Augen aus. Die Männer versammelten sich am Abend auf der nubischen Nilinsel bei Assuan vor Uthmâns Elternhaus, um die Kondolenzen entgegenzunehmen, bei Koranrezitationen des Verstorbenen zu gedenken und an seine Tugenden zu erinnern. Wie er 1985 nach Italien gegangen war, blieb allerdings unerwähnt.

Als Hassûnas Kopf voll war von all den Geschichten, verliess er die Trauerfeier und ging durch einen dichten Palmenhain zum Nil. Er zog sich aus und legte die Kleider sorgfältig auf einen blutroten Granitfels, der schwer auf dem Sandhügel lag, so schwer wie der Klumpen, der seit geraumer Zeit auch auf seiner Brust lastete. Hassûna sprang ins Wasser, das trotz der Hitze eiskalt war. Mit kräftigen Zügen bewegte er sich schnell wie ein Krokodil stromaufwärts. Mit geradezu stählernen Händen durchpflügte er das Wasser, wie um die bösen Geister zu vertreiben, die in seinem Kopf wohnten. Er wünschte sich eines der vielen Krokodile herbei, die sich in der Gegend tummelten, um mit ihm einen Kampf auf Leben und Tod auszufechten. Irgendwie musste er sich abreagieren, wusste aber nicht, wohin mit dem Groll. Am Ende jedoch fürchtete er um das Wohl des Krokodils, denn bei der unbändigen Wut, die in ihm tobte, hätte er dem armen Tier bestimmt Leid zugefügt. Die Armut machte ihn mürbe, Zamaleks Drei-zu-vier-Niederlage gegen Al Ahly im Pokalfinale regte ihn auf, und die Tatsache, dass Nabri den vereinbarten Geldbetrag nicht schickte, damit auch er ins Ausland könnte, schnürte ihm die Kehle zu.

Noch im Wasser beschloss Hassûna, diese Nacht ausser Haus zu verbringen und erst nach dem Sonnenaufgangsgebet zu seiner Frau Fâtima heimzukehren, schliesslich wartete keine Arbeit auf ihn, weder am nächsten noch am übernächsten Tag. Bei dieser brütenden Sommerhitze verirrte sich ohnehin kein Tourist zu ihnen in den Süden.

Eine leichte Brise strich ihm übers Gesicht. Hassûna erwachte. Es war sehr früh am Morgen, zu Hause schlummerten alle noch tief und fest. Er liess sie schlafen und folgte der Brise zur Anlegestelle des Old Cataract Hotels. Dort sah er zwei Ausländer in Begleitung eines dunkelhäutigen ägyptischen Bauern. Sie kamen direkt auf ihn zu, also ging er ihnen entgegen und sprach den Ägypter an. Er biete ihnen eine einmalige Bootsfahrt auf dem Nil.

Hassûna taxierte den Bauern. War er Reiseleiter oder ein Gauner, der die Fremden ausnehmen wollte? Kurz darauf waren die Verhältnisse klar, er war auch ein Kunde. Auf der Stelle entspannte sich Hassûna, lächelte und zeigte dabei seine grossen weissen Zähne. Er strahlte übers ganze Gesicht bei der Vorstellung, wie die Banknoten ihm direkt in den Mund schwammen, bereit, von seinen Backenzähnen zermalmt zu werden.

Wendig wie ein Affe sprang Hassûna von einer Feluke zur nächsten. Weil die anderen Bootsführer noch friedlich schliefen, schaffte er es, sein Fahrzeug schnell heranzuholen, ehe die Kunden es sich anders überlegten.

Hassûna tauchte einen Lappen ins Wasser und legte ihn auf den Landesteg, damit die Fahrgäste sich die Schuhsohlen abwischten, bevor sie das Heiligtum der Heiligtümer, seine Feluke, betraten. Er holte Kissen, bezogen mit grünem Baumwollstoff, hervor und legte sie auf die beiden einander gegenüberliegenden Bänke. Als alle sassen, wusch er den Lappen, wrang ihn aus und legte ihn am Heck zum Trocknen in die Sonne. Dann holte er den Anker ein und setzte die Segel, dass sie hoch aufragten wie ein Berg.

Doktor Murtada al-Barûdi und Deborah sassen links neben Hassûna, Richard am hinteren Ende der Feluke. Er hatte einen Zeichenblock auf den Knien und schaute sich mit grossen Augen um, während er nervös am Bleistift nestelte, den er hinter das Ohr gesteckt hatte. Diese Geste hatte er sich von einem Zeichenlehrer abgeschaut, dessen Name ihm entfallen war. Er arbeitete an derselben Schule wie Jassîn, sie hatten sich auf Deborahs und Murtadas Hochzeitsfest im Dorf kennengelernt. Richard und er waren ins Gespräch gekommen und hatten bald festgestellt, dass sie im gleichen Bereich tätig waren – allerdings gab es da einen kleinen Unterschied: Der Lehrer verdiente monatlich umgerechnet dreissig britische Pfund, der andere als Grafikdesigner 3500 … ein Vermögen!

Murtada, Deborah und Richard waren am Morgen mit dem Zug aus Luxor angekommen. Sich ein Zimmer in einem schwimmenden Hotel zu nehmen, hatte Deborah strikt abgelehnt. Deshalb hatten sie eine Woche im Winter Palace in Luxor verbracht und sich nun im Old Cataract Hotel eingemietet. Alle waren hellauf begeistert von der Stadt, und Richard schwärmte sogar, es sei die schönste Stadt, die er je gesehen habe, und nestelte an seinem Stift. Man dürfe den Geschmack des seligen Sultans Muhammad Schah Aga Khan III. eben nicht unterschätzen, erwiderte Deborah, schliesslich habe er sich Assuan zur letzten Ruhestätte erwählt. Murtada bedauerte, dass sein geliebter Vater nicht mitgekommen war, vor allem weil sie anschliessend von Kairo direkt nach London zurückfliegen würden. Er hatte ihn mit allen Mitteln zu überreden versucht, vergeblich. »Meinen Anteil am Glück habe ich am Tag deiner Hochzeit bekommen«, hatte der Vater gesagt, »das ist für mich das grösste Glück auf Erden.«

Murtada konnte nicht anders. Als sie das Hotel betraten, musste er unwillkürlich an Suâd denken. »Unsere Flitterwochen will ich unbedingt im Old Cataract Hotel in Assuan verbringen, Murtada. Davon träume ich schon seit der Oberschule.« Und jetzt war er hier mit einer anderen Frau, das war Hochverrat! Er fühlte sich wie Judas, als er Jesus verriet. Es zerriss ihm das Herz.

Kaum sassen sie in der Feluke, erkannte Hassûna, dass sie auf eigene Faust nach Assuan gekommen waren – ohne Reiseagentur und ohne Fremdenführer. Vor Freude lief ihm das Herz über. Er konnte nicht stillsitzen, sprang auf und zog die Gallabija aus. In Hose und Weste tanzte er geradezu beim Gedanken an den Truthahn, der köstlich duftend nur darauf wartete, von ihm verspeist zu werden. Richard nutzte die Gelegenheit: Hassûna ohne Gallabija – ein Bild, das festgehalten werden musste! Er holte die Kamera heraus und fotografierte ihn. Auf dem Display besah er sich Hassûna genau: ein längliches Gesicht, markante Züge, wie aus Ton geformt und im uralten Ofen gebrannt, grosse schwarze Augen, das Weiss mit einem Orangestich, so als hätte er gerade eine Flasche alten Wein geleert. Er war gross, aber kein Riese, kräftig gebaut, aber kein Ringer. Am Arm hatte er eine lange, breite Narbe. Richard holte sie mit dem Zoom näher heran. »Wie ist das passiert?«, fragte er.

»Ein schielendes Krokodil. Es hat mich wohl für einen Hund gehalten. Blitzschnell ist es aus dem Nil aufgetaucht, hat meinen Arm gepackt und ihn zerfetzt. Aber ich konnte mich befreien.«

»Und warum soll es Sie für einen Hund gehalten haben?«

»Zwischen Hunden und Krokodilen besteht eine alte Feindschaft, ähnlich der zwischen Katzen und Mäusen. Deswegen trauen sich Hunde hier nie ans Ufer. Sie haben Angst, von Krokodilen angegriffen zu werden.«

»Von einer Feindschaft zwischen Krokodilen und Hunden habe ich noch nie etwas gehört.«

»Es gibt eine Geschichte, die erklärt, wie es zu dieser jahrtausendealten Zwietracht gekommen ist: Es war einmal vor langer Zeit ein Hund, der ein Krokodil fragte, ob es ihm die Zunge leihen würde. Er war nämlich zu einem grossen Fest eingeladen, zu dem alle Nilbewohner kommen sollten. Er wollte die Gäste mit schönen Reden beeindrucken und ausserdem so viel wie möglich fressen. Das Krokodil war einverstanden und lieh ihm die Zunge. Der Hund aber hat sich nie mehr blicken lassen. Seither wartet das Krokodil auf seine verlorene Zunge mit einer Stinkwut im Bauch. Vielleicht dachte das Krokodil ja, ich hätte seine Zunge, und hat mich deshalb angegriffen.«

»Nördlich des Staudamms gibt es keine Krokodile und in Assuan schon gar nicht«, beruhigte Murtada seine Frau.

Hassûna lachte herzlich. »Im Nil wimmelt es nur so von Krokodilen, und ganz besonders in Assuan. Sie kommen problemlos mit dem Wasser durch die Durchlässe im Damm. In Assuan sind überall Schilder aufgestellt, die vor Krokodilen warnen. Und in Kairo ist die Wasserbehörde derzeit damit beschäftigt, das Reptil aufzuspüren, das vor zwei Monaten in al-Maâdi vor dem Hotel Sofitel gesichtet wurde, es soll angeblich sechs Meter lang sein. Der Umweltminister, Ingenieur Magid George, aber hat erklärt, dass es nur zwei Meter lang sei. Dabei fehlt von dem Tier jede Spur. Aber eines muss man dem Minister lassen: Er hat so überzeugend gesprochen, dass man meinen könnte, er hätte das Krokodil nicht nur leibhaftig gesehen, sondern mit ihm am Vortag noch im Nil geplanscht.« Zur allgemeinen Beruhigung fügte Hassûna an: »Aber keine Sorge, die Krokodile leben auf dem Grund des Flusses. Sie greifen keine Menschen an.«

»Es sei denn, sie sind kurzsichtig«, kommentierte Richard grinsend.

Hassûna lachte und zog die Gallabija wieder über. »Heute zeige ich Ihnen das wunderschöne Nubien«, versprach er mit ruhiger, tiefer Stimme.

Begeistert sprang Richard auf und fotografierte ihn erneut.

Bestimmt ist Hassûna von königlichem Geblüt. Woher sollte er sonst dieses erhabene Auftreten haben? In Blick, Gestik, Gelassenheit und Tonfall, mit seinen Armen, der Nase und den Augenbrauen ist er wie ein echter Prinz, der von einem Dschinn aufgezogen wurde. Neben ihm wirkt selbst Königin Elisabeth wie eine

Serviererin. Unglaublich, dieser Stolz! Als Murtada ihn bezahlen
wollte, hat er nichts gefordert, nicht moniert, sich nicht einmal
dazu herabgelassen, das Geld anzuschauen – wie ein Herr, der
von seinem Diener das entgegennimmt, was ihm zusteht. Ausser-
dem ist alles so sauber, sein Boot funkelt im Sonnenlicht wie ein
Juwel. Majestätische Reinheit eben, wogegen es in Murtadas Dorf
nur Schmutz gibt. Na ja, von so einem armen Land wie Ägypten
ist wohl auch nichts anderes zu erwarten. Aber im Vergleich zu
Assuan ist selbst London eine Mülltonne. Ich muss ihn morgen un-
bedingt nach seinen Vorfahren fragen, ihm kann nicht einmal Ne-
fertari das Wasser reichen. Allerdings könnte er mich dann auch
nach meiner Herkunft fragen, und dann müsste ich zugeben, dass
ich als Brite von einem einäugigen Piraten abstamme.

Murtada und Deborah zogen sich in ihr Zimmer mit herrlichem Blick auf den Nil zurück. Richard wollte seine Aufnahmen ausdrucken und machte sich auf die Suche nach
einem Fotogeschäft. An der Nilpromenade unweit des Hotels fand er eins. Er zog ägyptische Banknoten aus einem
Geldautomaten, druckte ein paar Fotos von Hassûna aus
und kehrte zurück in sein Zimmer an den Schreibtisch. Papier, Stifte und die Fotos vor sich ausgebreitet, begann er,
von Sehnsucht erfüllt, Hassûnas Gesicht zu malen.

Ein Lied auf den Lippen, kehrte Hassûna heim. Fâtima
legte den Säugling ins Bett und musterte ihren Mann liebevoll. »Na, hat dein Ärger nachgelassen? Ist der Wirbelsturm vorüber?«

Übers ganze Gesicht strahlend, zog Hassûna sechs Zehn-
pfundscheine aus der Tasche.

»Wie schön du wieder lachst. Wenn du lachst, lacht die Welt mit dir.«

Fâtima hatte im Laufe der Jahre gelernt, sich zu ducken, wenn der Wirbelsturm aufkam, denn er konnte das stärkste Segel zerfetzen und erst recht ein Herz. Sie lebten in einem kleinen Haus, das aus einem Salon und einem Schlafzimmer bestand. Die beiden Räume waren durch einen Flur verbunden, der als Wohn-, Ess- und Spielzimmer genutzt wurde. Hier sass Fâtima am liebsten, genau unter der Lüftungsöffnung in der Wand, die zum Schutz vor Insekten und Kriechtieren mit einem Netz bespannt war. Der Boden war mit bunten Schilfmatten ausgelegt. Kissen in unterschiedlicher Grösse dienten als Sitzgelegenheiten. An der Wand hing das einzige Bild, das es im Haus gab, eine wahre Kostbarkeit, die vielen anderen Nubiern nicht vergönnt war. Die Aufnahme aus dem Jahr 1937 zeigte das Haus von Fâtimas Familie. Das Dorf gab es nicht mehr, es lag nun auf dem Grund des Stausees. Ihr Grossvater hatte damals für die Zeitung *Misbâch al-Nûba* gearbeitet, ein Kollege hatte das Foto geschossen. Links im Bild waren der Grossvater und drei seiner Kinder zu sehen, im Hintergrund ein grosses nubisches Haus. Doch diese Welt war für immer verloren, wie von einer Bombe ausgelöscht.

Am darauffolgenden Tag gingen in der Lobby des Old Cataract Hotels über Hassûnas Kopf zwei Bomben hoch. Dabei hätte eine gereicht, um sein Leben zu zerstören.

Das Pech scheint mich wirklich zu lieben, dass es mir so auf den Fersen ist!

Die erste Bombe würde freundlicherweise auch das Leben vieler seiner Kollegen zugrunde richten: Das Old Cataract Hotel sollte in wenigen Monaten für mindestens zwei Jahre schliessen. Eine echte Katastrophe! Was tun? Wie sollte er sich und die Familie durchbringen? Seine Existenz hing schliesslich vom Hotel und von den Gästen ab. Woanders konnte er nicht unterkommen, die Anlegestellen der übrigen Hotels waren alle belegt. Als das Oberoi Hotel vor längerer Zeit wegen Renovierung geschlossen wurde, war das für die dortigen Bootsführer der Untergang. Sie hatten versucht, sich der Old-Cataract-Gruppe anzuschliessen, wurden aber abgewiesen.

So dreht sich das Rad der Fortuna! Nun verschlingt das Feuer uns.

Die zweite Bombe dagegen traf nur ihn allein. Nabri hatte angerufen und ihm eröffnet, dass er die 5000 Pfund nicht schicken könne. Dabei waren sie dringend auf das Geld angewiesen. Um dem Schleuser 30 000 Pfund bezahlen zu können, hatten sie Ende August letzten Jahres einen Kredit aufgenommen. Und nun, Mitte Juli, war die zweite Tilgungsrate fällig. Wie sollte er dem Vater die schlechte Nachricht nur beibringen? Die Hiobsbotschaft bedeutete ausserdem, dass er vorerst im Land bleiben müsste, mindestens ein Jahr noch.

Ein Unglück kommt selten allein, und im Nu ist man hinweggefegt. Hassûna war in Gedanken versunken. Dass ein italienischer Architekt und dessen Frau zu seiner kleinen Gruppe gestossen waren, bemerkte er erst, als Murtada ihm auf die Schulter klopfte. Sie vereinbarten die Ausflugsziele. Als Erstes würde Hassûna sie mit dem Boot zu einem nubischen Dorf in Suhail Gharb bringen. Dort würde er ein Auto organisieren, das sie zu den Tempeln von Kalabscha und Philae fährt. Und am nächsten Tag ginge es zu den pharaonischen Gräbern westlich von Assuan.

Dann fuhren sie los, südwärts zum Takûk-Berg bei Nasser City. Sie kamen an vielen Inseln vorbei, die als Naturschutzgebiet ausgewiesen waren. Nach einer Weile zeigte Hassûna ihnen linker Hand das Haus von Muhammad Munîr. In einem Englisch, das dem der Dragomane bei den Pyramiden von Gisa ähnelte, erklärte er, Munîr sei ein nubischer Sänger und zähle zu den musikalischen Berühmtheiten Ägyptens. Anschliessend kam Hassûna auf seinen Bruder Munîr zu sprechen, der seit Jahren als Taxifahrer in Kairo arbeite und eine Stimme wie Muhammad Munîr habe.

Das Boot geriet in einen Strudel. Das Wasser wirbelte wie in einem Mixer, der mit über einer Million Volt betrieben wird. Gleichzeitig hob ein heftiger Wind aus nördlicher Richtung an. Murtada überraschte seine Frau, indem er beherzt wie nie zuvor Deborahs Hände umfasste und ihre Augen küsste.

Felseninseln, so zahlreich wie Sterne am Himmel. Der Nil blau wie Deborahs Augen. Ein Baum hier, eine Palme dort, feiner Sand, der mit dem Horizont verschmilzt. Schwarz die Felsen, blau das Wasser, grün die Pflanzen, gelb der Sand: eine grandiose Komposition. Eine Landschaft mit dem Duft des Paradieses. Richard war in einen ekstatischen Zustand entrückt, er fühlte sich wie ein Künstler, der durch ein Bild glitt, das er selbst nie hätte entwerfen können. Kurosawa hatte in seinem Film *Träume* durch van Goghs Visionen zu wandeln versucht. Und nun wandelte er, Richard, durch Gottes Visionen.

Hassûna hatte auch seine Freude. Den ganzen Tag beobachtete er die Unterschiede zwischen Engländern und Italienern und musste hin und wieder ein Lachen unterdrücken. Chiara, die Italienerin, gab ihrer Begeisterung alle paar Minuten kreischend Ausdruck, worauf ihr Mann jedes Mal aufsprang und die Ansicht fotografierte, auf die sie zeigte. Und im nächsten Moment hielt sie sich juchzend den Kopf mit beiden Händen. Deborah dagegen verzog keine Miene, obwohl sie von dem Farbenspiel wie berauscht war. Murtada war der Einzige, der die ganze Pracht mit seinem Geruchssinn auskostete, der bei ihm schon immer am stärksten ausgeprägt war. Ein völlig neuer Duft umgab ihn, von Weizen und schwarzem Honig. Ganz und gar davon eingehüllt, tauchte Murtada in eine tiefe innere Stille. Zum ersten Mal im Leben hatte er das Gefühl, zu Hause zu sein. Das Gefühl, alles, was er sah, gehöre ihm. Überwältigt davon, ging ihm das Herz über. Sein Dorf, dachte er, war voll von ausländischen Geräten und Autos, von Zement und Eisen. Auch die Kleidung war fremd. Hier dagegen sass er in einem Boot, wie es auch schon in pharaonischen Zeiten gebaut worden war. Kleider wie die von Hassûna wurden schon vor Jahrtausenden von Ägyptern geschneidert. Die Inseln gehörten ihnen, ebenso der Nil. Die Häuser am Ufer wurden nach nubischer Tradition mit Steinen aus der Umgebung gebaut. Farben, Seile, Statuen, selbst Hassûnas Lederpantoffeln kamen aus eigener Produktion. Ausnahmslos alles hier roch nach ägyptischem Weizen. So hatte Murtada noch nie empfunden, er hatte auch nicht damit gerechnet, je solche Gefühle kennenzulernen. Wir leben auf Kosten einer anderen Zivilisation, dachte er, hier dagegen sind wir die Zivilisation!

Murtada weihte Hassûna in seine Gedanken ein.

»Das nubische Volk ist in der Tat eines der edelsten Völker«, bestätigte dieser. »Im britischen Unterhaus soll es eine Statue geben, die einen Nubier darstellt und deren Sockel eine sinnentsprechende Inschrift trägt. Leider ist es aber keineswegs so, Doktor Murtada, dass hier alles uns gehört. Tatsache ist vielmehr, dass unser Land überflutet wurde. Und die wenigen Inseln, die uns geblieben sind, werden eine nach der anderen verkauft. Man erklärt sie zum Schutzgebiet, kurz darauf entstehen dort Hotels, und dann erfährt man, dass hochrangige Personen aus der Politik am Verkauf beteiligt sind. Wer reich ist, heuert für den eigenen Schutz einfach ein paar Schlägertypen an. Das Problem ist: Wer heute über Eigentum verfügt, kann morgen verkaufen, an wen er will. Und Interessenten gibt es wie Sand am Meer. Die Nubier besitzen von all dem hier nichts. Früher hatte jede Familie ein grosses Haus mit fünf Feddan Ackerland. Aber das Land wurde lebendig begraben, und wir wurden in enge Gänge gepfercht, die geradewegs ins Verderben führen. Einst konnte jeder Nubier von der Landwirtschaft leben, heute dagegen müssen wir uns mit jämmerlichen Krumen begnügen. Wir sind ein Volk von Ackerbauern, aber Sadât hatte sich in den Kopf gesetzt, uns zu Dienstleistern in der Tourismusbranche zu machen. Und nun? Sind wir in dem neuen Beruf etwa unser eigener Herr? Natürlich nicht, denn Reiseveranstalter und Fremdenführer mischen ständig mit. Sie bestimmen unseren Verdienst aus der einzigen Erwerbsquelle, die uns geblieben ist. Früher haben wir Touren zu den Inseln, zu nubischen Dörfern und Hochzeiten organisiert, so wie ich es heute mit Ihnen mache. Wir haben den Gästen buchstäblich unsere Seele auf dem Tablett der Liebe serviert. Auf den Booten haben wir Perlen zum Verkauf angeboten und uns mit dem zufriedengegeben, was wir von den Touristen dafür bekommen haben. Die Nubier besitzen Anstand, haben gute Manieren und sind grosszügig. Es gibt da einen berühmten Satz, der die Gastfreundschaft der Nubier auf den Punkt bringt: ›Solltest du nach Nubien gelangen, wirst du mit offnen Armen empfangen.‹ Wir hinterlassen bei unseren Besuchern nur die angenehmsten Erinnerungen. Die Reiseveranstalter aber machen sich unsere Gastfreundschaft zunutze und pressen uns aus wie eine Zitrone, bis zum letzten Tropfen. Diese unersättlichen Dinosaurier, vor denen man erst sicher ist, wenn sie ausgestorben sind, rauben uns jede Lebensgrundlage. Sie bezahlen dem Bootsführer heute pro Touristengruppe fünfzig bis hundert Pfund für eine zweistündige Nilfahrt. Dabei bekommen sie von jedem einzelnen Fahrgast mindestens so viel für die Tour. Die meisten verbieten uns, an Bord Perlen zu verkaufen, obwohl sie wissen, dass das unsere einzige zusätzliche Einkommensquelle ist. Die Touristen sollen nämlich dazu gebracht werden, nur in den Geschäften zu kaufen, die bei den Agenturen unter Vertrag sind. Ausserdem verhindern sie, dass wir Trinkgeld bekommen, mit dem Argument, wir würden ja vom Veranstalter bezahlt. Die Reiseleiter tun geradezu so, als würden wir im Geld schwimmen. Gleichzeitig erhalten sie aber eine Provision auf jeden Piaster, den ein Tourist ausgibt. Und davon fliesst ein Grossteil in irgendwelche Tresore im Ausland. Muhammad Ali Pascha[41] sei der einzige Bauer und der einzige Gewerbetreibende in Ägypten gewesen, heisst es in den

41 Lebte 1769–1849. War 1805–1848 Vizekönig von Ägypten.

Schulbüchern. Aber jetzt sieht es so aus, dass eine kleine Clique alles in der Tourismusbranche besitzt, sämtliche Boote, sämtliche Geschäfte, sämtliche Reiseagenturen.« Hassûna hob seine Stimme: »Sie haben uns den Strick um den Hals gelegt. Was wir heute verdienen, reicht höchstens zum Sterben. Warum lassen wir Nubier uns so viel Demütigung gefallen? Wie lange ertragen wir den Hunger noch? Wie lange werden wir uns noch mit schäbigen Krumen begnügen? Es gibt nur eine Antwort: Wir müssen den Dinosauriern die Stirn bieten, oder wir gehen unter. Wir müssen ihnen klarmachen, dass sämtliche grossen Tempel auf unserem Land stehen. Abu Simbel, Philae, Kalabscha – alles, womit sich das Gouvernement Assuan brüstet, steht uns Nubiern zu!«

Sabri Nabri, Hassûnas Vater, lag im Bett, der wohligen Trägheit ergeben, mit der die Sonne ihre treuen Kinder beschenkt, als sein Sohn eintrat, um die beiden schlechten Nachrichten zu überbringen. Sabri, ein kleiner, schmächtiger Mann mit freundlichem Gesicht und sanfter Stimme, war ein zurückhaltender, scheuer Typ, so dass sich sein Wesen nur dem aufmerksamen Beobachter erschloss. Ganz anders Hassûna, er hatte ein markantes Äusseres, Charisma und eine tiefe Stimme, die er vom Grossvater mütterlicherseits geerbt hatte. Sabri reagierte auf die Hiobsbotschaften mit der Gelassenheit eines Mannes, der Katastrophenmeldungen gewohnt war. Er nahm einen kräftigen Zug von der Wasserpfeife, lächelte und erkundigte sich nach Hassûnas Kindern. Entspannt unterhielten sich Vater und Sohn. Sabri berichtete Neuigkeiten aus dem Leben seines Bruders Sâlich, der vor über dreissig Jahren nach Kairo gegangen war und dort im Kaffeehaus Groppi in der Adlistrasse arbeitete. Anschliessend erzählte er von seinem älteren Bruder Râdhi, der in Khartum lebte. Zu guter Letzt sagte er, dass er sich neuerdings um Arbeit im Sudan bemühe. Er habe vor wenigen Stunden erst mit Râdhi telefoniert, und der habe versprochen, ihm Arbeit als Koch zu beschaffen. Ein ägyptisches Pfund sei vor nicht allzu langer Zeit noch dreissig sudanesische Pfund wert gewesen. Heute dagegen erhalte man für ein sudanesisches über vier ägyptische Pfund. Man könne also in einem überschaubaren Zeitraum die Summe zusammensparen, die Hassûna benötigte, um ins Ausland gehen zu können.

Erschöpft vom Reden, verfielen beide in Schweigen. Wortlos sassen sie sich gegenüber. Hin und wieder seufzte einer, wie um einen Lichtstrahl hereinzulassen und vielleicht einen Hoffnungsschimmer zu entdecken, der die Qualen mildern würde.

In jener Nacht hatte Deborah einen Traum, in dem sie die Enkelin der Göttin Isis war, der Mutter der Natur und Quelle der Zeit. Deborah sah sich im pharaonischen Gewand, und auf dem Kopf trug sie eine leuchtende Scheibe, den Vollmond, der den Tempel von Philae anstrahlte. Hatschepsut links neben ihr überreichte ihr eine Lotusblüte.

Im neunten Monat schwanger, schritt Deborah mit rundem Bauch, begleitet von Isis, der Göttin der Mutterschaft, zum Allerheiligsten. Sie zog sich mit Hatschepsuts Hilfe aus und nahm auf dem Geburtsstuhl Platz.

Isis berührte mit der Hand ihre Scheide und sagte: »Meine liebe Enkelin, du wirst einen Jungen zur Welt bringen. Er wird Osiris heissen und das Gute auf Erden verbreiten. Nicht ein Quäntchen von der Schlechtigkeit des Seth wird er im Herzen tragen.« Dann führte sie ihre heilige Hand in Deborahs Scheide ein, und der Allerheiligste erstrahlte in göttlichem Licht. Osiris kam zur Welt und dankte mit klarer Stimme der Göttin des Mondes. Allmählich schwand das Licht. Hatschepsut kamen, von Inbrunst und Demut überwältigt, die Tränen.

Deborah erwachte und strich sich über den Bauch. Sie nahm eine leichte Bewegung wahr, als wollte der Fötus mit der Hand die ihre berühren. Sie weckte Murtada aus dem Tiefschlaf und verkündete ihm die Neuigkeit: »Ich weiss, dass ich von Isis abstamme. Ich bin ursprünglich Ägypterin, meine Ahnen sind aus unbekanntem Grund nach England ausgewandert, und nun kehrt die Familie auf die heimatliche Scholle zurück.«

Kommentarlos schlief Murtada wieder ein. Er nahm seine Frau nicht ernst und führte ihre Hirngespinste auf die Schwangerschaft zurück. Beim Frühstück aber überraschte ihn Deborah. Sie war immer noch der Ansicht, Ägypterin und mit Hatschepsut verwandt zu sein.

»Und warum nicht verwandt mit einem ägyptischen Taugenichts?«, fragte Murtada lachend. Die Engländer scheinen auch so ihre Marotten zu haben, dachte er bei sich.

Richard dagegen, der bis zwei Uhr morgens Hassûnas Wangen, Brauen und Lippen mit Bleistift und Fingern gestaltet hatte und felsenfest davon überzeugt war, dass dieser Mann von den mächtigen Königen Ägyptens abstammte, wunderte sich nicht im Geringsten über Deborahs Äusserung. Und so zweifelte schliesslich Murtada an sich selbst.

Vielleicht lag er falsch, die Mehrheit setzt sich ja bekanntlich durch.

Die Nubier aus der Region südlich von Assuan, so zum Beispiel auch Hassûnas Frau Fâtima, nennen sich Fadika. Sie leben in den Dörfern Dakka, Koschtmamla, Gota, Kalabscha, Dibut, Ambarkaf, Dihmit, Garf Hussain und Toschka und sprechen Fagika. Jene Nubier aber, die wie Hassûna aus der Stadt Assuan kommen, nennen sich Matukija oder Kunus und sprechen Kenusi. Diese Sprache verwendet Hassûna zu Hause und unter seinen Leuten. Arabisch lernte er erst mit sechs auf der Grundschule. Wer ihm aufmerksam lauschte, konnte heraushören, dass es nicht seine Muttersprache war. Jemand wie Professor Henry Higgins aus *My Fair Lady* allerdings hätte es auf Anhieb gemerkt. Nichtsdestoweniger beherrschte Hassûna von allen in seiner Familie Arabisch am besten. Sein Bruder Nabri dagegen artikulierte sich eher zaghaft, was in Verbindung mit der leisen, vom Vater geerbten Stimme sein Arabisch schwer verständlich machte.

Das Nubische, so Hassûnas Annahme, werde im Lauf der nächsten Jahrzehnte aus Assuan verschwinden. Viele nubische Kinder beherrschten heutzutage kein Kenusi mehr. Ihre Eltern redeten arabisch mit ihnen, um den Einstieg in der Schule zu erleichtern und ihnen die Schikanen zu ersparen, die ihnen in ihrer Jugend die Lehrer bereitet hatten.

Drei Kinder, die höchstens sechs Jahre alt waren, näherten sich dem Boot. In kleinen Holztonnen auf dem Wasser treibend, ruderten sie mit ihren dünnen Armen vorwärts und sahen Richard und Deborah mit bettelndem Blick an. Um zu demonstrieren, dass seine Einschätzungen zutrafen, sprach Hassûna die Kinder auf Nubisch an. Sie antworteten auf Arabisch, nur eines von ihnen beherrschte auch Nubisch. Hassûna erklärte, bloss ein Drittel der Kinder unter sechs Jahren sprächen heute noch Nubisch, in fünfzig Jahren werde es kaum noch jemand können. Bitter und mit leiser Stimme, als richte er die Worte an sich selbst, setzte er hinzu: »Wir müssen sofort etwas unternehmen, sonst ist die nubische Kultur verloren.«

Sie erreichten die pharaonischen Gräber westlich von Assuan. Hassûna wollte in der Feluke warten, Richard aber bestand darauf, dass er sie begleitete. Schliesslich gab Hassûna dem Drängen nach, er sprang an Land und ging beschwingt voran zum Ticketschalter. Erschrocken sah Murtada hoch. Was war das? Ein Berg mit unzähligen Stufen, die in den Himmel zu führen schienen. Wie sollte seine schwangere Frau da hinaufkommen? Deborah beruhigte ihn, sie stehe unter Isis' Schutz, folglich könne ihr nichts Schlimmes passieren. Und ihr Sohn stehe unter dem Schutz des Fruchtbarkeits- und Totengottes Osiris. Doch als Deborah obendrein verlauten liess, auf einem Kamel zum Grabmal des Aga Khan in der Wüste hinter dem Berg reiten zu wollen, wurde Murtada ungehalten: »Isis und Osiris können mir gestohlen bleiben. Bist du nicht mehr bei Trost? Wir werden noch unser Kind verlieren!«

Als sie den Berg bestiegen, ging Murtada stets einen Schritt hinter Deborah, zur Sicherheit. Auf halber Strecke bat er um eine kurze Pause.

Endlich hatten sie die Felsengräber erreicht. Hassûna, offenbar ein Experte auf dem Gebiet, erklärte, dass hier die

Nubier begraben seien, die einst die Insel Assuan regiert hatten, den Ursprung der heutigen Stadt. Der Name Assuan gehe auf die nubische Bezeichnung *assi wang* zurück und bedeute »sichtbares Wasser«. Jetzt aber nenne man die Insel in englischer Manier Elephantine – in Anlehnung an die Felsvorsprünge, die wie ein Elefantenkopf aussähen. Der ägyptische Staat habe beschlossen, an die koloniale Tradition anzuknüpfen und das nubische Erbe zu verdrängen. »Die meisten Namen in unserem Land haben einen nubischen Ursprung«, fuhr Hassûna fort. »*Misr,* Ägypten, zum Beispiel stammt von dem nubischen Wort *massi* und heisst ›schön‹. *Misr* ist also das Land der Schönheit und der Pracht. Viele wissen gar nicht, woher der Name kommt und seit wann es ihn gibt. Wie immer wird die nubische Sprache und Kultur übersehen, die einen wesentlichen Teil der altägyptischen Zivilisation ausmachte. Auch der Name Luxor ist nubisch. *Uksur* ausgesprochen, bedeutet er ›Halskette‹, was sich auf die geographische Lage der Stadt bezieht. Die Behauptung, der Name stamme vom arabischen Wort *kasr,* Palast, entbehrt jeder historischen Grundlage. Sie dient einzig und allein dazu, die nubische Kultur zu ignorieren und zu missachten. Im Allgemeinen geht man hier mit der Geschichte so um, als hätten wir Nubier nie existiert.«

Nachdem sie einige Gräber besichtigt hatten, kamen sie schliesslich zu jenem von Sarenput II., dem Regenten der Insel Assuan in der zwölften Dynastie während der Amtszeit des Pharaos Amenemhet II. Die erste Halle hatte keine Wandmalereien, aber war in wunderbarem Fels eingelassen. Sie durchschritten einen weiss gestrichenen Korridor, der links von Statuen flankiert war und zu einer weiteren Halle mit verzierten Säulen führte. Auf der linken Seite standen Körbe voller Knochen, im Hintergrund befand sich eine Nische mit einem Wandbild. Die Farben waren so intensiv, dass man hätte meinen können, der Maler habe das Werk erst am Tag zuvor vollendet. Überwältigt betrachtete Richard das Bild, bis er abrupt von einem Wärter aus seinen Gedanken gerissen wurde. Dieser zeigte auf eine Öffnung in der Wand, die mit Stacheldraht versperrt war. Dahinter liege ein Gang, der sich Hunderte Kilometer durch den Berg bis zu den Gräbern westlich von Luxor schlängele und von der UNESCO geschlossen worden sei. Mit blecherner Stimme erklärte er: »Alle, die da hineingingen, sind spurlos verschwunden, verfolgt vom ewigen Fluch!«

Ich befinde mich in diesem Gang, ich habe meine Seele verloren, bin ausgeliefert, belegt mit dem nubischen Fluch. Ohne mit der Wimper zu zucken, bin ich bereit, mein Leben für diesen Mann aufzugeben. Nie hätte ich mir träumen lassen, dass ich mich mit achtundvierzig noch einmal derart verlieben würde. Ich war felsenfest davon überzeugt, dass die Zeit der Leidenschaft nun endgültig hinter mir lag, dass für mich die Epoche der Vernunft begonnen hatte und sich das Herz in meiner Brust nie mehr regen würde. Doch nun hat sich mein Verstand davongemacht. Dabei haben wir nicht das Geringste gemein, wir stammen aus völlig verschiedenen Welten, leben unter getrennten Himmeln. Trotzdem hat es mich in seinen Gang gezogen, und ich sehe nur noch ihn. Schliesse ich die Augen, erscheint mir sein Gesicht. Halte ich mir die Ohren zu, höre ich die Schwingungen seiner Stimme. Was ist los mit mir? Mehr als alles auf der Welt will ich an seiner Seite sein. Ich weiss, dass er sich nichts aus Männern macht, aber wie soll ich meine Leidenschaft

bändigen? Er beherrscht mich, beherrscht mein Tun und Handeln,
beherrscht mich bis in alle Ewigkeit. Gegen meine Gefühle bin ich
machtlos. Wer hat eine Antwort? Wer kann mich von meinem Ver-
langen erlösen?

Als Hassûna heimkehrte, sass sein Vater vor der Tür mit
zwei der wenigen Verwandten, die noch vor Ort lebten,
denn die Familie war in alle Winde zerstreut. Sie tranken
Minztee und berieten, wie man am besten in den Sudan
käme. Das sei äusserst schwierig, bemerkte Abdalnabi, der
Cousin von Hassûnas Mutter. Dort Arbeit zu finden sei ein
Ding der Unmöglichkeit, da bereits viele Menschen aus dem
Süden Ägyptens, aus Eritrea und dem Tschad ihr Glück in
Khartum versuchten. Die Löhne im Sudan seien verlockend
wie eine Stripperin, man verdiene drüben inzwischen das
Fünffache von dem, was man in Ägypten für die gleiche
Arbeit bekäme. Machmûd erzählte von seinem Schwager,
der als Dozent an der Universität Kairo tätig war. Während eines Forschungsaufenthalts an der Universität Khartum habe er erfahren, dass ein wissenschaftlicher Assistent
an dieser staatlichen Hochschule 750 und ein Dozent sogar
1400 Dollar monatlich erhalte. Er hingegen verdiene selbst
nach fünfundzwanzig Jahren Lehrtätigkeit nicht einmal
halb so viel wie der Assistent, der erst ein Jahr zuvor seinen
Abschluss gemacht hat. Aus diesem Grund sei es äusserst
schwierig, dort Arbeit zu finden. »Der Sudan ist zum uner-
reichbaren Traum geworden.«

Sabri aber liess sich von diesen ernüchternden Worten
nicht entmutigen. »Was habe ich mit irgendwelchen Universitätsprofessoren zu tun?«, rief er. »Alles, was ich will,

ist eine Anstellung als Koch bei einem Botschafter, einem Konsul oder einem einheimischen Würdenträger. Râdhi hat versprochen, mir so schnell wie möglich Arbeit zu besorgen. Es drängt, Hassûna braucht Geld, um nach Italien zu gehen. Wenn das Old Cataract Hotel nämlich erst geschlossen ist, hat er gar kein Einkommen mehr. Eine Lösung muss her, damit ich auf der Stelle in den Sudan gehen kann.«

Hassûna hatte bereits einen Plan entwickelt, wie er nach Italien kommen wollte: Zuerst würde er von Assuan nach Alexandria ziehen. Als Nächstes liesse er im Handelsregister ein Haushalts- oder Lederwarenunternehmen eintragen. Dann beantragte er einen neuen Personalausweis, in dem unübersehbar in Leuchtschrift »Geschäftsmann« steht. Er würde ein Konto auf den Namen der imaginären Firma eröffnen. Einige Freunde hatten versprochen, ihm für zwei, drei Tage Geld zu leihen, bis er anhand des Bankauszugs die Existenz des Firmenkontos nachweisen könnte. Anschliessend würde er sich unter Vorlage des Personalausweises einen Reisepass ausstellen lassen. Und zu guter Letzt ginge er zum italienischen Konsulat in Alexandria und beantragte ein einwöchiges Visum, um Unternehmen zu besuchen, die Haushalts- oder besser noch Lederwaren produzierten, denn er begeistere sich für die Gerberei.

Der Plan war bereits von seinem Freund Harbi erprobt worden, der nun als Koch in einem Restaurant in Genua arbeitete. Dank des Geldes, das er regelmässig heimschickte, führte seine Familie auf der Insel Assuan seither ein einigermassen entspanntes Leben. Eines aber verriet Hassûna dem Vater und den Verwandten nicht: dass Harbi sich da-

für nämlich auf ein intimes Abenteuer mit einer fünfzig-
jährigen italienischen Konsulatsangestellten hatte einlassen
müssen. Und offensichtlich waren seine Fähigkeiten auf
sexuellem Gebiet so herausragend, dass sie ihm zu einem
Visum verholfen hatten. Prostitution allein aber reichte in
den meisten Fällen nicht, man musste darüber hinaus auch
ein paar Scheine für die Angestellten der europäischen Konsulate lockermachen, damit sie bei der Sache mitspielten. In
Harbis Fall beliefen sich die Kosten auf über 20 000 Pfund.
Allerdings war auch das kein Erfolgsgarant.

Hassûna liess die drei Männer mit ihrer Diskussion über
Auswanderung allein und ging ins Haus, um seiner Frau
den Tagesverdienst auszuhändigen. Kaum war er drinnen,
stiess sein Vater einen lauten Schrei aus. Erschrocken rannten Hassûna und Fâtima hinaus.

Murtada, Deborah und Richard trafen sich wie immer
zum Abendessen im Hotel. Richard wartete, bis sie mit
dem zweiten Gang fertig waren, ehe er die Neuigkeit verkündete. Er werde nicht mit ihnen zurückkreisen, sondern
ein paar Tage länger in Assuan bleiben. Ihn interessiere
brennend, was es mit dem Gang im Grabmal Sarenputs II.
auf sich habe und ob er wirklich bis zum westlichen Nilufer bei Luxor führe. Er nehme sich ein Beispiel an Carter,
dem Entdecker des Tutanchamun-Grabes, der auch als mit-
telloser Abenteurer angefangen und es später im Leben zu
grossem Ruhm gebracht habe. Deborah war begeistert von
Richards Plänen, Murtada dagegen glaubte, in eine Familie von Verrückten eingeheiratet zu haben. Als er sich die
Hände waschen ging, gestand Richard seiner Schwester

den wahren Grund. Er habe sich bis über beide Ohren in Hassûna verliebt und könne ihn nicht einfach so verlassen. Er habe beim Verlag in London angerufen und mit dem Chef ausgemacht, dass er die Arbeit per Mail schickt. Sie solle ihrem Mann nichts davon sagen, denn Murtada würde das nicht verstehen.

Hassûna und Fâtima trauten ihren Augen nicht. Vor ihnen stand in voller Lebensgrösse Nabri mit Frau und Kindern. Die kuwaitische Familie, bei der er arbeitete, war in die USA gereist, eine Gelegenheit, die sich Talaat Dhihni zunutze machte. Er finanzierte Nabri eine Reise nach Assuan mit dem Auftrag, sich nach einem geeigneten Grundstück für sein Projekt umzusehen. Er gab Nabri dafür eine Woche Zeit und versprach ihm als Lohn ein Prozent des Grundstückswertes.

Wer konnte da helfen? Land für ein Projekt von diesen Ausmassen zu kaufen erforderte ein Netzwerk, das grösser ist als das von *Yahoo!*. Fâtima hatte eine Idee: »Die Schwester meiner Kollegin arbeitet in der Landwirtschaft. Sie weiss bestimmt, wo Grundstücke zum Verkauf stehen.«

»Aber das wäre doch dann Ackerland. Was wir für das Projekt brauchen, ist Baugrund, und zwar direkt am Nilufer.«

»Sie weiss bestimmt etwas. Da bin ich mir sicher.«

»Halt den Mund, Fâtima.«

»Du musst zu Salîm Ramadân gehen«, riet Sabri. »Egal wie hoch er aufgestiegen sein mag, er ist und bleibt einer von uns. Er kann uns nicht verscheuchen wie Fliegen.«

Salîm Ramadân, Nubier aus dem Süden des Gouvernements Assuan, war das Idol seiner Landsleute. So wie jeder Fussballer davon träumt, wie Pelé, die Schwarze Perle, zu werden, träumte jeder Nubier von Salîm Ramadâns Glück. Allein die Tatsache, dass er leibhaftig unter ihnen weilte, bewies, dass Märchen wahr werden und jedem widerfahren können.

Salîm war Bootsführer und um die zwanzig, als sich bei einer Nilfahrt zu einem nubischen Dorf kurz vor Sonnenuntergang das Wunder ereignete. Er hatte eine deutsche Touristengruppe an Bord, darunter eine etwa fünfundvierzigjährige Frau, blond, bemerkenswert schlank, mit grosser Nase und einem spitzen Kinn. Besonders aber fielen ihre Augen auf, sie waren so riesig, dass sie fast schon bedrohlich wirkten. Die Frau verwickelte ihn auf Englisch in ein Gespräch. Während er nur radebrechte, schien sie Shakespeares Sprache tadellos zu beherrschen. Doch Salîm konnte einen Punkt erzielen, als sie sich spontan vorbeugte, um seinen Geruch einzuatmen. Am nächsten Tag machte sie eine weitere Nilfahrt mit ihm und erhielt seine Handynummer. Am selben Abend reiste sie mit ihrer Gruppe heim. Keine vierzehn Tage später tauchte sie wieder in Assuan auf, diesmal allein, und verbrachte zwei Wochen mit Salîm. Sie liess ihn von ihrer Reife und Lebenserfahrung kosten und er sie die Kraft der Jugend schmecken. Zurück in Deutschland, merkte sie, dass die Geschichte keineswegs zu Ende war. Beharrlich erschien ihr Salîm im Traum, bis sie schliesslich vier Monate später erneut nach Assuan flog und ihn heiratete. Sie nahm ihn mit nach Deutschland, wo Salîm das grösste Wunder aller Zeiten erlebte: Die schlanke Frau mit der grossen Nase besass so viel Geld, dass sie Venus, Jupiter und die Erde mit allem Drum und Dran hätte kaufen können. Fünf Jahre lang lebte er in unerträglichem Wohlstand, bis er den Wunsch verspürte, nach Assuan zurückzugehen und sich ein Boot anzuschaffen. Sie gab ihm ein wenig von ihrem Geld, mit dem er ganz Nubien hätte aufkaufen können, und mit den Jahren wurde er zum reichsten Mann in der Gegend.

»Wir wollen ihn ja nicht um Hilfe bitten, sondern nur fragen, ob er von einem Grundstück weiss.«

»Auch wenn er sich in den siebten Himmel hochgearbeitet hat, bleibt er Nubier.«

»Ich gehe morgen zu ihm.«

Tee wurde gereicht.

»Erzähl uns von Kuwait.«

»Ein schönes, ruhiges Leben, das Wohlstand verspricht.«

»Hier sind alle Quellen versiegt, wie du weisst. Was soll man machen? Hast du für mich eine Möglichkeit in Kuwait gefunden?«

»Noch nicht. Aber ich habe heute Mabrûk al-Manûfi angerufen.«

»Hat er etwas Neues für mich?«

»Ich weiss es nicht. Ich habe am Mittag mit ihm gesprochen. Er kommt morgen früh nach Assuan, sagte er.«

»Ja, bitte triff ihn unbedingt, bevor du wieder abreist. Wir müssen einfach an jede Tür klopfen. Man weiss ja nie, was es bringt.«

»Klar doch, ich werde mich auf jeden Fall mit ihm treffen. Übrigens habe ich heute Morgen Hagg Ibrahîm die 5000 Pfund zurückgezahlt.«

»Da fällt mir ein Stein vom Herzen!«

Die Versammelten gingen auseinander. Arm in Arm schlenderten Hassûna und Nabri zum Nilufer.

»Hassûna … also, meine Familie … wenn ich nicht hier bin … ich bin dir so dankbar, was du alles für meine Kinder tust und für …«

Plötzlich bekam er eine Ohrfeige und einen Faustschlag in den Bauch. Nabri stürzte sich auf seinen Bruder und rang mit ihm, wie sie es schon immer gern getan hatten. Dann zogen sie sich aus, sprangen in den Nil und schwammen zur Insel der Pflanzen hinüber. Die Strömung war recht stark, doch sie liessen sich nicht abtreiben. Mit kräftigen Zügen kämpften sie sich Schulter an Schulter vorwärts. Jeder versuchte, den anderen zu überholen. Vergebens, keiner liess sich abhängen. Doch dann, wenige Meter vor dem Ufer, steigerte Hassûna sein Tempo und gewann wie immer den Wettkampf. Die Brüder waren nur zehn Monate auseinander. Beide waren im selben Jahr geboren worden und standen sich nah wie Zwillinge, auch wenn sie äusserlich sehr verschieden waren und jeder seine besonderen, unverwechselbaren Merkmale und Eigenschaften hatte. Planschend wie zehnjährige Jungen, schwammen sie zurück.

Murtada öffnete Richard die Tür und fuhr fort, die Koffer zu packen. Richard setzte sich auf einen der Holzstühle und betrachtete das Zimmer, das viel grösser als seines war. Der Boden war mit Dielen belegt, die unter den Füssen knarrten. Alles hier roch nach Geschichte. Deborah hatte sich auf dem Balkon an einen Stuhl gelehnt. Vom langen Stehen beim Packen tat ihr das Knie weh. Sie strahlte eine unendliche, wohl von Isis eingegebene Ruhe aus, während sie ein letztes Mal den faszinierenden Ausblick über den Nil und die zahllosen Felseninseln genoss. Heisser Wind blies ihr ins Gesicht, derselbe trockene Wind, dachte sie, der diese Zivilisation hervorgebracht oder besser gesagt erhalten hat und dies noch bis in alle Ewigkeit tun wird. Sie atmete kräftig ein und forderte ihren Osiris auf, es ihr gleichzutun. Er solle seine Lunge mit der Luft seiner Vorfahren füllen, um sie nach der Landung in Heathrow auskosten zu können. Deborah trat an Richard heran, umarmte ihn und strich ihm liebevoll über den Kopf. Offenbar hatte die ägyptische Sentimentalität sie aus ihrer britischen Zurückhaltung gelockt. »So viel Liebe!«, kommentierte Murtada lachend. »Schmeichelst du dich bei deinem Bruder ein, weil er bald ein berühmter Ägyptologe sein wird? Und eine Bitte, Richard: Setz ja unsere Namen mit auf die Entdeckerliste, wenn du es als Erster durch den historischen Gang von Assuan nach Luxor schaffst!« – »Mach ich«, versprach dieser. »Die Entdeckungstour beginne ich mit einer Niltaufe. Ich habe mit Hassûna vereinbart, zu einer Stelle in der Nähe des ersten Kataraktes zu fahren.« Und mit einem breiten Lächeln fügte er hinzu: »Er wird mir bei der Seelenreinigung helfen, auf dass ich in meinem Leben eine neue Seite als Ägyptologe aufschlage, der knackig braune Statuen mit schwarzen Augen ausbuddelt.«

Feuer und Flamme für das Land und Geisel einer sie verzehrenden Leidenschaft, reiste Deborah ab. Sie hatte das Gefühl, Murtada nun um ein Vielfaches mehr zu lieben.

Ich weiss noch genau, wie wir in der Schule im Westen Londons die Nilkatarakte durchgenommen haben. Sechs sind es, angefangen beim ersten südlich der Stadt Assuan bis zum letzten nördlich von Khartum. Ich habe Mister Howards freundliches Gesicht deutlich vor Augen, jede Runzel ist mir in Erinnerung. Anhand einer Karte zeigte er uns den Verlauf dieses wunderbaren Flusses, aus dem eine der bedeutendsten Zivilisationen der Welt hervorgegangen ist. Wo sind all die Jahre hin? Irrsinnig schnell sind sie verflogen. Stehe ich wirklich auf der Schwelle zur fünfzig? Ich glaube es nicht.

Bestimmt hat ein Teufel auf Schnellvorlauf gedrückt und das Band meines Lebens im Eiltempo vorgespult. Nun aber muss er zurückspulen, damit ich mir alles noch einmal in Ruhe ansehe. Ich möchte jederzeit stoppen und bei einem Moment so lange verweilen können, bis ich ihn gezeichnet und im schönsten Smaragdgrün und Rubinrot ausgemalt habe. Vor allem möchte ich genau diesen Augenblick festhalten, hier beim ersten Katarakt zusammen mit Hassûna. Ich schaue zu, wie er sich auszieht und in dieses ewige Wasser springt. Ich will auf Stopp drücken und seinen Körper betrachten, die kräftigen Muskeln, seine Haut, die, von so viel Sonne liebkost, regelrecht strahlt, die grosse Nase, die ihm königliche Erhabenheit verleiht. Ich möchte ihn aus Ton formen, ihm meine Seele einhauchen, ihn, von Leben erfüllt, meinem Körper zugesellen. Damit ich mir dieses Bild bis in alle Ewigkeit bewahre, müsste Gott mich jetzt als Hassûnas Gefährten erwählen. Dann wäre ich glücklich. Das Bild zeigt dieses herrliche Ufer, das, einer orangefarbenen Wüste entsprungen, im Schoss eines rauschenden Flusses ruht. Indessen klatscht der Fluss mit voller Wucht immerzu an die Felseninseln, aus denen Bäume in den Himmel ragen. Berstende Schönheit. Und mittendrin Hassûnas Körper, langgestreckt, wie um den Victoriasee mit dem Mittelmeer zu verbinden. Nein, ich will nicht sterben. Der Teufel soll mich verwandeln, in eine Felseninsel, hier in diesem Katarakt.

»Was wirst du machen, wenn das Hotel schliesst?«

»Es gibt nur eine Lösung: aus Ägypten weggehen und irgendwo in der weiten Welt arbeiten.«

»Wo?«

»Am liebsten in Italien.«

»Warum nicht England? Du sprichst doch Englisch, aber kein Italienisch.«

»Ein Visum für England zu bekommen ist so gut wie unmöglich. Nach Italien kann man sich vom Meer oder von Osten her über den Landweg einschleichen. Ausserdem ist England zu weit weg.«

»Ich kann dir helfen.«

»Im Ernst?«

»Ich würde alles für dich tun, wenn du es nur willst.« Richards Augen gingen über vor Zärtlichkeit, Sehnsucht und Verlangen.

Hassûna wich zurück, sprang vom Ufer auf das Boot, zog die Gallabija an und begann das Fahrzeug zum hunderttausendsten Mal zu putzen.

Richard kam auch an Bord. »Ich möchte, dass du für mich Modell sitzt«, sagte er. »Ich will einen Nubier malen, und du bist dafür ideal. Ich zahle dir auch, so viel wie du willst. Also, ich erwarte dich morgen Nachmittag um fünf Uhr in meinem Zimmer. Dann male ich dich, und wir können bereden, wie du ein Visum für England bekommst.«

Ohne Worte machte Hassûna die Leinen los.

Nachts auf der Insel sassen sie zwischen drei Palmen beisammen: über zwanzig Nubier, in ihrer Mitte Nabri und Hassûna. Die Männer waren gekommen, um zu hören, wie das Leben in Kuwait ist, und um den Geruch des Erdöls zu schnuppern. Nabri erzählte in aller Ausführlichkeit. Nun war er wieder er selbst, er kostete es buchstäblich aus, nach so langer Zeit wieder Nubisch sprechen zu können. Diskussionen entspannen sich. Die Themen wechselten wie die Gläser und hinterliessen einen bitteren Nachgeschmack. Hassûna kam auf das Rückkehrrecht der Nubier zu sprechen, das sie jetzt, nachdem in die Sache mit dem Staudamm Ruhe eingekehrt war und sich der Wasserstand hinter dem Damm reguliert hatte, endlich mit aller Vehemenz einfordern müssten. »Wo sind die Gelder der Welternährungsorganisation geblieben? Immerhin sind Ägypten 1,3 Milliarden Dollar zugesichert worden, um die Rückkehr der Nubier in ihr angestammtes Gebiet zu finanzieren. Die nubischen Dörfer um den Staudamm müssen wiederaufgebaut werden.«

Ein anderer meldete sich zu Wort: »Was ist mit unserer Forderung, das Gouvernement Assuan in Nubien umzubenennen und den Namen Assuan auf die Hauptstadt zu beschränken? Man ignoriert sie einfach. Und der Staatspräsident hat bisher keinen einzigen Nubier zum Mitglied des Schûra-Rats ernannt.«

Ein Mittfünfziger stand auf. »Wie können wir«, hob er an und machte ein paar Schritte um den Kreis der Versammelten, »wie können wir dem Namen Nubien wieder zu Ansehen und Bedeutung verhelfen? Wir haben gefordert, dass der Stausee offiziell in Nubiasee umbenannt wird. Aber wir stossen immer nur auf taube Ohren. Alle Bemühungen, ein Bewusstsein für die nubische Geschichte und Sprache zu schaffen und beides in den Schulen zu unterrichten, haben nichts gefruchtet. Wir Nubier haben eine lebendige Sprache, doch man will sie sterben lassen, nein, regelrecht töten. In anderen Ländern werden sogar tote Sprachen wiederbelebt.«

Ein anderer, der beim Achten Kanal arbeitete, warf ein: »In Assuan gibt es eine Rundfunkanstalt, da könnte man doch wenigstens einen nubischen Sender im Fernsehen und im Radio erwarten. Aber nein, die Regierung ignoriert uns nicht nur wie Ungeziefer, sie führt richtiggehend einen Krieg gegen uns, um uns jede Präsenz in den Kammern des Parlaments zu verwehren. Nasr al-Nûba mit vielen nubischen Einwohnern und Kûm Umbû mit überwiegend nichtnubischer Bevölkerung wurden zu einem Wahlkreis zusammengefasst. Warum wohl? Na, damit die Nubier ihren Sitz in der Volksversammlung und im Schûra-Rat verlieren!«

»Warum redet ihr alle nur über die grosse Politik?«, bemängelte Nabri. »Lasst uns doch über die alltäglichen Missstände sprechen. Zum Beispiel wird die nubische Jugend nicht im mindesten sportlich gefördert. Wir Nubier haben eine so hervorragende körperliche Konstitution, dass wir es allemal mit den kenianischen Leichtathletikstars aufnehmen könnten. Hassûna zum Beispiel ist ein unschlagbarer Schwimmer. Wir sind die Kinder des Nils, wie die Krokodile kommen wir in seiner Strömung zur Welt. Aber nicht ein einziges Schwimmzentrum gibt es hier. Und wer könnte besser rudern als wir? Immerhin verbringen wir mehr Zeit auf Booten als in Häusern. Aber es gibt keinen einzigen professionellen Ruderklub. Zumindest könnten wir bei den Olympischen Spielen ein paar Goldmedaillen für Ägypten holen, statt mutlos den Kopf hängen zu lassen. Da bleibt unserer Jugend doch nichts als die Revolution.«

»Unsere Kultur ist eine der bedeutendsten und ältesten der Welt«, sagte Hassûna mit sanfter Stimme. »Sie ist der Ursprung der pharaonischen Kultur, ja, sie ging ihr voraus, ist also älter als sie. Und wie sieht die Realität heute aus? Man ignoriert dieses Volk einfach, das vier bis sechs Millionen Menschen zählt. Wir wissen selbst nicht einmal, wie viele wir sind, weil man sich weigert, die Zahlen offenzulegen. Vor dem Bau des Staudamms lebten wir in einem Gebiet, das sich 350 Kilometer nordwärts und 150 Kilometer südwärts erstreckte. Aber wie können sie uns hören, wenn wir verdrängt werden und ohnmächtig sind? Es gibt nur eine Lösung: Wir müssen ins Ausland gehen, Geld verdienen und gestärkt zurückkehren, damit sie uns in Kairo endlich hören!«

Fâtima traute ihren Ohren nicht, als Hassûna ihr von seinem Erlebnis mit dem Engländer erzählte, obwohl sie bereits viele ähnliche Geschichten gehört hatte. Ein Hamburger Universitätsprofessor hatte einen nubischen Bootsführer dermassen mit Geld überschüttet, dass der am Ende zwei Mikrobusse kaufen konnte. Ein niederländischer Arzt hatte sich in einen Kamelführer verliebt und ihm eine Einladung und ein Flugticket geschickt. Seither lebte dieser in Amsterdam. Dass so etwas aber ihrem Hassûna widerfahren würde, hätte sie nie für möglich gehalten. Sie schloss die Augen, und unwillkürlich rannen ihr die Tränen. Es war seltsam, aber sie zeigte sich weder ablehnend noch einverstanden. Nur Schmerz empfand sie, Schmerz über die finanzielle Misere, die aus einem Herrn einen Sklaven und aus einem König einen Bettler machen konnte.

Auf dem Weg zur Verabredung mit Salîm Ramadân, der ihm nach einigem Zögern einen Termin nach dem Mittagsgebet gegeben hatte, traf Nabri im Café gegenüber den Schleuser Mabrûk al-Manûfi. Dieser war kurz nach Assuan gekommen, bevor er nach Talâ im Gouvernement al-Minufîja zurückkehrte, um eine Gruppe von dreiundzwanzig jungen Männern auf die Reise nach Spanien vorzubereiten.

Nabri erkundigte sich bei ihm nach allen Einzelheiten, um Hassûna hinterher die Informationen wortgetreu wiedergeben zu können. Dann fragte er nach Italien, welche Wege dorthin derzeit sicher seien und was es kosten würde. Mabrûk gab ausführlich Auskunft. Als der Ruf zum Mittagsgebet ertönte, stand Nabri auf und verabschiedete sich mit den Worten, dass er die Sache mit Hassûna besprechen werde.

Während er noch über dessen schwierige Lage nachdachte und darüber, wie man ihm aus dem Land helfen könnte, eilte Nabri über die Strasse zu Salîms Büro. Da blieb unvermittelt die Zeit stehen, ein Mikrobus raste in seinen schmächtigen Körper. Ein leiser Seufzer war das Letzte, was Nabri von sich gab.

Mabrûk al-Manûfi

Ich stürzte hinaus zu Nabri. Der Fahrer kniete neben ihm und fühlte seinen Puls.

Nabri war tot, seine zarte Seele entwichen. Offensichtlich überleben in diesem Land nur robuste Grobiane wie ich. Zweimal wäre ich beinahe hopsgegangen, einmal in einem Fiat 132 und einmal in einem Lkw. Aber ich bin zäh, und ausserdem hatte ich auf der Welt noch einiges vor.

Sekunden später hatten sich massenhaft Menschen um uns geschart. Wie vom Asphalt ausgespuckt, waren auf einmal überall Nubier, unter ihnen auch Verwandte von Nabri. Ich schlich mich davon und suchte mir eine stille Ecke, um zu beten und ihm Eingang ins Paradies zu wünschen. So Gott will, ist ihm das Paradies bestimmt.

Man nennt mich hier Konsul. Ich sage es ungern, verehrte Dame, aber ich bin hierzulande einer der erfolgreichsten Schleuser. Über 6000 Ägyptern habe ich in den letzten fünfzehn Jahren aus dem Land geholfen. Toi, toi, toi. Ich trage immer eine blaue Perle gegen den bösen Blick bei mir.

Ich stamme aus Mît Abu al-Kûm, lebe aber in Talâ, seit ich so blöd war zu heiraten. Ich bin also aus al-Minufîja, und darauf bin ich stolz.

Wie ich das angestellt habe, fragen Sie?

Ich verrate es Ihnen. Zuallererst verdanke ich es Gott. Hinzu kommt, dass ich – in aller Bescheidenheit – ein Künstler bin. Jemand, der Leute ins Ausland schafft, braucht nämlich Phantasie, täglich eine neue Idee.

Wieso, fragen Sie?

Na ja, kaum hat man einen Weg gefunden und gangbar ge

macht, kommen die verfluchten Dreckskerle dahinter. Und was mache ich da wohl? Ich schlage einen neuen Weg ein. Wie gesagt, meine Liebe, Phantasie!

Als Erstes möchte ich eines klarstellen: Es gibt gewisse Leute, die mich für ein skrupelloses Monster, ja für einen Mörder halten. Irgendwelche Journalisten in klimatisierten Büros kritzeln sich da etwas zurecht. Dass ich Dracula bin, meinen Landsleuten das Blut aussauge, sie ausnehme und ihnen Illusionen in gelben Flaschen verkaufe ... alles Quatsch, der reinste Humbug!

Schauen Sie sich um, Verehrteste, fragen Sie die Leute im Dorf. Die werden Ihnen sagen, wer ich bin. Wissen Sie, was Ihnen durch die Bank alle antworten werden? Dass ich so etwas wie Raffgier nicht kenne. Ich habe immer versucht, den Menschen zu helfen, damit sie dann für mich beten. Sie profitieren von der Reise, und ich profitiere von den Gebeten.

Ich erweise meiner Heimat einen enormen patriotischen Dienst. Als Schleuser, wie man mich nennt, übe ich den zurzeit ehrenhaftesten Beruf in Ägypten aus, denn das Land existiert nur, weil die Emigranten Geld heimschicken. Ganz al-Minufija lebt von dem Geld, das seine Söhne aus Europa und vom Golf überweisen. Ich kann für mich sagen, dass alle, die meine Dienste in Anspruch genommen haben, Gott sei Dank heil geblieben sind. In den Tod habe ich niemanden geschickt. Na ja, aber auch die, die unterwegs umgekommen sind ... wie viele mögen es sein? Das wüsste ich selbst gern. Ein Boot nimmt zwanzig, dreissig, fünfzig Mann an Bord. Wie viele Boote sind in den letzten Jahren untergegangen? Zwanzig? Dreissig? Vierzig? Das heisst, es sind 1000, 2000 Mann gestorben. Maximal. Aber wie viele haben es geschafft? Tausende, Zigtausende. Wie hoch ist also die Verlustrate? Kaum der Rede wert.

In der Armee kommen bei bewaffneten Einsätzen bis zu fünf-undzwanzig Prozent um, auf der Arche Noah dagegen sind es weniger als ein Prozent. Im Übrigen ist es heutzutage viel wichtiger, den Absprung aus Ägypten zu schaffen, als Militärdienst zu leisten. Hier rauszukommen ist nämlich derzeit das Einzige, was das Land am Leben erhält, jawohl, das Einzige! Ich weiss, wovon ich rede. Ich sage nur: Schattenwirtschaft. Sie ist das Fundament dieses Landes. Auf dem Papier müssten wir schon längst verhungert sein.

Warum wir noch nicht gestorben sind, fragen Sie?

Na, weil ich von Berufs wegen Leute ausser Landes schaffe und weil andere das Gleiche tun. Und ich kann Ihnen sagen, dass wir alle Hände voll zu tun haben.

Kennen Sie die Geschichte von dem deutschen Experten, der herkam, um eine Lösung für unsere wirtschaftliche Misere zu finden und ein ordentliches System aufzubauen? Er hat die Lage studiert, alles geprüft und berechnet. Am Ende ging er zum Minister und sagte: »Dieses Land müsste schon längst den Bach runtergegangen sein. Ich verstehe nicht, wie Sie noch existieren können. Es gibt nur eine Lösung: Machen Sie weiter wie bisher, und vergessen Sie das neue System. Regeln funktionieren hier nicht.« Niedergeschlagen fuhr er heim.

Was diesem Mann verborgen blieb, ist die Tatsache, dass Geld aus dem Ausland nicht über die Banken, sondern mit den Leuten bar nach Ägypten gelangt. Hier kommt es auch nicht aufs Konto, nein, es wird sofort ausgegeben oder unter die Matratze gelegt. Die Ägypter in Europa erhalten ihren Lohn ja bar auf die Hand, weil sie meist schwarzarbeiten. Doch all dieses Geld konnte der arme Wirtschaftsexperte gar nicht mitberechnen, wie auch?

Plötzlich brach die Dunkelheit herein, eine frühabendliche Brise hob an und verwehte die drückend feuchte, schweisstreibende Hitze. Ich holte ein Taschentuch heraus, beträufelte es mit Veilchenparfum und wischte mir das Gesicht, um den Dunggestank zu übertünchen, der im Garten ringsum vom Boden aufstieg.

Meine Geschichte ...

Eine lange Geschichte, sie begann 1988. Wie Millionen andere in diesem Land war ich erwerbslos. Beengend schwere Zeiten. Keine Arbeit, kein Job, gar nichts. Und wer doch Arbeit hatte, bekam einen Hungerlohn. Das Land war zum leblosen Körper verkommen. Nicht die leiseste Regung, keine Seele, mausetot eben. In solchen Verhältnissen macht der Mensch gezwungenermassen komische Dinge. Was also tun? Etwa auch sterben? Nein, natürlich nicht. Irgendwie musste man einen Weg finden. Wir waren jung und sahen, wie die Leute aus dem Ausland zurückkehrten. Aufgeplustert wie die Gockel, eingebildet, völlig verändert. Als arme Schlucker waren sie abgereist, und nun, wieder in der Heimat, behandelten sie die anderen von oben herab. Ich weiss noch, da gab es im Dorf einen, der lief mitten im August bei Affenhitze in Anzug und Krawatte herum, völlig bekloppt. Aber das hat bei allen, die auf keinen grünen Zweig kamen, masslosen Neid geschürt. Plötzlich wollten alle nur noch raus aus dem Land, so schnell wie möglich. Und jeder wollte eine Krawatte.

Wann das war?

In den Achtzigern. Hoch im Kurs standen damals der Irak oder der Golf.

Ich ging in den Irak. Etwa drei Millionen Ägypter sollen zu der Zeit dort gelebt haben. Keine Ahnung, ob das stimmt. Auf jeden Fall sagten sie mir: »Du kommst zu spät, Kleiner, die Sahne ist schon abgeschöpft.« Ich hatte mich dort gerade eingefuchst, da marschierte Saddam auf einmal in Kuwait ein, und die Hölle brach los. Weise, wie ich schon immer war, machte ich mich sofort aus dem Staub. Schnurstracks nach Jordanien und über Nuwaiba nach Hause. Doch hier war alles trist, düster und ausweglos.

Ein Visum zu kriegen war damals keine grosse Sache, ausserdem hatte ich noch Erspartes aus dem Irak. Ich bekam ein Visum für Polen, das mich 1100 Pfund kostete. Und auf ging's nach Warschau. Dort lernte ich eine polnische Truppe kennen, die Leute nach Deutschland schleuste. Für einen lächerlichen Betrag: 200 Dollar. Das weiss ich noch genau. Ich zahlte, und über Nacht kam ich nach Deutschland. Sie setzten mich am Bahnhof ab und sagten: »Wo soll's hingehen? Such dir was aus. Von hier kommst du in jede beliebige deutsche Stadt.«

In Hamburg gab es, wie ich gehört hatte, massig Arbeit, also fuhr ich dorthin. Kaum war ich aus dem Bahnhof raus, lief mir ein Ägypter über den Weg. Wie das Leben so spielt! Woran ich ihn erkannt habe, fragen Sie? An den Schuhen. Er trug welche von Bata ... eine miserable Marke. Solche Dinger hatte ich auch mal, die kriegt man nur mit Juckpulver sauber.

»Ach, wie schön, ein Landsmann!«, rief ich.

Er bot mir einen Schlafplatz bei sich an, er wohnte zusammen mit fünf Ägyptern aus al-Gharbîja.

»Du bist zwar mein lieber Freund«, sagte ich, »trotzdem zahle ich meine Miete im Voraus.«

Über den Geldschein freute er sich. Einen ganzen Monat lang suchte ich wie verrückt Arbeit. Erfolglos. Dann wendete sich das Blatt, und eine Druckerei nahm mich als Lastträger. Die reinste Sklavenarbeit, nur mit dem Unterschied, dass Sklaven wohl etwas weniger rackern. Ständig kamen auf dem Fliessband Bücher angefahren, ich musste im Takt jeweils dreissig Kilo mit einem Handgriff wuchten und auf einer Palette stapeln. Dieses verdammte Band war gnadenlos, es lief in einem fort. Das hab ich nicht lange ausgehalten.

Danach bekam ich Arbeit an einer Behindertenschule. Ich putzte dort aber nur jede dritte Woche und hatte dann zwei Wochen frei. Jedenfalls kam ich ein ganzes Jahr lang nicht gross weiter. Zwar lernte ich auf der Strasse ein paar Brocken Deutsch, doch ich merkte, dass Deutschland nichts für mich war. Gleichzeitig hörte ich, dass die Regierung in Italien allen, die sich illegal im Land befanden, eine Aufenthaltsgenehmigung erteilte. Nichts wie hin, dachte ich. Ich versuchte, jemanden zu finden, der mich mit dem Auto über die Grenze bringt, hatte aber kein Glück. Unerschrocken, wie ich bin, entschied ich mich für den Zug, in der Annahme, es würde nicht jeden Tag kontrolliert.

Es war ein Wagnis, aber es hat sich gelohnt. Zwei Ägypter schlossen sich mir aus dem gleichen Grund an. Im Zug waren wir auf der Hut, beim leisesten Geräusch spitzten wir die Ohren wie die Bulldoggen. Nach elend langer Fahrt waren wir endlich in Österreich. Beim ersten Halt nach der Grenze stieg ein Tunesier ein, der durch die Heirat mit einer Nutte den deutschen Pass bekommen hatte. Er hatte seinen Bruder dabei, der ohne Papiere in Österreich lebte, sie waren auch auf dem Weg nach Italien. Kurze Zeit später waren wir die dicksten Freunde.

Wie das, fragen Sie?

Weil schwierige Umstände Menschen in null Komma nichts zusammenschweissen. Und weil es in meinem Leben am laufenden Band brenzlige Situationen gab, werde ich mit Leuten recht schnell warm. Kurz vor der italienischen Grenze stiegen auf einmal jede Menge Polizisten ein. Sofort verliessen wir den Zug. Da standen wir nun, mitten in der Pampa, und hatten keinen blassen Schimmer, wo wir waren. Um zwei Uhr morgens bei etwa zwanzig Grad minus, der reinste Tod! Was für ein Desaster! Wir entdeckten einen Taxistand. Schlotternd rannten wir hin. Wir sprachen mehrere Taxifahrer an und erklärten ihnen, dass wir nach Italien wollen und anständige Leute sind. Es half nichts, sie misstrauten uns und lehnten ab. Schliesslich willigte ein türkischer Fahrer ein, verlangte aber 400 Mark. Abgemacht, wir hätten sogar unser letztes Hemd hergegeben. Und los ging's. Kurz vor der Grenze, mitten in den Alpen, kriegte er es mit der Angst zu tun. »Die Fahrt ist hier zu Ende«, sagte er. »Geht zu Fuss weiter, ihr kommt problemlos rüber.« Ich stieg als Erster aus, doch im Bruchteil einer Sekunde waren mir die Hände steif gefroren. Es waren bestimmt dreissig Grad minus. Ich sprang sofort wieder in den Wagen. »Nein, wir steigen nicht aus. Oder willst du, dass wir erfrieren?«, sagte ich und drohte ihm: »Wenn die Polizei unsere Leichen findet, wanderst du auf der Stelle ins Kittchen. Am Taxistand haben alle gesehen, dass wir bei dir eingestiegen sind. Wenn du Schiss hast, musst du uns schon zurückbringen. Dann kannst du dir aber auch das Geld abschminken.« Er überlegte einen Moment, was er tun sollte, und entschied umzukehren.

Kennen Sie den alten ägyptischen Witz? Kommt während der osmanischen Besatzung ein Türke in ein Restaurant, das auf Innereien und so Zeug spezialisiert ist, und bestellt einen Schafskopf.

»Ein Schafskopf à la Chef«, ruft der Kellner in die Küche.

»Nein, nein«, sagt der Türke, »ich will einen türkischen Schafskopf.«

»Und entferne das Hirn!«, ruft der Kellner dem Koch zu.

Genauso hirnlos war der Fahrer. Was hat er wohl gemacht? Er wendete, fuhr in die falsche Richtung und, ohne es zu merken, nach Italien rein. »Gut«, sagten wir, »dann lass uns hier raus.

Den Rest machen wir allein.« Natürlich hat er die volle Summe von uns bekommen.

In Italien beantragte ich eine Aufenthaltserlaubnis. Das Verfahren sollte mindestens ein Jahr dauern. Na, dann muss ich mich eben so lange gedulden, sagte ich mir. Als ich kurz darauf mit meinen Freunden in Hamburg telefonierte, erzählten sie mir von einer gutbezahlten Arbeit. Ich könne den Job haben, müsse aber sofort zurückkommen. Das war keine leichte Entscheidung, ich überlegte hin und her. Bei der Einreise nach Italien hatte ich verdammtes Glück gehabt, alles war glattgegangen. Auf so einer Fahrt konnte ja sonst was passieren. Und jetzt das Ganze noch mal? Aber ich bin eben ein verrückter Kerl, ich nahm den Zug und liess es drauf ankommen. Ich buchte einen Platz im Liegewagen mit dem Plan, mich im Fall einer Kontrolle einfach schlafend zu stellen.

Allerdings müssen Reisende im Nachtzug ihren Pass beim Schaffner abgeben, der die Grenzformalitäten erledigt. Ich sprach die Diensthabende an, eine Griechin, sagte ihr offen, dass ich keine Papiere besass, und erzählte lang und breit eine Geschichte. Zuerst wollte sie sich auf nichts einlassen, doch dann drückte ich ein bisschen auf die Tränendrüse, und sie willigte ein. Ich hatte für die Reise extra die Silvesternacht ausgesucht, weil ich dachte, dass da vielleicht nicht kontrolliert würde, was mir die Griechin auch bestätigte. Jedenfalls teilte ich mir das Abteil mit fünf Italienern. Einer von ihnen schien mir sympathisch zu sein, und so zog ich ihn ins Vertrauen. Ich bereitete ihn darauf vor, dass ich mich an der Grenze unter der Sitzbank verkriechen würde.

»Wir sind Italiener, auf uns ist Verlass«, sagte er. »Keine Sorge, wenn ein Polizist hier auftaucht und Fragen stellt, führe ich ihn mit einer abenteuerlichen Geschichte dermassen in die Irre, dass er hinterher nicht mehr weiss, wo vorn und hinten ist.«

Schon bald fingen die Italiener an, das neue Jahr zu feiern. Sie holten eine Weinflasche nach der anderen aus dem Koffer, tranken und sangen. Irgendwann waren sie so abgefüllt, dass sie in voller Montur einschliefen. Laut schnarchend lagen sie da.

An der italienisch-österreichischen Grenze krabbelte ich unter die Bank. Ich fühlte mich sicher, schliesslich hatte die Griechin versprochen, zu mir zu halten. Ägypten und Griechenland verbindet ja eine alte Freundschaft. Aber dann hörte ich, wie sie hinter der Tür mit dem Polizisten sprach. Sie hat mich tatsächlich verpfiffen, diese verfluchte Sch...! Ein Koloss kam herein, bestimmt zwei Meter gross. Er versuchte, die Betrunkenen zu wecken, weil er dachte, einer von ihnen sei der Ägypter. Irgendwie sehen die Italiener ja auch so aus wie wir. Während ich die ganze Zeit mit angehaltenem Atem unter der Bank lag, schnarchten die Italiener unbeirrt weiter. Dann kam dieses niederträchtige Miststück von Griechin herein und sagte dem Polizisten, dass es Italiener seien. Doch er bestand darauf, sie zu wecken und ihre Papiere zu sehen. »Wo ist denn der Ägypter?«, fragte er die Griechin. »Er muss wohl am letzten Bahnhof ausgestiegen sein«, sagte sie. Zu meinem Glück war der Kerl so riesig, dass er sich im Abteil kaum rühren konnte, und deshalb entdeckte er mich nicht.

Ich schaffte es tatsächlich nach Deutschland. Na ja, ich bin eben ein echter Abenteurer. In Hamburg angekommen, bekam ich einen tollen Job.

Warum ich jetzt wieder in Ägypten bin, fragen Sie?

Die Brise erstarb, und das Rascheln der Bäume verstummte. Zu hören war nur noch Mabrûk al-Manûfis kräftige Stimme.

Der Grund, warum ich nach Ägypten zurückging, heisst Scharîf Abdaltawwâb, ein Mann aus unserem Dorf. Er hatte von zu Hause eine Kassette bekommen, die seine Angehörigen besprochen hatten. Darauf war auch eine Nachricht vom Vater. Er riet seinem Sohn, nicht heimzukommen, bevor er mindestens 15 000 Mark auf der hohen Kante hätte. Als ich zusammen mit Scharîf die Kassette hörte, ging es in meinem Kopf auf einmal rund. Wunderbar, diesen Betrag habe ich doch schon längst zusammen, dachte ich, packte meine Sachen und fuhr nach Ägypten mit dem Plan zu heiraten.

Ich hielt mich ran, nach einem Monat hatte ich eine Braut gefunden. Ratzfatz ging das, Brautwerbung, Zusage, Verlobung, Eheschliessung. Und in null Komma nichts war das ganze hart verdiente, jahrelang angesparte Geld für das Brautgeschenk, die Wohnungseinrichtung und vieles andere draufgegangen. Was nun, Mabrûk? Wie sollte es weitergehen? Ich überlegte hin und her. Am besten wieder ins Ausland, beschloss ich, aber diesmal nach Paris, weil dort Schâkir, mein bester Freund, lebte.

Wie willst du nach Paris kommen? Gute Frage. Hier kam nun die Phantasie ins Spiel.

Für das Bruderland Marokko brauchte man damals kein Visum. Ich kaufte ein Iberia-Ticket von Kairo nach Casablanca mit Zwischenstopp in Barcelona. Ein Freund verhalf mir zu einem Transitvisum für Spanien, das zweiundsiebzig Stunden gültig war. In Barcelona gelandet, ging ich durch die Passkontrolle und vom Flughafen direkt zum Bahnhof. Ich kaufte eine Fahrkarte, setzte mich in den Zug, und in einem Ort namens Figueres, kurz vor der französischen Grenze, stieg ich aus. Dort traf ich aus unerfindlichen Gründen auf viele Araber. Sie gaben mir jede Menge Tipps, wie ich nach Frankreich kommen könnte. Einer riet mir, den Zug nach Bordeaux zu nehmen, vor der Grenze auszusteigen und in den Tunnel zu gehen, der nach Frankreich führt.

Genau nach Anweisung wartete ich zu einer bestimmten Uhrzeit im Tunnel und stieg in den letzten Waggon eines Bummelzuges. Er fuhr los, und wenige Minuten später befand ich mich in Frankreich, auf dem Weg nach Bordeaux. Von dort reiste ich weiter nach Paris, wo ich mich auf die Suche nach Schâkir machte. Doch ich erfuhr, dass er in der Nacht zuvor abgeschoben worden war.

Wie das? Ein Algerier hatte den Hausbesitzer bei der Polizei verpfiffen, weil er an Leute ohne Aufenthaltsgenehmigung vermietete.

Ich war am Boden zerstört. Hinzu kam das elend graue, triste Winterwetter. Auf der Stelle kehrte ich nach Ägypten zurück. Exakt zwanzig Tage später hatte ich zwei Tickets gekauft, eins für mich und eins für Schâkir. Nach Marokko mit Zwischenlandung in Spanien, und los ging's. Alles wie gehabt, nur diesmal sparten wir uns das Transitvisum und gelangten über Schleichwege aus dem Flughafen. Gleich nach Figueres – in den Tunnel – Bordeaux – Paris. Dort schnappten wir uns als Erstes den Algerier und gaben ihm Saures, das können Sie mir aber glauben! Doppelt und dreifach haben wir es ihm heimgezahlt.

Schâkir hat den grossen Reibach gemacht und inzwischen ein viergeschossiges Haus bei uns im Dorf gebaut. Es ist gerade fertig geworden. Ich dagegen wurde Schleuser, und gar kein so übler. Kaum waren wir in Paris eingetroffen, kamen Leute an und baten mich, Verwandte nachzuholen. So hat alles angefangen. Ich flog nach Ägypten und schaffte eine Gruppe auf die gleiche Weise nach Frankreich. Natürlich schärfte ich ihnen vorher gut ein, was sie zu tun hätten. Dass sie nämlich die Flugtickets gleich nach der Landung loswerden mussten, um nicht zurückgeschickt zu werden, falls die Sache aufflog. Ausserdem mussten die Pässe verschwinden. Um die kümmerte ich mich. Sobald wir den Flughafen verlassen hatten, sammelte ich sie ein und schickte sie ihnen später mit einer vertrauenswürdigen Person nach, die auf legalem Weg einreiste und eine Aufenthaltsgenehmigung besass. Alternativ konnten die Eingeschleusten den Pass auch beim ägyptischen Konsulat in Paris als verloren melden und sich einen neuen ausstellen lassen. Gott sei Dank ging immer alles reibungslos.

Seither war ich wie Ibn Battûta immer unterwegs. Mit einer Gruppe aus Ägypten raus und gleich zurück, um die nächste abzuholen. Ich lenkte die Aufmerksamkeit der Sicherheitsbeamten am Flughafen auf mich, damit meine Schützlinge entwischen konnten. Mein Erscheinungsbild kam der Sache offenbar sehr zugute. Ich habe einen dumpfen Blick und Hängebacken und soll insgesamt einen beschränkten Eindruck machen. So schlossen die Herren von der Passkontrolle von vornherein aus, dass ich krumme Dinger drehen könnte. Dabei war ich gerissener als sie alle zusammen!

Allen, die meine Dienste in Anspruch nahmen, schärfte ich ein, möglichst wenig Gepäck mitzunehmen, nur eine kleine Tasche mit der nötigsten Wäsche und einem Paar leichten Schuhen, mehr nicht. Ich ging mit ihnen die Einzelheiten durch, den Klügeren zeichnete ich einen Plan vom Flughafen mit den Ausgängen und den Verlauf des Tunnels auf. Sofort verstanden sie alles. Um sie brauchte ich mir keine Sorgen zu machen, dafür aber um die einfachen Leute, die nicht lesen konnten.

Einmal hatte ich ein echtes Problem mit einem Mann. Ich schickte ihn auf den altbekannten Weg zum Tunnel und zum Zug und hatte ihm zuvor genau erklärt, dass es vom Pfad rechts in den Tunnel geht. Stattdessen aber hielt er sich links und landete wieder auf dem Bahnsteig. Das Ganze passierte ihm gleich zweimal. Da hätte er den Polizisten auch zurufen können: »Hier bin ich, Leute, nehmt mich fest!« Kurz nachdem er aufgebrochen war, trudelte

er wieder bei mir im Café in Figueres ein, meiner Kommando-
zentrale sozusagen. Wenigstens hatte er sich an diese Abmachung
gehalten. Bei Schwierigkeiten, so bläute ich meinen Leuten immer
ein, sollten sie unverzüglich dorthin kommen. Als er zum zweiten
Mal auftauchte, platzte mir der Kragen. »Verdammt noch mal«,
brüllte ich ihn an, »kannst du rechts und links nicht unterschei-
den? Dann leg dir einen Stein in die Hand, damit du weisst,
wo's langgeht! Reiss dich gefälligst zusammen! Beim dritten Mal
lassen sie dich nicht laufen. Sie kriegen das Ganze noch spitz, und
dann ist für die anderen der Ofen aus.«

Ich schleuste immer Mann für Mann rüber, schliesslich soll
man, wie es so schön heisst, nie alle Eier in einen Korb legen, nicht
wahr, Verehrteste? So wären nicht gleich alle verloren, wenn etwas
schiefging.

Selbstverständlich änderte ich die Route hin und wieder. Zwar
blieb ich bei derselben Fluggesellschaft, Iberia, doch ich variierte
das Reiseziel auf dem Ticket. Mal war's Marokko, mal der Se-
negal. Als Marokko die Visumspflicht einführte, buchte ich nach
Ecuador, denn für dieses Land brauchen Ägypter kein Visum.
Trotzdem flogen wir nur bis Spanien und schlichen uns dort wie
gehabt aus dem Flughafen.

Um von Spanien nach Frankreich zu kommen, gab es neben
dem Tunnel auch die Autobahn. Marokkanische Lkw-Fahrer,
die Kühlschränke geladen hatten, brachten meine Leute über die
Grenze, für hundert Dollar pro Passagier. Dieser Weg war einfa-
cher und sicherer als die Fahrt mit dem Zug.

Unvermittelt schlug Mabrûk al-Manûfi mit der Faust auf
das rechte Knie und hob die schweren Lider.

Für diese Arbeit braucht man Nerven wie Drahtseile. Von dem
Stress wird man viel zu früh grau, stellte er fest und strich sich

sanft über das schneeweisse Haar. *Ich hielt eisern Kontakt zu all meinen Schützlingen, denn ich fühlte mich verantwortlich für jeden Einzelnen. Ich musste sicher sein, dass sie auch tatsächlich an ihrem Ziel angelangt waren. Erst wenn ich die Gewissheit hatte, holte ich die nächste Gruppe aus Ägypten ab.*

Doch das Leben ist ein Strom, auf den kein Verlass ist. An einem Tag fliesst er in ruhigen Bahnen, am nächsten Tag tritt er über die Ufer. Einmal kam ich mit zehn Mann in Barcelona an, und plötzlich war auf dem Flughafen alles anders. Das Schlupfloch war dicht. Was tun? Eine Lösung musste her, schliesslich wusste ich, was die Leute alles durchgemacht hatten, um das Geld für die Reise zu beschaffen. Entweder hatten sie einen Bankkredit aufgenommen oder Grundbesitz verkauft. Deswegen war ich bereit, mein Leben aufs Spiel zu setzen, um ihnen zum Erfolg zu verhelfen. Jedenfalls machte ich auf die Schnelle Bekanntschaft mit einem Marokkaner, der am Flughafen arbeitete, und kriegte ihn mit Bestechung tatsächlich rum. Das waren für mich natürlich grosse Verluste, aber am Ende waren wir gerettet, das war die Hauptsache.

Ich musste mir aber etwas Neues ausdenken. Und hier wiederhole ich mich: Phantasie ist einfach alles. Nur sie bringt einen bei der Arbeit und im Leben voran. Na ja, schliesslich bin ich auch ein grosser Künstler.

Ich sattelte auf Polen um. Von da ging's nach Deutschland und weiter in ein beliebiges EU-Land, selbstverständlich ohne Kontrolle. Später änderte ich die Vorgehensweise: ein Visum für die Ukraine, von dort mit dem Zug in irgendein osteuropäisches Land und dann in die EU. Dieser Weg war bequem und sicher, ausserdem gab es eine gutorganisierte Mafia, die das gesamte ägyptische Volk mit Kind und Kegel hätte umsiedeln können.

Seit den Problemen auf dem Flughafen hatte ich begonnen, meinen Wirkungskreis in alle Richtungen auszuweiten. Nachts im Traum kamen mir lauter Ideen. Und solange der Mensch Ideen hat, findet er Auswege. Einmal schleuste ich eine Gruppe zusammen mit einem berühmten Sänger raus. Keine Ahnung, ob er davon gewusst hat. Ich hatte mich mit seinen Mitarbeitern abgesprochen. Er reiste nach Frankreich, um einen Videoclip zu drehen. Da hängte ich ihm sieben Personen an, indem ich vortäuschte, sie seien für Kamera, Licht und so weiter zuständig. Es klappte, sie bekamen ein offizielles Visum mit Stempel und allem Schnickschnack, der reinste Luxus! Wie die Könige zogen sie los und leben bis heute glücklich und zufrieden drüben.

Ein andermal schaffte ich Leute im Rahmen einer internationalen Messe nach Deutschland. Das lief über eine Ausstellungsagentur. Ich habe Reisewillige auch schon einmal, als Mitarbeiter der internationalen Pyramidenausstellung getarnt, nach Warschau bekommen.

Weil die Sache mit dem Videoclip so schön einfach war und reibungslos funktioniert hatte, baute ich das Ganze aus. Unter dem Vorwand, ich sei Produzent und wolle in Italien einen Film drehen, liess ich mir einen Pass ausstellen. Natürlich müsste ich, so argumentierte ich, mein Team plus Techniker und so weiter mitnehmen, schliesslich könnte ich ja wohl schlecht allein drehen!

Nach zwölf Auslandsaufenthalten brauchte ich jeweils einen neuen Pass, um wegen der vielen, in kurzen Abständen aufeinanderfolgenden Reisen keinen Verdacht aufkommen zu lassen. Dabei wandelte ich die englische Schreibweise meines Namens jedes Mal ein wenig ab und gab eine andere Adresse an.

Einmal sprach mich auf dem Kairoer Flughafen ein Polizeimajor an, dem ich schon öfter aufgefallen war. »Was machen Sie beruflich genau, Herr al-Manûfi?«, fragte er. Da antwortete ich offen und ehrlich: »Ich helfe Bürgern, Ägypten zu verlassen, damit sie draussen ihr Brot verdienen. Und am Ende kommt auf diese Weise harte Währung zu uns ins Land.« – »Sie sind ein anständiger Kerl, Gott sei mit Ihnen«, sagte er.

Den Seeweg habe ich persönlich nie genutzt, um meine Schützlinge nicht in Gefahr zu bringen. Ich war da immer sehr gewissenhaft. Zum Beispiel habe ich, wenn mich ein junger Mann anheuern wollte, das Gespräch nie ohne seinen Vater oder das Familienoberhaupt geführt. Ich habe die Karten immer offen auf den Tisch gelegt. »Vielleicht wird Ihr Sohn gefasst und abgewiesen«, sagte ich dem Vater klipp und klar. »Zumindest aber kriegen Sie ihn heil wieder. Kommt er jedoch durch, dann wird er es mit Gottes Segen gut haben.« Die Leute wussten also genau, dass sie sich auf ein Risiko einliessen, aber ein finanzielles, kein physisches. Hin und wieder passierte es, dass einer geschnappt und zurückgeschickt wurde, das kommt in den besten Familien vor. Aber ich schwöre Stein und Bein, dass ich ihn zu einem späteren Zeitpunkt doch noch rausgeschafft habe. Ich bin ein äusserst aufrichtiger und verantwortungsbewusster Mann und fühle mich meinem Volk verpflichtet. Meine Landsleute liegen mir sehr am Herzen.

Ich muss aber ehrlich sagen, dass aus unserem Dorf zwei Männer ums Leben gekommen sind. Das liegt allerdings lange zurück, es ereignete sich noch vor dem Wahnsinn, der vor sechs Jahren begann. Ich meine den Wahnsinn, das Land übers Meer zu verlassen. Auch ich selbst hab einmal fast ins Gras gebissen, aber es ist noch einmal gutgegangen. Über Leben und Tod entscheidet Gott allein.

Der Erste, der starb, hiess Abdalhamîd, Gott hab ihn selig. Ich werde ihn nie vergessen, ein Prachtkerl, gross, breitschultrig, aber

auch ängstlich. Spanien war passé, der Flughafen war verriegelt,
absolut dicht, da war nichts mehr zu machen. Deshalb sah ich für
Abdalhamîd eine andere Route vor. Allein fuhr er nach Ungarn
und weiter nach Österreich. Im letzten Ort vor der Grenze stieg
er aus. Meine Kumpel dort erklärten ihm genau, wie er mit dem
Zug nach Italien kommt. Eins, zwei, drei, erläuterten sie ihm je-
den einzelnen Schritt. Doch im letzten Moment machte er einen
Rückzieher. »*Das geht nicht gut*«*, wehrte er ab.* »*Die werden mir*
an der Nasenspitze ansehen, dass ich Angst habe.« *Nach einigem*
Hin und Her beschloss er, den Tunnel nach Italien zu Fuss zu
passieren.

»*Mach das nicht, Mîdo*«*, warnten ihn die anderen.* »*Der*
Tunnel ist lang und stockdunkel. Das ist gefährlich!«

»*Nein, so komme ich besser über die Grenze als mit dem Zug*
oder mit dem Auto.«

»*Im Tunnel ist es eng, Mîdo. Wenn der Zug kommt, dann gute*
Nacht.«

»*Nein, die kriegen mich. Ich bleibe dabei, ich werde vor dem*
Zug herrennen, so schnell ich kann.«

Bevor der Zug abgefertigt wurde, verschwand er im Tunnel.
Und das war's. »*Sag: Uns wird nur treffen, was Gott uns be-*
stimmt hat«*,*[42] *wie es im Koran heisst.*

Nach der Sache mit Abdalhamîd habe ich lange nach einer
neuen Methode gesucht, bis ich endlich eine fand. Die war phan-
tastisch! Ich setzte meinen Schützling in einen Güterzug und gab
ihm Meissel und Hammer in die Hand. Er wurde in einem Wag-
gon eingeschlossen, alles in Absprache mit dem Bahnhofsvorsteher.
Die Fahrt von Ungarn nach Italien dauerte zwölf Stunden. Im
Waggon konnte der Mann essen, trinken und aufs Klo gehen, wie

42 Sure 9,51 in der Übersetzung von Hans Zirker.

er lustig war. Nach vier Stunden begann er, den Boden aufzuschlagen. Acht Stunden lang musste er hämmern. Als der Zug hielt, sprang der Mann raus und war in Italien.

Der zweite Todesfall war Schicksal, es war dem armen Kerl so vorbestimmt. Abdalmalâk, so hiess er, reiste mit einer grösseren Gruppe. Die Methode war erprobt und hatte bisher jeden an sein Ziel gebracht. Ich verfrachtete die Männer in einen Kühlwagen, der Fleisch geladen hatte. Alle kamen wohlbehalten in Italien an, nur Abdalmalâk nicht, er war unterwegs erfroren. Offenbar war er gesundheitlich angeschlagen gewesen. Im Grunde war er zeitlebens schon ein kränklicher, schwacher Typ gewesen, das hatte sich schon an seiner Stimme gezeigt. Er sprach so leise und verhalten, dass man ihn kaum hören konnte. Irgendwie war er schon von Anfang an dem Tod geweiht. Gott hab ihn selig. Aber er hat sich im Wagen ja auch nichts anmerken lassen. Nicht einen Mucks hat er von sich gegeben, dieser arme Irre. Im Dorf war grosse Trauer angesagt. Aber ich hatte als Einziger den Mut, seinem Vater unter die Augen zu treten und ihm mitzuteilen, wie es passiert war. Er hat mir meine Courage hoch angerechnet. Bald darauf schaffte ich seinen zweiten Sohn aus dem Land – für den halben Preis, in Raten bezahlt. Und dieser holte dann den jüngeren Bruder nach.

Ich dagegen begegnete dem Tod in Jugoslawien. Natürlich weiss ich, dass das Land aufgeteilt wurde. Aber was das sollte, ist mir schleierhaft, ein fürchterliches Durcheinander! Für mich ist und bleibt das Jugoslawien und basta! Sollen sich meine Kinder damit befassen, was dort passiert ist. Jedenfalls war das Ganze eine Erkundungsreise, ich wollte einen neuen Weg ausloten. Zwei Wochen dort, und ich lernte eine Schlepperbande kennen. Sie fuhren uns mit dem Wagen ins letzte Dorf in Jugoslawien. Von dort ging's zu Fuss weiter durch die Berge. Man gab uns einen Führer *mit auf den Weg, der sagte, dass wir nach einem sechsstündigen Marsch in ein italienisches Dorf kämen. Dort würde, wie für hohe Herrschaften bestimmt, ein Wagen bereitstehen und uns zum Bahnhof bringen.*

Die Sache schien leicht und gut organisiert zu sein. Doch dann stellte sich heraus, dass der Führer selbst einen Führer nötig hatte. Wir brachen um zehn Uhr abends auf, der Mann verlief sich, und wir irrten umher. Eine schreckliche Nacht war das, gefolgt von einem noch schrecklicheren Tag. Irgendwann wurde das Wasser knapp, und dann ging der Kampf los. Um jeden Tropfen haben wir uns gekloppt. Das war's, dachten wir, der Todesengel Asraîl lauert in den jugoslawischen Bergen auf uns.

Mabrûk al-Manûfi schaute in die Runde und betrachtete die vielen Leute aus seinem Dorf, die im Garten sassen. Dann blickte er hoch und sah einen grossen Vogel über sich kreisen.

Das war einmal, stellte er mit einem weisen Klang in der Stimme fest. *Wir haben für Land und Leute Geschichte geschrieben und sind nun selbst in die Geschichte eingegangen, denn inzwischen hat sich die Europakarte verändert. Heute fährt man von Österreich nach Italien, ohne aufgehalten zu werden. Ein Visum für Osteuropa zu bekommen ist nahezu unmöglich. Ein Transitvisum für Spanien, das man früher problemlos erhielt, ist ein unerreichbarer Traum geworden, ein Schengenvisum sowieso. Die Wege, die heutzutage noch gangbar sind, sind sehr kostspielig. Deshalb ziehen inzwischen alle den Seeweg vor. Ich jedenfalls habe meinem Land gottlob grosse Dienste erwiesen.*

Sag nichts, Ghûl.

Ghûl lächelte. Wie ein Sänger, der sein Publikum begrüsst, schlug er sich mit der Hand an die Brust. Seine Stimme hallte beim Sprechen wie aus unergründlichen Tiefen. Deshalb wurde er Ghûl, Ungeheuer, genannt, obwohl er ein schönes, ebenmässiges Gesicht hatte.

Mabrûk al-Manûfi ist ein Segen für uns alle. Ohne ihn sähe es hier im Ort wohl ziemlich trist aus. Kein Haus wäre gebaut, kein Geschäft gegründet worden, keine Ehe zustande gekommen. Seinem Ideenreichtum, seinem Einsatz und seiner Unerschrockenheit verdanken wir alles. Jeder Millime, der in unsere Taschen fliesst, ist ihm geschuldet.

Landwirtschaft bringt nichts mehr ein. Wo also kommt das Geld her? Von all den Reisen, die er organisiert, natürlich! Seht mich an, ich bin das beste Beispiel!

Kurz nachdem ich das Diplom gemacht hatte, starb mein Vater. Ich bin der Älteste, also sagte meine Mutter: »Ghûl du kannst nicht weggehen, du trägst jetzt die Verantwortung für uns.« Ich fand einen Job in Scharm al-Scheich, in einem Hotel am Badestrand. Im Wechsel war ich einen Monat dort und einen hier. Was ich in Scharm al-Scheich verdiente, ging hier restlos drauf. Alle meine Kumpels mit Uniabschluss sassen arbeitslos rum und warteten, dass unser lieber Mabrûk ihr Problem löste. Harte Zeiten! Und die wenigen, die Arbeit hatten, konnten von ihrem Lohn nicht einmal die Grundkosten decken.

Also ging ich eines Tages zu meiner Mutter. »Das ist kein Zustand«, sagte ich. »Bei den vielen Mäulern, die ich zu stopfen habe, muss ich hier weg. Mabrûk wird's richten.« Ich suchte ihn auf und versprach, meine Rechnung zu begleichen, sobald ich draussen etwas verdiente. Er war einverstanden. »Ich schicke dich nach Frankreich, Junge«, sagte er.

Gesagt, getan. Los ging's vom Kairoer Flughafen zusammen mit sechs anderen, in der Tasche hatten wir ein Ticket Kairo–Barcelona–Málaga–Casablanca. Mabrûk hatte den Plan genau ausgetüftelt. Wir sollten bis nach Málaga fliegen und uns erst dort aus dem Flughafen stehlen, denn das Schlupfloch in Barcelona gab es nicht mehr. Während wir aber in Barcelona auf den Anschlussflug warteten, wurde ich festgenommen, als Einziger. Mein Pech!

Ein Offizier kam, packte mich und führte mich in sein Büro. Meine Rettung war das marokkanische Visum im Pass. »Aha, Sie sind also auf der Durchreise«, stellte er fest. »Und wohin geht's?« – »Nach Casablanca.« Ob ich im Flugzeug der Einzige mit Transitaufenthalt in Barcelona war, wollte er wissen. »Ja«, sagte ich.

Wieder draussen, suchte ich meine Kumpels, doch sie hatten sich in Luft aufgelöst. Später erfuhr ich, dass sie sich aus der Transithalle und dem Flughafen hinausgeschmuggelt hatten, als die Polizei mit mir zugange war. Da stand ich nun ganz allein. Ich wusste nicht, was tun. Wie sollte ich nur aus diesem Schlamassel rauskommen? Wird schon, beruhigte ich mich. Am Ende nahm ich wie geplant den Inlandsflug nach Málaga.

Im Flugzeug fand ich einen Spanien-Reiseführer mit einigen Landkarten drin. Ich riss sie heraus und steckte sie ein, vielleicht könnte ich sie ja noch brauchen. In Málaga gelandet, folgte ich genau den Anweisungen und Aufzeichnungen, die mir unser lieber Mabrûk mit auf den Weg gegeben hatte.

Die Crew war gestresst gewesen, denn die Maschine hatte Verspätung. Ich sah, wie eine grosse blonde Frau in Richtung Ausgang lief. Das ist die Gelegenheit, sagte ich mir, sprang auf und hängte mich an sie, im Sinn immer Mabrûks Worte: »Wenn dich ein Sicherheitsbeamter anspricht, dann tu so, als verstehst du nichts.«

Ich dachte, ich müsste noch durch die Passkontrolle. Aber nein, plötzlich war ich, immer noch dicht neben der scharfen Blondine, draussen auf der Strasse. Ich konnte es nicht glauben! Ich fragte einen Busfahrer, wie ich zum Hauptbahnhof käme. Er zeigte auf den Bus direkt vor ihm. Junge, Junge, war das ein luxuriöser Schlitten! Ich stieg ein, und da erst merkte ich, dass ich ja nur Dollars bei mir hatte und keine Peseten. Also stieg ich wieder aus und wechselte Geld, liess aber meine Tasche auf der Stufe neben dem Fahrer stehen, damit er nicht ohne mich abdüste. Schliesslich setzte ich mich in den Bus, und er fuhr los.

Gegen zwei Uhr nachmittags kam ich am Bahnhof von Málaga an. Fahrkarten gab's in einer grossen Halle. Um ein Ticket zu kaufen, musste man sich eine Wartenummer aus dem Automaten ziehen, aber das habe ich natürlich nicht gleich geschnallt. Ich sah nur, dass am Schalter ständig irgendwelche Zahlen erschienen. Ich also hin. Der Mann drinnen sagte etwas, aber ich verstand kein Wort. Ich setzte mich, wartete kurz und versuchte es wieder. Na ja, bis ich begriffen hatte, wie's läuft, waren alle Plätze im Zug ausverkauft. Gut, dann eben am nächsten Tag. Aber was sollte ich so lange machen? Ich verliess den Bahnhof und traf auf zwei Araber, die draussen herumstanden und rauchten. Ich quatschte sie an, wir unterhielten uns, und sie versprachen, mir über die Grenze nach Frankreich zu helfen.

Eigentlich hatte ich Mabrûks Plan im Kopf: nach Barcelona zu fahren und dort den Zug nach Bordeaux zu nehmen. Wie, ist ja inzwischen allgemein bekannt. Aber dann dachte ich, das sind Araber, sie scheinen sich in Spanien gut auszukennen und können mir bestimmt helfen. Ich gab ihnen Geld, sie besorgten die Fahrkarten, deponierten meine Tasche in einem Schliessfach und steckten den Schlüssel ein. Dann setzten wir uns in einen nahe gelegenen

Park. *Zum Zeitvertreib erzählten wir uns Witze. Irgendwann kamen ein paar Typen vorbei und boten uns Haschisch an. Meine Kumpels kauften etwas, drehten sich gleich ein paar Joints und kifften. Plötzlich schoss es mir durch den Kopf: Ich hatte die Fahrkarten noch gar nicht zu Gesicht bekommen und wusste auch nicht, wohin die Reise überhaupt gehen sollte. In einem ziemlich rüden Ton verlangte ich mein Ticket von ihnen. Sie rückten es schliesslich heraus, aber da stand als Zielort nicht Barcelona drauf, sondern irgendeine andere Stadt. Sie sollten mir gefälligst sofort den Schlüssel fürs Schliessfach geben, brüllte ich sie an und ging meine Tasche holen. Mittlerweile war es sechs Uhr morgens und schon hell. Als ich zurückkam, hatte sich eine Marokkanerin zu ihnen gesellt. Sie wollte auch nach Bordeaux. »Dann lass uns doch den gleichen Zug nehmen«, schlug ich vor. So machten wir es dann auch. Nach drei Stunden Fahrt holte ich die Landkarten heraus, die ich aus dem Flugzeug mitgenommen hatte. Es stellte sich heraus, dass die Marokkanerin nicht nach Bordeaux in Frankreich fuhr, sondern nach Bordoa oder so ähnlich, einem Ort an der spanisch-portugiesischen Grenze. Sie habe gedacht, schwor sie hoch und heilig, dass wir beide dieselbe Stadt gemeint hätten. An der nächsten Station stieg ich aus, in Sevilla, drei Stunden von Málaga entfernt. Zuvor hatte sie mir einen fetten Kuss gegeben, um mich zu besänftigen.*

Den Kuss nahm ich gern. Am Bahnhof kaufte ich eine Fahrkarte nach Barcelona. Meine Füsse taten mir schrecklich weh, ich konnte kaum mehr laufen. Also zog ich die Turnschuhe aus und meine Latschen an. Dann ging ich zu einem Sicherheitsbeamten und fragte ihn, von welchem Gleis mein Zug abfahre. Ihm muss der Gestank meiner Schuhe wohl direkt in die Nase gestiegen sein. Angewidert schaute er an mir runter, sah die Latschen und verlangte meinen Pass zu sehen. Ich erklärte ihm lang und breit, dass ich

Ägypter sei, keinen Pass hätte und dass ich gekommen sei, um mir hier einen Stierkampf anzusehen. Das Ganze endete damit, dass er mich in den Polizeiposten am Bahnhof abführte. Stundenlang tippte er irgendwas auf der Schreibmaschine, dann rief er auf der Wache an und liess mich von seinen Kollegen abholen. Das war's, dachte ich, die schicken mich jetzt garantiert nach Ägypten zurück.

Auf der Wache wurde ich in eine brechend volle Zelle gesperrt. Drinnen sass der ganze afrikanische Kontinent versammelt. Ich war der einzige Weisse, wenn man bei mir überhaupt von »weiss« sprechen kann. Es stank erbärmlich. Selbst mir war es zuwider, obwohl ich mehr oder weniger mein halbes Leben im Stall zugebracht hatte. Ich fragte in die Runde, ob jemand Englisch spreche, aber sie konnten alle bloss Französisch. Nur einer beherrschte ein genauso miserables Englisch wie ich. Mit Händen und Füssen und meinem gesamten spärlichen Wortschatz gelang es mir, ihn zu fragen, was jetzt mit mir passieren würde.

»Sie schicken dich nach Ägypten zurück, Kleiner.«

Ich fing an zu flennen wie eine Frau. Am nächsten Morgen wurde ich vor Gericht gestellt. Eine hübsche Dolmetscherin übersetzte mir, was die Herrschaften sagten. Sie glichen meine Fingerabdrücke und mein Foto mit der Verbrecherkartei ab. Ich sei in Ordnung, befanden sie. Jedenfalls sagte ich vor dem Richter aus, dass ich mit meinem Bruder zum Urlaub nach Spanien gekommen sei und er meinen Pass bei sich trage. Nun habe er aber eine schöne Frau kennengelernt und sei mit ihr durchgebrannt. Der Richter forderte mich auf, ein Papier zu unterschreiben, das mich verpflichtet, Spanien innerhalb von drei Tagen zu verlassen. Ausserdem dürfte ich erst in drei Jahren wieder spanischen Boden betreten. Ich unterschrieb und hatte damit eine Aufenthaltserlaubnis für drei Tage bekommen.

Völlig bekloppt, diese Leute!

Mabrûk fiel ihm ins Wort: *Nein, sie sind nicht bekloppt, da bin ich anderer Meinung. Auf einer meiner vielen Reisen bin ich auch einmal festgenommen worden. Sie zerrten mich vor Gericht und machten ein Riesentrara. Aber ich will hier nicht auf Einzelheiten eingehen. Jedenfalls wurde ich zur sofortigen Ausreise verdonnert. Dann brachte man mich wieder auf die Wache, wo ich unterschreiben musste, dass ich auf direktem Weg zum Flughafen fahre und in mein Land fliege. Ich unterschrieb und wartete, dass man mich hinbringt. Aber dann entliessen sie mich draussen vor der Tür mit den Worten: »Also, dann mal ab zum Flughafen und nach Kairo, alles klaaaar?« Ich klatschte in die Hände, ging ins Restaurant, in dem ich arbeitete, und schob ganz normal meine Schicht.*

Ehrlich gesagt, bin ich der Ansicht, dass die europäischen Regierungen nicht naiv sind. Sie wissen ganz genau, wer sich alles illegal dort aufhält, aber sie drücken beide Augen zu, denn sie brauchen Arbeitskräfte und Leute überhaupt. Die Bevölkerung schrumpft. Ausserdem kommen ihnen Arbeiter, die keine Rechte haben, sehr entgegen. Die sind billig, verursachen keine Kosten und machen keinen Ärger. Man kann sie jederzeit am Schlafittchen packen und fertigmachen. Zu ihrem eigenen wirtschaftlichen Vorteil saugen sie den Menschen das Blut aus. Gleichzeitig jammern sie auf jeder Konferenz, wie schlecht es ihnen geht und wie sie überrumpelt werden von diesen schrecklichen Habenichtsen, die ihre Grenzen stürmen, ins Land einfallen und ihre Existenz bedrohen. Sind sie etwa nicht imstande, ihre Flughäfen zu sichern? Das kann mir keiner erzählen! Ich bin stolz auf das, was ich tue, denn ich leiste wirklich Grossartiges. Im Grunde meines Herzens bin ich zuversichtlich, ich weiss nämlich ganz genau, dass sie ohne unsere Dienste nicht auskommen. Wir sind der Treibstoff für ihre Wirtschaft.

Aber verzeih mir, Ghûl, ich habe dich unterbrochen. Du hast also das Gericht verlassen ...

*R*ichtig, ich bin aus dem Gericht aufs Revier und dann raus auf die Strasse. Wie ein Pascha fühlte ich mich mit der Aufenthaltsgenehmigung. Jetzt konnte mir keiner mehr! Unterwegs zum Busbahnhof, fragte mich ein Polizist nach meinem Pass. »Ich habe keinen«, sagte ich und hielt ihm das Schriftstück des Gerichts unter die Nase. Auf der Stelle salutierte er.

Seltsam, dachte ich, was wollen die Bullen ständig von mir? Warum haben sie gerade mich auf dem Kieker? Ich schaute an mir hinunter, vom Pullover bis zu den Latschen. Und da begriff ich: Diese verflixten Schlappen waren an allem schuld. Also zog ich sie aus und die Turnschuhe wieder an. Sofort fühlte ich mich wie ein seriöser, ehrbarer Mann. Ich ging zum Schalter, um eine Fahrkarte nach Barcelona zu kaufen. Sie kostete 7000 Peseten, aber ich hatte nur noch 3000. »Akzeptieren Sie auch Dollar?«, fragte ich die Frau.

»Nein.«

»Dann möchte ich eine Fahrkarte für 3000 Peseten. Wie weit komme ich damit?«

Ich nahm das Ticket und stieg in den Bus. Bloss weg aus dieser schrecklichen Stadt, dachte ich und schwor mir, nur noch Turnschuhe zu tragen, damit mir keiner mehr blöd käme.

Der Bus hatte einen grossen Vorteil: Alle vier Stunden stieg ein neuer Fahrer ein und übernahm das Steuer. Ich beschloss, sitzen zu bleiben, bis man mich hinauswarf. Als es hell wurde, holte ich die Karten heraus und fragte den Mann neben mir, wie lange es noch nach Barcelona dauern würde. »Höchstens eine halbe Stunde«, sagte er. Kaum war der Bus angekommen, flitzte ich raus. Ich hatte Angst, dass mich jemand nach der Fahrkarte fragte, das wäre peinlich geworden. Jedenfalls machte ich mich gleich auf zum Fernbahnhof.

Der Mann am Schalter verstand mich nicht. Ich versuchte, ihm zu erklären, dass ich nach Bordeaux will. Vergebens. Da kam mir der Name Cerbère in den Sinn, den mir Mabrûk eingeschärft hatte. So heisst die erste französische Stadt hinter der Grenze. Das verstand der Mann dann auch auf Anhieb und verkaufte mir ein Ticket nach Cerbère. Während ich am Bahnhof sass und wartete, machte ich Bekanntschaft mit einem Marokkaner. Wir kamen ins Gespräch, und ich erzählte ihm, dass ich ohne Pass nach Frankreich wollte. »Du bist ja verrückt!«, sagte er. Zwei Tunesier – Drogenabhängige, wie mir schien – hörten uns und erklärten sich bereit, mir zu helfen. Sie stiegen mit in den Zug. Als kurz darauf aber der Schaffner in den Waggon kam, waren sie plötzlich weg. Das waren bestimmt Diebe, sagte ich mir.

In Cerbère musste man auf dem Bahnsteig in einem Häuschen seinen Pass vorzeigen. Was tun? Auch das hatte mir unser lieber Mabrûk genau gesagt: »Wenn der Zug angehalten hat und die Türen geöffnet werden, sind alle Leute mit ihrem Gepäck beschäftigt. Dann steigt ihr auf der gegenüberliegenden Seite aus. Zuerst wird die Tür klemmen, irgendwann wird sie sich aber doch öffnen lassen. So kommt ihr auf den anderen Bahnsteig und habt die Kontrollstelle umgangen.«

Nachdem ich alle Anweisungen befolgt hatte, stand ich ratlos auf dem Bahnsteig und überlegte, wie es nun weiterginge. Da tauchte plötzlich der Marokkaner auf, der mir gesagt hatte, dass ich ohne Pass unmöglich nach Frankreich käme. Weil ich Angst hatte, den Bahnsteig zu verlassen, bat ich ihn, eine Fahrkarte für mich zu kaufen. Ich gab ihm Geld, und er besorgte tatsächlich das

Ticket. »Nun bist du aus dem Schneider, mach dir keine Sorgen«, sagte er. Wir sassen noch eine Weile zusammen, dann trennten sich unsere Wege. Er fuhr nach Holland, und ich nahm den Zug um halb neun abends. Um acht Uhr früh war ich in Paris. Ich nahm ein Taxi zu der Adresse, die ich dabeihatte. Dort wohnten Leute aus unserem Dorf.

Sieben Jahre blieb ich in Paris. Ich arbeitete als Anstreicher. Das Handwerk war schnell gelernt, ausserdem haben sie drüben bestes Werkzeug und alles. Das Leben ist einfach, die Leute sind versorgt, und sie sind nett. Alles läuft wie geschmiert. Ich habe gutes Geld verdient und meine Brüder nachgeholt.

Mein kleiner Bruder lebt heute noch dort. Die anderen drei waren vor ihm gekommen, sind inzwischen aber wieder in Ägypten. Um eine Aufenthaltsgenehmigung habe ich mich nicht bemüht. Ich wollte keine Verbindung mit einer Französin eingehen, auch wenn ich dadurch eine Zukunft drüben hätte aufbauen können. Aber die Ehe zwischen einem Orientalen und einer Europäerin, das ist eine schwierige Sache. Mein Onkel, der in Deutschland mit Mabrûk zusammengearbeitet hat, ist mit einer Deutschen verheiratet und hat drei Kinder. Obwohl sie zum Islam übergetreten ist, hat er die Schnauze voll von ihr, er hält es mit ihr nicht mehr aus. Also entweder nimmt er sich das Leben, oder er reicht die Scheidung ein und kommt zurück. Mein Bruder hat eine Französin geheiratet, eine Aufenthaltsgenehmigung bekommen und inzwischen ein Kind. Und was ist nun? Sie hat ihn rausgeschmissen und das Kind bei sich behalten. Der arme Kerl kriegt nicht einmal mehr sein eigen Fleisch und Blut zu Gesicht. Jede Menge Beispiele gibt es. Ich weiss von keiner Ehe mit einer Europäerin, die gutgegangen ist.

Ehrlich gesagt, ist das Leben dort grauenhaft. Wenn dort einer in seiner Wohnung stirbt, fällt es niemandem auf, weil keiner sich

340

um den anderen schert. Schreckliche Verhältnisse sind das! Hier dagegen kümmern wir uns noch umeinander. Wer dort lebt, keine Papiere hat und die Sprache nicht beherrscht, ist geliefert.

Als ich ein hübsches Sümmchen zusammenhatte, kam ich zum Heiraten zurück. Hier habe ich dann in etliche Projekte investiert und mein gesamtes Geld verloren. Die Regierung bekämpft uns ja auch mit allen Mitteln, die Bauern sind ihr völlig egal. Na ja, wie es aussieht, werde ich wohl bald wieder ausrücken. Oder was meinst du, lieber Mabrûk?

Klar wirst du das, aber diesmal geht's nach Amerika, dafür werde ich sorgen, und Hagg Abdalasîs wird auch seinen Beitrag dazu leisten.

Da kommt unser Kebab ja endlich! Na dann mal guten Appetit, haut rein, Leute! Brot und Kebab Ihnen zu Ehren, werte Dame. Hagg Abdalasîs, du auch, bitte, bedien dich, iss! Nein, nicht doch, dass du den Teller stehenlässt, kommt überhaupt nicht in Frage, schliesslich bringst du, lieber Hagg, allen immer Glück und Segen. Ausserdem wirst du uns mit Hilfe deiner Nichte, der bedeutenden Anwältin Hâgar, den Weg nach Amerika ebnen. Ach, da kommt ja auch der Tee. Lasst uns trinken, auf Ihr Wohl, werte Dame!

Hagg Abdalasîs gestikulierte mehr, als dass er sprach. *al-Minufîja erstrahlt im Licht. Was für ein schöner Garten, und das Haus erst! Zum ersten Mal sind wir auf Mabrûks Anwesen zu Gast. Sonst sieht man ihn immer nur in seiner Wohnung in Talâ. Ich kenne ihn, er fürchtet sich vor Neidern. Er hat Angst, dass wir seinen Mangobäumen mit dem bösen Blick die Gelbsucht anhexen könnten und dann eine Katastrophe über ihn hereinbricht. Hör zu, lieber Mabrûk, in der Sache mit Amerika kann ich nichts machen.*

Ich habe dir Hâgars Festnetznummer und die von ihrem Handy gegeben. Du hast mit ihr gesprochen, und jetzt liegt es an euch, regelt das untereinander. Aber wie ich dich kenne, wirst du eh nicht lockerlassen, schliesslich stehst du dauernd unter Strom, sonst wärst du ja nicht so viel auf Achse.

Erinnert ihr euch noch an Kissingers Pendeldiplomatie? Genauso ist es mit Mabrûk, immer auf dem Sprung und die Beine unterm Arm! Kaum erwacht er morgens, nimmt er Reissaus, um seine Alte nicht sehen zu müssen. Das ist auch das einzig Gute an der Ehe, die grosse Flucht bringt ganze Nationen voran.

– Ja, du hast recht, lieber Hagg Abdalasîs. Die Sache ist die: Bei meinem Umzug vor drei Jahren habe ich mich an den weisen Rat gehalten: »Ist der Nachbar dir genehm, wird's im neuen Heim bequem. Ist er aber roh und dumm, schau dich anderweitig um.« Ich sah Abdalasîs und fand, dass er der ideale Nachbar war. Entweder ihn nebenan oder keinen, dachte ich und nahm die Wohnung. Seither leben wir Tür an Tür, und er ist für mich Bruder und Freund. Unseren Frauen geht es ebenso, sie hängen aneinander wie Schwestern. Sein Bruder ist ein berühmter Universitätsprofessor, ein bedeutender Mann, der was hermacht. Er hat eine Tochter, auf die kann er stolz sein! Sie hat in Amerika geheiratet und lebt jetzt in New Jersey. Komm, Bruder, habe ich zu ihm gesagt, lass uns nach Amerika gehen, statt hier im Sumpf zu waten. Mit Amerika hatte ich bisher noch nichts zu schaffen, Europa ist mein eigentliches Spezialgebiet, und später kam der Golf hinzu. Na, und inzwischen habe ich mit Gottes Hilfe ganz auf Kuwait und die Emirate umgesattelt. Zum einen kommt man problemlos hin, zum anderen gibt's da Lohn, Brot und Kuchen. Natürlich verdient man dort wesentlich weniger als in Europa, aber zumindest ist die Reise dahin nicht lebensgefährlich.

Ich habe Frau Hâgar ein paarmal angerufen, aber sie war zuerst nicht besonders freundlich. Sie steckte in Schwierigkeiten und hatte viel um die Ohren. Möge Gott ihr beistehen! Beim letzten Telefonat vor zwei Tagen sagte sie, dass ihr ungehobelter Mann sie schlage. Sie habe ihn ein-, zweimal bei der Polizei angezeigt. Am Ende sei sie vor Gericht gezogen. Sie habe den Prozess gewonnen und die Scheidung eingereicht.

Sie werde mich demnächst um einen Gefallen bitten, kündigte sie an, und wenn alles wunschgemäss klappt, könne ich auf ihre Hilfe zählen. Keine Stunde später klingelte mein Telefon. »Ich bin geschieden«, rief sie. »Ich möchte Kontakt zu meinem ersten Verlobten aufnehmen. Hier ist seine Adresse, arrangieren Sie das. Wenn Sie es schaffen, ihn nach Amerika zu bringen, werde ich mich gebührend bei Ihnen revanchieren. Ich habe da ein Geschenk, das will ich ihm schon seit einer Ewigkeit geben.«

Ich werde mein Bestes tun. Ich werde ihn aufsuchen und – so Gott will – Amerika erobern. Noch einen Tee, bitte!

Ach, wie schön, da kommt unser grosser Mann. Das, verehrte Dame, ist Hagg Safwân al-Mursi, der Vorsitzende des Gemeinderats. Hol schnell noch Kebab, Junge, Beeilung!

– Nicht nötig, ich habe gerade gegessen. Bring mir einen Tee, Abdalmunim. Und, lieber Mabrûk, wird uns die Dame in Bezug auf die Verschollenen helfen?

– Wer weiss, Gott verbirgt Seine Geheimnisse in den schönsten Frauen.

– Schauen Sie, Verehrteste, wir unterstehen dem »Recht der Obrigkeit«. Sie hat die Agrarreform rückgängig gemacht und Grund und Boden den Reichen zurückgegeben. Damit ist verloren, was wir uns hart erkämpft haben. Diese Politik bringt die Armen um,

*inzwischen ist das ganze Dorf bedroht. Um zu überleben, muss
man sich in Todesgefahr begeben, Tod durch Ertrinken im grossen,
weiten Meer, unterwegs dahin, wo es Arbeit gibt und man Geschäfte machen kann. Also Tod überall. Die Menschen sind am
Ende, sie wissen nicht mehr weiter. »Die Verzweiflung treibt uns
vom Regen in die Traufe«, hört man sie ständig sagen.*

*Vierundzwanzig junge Männer, alles Leute mit Ausbildung,
sind vor neun Monaten aufgebrochen. Sie wollten von Suwâra in
Libyen übers Meer nach Italien. Sie sind dort nachts in See gesto-
chen, seither fehlt von ihnen jede Spur. Wir wissen nicht, ob sie
noch leben oder tot sind. Manche behaupten, sie sässen in Libyen
im Gefängnis al-Hisân al-Aswad, weil man sie beschuldigt, ein
Militärboot gestohlen zu haben. Andere behaupten, ihr Boot sei
bei der Überfahrt gekentert, sie seien aber gerettet worden und sässen nun in Malta im Gefängnis. Wieder andere dagegen glauben,
dass sie tot sind. Wir haben alles versucht, wir sind zur Polizei
gegangen, vors Parlament gezogen, haben uns ans Aussenministerium gewandt und an den Staatspräsidenten. Am Ende haben wir
im Namen der Mütter Telegramme an die First Lady, Madame
Suzanne Mubârak, geschickt. Vergeblich.*

*Einer der Verschollenen ist mein jüngerer Bruder. »Achmad«,
habe ich noch zu ihm gesagt, »dort gibt es auch keinen anderen
Gott als hier.« – »Doch«, sagte er, »einen besseren.«*

*Wir müssen herausfinden, was mit unseren Kindern geschehen
ist. Dieses Land bietet ihnen weder Arbeit noch sonst etwas. Also
zogen sie aus, um ihr Glück woanders zu suchen. Es sind junge
Männer, sie wollen sich eine Existenz aufbauen, wollen irgendwann heiraten und ihr eigenes Zuhause haben – also im Grunde
ein Leben führen, wie es Gott gefällt. Das Schicksal aber hat sie
irgendwelchen Halunken in die Arme getrieben. Wir sind müde,*

unsere Familien sind müde, die Mütter sind gebrochen. Der Zu-
stand meiner Mutter wird immer schlimmer, Kummer und Krank-
heit zerfressen sie regelrecht. Ihr Sohn ist verschwunden, sie weiss
nicht, ob er lebt oder tot ist. Es muss doch so etwas wie Gnade für
die Mütter geben. Schrecklich, die armen Frauen!

Natürlich könnte man fragen, warum sie die 15 000 Pfund
nicht in ein Projekt gesteckt haben, statt sie so sinnlos zu verpul-
vern. Aber die Frage ändert nichts an den Tatsachen. Die Männer
sind jung und unerfahren, das Land ist wie gelähmt, und jeder,
der den Versuch unternimmt, etwas auf die Beine zu stellen, kriegt
von den Mächtigen eins übergebraten, dass er sein gesamtes Geld
verliert.

Ein junger Mensch hat also keine andere Wahl, als das Land
zu verlassen und draussen jeden Job anzunehmen. Bleibt er hier,
dann ist er verloren. Arbeit gibt es nicht, und eigene Projekte wer-
den zunichtegemacht. Folglich wird er auch kein Auskommen ha-
ben. Aus diesem Grund setzt er sein Leben aufs Spiel. Ein Parla-
mentsabgeordneter, der uns hier besuchte, hat einen entscheidenden
Satz gesagt: »Unsere Kinder besuchen die Schulen, um Intellektuelle
zu werden, die arbeitslos herumsitzen.« Stellen Sie sich vor, verehrte
Dame, es gibt hier im Ort Leute, die vor zwanzig Jahren ihr ju-
ristisches Staatsexamen abgelegt haben und nun im Café kellnern
müssen. Und das Ganze zu einem Monatslohn, der gerade einmal
zehn Tage reicht. Einer von ihnen hat sich vor zwei Monaten das
Leben genommen.

Wir befinden uns in einem Krieg. Diesmal ist es aber kein
Krieg gegen Israel, sondern ein Krieg gegen den Hunger. Die Men-
schen ziehen ohne militärisches Training und ohne Waffen in die
Schlacht. Es ist viel schlimmer als 1967. Manche kommen um,
manche verschwinden, manche landen im Gefängnis in Libyen,

in Malta oder anderswo in Europa. Fehlt nur noch, dass die Regierung ihnen Orden verleiht und sie zu Märtyrern erklärt, denen das Paradies sicher ist.

Mabrûk al-Manûfi ergänzte: *Das Schlimme ist, dass in diesem Krieg die Generäle alle der Schmuggelmafia angehören. Das ist ein Riesengeschäft, an dem sowohl die armen als auch die reichen Länder beteiligt sind. Arme Länder gibt es massig, hundert, zweihundert vielleicht. Alle exportieren ihre Kinder, manche verkaufen sie auch, einige zerstückeln sie sogar und verscherbeln sie als Ersatzteile. Montagefabriken findet man überall auf der Welt. Wenn das so weitergeht, werden die Hungerrevolten in Befreiungskriege umschlagen. Ihr werdet sehen, in fünfzig Jahren werden wir drüben zahlenmässig so viele sein, dass wir den Spiess umdrehen. Für das, was sie uns in all den Jahren angetan haben, werden wir ein heilloses Gemetzel anrichten. Als die Fussballweltmeisterschaft in Südkorea mit der Partie Frankreich–Senegal eröffnet wurde, war ich zufällig in Paris. Der Senegal gewann das Spiel. Als ich anschliessend aus dem Haus ging, waren Massen von Menschen unterwegs. Araber und Afrikaner aus allen Ländern feierten den Senegal. Das ist bestimmt das afrikanische Viertel, dachte ich und lief weiter, doch mir bot sich überall das gleiche Bild, selbst auf den Champs-Elysées. Wahrscheinlich waren nicht einmal in Dakar so viele Menschen auf den Strassen. An jenem Tag sagte ich mir: Die Stunde ist nah.*

Besorgen Sie mir ein Visum für Frankreich oder Holland, verehrte Dame, und ich stehe Ihnen zu Diensten.

Sanâa Mahrân[43]

Sanâa Mahrân war die einzige Person, der Mabrûk al-Manûfi in all den Jahren als Schleuser ohne Bezahlung ins Ausland verhalf. Geld spielte für ihn nämlich eine grosse Rolle, er hegte und pflegte es wie eine liebevolle Mutter ihr krankes Baby. Mabrûk al-Manûfi hielt sich für arm, er vertrat die These, dass ein Mensch nur das Geld besass, das er ausgab. Ihm erschien das völlig logisch, denn das Geld in der Tasche konnte leicht verlorengehen oder gestohlen werden. Da er selbst nur im äussersten Notfall Geld ausgab, war er folglich ein armer Mann. Nachdem die EgyptAir-Maschine mit Sanâa Mahrân an Bord gut in Dubai gelandet war, erkannte al-Manûfi, dass er geistig wohl nicht mehr ganz auf der Höhe war. Wie hatte er vor dieser Dame nur in die Knie gehen können, die er zwei Monate lang hatte bespringen dürfen? Für die paar Stösse vorn und hinten hinein hatte er ihre gesamten Reisekosten auf seine Kappe genommen? Doch dann vergegenwärtigte er sich genüsslich ihr Gesicht. Nein, sie war jeden Piaster wert, den er für sie hingelegt hatte. Sanâa war Sahne, sie war ein Topf voll schwarzem, nach Orangenhain duftendem Honig.

Ihm war schon so manche Hure untergekommen, Sanâa aber war anders. Sie hatte etwas Jungfräuliches und beherrschte doch die hohe Kunst ihres Berufes. Bei jedem Zusammensein hatte sie ihm das Gefühl gegeben, der erste Mann in ihrem Leben zu sein. Mit unglaublicher Muskel-

43 Anspielung auf den Roman *Der Dieb und die Hunde* von Nagib Machfus, an den die Figuren und Ereignisse in diesem Kapitel grossenteils angelehnt sind.

kraft hatte sie ihn an ihren kleinen Körper gedrückt, ihn fast zerquetscht, so dass er sich vorstellte, sie verzehre sich so sehr nach ihm, weil ihr in ihrem tristen Dasein Sex noch nie vergönnt gewesen war.

Irgendetwas war seltsam an ihr, das hatte er schon bei der ersten Begegnung bemerkt. An diesen Tag erinnerte er sich noch genau. Seine Frau hatte ihn aus dem Mittagsschlaf gerissen. »Lass mich gefälligst in Ruhe«, hatte er sie angebrüllt.

»Eine Frau will dich sprechen«, hatte sie gesagt.

Schlaftrunken war er ins Wohnzimmer gewankt. Eine Frau sass dort, von Kopf bis Fuss schwarz verhüllt, nur ihre weissen Augäpfel waren zu sehen.

»Sie sind mir von lieben Menschen empfohlen worden«, hauchte sie schüchtern. Sie wollte in die Emirate. »Geld habe ich mehr als genug«, sagte sie und öffnete die Handtasche, um ihn mit einigen Scheinen zu ködern.

Doch al-Manûfi lehnte einen Vorschuss ab. Zu dem Zeitpunkt ahnte er noch nicht, dass er ihr bedingungslos verfallen würde.

Sanâas Akte war reiner als mit hochwertiger deutscher Seife gespültes chinesisches Porzellan. Das einzige offizielle Dokument war ihre Geburtsurkunde, die ihr Vater hatte ausstellen lassen, von der sie selbst allerdings kein Exemplar besass. Die Urkunde verriet, dass der Vater Saîd Mahrân hiess und von Beruf Pförtner war und dass der Name ihrer Mutter Nabawîja Sulaimân lautete. Andere Schriftstücke existierten nicht. Als al-Manûfi sie nach ihrem Ausweis fragte, antwortete sie erstaunt: »Was soll ich mich mit den Behörden herumschlagen? Von denen hält man sich besser fern.«

al-Manûfi erfuhr nie, wie sie zu ihm gefunden geschweige denn von ihm erfahren hatte, zumal sie in Kairo lebte. Dieses Geheimnis bewahrte sie eisern.

»Dieser al-Manûfi tut keinem je einen Gefallen«, hatten mich alle gewarnt. »Auch wenn du alles hergibst, ihm deine Schultern, Schenkel und Nieren auf dem Silbertablett servierst – bei dem erreichst du nichts. Nimm dich in Acht, Sanâa! Leg dich für den nicht krumm, der hilft dir hier nicht raus! Der Kerl schlachtet dich höchstens aus und lässt dich dann wimmernd am Boden liegen.«

Doch ich war anderer Meinung, ich musste es wagen. Wer nichts wagt, kommt nie vom Fleck. Ich weiss sehr gut, was ich tue. Auf die alten Pferde muss man setzen, die bringen's! Mit den verschiedensten Sorten von Männern hatte ich es schon zu tun. Dabei ist mir eines klargeworden: Im Grunde sind sie alle gleich, ob sie nun aus al-Gharbîja, Alexandria oder Damanhûr kommen. Jeder trägt sein Wunderhorn vor sich her und fürchtet nichts mehr, als dass es eines Tages schlappmachen könnte. Das ist einfach so. Das Einzige, was die Herren unterscheidet, ist das Alter, denn jedes unterliegt eigenen Regeln.

Mabrûk hatte ein Alter erreicht, in dem man ihn leicht lenken konnte. Ich verfuhr mit ihm, wie es mir Nûr, die meistens Schalabîja genannt wurde, geraten hatte. Sie hatte mir etwas Wesentliches beigebracht: »Ich sage dir eins, Sanâa, und schreib dir das hinter die Ohren«, hatte sie einmal zu mir gesagt. »Sei immer grosszügig, Mädchen. Gib den Männern alles, was du hast, bis zum letzten Schweisstropfen. Rede dir ein, dass du die Zeit mit ihnen geniesst. Freude und Traurigkeit kommen von innen, nicht von aussen. Grossmut ist ein Wesenszug der guten Menschen.

Glaub mir, Mädchen, wenn du freigebig bist, wirst du von der Welt ebenso reich beschenkt.«

Ihren Rat befolge ich seither treu. Nicht einen Moment lang habe ich gegenüber Mabrûk mit meinen Reizen gegeizt. Und er hat es mir doppelt und dreifach vergolten.

Die Mandelaugen, die vor Klugheit und Charme nur so sprühten, hatte Sanâa vom Vater geerbt, ebenso das schwarze Lockenhaar und die vielen Bücher. Diese hatte Nûr wie den Schatz des Ali Baba gehütet und – weil sie nicht lesen und schreiben konnte – mit einer Heiligkeit bedacht, die nur noch von ihrer Ehrfurcht vor dem Koran übertroffen wurde.

Der Bücherstapel, verschnürt mit einem abgewetzten Band, war das Einzige, was Saîd Mahrân seiner Tochter hinterlassen hatte. So verschlang Sanâa die Werke, denn sie glaubte, darin das zu finden, was der Vater ihr nicht mehr persönlich hatte sagen können. Nach und nach aber liess sie von den meisten Büchern ab und entdeckte ihre Liebe für die Lyrik. Mit den Versen erwarb sie sich ein hervorragendes Gedächtnis. Kaum las sie ein Gedicht, nahm es, auch wenn sie kein Wort verstand, einen festen Platz im goldenen Poesieregal in ihrem kleinen Schädel ein. Es war, als erklinge in ihrer Seele eine bekannte Melodie. In dem Stapel befanden sich Gedichtbände von Salâch Schahîn[44], Fuâd Haddâd[45], Machmûd Bayram al-Tunisi, Omar Chayyâm[46], Abu Nuwâs[47] und al-Mutanabbi[48]. Die meisten der Bücher trugen

44 Ägyptischer Dichter (1930–1986).
45 Ägyptischer Dichter (1927–1985).
46 Klassischer persischer Dichter (1048–1131).
47 Klassischer arabischer Dichter (757–815).
48 Klassischer arabischer Dichter (915–965).

auf dem Vorsatzblatt einen rechteckigen hellblauen Stempel mit dem Namen Raûf Alwân[49] in maghrebinischer Schrift.

Sanâa war stolz auf ihren Vater. Mit grosser Zärtlichkeit dachte sie jeden Tag an ihn und wünschte ihm »einen wunderschönen guten Morgen«. Wie hätte sie nicht auf ihn stolz sein können? Schliesslich hatte er mit seinem bissigen Humor und Scharfsinn das Innenministerium und die Geheimdienste wahnsinnig gemacht, so dass sie ihn gejagt hatten, bis ihnen schwindlig wurde. Damit, dass die Menschen sich massenhaft um ihn scharten, nur um dem Regime zu trotzen, hatte er den Herrschenden vorgeführt, wie nichtig und ohnmächtig sie waren. Zwar hatte er geraubt und getötet, doch was wirklich zählte, waren die guten Absichten. Er hatte geplant, über die vielen korrupten Funktionäre herzufallen und die skrupellosen Reichen zu bestehlen.

In der Vergangenheit hatte Abdalhalîm Hâfis[50] den Volkshelden Adham al-Scharkâwi[51] besungen, obwohl dieser zu Lebzeiten als Mörder verschrien war und brutal getötet wurde. Und in der Zukunft würde ein einzigartiger Sänger ihren Vater rühmen. Sanâa war überzeugt, dass ihm irgendwann Gerechtigkeit widerfahren würde. Knechte, und du wirst geknechtet! Diese niederträchtige Nabawîja, die ihre Mutter war, hatte sich Alîsch Sedra, einen miesen Handlanger ihres Vaters, als Liebhaber angelacht. Gemein-

49 Raûf Alwân ist im o.g. Roman von Nagib Machfus ein Journalist und Freund des Protagonisten Saîd Mahrân.
50 Berühmter ägyptischer Sänger (1929–1977).
51 Anführer einer ägyptischen Widerstandsgruppe, 1898 geboren, rebellierte gegen die britische Kolonialmacht und wurde 1921 erschossen.

sam hatten sie Saîd beim Innenministerium verpfiffen. Er war ins Gefängnis gesperrt worden, und Nabawîja hatte Alîsch geheiratet. Die Geschichte nahm ihren Lauf. Alîsch riss sich Saîd Mahrâns ganzes Vermögen unter den Nagel, betrog Nabawîja mit einer anderen Frau und machte sich hechelnd wie eine Hyäne auf die Suche nach einem neuen Kadaver. Nabawîja gestand der Tochter ihren Fehler ein. Als sie zufällig von einem Überfall erfuhr, den Alîsch gerade plante, verriet sie ihn – wie zuvor ihren Mann. Doch er entwischte der Polizei und kam wutschnaubend zu ihr zurück. Der Moment der heiligen Rache folgte. Alîsch fiel in der Küche über Nabawîja her, schlug und bespuckte sie. Da rammte sie dem Lumpen ein Messer ins Herz und beförderte seine Seele ins ewige Feuer. Bald darauf erwartete sie der Henker mit offenen Armen.

Warum erinnerte sich Sanâa plötzlich an all das, ausgerechnet jetzt, da sie in einer trostlosen Zelle hockte, zusammen mit zwei Russinnen, einer Philippinerin und einer Marokkanerin? Meldete sich die Erinnerung etwa, weil die Russinnen ihr den Rücken zugewandt hatten und sich in einem fort unterhielten? Sanâa versuchte, die Marokkanerin anzusprechen, die Einzige, mit der sie sich hätte verständigen können. Doch die hatte weiss Gott wie viele Tabletten geschluckt und war in einen tiefen Schlaf gefallen, aus dem sie nur ein paarmal hochschreckte. Die Philippinerin schwieg beharrlich, als vollziehe sie das Ritual einer geheimnisvollen Religion, die das Schweigen heiligte. Indessen kaute Sanâa in der Zelle langsam an ihrer Einsamkeit und vergegenwärtigte sich dabei jeden einzelnen Moment ihres Lebens.

*D*iese verfluchte Darja, möge sie Gottes Zorn treffen! Sie ist an allem schuld, wegen ihr sitze ich jetzt im Schlamassel.

Kennengelernt hatte ich sie bei einer Bootsfahrt auf dem Nil. Ich war dort mit einem Kunden und sie mit dem Bootsbesitzer. Sie hatte auf Anhieb einen Narren an mir gefressen und mir ihre Nummer gegeben.

Ich rief sie erst zwei Wochen später an, schliesslich soll man ja nichts überstürzen. »Hier ist Sanâa, wir haben uns ...«, setzte ich an, doch sie fiel mir gleich ins Wort: »Klar erinnere ich mich an dich, meine Liebe. Du bist sehr hübsch, dich vergisst man nicht so leicht.« Sie sprach fliessend Arabisch, als sei sie hier geboren. Dabei lebte sie erst seit fünf Jahren in Kairo. Wie sie das hinbekommen hat? Keine Ahnung, sie ist eben eine durch und durch aufgeweckte Frau.

Dann stellte sich heraus, dass es in al-Maâdi eine Physiotherapiepraxis gab, die sich nach Feierabend in einen Salon für spezielle Massagen verwandelte, für die Darja zuständig war. Sie führte die Verhandlungen mit den Kunden und teilte ihnen die jeweils passende Masseurin zu. Deren Arbeit sah wie folgt aus: Sie zog den Herrn aus, richtete ihm ein Bad und rieb ihn mit grünen und schwarzen Kräutern ab, wobei sie ihn mit besonderen Handschuhen massierte. Nach einer Weile spülte sie die Substanzen von der Haut und walkte – nun mit blossen Fingern – den Körper behutsam durch. Anschliessend führte sie den Kunden in einen Raum und massierte ihn mit Ölen, die sie aus dem Ausland mitgebracht hatte. Die Massage allein dauerte schon eine ganze Stunde. In dem Salon waren ausschliesslich Russinnen tätig. Weil einige Kunden aber nach der Massage eine ägyptische Sonderbehandlung wünschten, bot mir Darja die Mitarbeit an.

Fünf Minuten vor Ende schickte sie mich jeweils zu dem Mann hinein. Es dauerte höchstens zehn Minuten, und ich war fertig.

Man kann mit Recht sagen, dass Darja mir im Leben einen neuen Weg eröffnete. Ich war sehr beliebt, und die Kunden verlangten auch ausserhalb nach meinen Diensten. Anfangs war ich unschlüssig, ob ich Darja mit ins Boot holen sollte, aber dann entschied ich mich dafür. Ich weihte sie in alles genauestens ein. Sollte sie doch auch etwas davon haben, schliesslich verdankte ich die Kunden ja ihr. Schau nicht auf die Füsse, Mädchen, sagte ich mir, sondern richte den Blick nach vorn! Was mich allerdings wunderte, war die Tatsache, dass ich bis zum Schluss die einzige Ägypterin in dem Team blieb. Doch Darja lehrte mich Dinge, die weit über das hinausgingen, was ich bei Nûr gelernt hatte. Nachdem ich anfangs nicht viel getaugt hatte, machte sie mich erst wirklich fit für das Ladybusiness.

»Sanâa«, sagte sie, »über eines musst du dir im Klaren sein: Das ist ein Geschäft, und zwar ein sehr wichtiges, das Ladybusiness. Es hat seine Regeln und Prinzipien und setzt ein umfassendes Trainingsprogramm, besondere Techniken und fundierte Kenntnisse in der Psychologie voraus. Dein Körper ist dein Kapital, also solltest du dich ihm jeden Tag mindestens zwei Stunden widmen, ihn reinigen, massieren und mit wohlriechenden Ölen und Essenzen behandeln. Sei nett zu deinem Körper, Sanâa, begehre und küsse jede Einzelheit, jede Falte, jeden Quadratzentimeter, so als seiest du frisch in ihn verliebt. Dein Körper sollte deine erste und deine letzte Liebe sein. Diese zwei Stunden sind erst der Auftakt. Anschliessend gilt es, die Stimme zu trainieren, um bei den Männern immer den richtigen Ton zu treffen. Mit Lauten kannst du nämlich Signale aussenden: Willst du das Ganze schnell hinter dich bringen, schlägst du eine bestimmte Klangfarbe an. Willst du es noch etwas länger hinauszögern, ist ein anderes Timbre vonnöten. Willst du einem müden Mann auf die Sprünge helfen, setzt du wieder andere

354

Akzente. Ein ganzes Register, das du zu beherrschen hast. Ausserdem musst du dich um deine Kondition kümmern. Es gibt da gute Übungen zur Kräftigung der Oberschenkel und der Beckenbodenmuskulatur. So geht das ... diese Bewegung ist grossartig, bis in den äussersten Punkt der Wirbelsäule ist sie zu spüren. Fühlst du es? Für die Übungen solltest du mindestens eine Stunde täglich einplanen. Das ist eine Wissenschaft, die sogenannte Fickologie. Die Sache beschränkt sich nämlich keineswegs nur darauf, die Beine breit zu machen.«

Darja war für mich nach Nûr die zweite Mutter. Durch sie lernte ich mich selbst spüren, zum ersten Mal fühlte ich mich wertvoll. Wie andere Geschäftsleute war ich nun auch eine Businesslady.

Plötzlich konnte ich meinen Körper und mich selbst lieben. Ich wuchs in die Höhe, bekam Rundungen und wurde schöner. Davor hingegen war ich voller Angst gewesen, Angst, wie Salâch Schahîn sie in zwei Versen beschrieben hatte: »Wer vom Vater verlassen wird, / den suchen die Wölfe heim.«

Überall hatte ich Wölfe lauern sehen, worin Nûr mich auch noch bestärkt hatte, diese herzensgute, aber einfache Frau. Mit Darja dagegen hatte ich das Gefühl, selbst zum Wolf geworden zu sein, ja alle Wölfe in mir zu vereinen.

Ich folgte ihren Regeln aufs genaueste und gab jedem Mann das Gefühl, er wäre mein Einziger und ich wäre in Liebe zu ihm entbrannt.

»Auch wenn er dir die Liebeserklärung nicht abnimmt«, sagte Darja, »freut er sich darüber. Männer sind wie Kinder, sie wollen gehätschelt und gelobt werden.«

Vier Jahre blieb ich bei ihr, als würde ich ein Studium absolvieren. Doch bevor ich meinen Master machen konnte, liess sie mich

*im Stich. Eines Tages kam ich gerade mit Tatjana aus dem Salon,
als Darjas Hausschuhe mit der Sohle nach oben mitten im Flur
lagen. Augenblicklich krampfte sich mein Herz zusammen. Dann
sah ich auf der Marmortheke an der Rezeption eine offene Schere
liegen. Da wusste ich, dass etwas passieren würde.*

*Und am nächsten Tag war es so weit. Darja rief an. »Ich gehe
nach Dubai«, sagte sie.*

»Verlass uns nicht, Darja.«

»Ich habe das Ticket schon gebucht.«

»Aber was ist mit der Arbeit im Salon?«

»Vergiss es.«

»Und die Kunden?«

»Für die ist Tatjana zuständig.«

»Sie kann mich nicht ausstehen.«

*Und tatsächlich, eine Woche nach Darjas Abreise eröffnete mir
Tatjana, dass sie nur noch Russinnen beschäftigen wolle.*

*Knapp zwei Monate später rief Darja aus Dubai an: »Sanâa,
ich brauche dich hier, wir suchen Ägypterinnen. Zwei Jahre hier
bringen dir so viel Geld ein wie zwanzig Jahre in Ägypten.«*

*Ich setzte Himmel und Hölle in Bewegung, um dorthin zu kom-
men. Aber am Tag meiner Ankunft in den Emiraten starb Darjas
Mutter. Sie reiste nach Moskau und liess mich allein zurück.*

Gerade einmal zwei Tage nach ihrer Ankunft in Dubai
wurde Sanâa aus heiterem Himmel auf der Strasse verhaftet
und ins Gefängnis von Schardscha gesperrt. Die Wärterin-
nen waren ganz und gar in Schwarz gehüllt. Man sagte ihr,
dass sie bald vor Gericht komme, worauf sie panische Angst
ergriff, sie könnte zum Tode verurteilt und gehängt oder
erschossen werden.

Als sie in ihrer Verzweiflung zu weinen anfing, schenkte ihr eine der Russinnen zum ersten Mal Beachtung. Kaum hatten sie ein paar Worte gewechselt, fiel Darjas Name, der sich als der Schlüssel zum Paradies entpuppte. Die Mitgefangene stammte aus Kasachstan und nannte sich Diana. Ihr wirklicher Name war jedoch Risala, wie Sanâa zwei Wochen später erfuhr. Nach Dubai war sie eineinhalb Jahre zuvor mit knapp einundzwanzig gekommen. Sie stammte aus Almaty, der grössten Stadt und früheren Hauptstadt Kasachstans. Ihr Vater, Chauffeur von Beruf, war bei einem sinnlosen Streit mit ein paar Männern vor seinem Haus getötet worden. Damals war sie noch keine dreizehn Jahre alt gewesen. Ihr älterer Bruder, ein Trinker, schlug sich nach dem Tod des Vaters als Dieb durch und wurde knapp ein Jahr später zu fünf Jahren Zuchthaus verurteilt. An ihrem sechzehnten Geburtstag richtete die Mutter, die tatarischer Abstammung war, ein kleines Fest mit einer winzigen Torte für sie aus, zu dem sie einen etwa sechzigjährigen Mann einlud, den Risala noch nie zuvor gesehen hatte. Mit diesem Herrn sei Risala von nun an liiert, eröffnete ihr die Mutter. Im Gegenzug werde er sie beide ernähren. Die Mutter hatte allerdings nicht geahnt, dass er Risala zwingen würde, zehn Stunden täglich in einem seiner Restaurants zu schuften, und sie dafür die Schule aufgeben müsste.

Diana ertrug Sanâas Tränen nicht, menschliche Schwäche war ihr zuwider. Verletzlichkeit zu zeigen, begriff sie als einen Akt der Selbsterniedrigung, was in ihren Augen unverzeihlich war. Doch aus Respekt vor Darja beschloss sie, der jungen Frau zu helfen, und informierte Galina, ihre Chefin, die wiederum Darja in Moskau anrief. Die beiden

Frauen nahmen sich vor, Sanâa aus dem Gefängnis zu holen und sie nicht wie ursprünglich geplant Marys, sondern Galinas Obhut zu unterstellen.

Die andere Russin, die buchstäblich an Diana klebte, hiess im wirklichen Leben Anfissa, nannte sich aber Nadeschda. Sie hatte die Züge einer Romni, jedenfalls war sie dem Aussehen nach weder Chinesin noch Slawin, noch Araberin, Seldschukin, Iranerin oder Tatarin. Sie hatte einen vollen Busen, aber ihr Gesicht wirkte noch recht kindlich. Sie machte den Eindruck, als sei sie erst zwei Tage zuvor dem Schoss ihrer Mutter in Machatschkala, der Hauptstadt der russischen Teilrepublik Dagestan, entrissen worden.

Galina holte die drei aus dem Gefängnis und zitierte sie an einen Tisch, um Klartext zu reden: »So, Mädels, nachdem ihr in Haft wart, könnt ihr auf keinen Fall länger in Dubai bleiben. Wir haben nicht die nötigen Beziehungen, euch ein zweites Mal herauszuboxen.« In gebrochenem Arabisch wandte sie sich an Sanâa: »Du hast ja mit Darja vereinbart, dass du auf eigene Kosten nach Dubai kommst. Also schuldest du uns nichts.« Dann wechselte sie ins Russische: »Und nun zu euch beiden. Ihr seid weggelaufen, bevor ihr eure Schulden bei uns beglichen habt. Ihr denkt wohl, die Reise hierher war gratis, was? Jedenfalls wisst ihr ja nun, was Ausreisser zu erwarten haben. Entweder sie kommen ins Gefängnis, oder sie landen wieder bei uns. Glaubt mir, wer uns verlässt, fällt früher oder später auf die Nase. Ihr seid auf unseren Schutz angewiesen, macht euch das klar! Wir kümmern uns um Pass, Visum, Aufenthaltsgenehmigung, garantieren euch Sicherheit und beschaffen die Kundschaft. Mit all dem gehen wir in Vorleistung. Was wollt ihr garstigen Biester denn noch? Trotzdem bin ich euch wohlgesinnt. Ich weiss ja, dass ihr noch so jung und unerfahren seid, dass man euch leicht den Kopf verdrehen kann. Wir haben beschlossen, einen Strich unter die Vergangenheit zu ziehen und ein neues Kapitel aufzuschlagen.«

Plötzlich wechselte sie in ein Arabisch, das mit Englisch, Russisch und Darginisch gespickt war: »Hört zu, ihr müsst jetzt eine Entscheidung treffen. Entweder ihr geht zurück in eure Heimat, oder ihr fangt neu mit uns an. Wählt ihr Letzteres, dann schaffen wir euch ausser Landes. Wir besorgen euch neue Pässe mit neuen Namen und neuen Nationalitäten. Dann bringen wir euch wieder nach Dubai. Das Ganze kostet 15 000 Dollar. Die holen wir uns von euch zurück, indem wir die Hälfte eures Lohns einbehalten. Hier kommt ihr, wie euch ja bekannt ist, auf einen Tagesverdienst von 100 bis 200 Dollar. Das heisst, wir nehmen zwischen 50 und 100 Dollar pro Tag. Folglich habt ihr eure Schulden in nur 200 Arbeitstagen beglichen. Eine einfache Rechnung.«

Die drei mussten nicht lange überlegen. »Wann reisen wir ab? Und wohin geht's?«

Risala alias Diana kehrte nach Almaty zurück. Tags darauf flog Anfissa alias Nadeschda nach Machatschkala. Zu ihrem grossen Erstaunen traf sie keine ihrer Kolleginnen an, mit denen sie früher im Kasino zusammengearbeitet hatte. Die Behörden hatten zum 1. April 2006 die Schliessung sämtlicher Spielhallen in der dagestanischen Hauptstadt angeordnet.

Drei Tage nach Nadeschdas Abreise, am Freitag, dem 2. November 2007, wurde Sanâa bei Sonnenaufgang geweckt. Sie werde in die georgische Hauptstadt Tiflis fliegen, sagte man ihr.

»Keine Sorge«, beruhigte Galina sie, kurz bevor sie die Wohnung in Dubai verliessen, »eine Frau namens Asfir wird dich dort am Flughafen erwarten. Sie wird ein Schild mit deinem Namen hochhalten und alles Weitere erledigen, damit du so schnell wie möglich heil wieder herkommst.«

Kaum hatte sie die Boeing 747 bestiegen, sah Sanâa ihren Liebsten vor sich. Sie schloss die Augen und öffnete sie wieder. Nein, er war es nicht, er hatte nicht einmal annähernd Ähnlichkeit mit ihm. Nach zwei Schritten glaubte sie erneut, ihn zu erkennen. Sie starrte den Mann an, doch seine dunkle Hautfarbe war alles, was die beiden gemein hatten. Als sie endlich an ihrem Platz angelangt war, spürte sie ihre Aufregung, sogar ihre Gesichtsmuskeln zuckten. Sie schloss die Augen und hörte seine Stimme. Er sang ein Lied von Kârim Machmûd[52]:

Ach, meine Schöne, rette mich vor der Liebe.
Mein Herz ist krank, nur du kannst es heilen.

In seine schwarzen Augen versunken und erfüllt von dem Gesang, fühlte sie sich getragen von den Schwingungen seiner Stimme. Eine innere Ruhe überkam sie. Munîr war ihre erste, mittlere, vorletzte, letzte, ewige und unvergängliche Liebe. Als sie das Taxi angehalten, neben ihm auf dem Beifahrersitz Platz genommen und ihn angeschaut hatte, war es um sie geschehen. Amors Pfeil hatte sie mitten ins Herz getroffen.

52 Ägyptischer Sänger und Schauspieler (1922–1995).

Als er sie fragte: »Wohin soll's gehen?«, verschlug es ihr die Sprache. Seine Stimme war schöner als die von Abdalhalîm Hâfis, mit der Nûr sie geplagt hatte. Ergriffen von seiner überwältigenden Schönheit, seiner Stimme, seinem Gesicht, seinen Augen und den geschwungenen Brauen, waren ihr die Tränen gekommen.

Nûr hatte sie verspottet: »Einen richtig beschissenen Geschmack hast du. Hättest dich mal lieber in einen Kerl mit heller Haut verlieben sollen! Aber nein, du lachst dir den erstbesten Schwarzen an. Ich habe mir deinen Zukünftigen immer weiss wie einen frisch angeschnittenen Rettich vorgestellt.«

Er war Nubier aus Assuan. Seinen Bruder Hassûna hatte er mit der ganzen Bürde allein zurückgelassen, nachdem ihr anderer Bruder, Nabri, nach Kuwait gegangen war und ihnen beiden die Verantwortung für das Boot übertragen hatte. Nun fuhr er in Kairo das Taxi eines Bekannten.

»Nach Muhandissîn in die Batal-Achmad-Abdalasîs-Strasse.«

»Warum kommst du so spät?«

»Ich bin müde, Munîr.«

»Was ist los mit dir?«

Doch ihr waren nur stumm die Tränen gelaufen.

»Um dieser Tränen willen würde ich mein ganzes Leben hierbleiben. Was wäre erhebender, als vor der Moschee der heiligen Aischa auf dich zu warten?«

»Und deinetwegen, Munîr, könnte ich mir jetzt hier das Leben nehmen.«

Sanâa hatte bewiesen, dass sie die Tochter ihres Vaters war. Sie hatte es geschafft, sich mit ihm zu verabreden. Er hatte keine Ahnung, was sie von Beruf war. Sie, viel klüger als er, hatte ihm glaubhaft vorgegaukelt, Sprechstundenhilfe in einer Physiotherapiepraxis in al-Maâdi zu sein. Unter Einsatz all ihrer Reize hatte sie versucht, ihn ins Bett zu zerren, um ihn mit Haut und Haaren zu verschlingen. Er aber hatte sie stets mit den Worten »Geduld ist der Schlüssel zum Erfolg« zurückgewiesen.

Inzwischen war sie sich sicher, dass er sie nicht liebte. Es war wohl eher eine einseitige Liebe, trotzdem hatte er ihr Leben erfüllt. Als sie ihm anvertraute, dass sie der Hölle entfliehen und in die Emirate gehen wolle, hatte er ihr gesagt: »Hier im Land ist es immer noch besser als anderswo.« Trotz dieser Überzeugung hatte er sie zu Mabrûk al-Manûfi gefahren, jenem Schleuser, der seinem Bruder für die Reise nach Kuwait zigtausend Pfund abgeknöpft hatte.

Hätte er nur einmal den Arm um sie gelegt, sie nur ein einziges Mal an sich gedrückt, sie wäre bis in alle Ewigkeit bei ihm geblieben. Aber seine Hände waren wie gefesselt gewesen, er hatte sich die Welt lieber aus der Ferne besehen. Ausserdem hatte er, wie ihr erst jetzt auffiel, für jede Fahrt Geld genommen, nie hatte er sie kostenlos irgendwohin gefahren. Es sei nicht sein Wagen, hatte er argumentiert, er habe ihn nur geliehen. Auch die Situation am Flughafen war seltsam gewesen. Als sie ihn zum Abschied umarmte, spürte sie seinen Widerstand. Am Ende hatte er verschämt das Fahrgeld bis auf den letzten Piaster eingesteckt. Nur ein einziges Mal hatte er jede Bezahlung abgelehnt und sogar alle weiteren Ausgaben auf seine Kappe genommen: am Tag, an dem Nûr beerdigt wurde.

Beim Gedanken an jene Nacht brach Sanâa in eine Tränenflut aus, dass der junge Georgier neben ihr im Flugzeug sichtlich besorgt ein parfümiertes Taschentuch zückte, ihr die Wangen trockentupfte und ihr am Ende noch seine Telefonnummer in Tiflis gab.

Asfir hatte zu ihrer Weiblichkeit eine Beziehung wie Mike Tyson zu der seinen. Sie war so gross wie breit und hatte einen schmalen Bart, der ihr Würde und Männlichkeit verlieh. Offensichtlich mangelte es Asfir nicht an Testosteron. Um aber ja daran zu erinnern, dass sie eine Frau war, trug sie über dem schütteren Haar ein scharlachrotes Kopftuch. Diese Absicht konterkarierte sie allerdings mit ihrer Kleidung. Streng in der Linienführung und khakifarben, glich diese einer Militäruniform.

Als Sanâa sie mit dem Namensschild in der Hand am Flughafen stehen sah, glaubte sie im ersten Moment, eine Gefängniswärterin aus den Kellergewölben des KGB-Hauptquartiers vor sich zu haben. O Gott, dachte sie, bestimmt werde sie sie gleich verhaften, um ein brandneues Folterinstrument an ihr auszuprobieren, das ein sadistischer Weisser aus Südafrika gebaut hatte. Doch Asfir erwies sich als eine überaus liebenswerte Frau. Fürsorglich reichte sie Sanâa im Taxi auf der Fahrt vom Flughafen zur Wohnung fünfzig Lari mit den Worten: »Hier, für alle Fälle.« Ausserdem gab sie ihr einen Zettel mit ihrer Adresse und allerlei Telefonnummern. Beide unterhielten sich in einem rudimentären Englisch mit viel Pantomime. Doch ihre dürftigen Sprachkenntnisse reichten allemal, um die nötigsten Informationen auszutauschen. Als Asfir die Tür zu ihrer

Wohnung – ihrem Zimmer, genauer gesagt – aufschloss, auf einen verschlissenen Sessel zeigte und sagte: »Dein Schlafplatz«, verstand Sanâa auf Anhieb.

Als uns Munîr das erste Mal besuchte, war ich verlegen und deprimiert zugleich. Ich hatte vor ihm angeben wollen, aber das konnte ich schlecht, immerhin sah unser Haus so aus, als hätte es schon vor mindestens fünfzig Jahren einstürzen müssen. Krumm und schief stand es am Ende der Nagm-al-Dîn-Strasse beim al-Nasr-Friedhof. Um zu uns in den ersten Stock zu gelangen, musste man jede Menge kaputte Stufen überwinden. Und die wenigen, die noch heil waren, wiesen an den Rändern Bissspuren eines Fabeltiers mit mächtigen Zähnen auf, das sich ausschliesslich von Treppenhäusern ernährte.

Man kam herein und befand sich gleich im Wohnzimmer, an das unmittelbar das Schlafzimmer anschloss. Dessen Fenster stand immer offen, denn Friedhofsluft regt ja, wie es so schön heisst, die Lebensgeister an. Sie fängt die umherschwirrenden Seelen der Toten ein und schleust sie den Lebenden mit dem Atem in die Brust. Deshalb werde ich wohl über hundert Jahre alt werden und auf diese Weise die Zeit, die meinem Vater genommen wurde, nachholen.

»Ein Jammer«, hätte Nûr gesagt, wäre sie noch am Leben, »Munîrs Familie in Assuan lebt bestimmt in der Waschküche auf dem Dach, du wirst sehen.«

Als klein habe ich unsere Wohnung früher nie empfunden, ganz im Gegenteil, ich hielt sie sogar für einen Palast. Das änderte sich erst durch die Arbeit, denn da lernte ich die wahren Paläste kennen, und ich erkannte, dass ich in einem modrigen Loch hause.

»Löcher sind für die Ratten bestimmt«, sagte mein seliger Vater mit Vorliebe, »ich als Löwe aber habe meinen Platz auf den Berggipfeln.«

Munîr war ebenfalls ein Löwe, ein Löwe der Gastfreundschaft. »Besuch uns doch mal in unserem Haus auf der Insel Assuan, und du bekommst einen schönen Tee zu trinken«, sagte er, als wir im Wohnzimmer beisammensassen. Dann kam er ins Erzählen. Das Haus stehe allen offen, dem Himmel, dem Nil, der ganzen Welt. Dort lebten jetzt aber nur noch die Frauen, denn nach Nabris Tod sei der Vater in den Sudan und sein älterer Bruder nach England gegangen. Zwar liebe er Hassûna, aber er verstehe ihn nicht. Auf dem Weg zum Flughafen sei er vor nicht allzu langer Zeit in Kairo gewesen, habe jedoch abgelehnt, ihn zu sehen.

Ich will lieber zu Fruchtsirup eingeladen werden, hätte ich am liebsten gesagt, immer nur Tee, wie langweilig! Reicht doch wohl, dass du jeden Tag für lau bescheuerten Tee bei deinem Onkel im Groppi zu trinken kriegst!

In Asfirs Käfig gefangen, betrachtete ich unser Zuhause mit anderen Augen. Gemessen an dieser Höhle war unsere Kairoer Wohnung zwar auch kein Palast, aber mindestens eine Villa am Meer mit allem Drum und Dran. Hier war es so eng, dass man sich nur seitwärts bewegen konnte. Die Arme hielt man am besten senkrecht neben dem Körper. Sobald man sie nämlich auch nur minimal von sich streckte, stiess man an die Wand. Und dann dieser Sessel, auf dem ich schlafen sollte, dagegen war ja noch die Zelle in Schardscha ein Paradies.

In der ersten Nacht in Tiflis tat Sanâa kein Auge zu. Beharrlich rief sie den Engel des Schlafes, lockte ihn, schickte ihm Küsse durch den Äther, vergeblich. Er kam nicht. Irgendwann stand sie auf und schaute aus dem Fenster. Da begriff sie, was der Grund war: der Mond. Obwohl noch nicht zum vollen Ball gereift, schien er strahlend hell. Wie eine unbekannte göttliche Kraft schlug ihr das Licht förmlich ins Gesicht. In solchen Nächten liess sich der Engel des Schlafes nicht auf der Erde blicken, das wusste Sanâa genau. Sie schaute in den Himmel, und da sah sie in der Mondscheibe auf einmal Munîrs Gesicht.

Am Morgen ging sie zusammen mit Asfir aus dem Haus. Doch das georgische Volk zwang sie, auf der Stelle umzukehren. Etwa 50 000 Menschen protestierten auf den Strassen der Hauptstadt. Zehntausende Demonstranten hatten sich vor dem Parlamentssitz versammelt und forderten den Rücktritt von Präsident Micheil Saakaschwili. Ausserdem verlangten sie angesichts der verheerenden Armut, die sich im Land breitmachte, vorgezogene Wahlen.

Die Stimmung draussen war düster. In dieser angespannten Lage musste Sanâa den ganzen Samstag und Sonntag in Asfirs Palast zubringen. Während sie gedankenverloren dasass, erschienen ihr plötzlich Diana und Nadeschda, und sie musste unwillkürlich lächeln.

Am Montagmorgen kam ein schmächtiger Mann mit Glatze vorbei und brachte sie in ein Fotostudio unweit des Hauses, um Passfotos von ihr machen zu lassen. Ihr neuer Name stehe fest, sagte er, von nun an heisse sie Assja. Den könne sie sich leicht merken, begründete er seine Wahl, denn wer würde schon den Namen des grössten Kontinents vergessen?

Mein Vater beschützt mich. »Grossartig machst du das alles, mein Kind«, sagt er. »Du hast meine volle Unterstützung. Ich bin jetzt bei dir und sehe dich.« Ausserdem sendet er mir Botschaften von oben. Die letzte war zwar in Englisch abgefasst, und ich habe

kaum was verstanden, aber egal. Er hat sie mir durch einen glatz-
köpfigen Ausländer zukommen lassen, den ich noch nie zuvor gese-
hen hatte. Als er mich Assja nannte, lief mir ein Schauer über den
Rücken. So heisst nämlich der einzige ausländische Roman, den
Vater mir vererbt hat. Er hat mir jede Menge Bücher über Politik
und Wirtschaft und ein paar Gedichtbände vermacht, aber nur ei-
nen einzigen Roman. Das Cover ist grün und am unteren Rand ein
wenig eingerissen. Oben steht in grosser Schrift Assja. *Geschrieben*
wurde das Buch von einem Russen, an dessen Namen ich mich nicht
mehr erinnere, wahrscheinlich Iwan irgendetwas. Ich hatte es nicht
zu Ende gelesen, ich war nur bis dahin gekommen, wo sich der
Mann in Assja verliebt und sie verschwindet. Du verlässt ihn doch
nicht tatsächlich, hatte ich geflucht, wie kannst du nur? Schliesslich
findet man nicht an jeder Strassenecke jemanden, der einen liebt!

Vater weiss genau, dass ich mich an den Titel erinnere. Und
noch etwas ist auffällig: Wieso hatte ausgerechnet dieses Buch ganz
oben auf dem Stapel gelegen? Glück? Nein. Auch kein Zufall, an
so etwas glaube ich nicht, alles ist geplant und arrangiert. Die-
ses Buch hatte dort gelegen, damit mein Vater jetzt die Möglich-
keit hat, mir zu verstehen zu geben: »Ich passe schon auf dich auf,
meine liebe kleine Sanâa.«

Er hat mir die Bücher nicht zufällig vererbt, nein, vielmehr
sind sie ein Geheimcode zwischen uns beiden. Wenn er mir etwas
sagen will, schickt er einen Boten mit dem Titel eines der Werke.

Wie konntest du nur ohne die Bücher auf die Reise gehen, dum-
mes Mädchen?

Ich muss sofort zurück und sie holen.

Endlich trafen sich Nadeschda, Diana und Assja unter Asfirs Dach wieder. Ein neues Mädchen war auch dabei, sie

hiess Sonja und stammte aus Neftçala, einer Stadt an der aserbaidschanischen Küste. In der Wohnung gab es nicht genug Sitzgelegenheiten für alle, denn der Architekt hatte das Haus so konzipiert, dass man nur eine Person auf einmal empfangen konnte, die allerdings sehr schmal sein musste und nicht mehr als fünfzig Kilogramm wiegen durfte. Also nahmen sie auf dem Boden Platz und blickten alle in nord-östliche Richtung, denn in jeder anderen Position hätten sie mit der Nase direkt an der Wand geklebt. Als Asfir ihnen mitteilte, dass die Stimmung im Land umgeschlagen sei, draussen nun die Farbe Dunkelbraun vorherrsche und es folglich noch eine Weile dauern werde, bis sie ihre Reise-pässe bekämen, löste sie allgemeines Gejammer aus. Aber es half nichts, die vier Frauen mussten die Zeit irgendwie totschlagen. Sie beschlossen, sich Geschichten zu erzählen, ganz nach dem Motto: Anderer Leid lindert dein eigenes.

Sonja sprach weder Englisch noch Arabisch, also erklärte sich Diana bereit, zwischen dem Arabischen und Russischen zu dolmetschen. Jede sollte, so kamen sie überein, zunächst von ihrer ersten sexuellen Erfahrung berichten.

Sanâa begann: »Meine Mutter war Schulrektorin, mein Vater ein Journalist und grosser Schriftsteller. Er starb jung bei einem höchst seltsamen Vorfall: Als er eines Tages ge-rade aus der Zeitungsredaktion kam, stürzte sich ein Gau-ner auf ihn, über den er einmal einen Artikel geschrieben hatte. Er zog die Pistole – und peng, peng! Mein Vater war tot. Ich ging damals noch nicht zur Schule. Meine Mutter zog mich allein gross. Sie hiess Nûr, also Licht, und in ih-rem Licht erstrahlte die ganze Schule, die sie leitete und auf die sie auch mich schickte. Ich war sehr gut, besonders in

Poesie. Ich schrieb auch selbst Gedichte, von denen meine Lehrer begeistert waren. Als ich in der neunten Klasse war, ging meine Mutter in Rente. Dann auf dem Gymnasium hatte ich einen fiesen Rektor, der meine Mutter hasste. Mathematik war nicht meine Stärke, und so brachte ich jeden Monat lausige Noten heim.

Jedenfalls rief der Mathematiklehrer – es war sein erstes Jahr an der Schule – mich eines Tages zu sich und fragte mich: ›Sag mal, Sanâa, hast du vor, dieses Schuljahr zu bestehen?‹

›Natürlich‹, antwortete ich.

›Dann musst du Privatstunden nehmen.‹

Ich fragte Mutter, doch sie lehnte ab. Sie hatte etwas gegen Einzelunterricht. Darauf sagte der Lehrer, er würde mir kostenlos Nachhilfe geben, meine Mutter müsse ja nichts davon erfahren. Ich war einverstanden und ging zu der Adresse, die er mir aufgeschrieben hatte.

›Komm rein. Was möchtest du trinken? Tee vielleicht?‹

›Nein, das geht doch nicht.‹

Dann sagte er: ›Schau mal, Sanâa, deine Leistungen sind sehr schlecht, aber ich kann dich ohne Nachhilfestunden bestehen lassen. Im nächsten Jahr wechselst du in den geisteswissenschaftlichen Zweig, und dann hat sich die Sache. Anders kommst du sowieso nicht durch.‹ Dann griff er mir an die Bluse und fing an, sie aufzuknöpfen.

Ich stiess seine Hand weg, aber er stürzte sich auf mich. ›Ich schreie!‹, warnte ich ihn.

›Mach doch‹, sagte er.

Ich weiss nicht mehr, was dann passierte. Alles, woran ich mich noch erinnere, ist das viele Blut.

Das, Mädels, war das erste Mal, aber bestimmt nicht das letzte.«

Den anderen gefiel Sanâas Bericht nicht. Die Geschichte von einem Lehrer und seiner Schülerin war nichts Neues, im Gegenteil, sie war sogar ziemlich abgedroschen.

Als Nächste erzählte Sonja: »Mein Vater fischte Störe im Kaspischen Meer. Dann kamen schwere Zeiten, ein Jahr lang ging es immer nur abwärts. Eines Nachts kam er wütend nach Hause. Er verprügelte meine Mutter, dann kam er zu mir ins Zimmer und …«

Sanâa schrie ihr ins Gesicht, Diana dolmetschte: »Sag nicht, dass dein Vater dich vergewaltigt hat!«

»Doch, er war der Erste, der sich an mir vergangen hat.«

»Das kann nicht sein, du lügst!«

»Wieso sollte ich lügen?«

Diana kam nicht mehr zum Dolmetschen, denn Sanâa stürzte sich wie eine mordlustige Bestie auf Sonja. Anfangs verteidigte diese sich nur, ab einem gewissen Punkt drosch sie aber mit der gleichen Wucht zurück. Schreie, Ohrfeigen, Schläge. So heftig ging es zu, dass Diana und Nadeschda dachten, eine der beiden würde die Nacht nicht überleben.

Infolge der gewalttätigen Protestdemonstrationen, die mehrere Tage anhielten, beschloss das georgische Parlament am Freitag, dem 9. November 2007, einstimmig, den Ausnahmezustand im Land auszurufen. Trotzdem erhielten die vier Frauen einen georgischen Reisepass. Sanâa bekam einen auf den Namen Assja Tasachurdia ausgestellt. Sie sollte sich, so die Anweisung, bei der Ausreise am Flughafen stumm stellen. Unter Vorlage der neuen Pässe wurden bei der Botschaft der Vereinigten Arabischen Emirate Visa beantragt. Trotz aller Gemeinsamkeiten herrschte zwischen Sanâa und Sonja ein gespannteres Verhältnis als zwischen Georgien und Russland. Alle vier prägten sich ihren neuen Namen und die Passnummer gut ein und warteten darauf, dass die Reise nach Dubai endlich losginge und sie anfangen könnten, die Schulden für die neue Heimat abzuzahlen.

Zurück zum Anfang

Heute ist mein Geburtstag. Ich bin vierzig geworden.

Vierzig!

Bei dieser Zahl würde mir das Trommelfell platzen, dachte ich immer.

Früh um sieben erwachte ich aus dem Schlaf und hörte mich sagen: »Ich bin jetzt in meinem fünften Lebensjahrzehnt.« Laut und deutlich hallte meine Stimme durch den Raum, prallte gegen die Wand zu meiner Linken und dann gegen die zu meiner Rechten. Ich stand auf und konnte mich zu meiner Überraschung normal bewegen. Ohne zu hinken, zu torkeln oder ins Straucheln zu geraten, ging ich in die Küche und machte mir einen Nescafé mit Milch. Im Bad zog ich mich aus und sah in den Spiegel. Wie schön ich war! Ausserdem hatte ich mich, wie ich erstaunt feststellte, seit dem Vortag nicht im Geringsten verändert. Meine blonden Haare fielen genauso albern auf die Schultern herab, ich war nicht über Nacht ergraut. Strähnig und mit dem Scheitel in der Mitte, erinnerten sie an eine Pferdemähne. Fehlte nur noch, dass ich im Gehen wieherte.

Krauses Haar lockt das Glück.

Um meine blauen Augen keine neuen Fältchen, dafür aber immer noch dieser schrecklich matte, nichtssagende Blick. Ich trat näher an den Spiegel. Die Haut war käsig weiss, denn jeder Versuch, sie in unserer gleissenden Sonne zu bräunen, war zum Scheitern verurteilt.

Weisse Farbe gehört an die Wand, dunkle Haut ist die halbe Schönheit.

Früher hatte ich mir schwarze Augen über alles gewünscht. Und Haare, so magisch dunkel wie die Nacht. Kraus sollten sie sein, damit mir, wie die bekannte Redensart in Aussicht stellte, Glück zuteilwürde. Aber nein, ich beerbte meine Mutter, weil ein Genom es so wollte, jenes Genom, das man eifrig und angestrengt zu dechiffrieren sucht. Und ist das Geheimnis erst gelüftet, dann brechen in der Menschheitsgeschichte, so wird einem versprochen, neue Zeiten an. Ich hoffe bloss, dass es keine Enttäuschung wird und ich dann mit der kleinen Nase meines Vaters vorliebnehmen muss.

Der goldene Kelch voll samtweicher Glücksfäden, der einen in den Himmel hebt, war mir noch nie vergönnt. Die Kapriolen in der Manege durfte ich bislang nur von den Zuschauerreihen aus erleben.

Gestern habe ich beschlossen, Silvester und meinen Geburtstag künftig nicht mehr gross zu feiern. Um sieben Uhr abends traf ich mich mit meiner Tochter. Sie zu sehen bereitete mir so viel Freude, dass ich sie mir tief in meinem Herzen bewahren konnte, um später davon zu zehren. Wir tranken Saft, anschliessend ging sie heim zu ihrem Vater, und ich fiel um zehn Uhr ins Bett. Schon immer hatte ich den Wunsch, Silvester und meinen Geburtstag im Bett zu verbringen und davon zu träumen, mit den Engeln Unmengen von Milchreis zu vertilgen. Stattdessen aber gab ich dem gesellschaftlichen Druck nach und ass Apfelkuchen mit Menschen, die ich kaum kannte. Jetzt sollte alles anders werden. Dank meines Alters habe ich es nun endlich

gewagt, mich der Welt entgegenzustellen und der Aufforderung des Anwalts Muhammad Abdalrâsik Afîfi nachzukommen. »Wer schwimmt mit mir gegen den Strom?«,
hatte er in den öffentlichen Verkehrsmitteln plakatiert. Im
Alter von zehn Jahren sah ich diesen Slogan im Bus Nummer 13, der von Bab al-Lûk nach Samâlik fuhr. Damals
wohnten wir nur wenige Meter von einer Haltestelle dieser Buslinie entfernt. In demselben Haus lebe ich auch jetzt
noch, doch die Station ist wie so viele vertraute Dinge mittlerweile verschwunden.

Was es mit diesem Anwalt auf sich hatte, weiss ich bis
heute nicht. Hiess er wirklich Muhammad Abdalrâsik Afîfi,
oder täuscht mich mein Gedächtnis? Gegen welchen Strom
sollten wir seiner Meinung nach schwimmen? Und warum
gab er sich so viel Mühe, uns zum Mitschwimmen zu bewegen? Ich wollte damals meinen Vater fragen oder zumindest
anregen, dass ich einen neuen Badeanzug bekäme. Doch im
besten Alter starb er plötzlich und liess Mutter und mich
allein zurück. Aber jetzt, nach über dreissig Jahren, bin
ich so weit, dem Aufruf zu folgen. Endlich schwimme ich
mit dem Anwalt gegen den Strom und schlafe mich einmal
richtig aus.

Ich habe mir einen Tag freigenommen und auch den
Klavierunterricht abgesagt. Um achtzehn Uhr hätte ich
einer neuen Schülerin in Samâlik eine Stunde erteilen sollen. Doch ich wollte den Tag heute ganz und gar für mich
haben, ich wollte ziellos umherschlendern und mich vom
Wind treiben lassen. Ich küsste meine Grossmutter, verliess
das Haus und ging die Huda-Schaarâwi-Strasse entlang in
Richtung Sulaimân-Pascha-Strasse. An der Kreuzung blieb

ich stehen und wartete, aber es regte sich kaum ein Lüftchen, das mich nach rechts oder links hätte lenken können.

Vater packte meine Hand, hob mich bis auf seine Augenhöhe und kam mit dem Gesicht näher. Genau hier sei die Grenze, erklärte er, bis hierher dürfe ich gehen und keinen Schritt weiter. Ohne Begleitung solle ich mich nur in unserer Strasse bewegen, aber nicht in der Sulaimân-Pascha-Strasse, wo die Autos rasten. Am besten solle ich gar nicht erst bis ans Ende unserer Strasse gehen, sondern beim Restaurant Filfila wieder umkehren. Dann wuchtete er mich hoch auf seine breiten Schultern. Erhaben thronend, besah ich mir die Welt aus den Wolken. Mutter nahm meine Hand, und gemeinsam betraten wir die Gefahrenzone. Wir spazierten durch eine gefliese Passage und trafen vor einem Restaurant, in dem wir hin und wieder assen, zufällig Wladimir, einen engen Freund meines Vaters. Er hatte seine Tochter dabei. Von Vaters Schultern aus betrachtet, wirkte das Mädchen winzig klein. Ach, Vater, mein Lieber, seit du mich aus deinem Himmel hast fallen lassen, ist mein Genick gebrochen. Wie die Tochter deines Freundes hiess, weiss ich nicht mehr. Alle Namen sind mir entfallen, nur deinen trage ich auf den Schultern, so wie einst du mich getragen hast.

Vater stammte aus Alexandria, kam 1962 nach Kairo und hatte zuvor als angesehener Ingenieur am Assuan-Staudamm mitgebaut. Kaum hatte er einmal von seinen technischen Büchern aufgeschaut, entdeckte er die jahrtausendealte ägyptische Zivilisation für sich, die ihn fortan nicht mehr losliess. Einen Menschen zu treffen, der Ingenieur und Dichter ist, kommt selten vor, viele halten das für unvereinbar. Vater aber war beides. Als Ingenieur liebte er den Staudamm, und als Poet liebte er Ägypten. Er kannte das Land von Norden bis Süden. Durch seine Arbeit am Staudamm wurde der Süden Teil seines Lebens. Von dort erkundete er nach und nach jeden erdenklichen Winkel des »schönsten Landes auf Erden«, wie er Ägypten nannte. Und bei einer dieser Touren erblickte er im Tempel der Hatschepsut meine Mutter Helena. Es war Liebe auf den ersten Blick mit dem Segen des Senenmut.

Heute ist mein fünftes Lebensjahrzehnt angebrochen, ohne dass ich bisher aber der Liebe auf den ersten Blick begegnet wäre. Haben mir meine Eltern eine Lüge aufgetischt? War ihre Liebesgeschichte nichts als ein Märchen? Kann dieser Traum überhaupt in Erfüllung gehen? Oder hat das Schicksal nur mir dieses grosse Geschenk vorenthalten, weil ich, anders als Vater, kein krauses Haar habe?

Genau dieses Geschenk hatte ich mir immer gewünscht. Ich bin aber nach wie vor voller Hoffnung und rede mir selbst gut zu, dass die Zukunft bestimmt noch viel besser wird als das, was hinter mir liegt. Irgendwann werden Nâzım Hikmets Verse von ihrem himmlischen Thron auch auf mein Leben herabrieseln, sonst bekommt er Ärger mit mir. Mein ungeduldiges Herz hat auf seiner holprigen Reise bisher keine richtigen Entscheidungen getroffen. Dennoch habe ich heute, von einem strahlenden Licht erfüllt, das Gefühl, dass mein Herz durch all die Feuer, an denen es sich versengte, eine gewisse Reife erlangt hat. Auf dem steilen, dornigen Pfad bergauf hat es so manche Attacken hinnehmen müssen: Hiebe, Messerstiche, Demütigungen. Manche Wunden sind tief, andere oberflächlich. Doch ich habe mir immer vorgestellt, dass Schmerz und Freude zwei Seiten derselben Medaille sind. Jedenfalls ist mein Herz jetzt erst richtig bereit, das Geschenk anzunehmen. Bereit für die Liebe auf den ersten Blick, ja sogar auf den dritten Blick.

Hatschepsut, Tochter der Göttin Hathor, verliebte sich auf den ersten Blick in Senenmut aus Armant. Gemeinsam kämpften sie für die Kunst, auf dass sie sich unter den Menschen ausbreite. Jedes Detail aus ihrem Leben wurde zu einem Mythos in unserem. Hatschepsut beschützte mit der Kraft, die sie von Hathor, Göttin der Mutterschaft, der Kindheit, des Himmels und der Erde, mit auf den Weg bekommen hatte, die Liebe meiner Mutter zu meinem Vater. In Lublin im fernen Polen erschien meiner Mutter im Traum eine unermesslich schöne, berückende Frau, strotzend vor Weiblichkeit und strahlend, als trüge sie eine Kette aus Sternen. Die Augen mit schwarzem Kajal umrandet, sah sie meine Mutter an. »Helena Zawadzka, Tochter der Stadt Lublin, ich fordere dich auf, den Tempel der Hatschepsut aufzusuchen.« Mutter war achtzehn Jahre alt. Nach diesem Traum beschloss sie, Ägyptologie an der Universität Warschau zu studieren. Ihre Mutter Jadwiga hielt sie für übergeschnappt. Da meine Grossmutter aber die ganze Welt umarmen konnte, liess sie ihre Tochter ziehen. Helena wusste, dass das Schicksal sie letzten Endes nach Ägypten führen würde. Schliesslich nahm sie an einer polnischen archäologischen Exkursion nach Luxor teil, um den Tempel der Hatschepsut zu studieren.

»Was verbindet Polen mit dem Westufer des Nils bei Luxor?«, fragte ich einst meine Mutter. »Das, was auch Sonne und Mond verbindet«, erwiderte sie, »der Kreislauf, in dem wir alle uns bewegen.« – »Und was hat es mit der Liebe auf den ersten Blick zwischen Hatschepsut und Senenmut auf sich?«, fragte ich. Diese Geschichte sei durch archäologische Funde bisher nicht bestätigt worden, antwortete sie. Verärgert zog ich mich in mein Zimmer zurück. Warum stellen sich Historiker immer gegen die Liebe? Sobald es auch nur um einen sinnlichen Blick geht, hissen sie schon die Fahne der Wissenschaft und fordern materielle Belege und einschlägige Beweise. Ist jedoch keine Liebe im Spiel, dann überschütten sie einen mit Behauptungen, die jeder Grundlage entbehren. Ob meine Mutter ihre französischen Gene denn gar nicht animierten, sich mit Hatschepsuts Herz zu befassen, fragte ich mich. Auch wenn sie kein Wort Französisch sprach, war ihr Vater doch Franzose.

Jadwiga war in ihrer Jugend unbändig wie ein Berghase und schön wie eine wilde Gazelle gewesen. Olivier lernte meine Grossmutter auf einer vom Schicksal für ihn eingefädelten Polenreise kennen. Er verfiel ihr auf den ersten Blick und liess sich in der Stadt nieder. In der bitteren Kälte aber erstarb die Liebe irgendwann. Eines Tages hörte er eine Stimme aus der Ferne rufen, machte sich auf nach Assuan und suchte Isis auf den kleinen Inseln rund um Philae, ohne je zurückzukehren. Als er Jadwiga verliess, war Helena der Gebärmutter des Schicksals noch nicht entschlüpft.

Als meine Mutter zum Tempel der Hatschepsut kam, bat sie die Göttin Hathor, ihr die Hand zu reichen und sie mit dem Vater zusammenzuführen, den eine ägyptische Fee vor langer Zeit gerufen hatte. Doch sie begegnete ihm nicht und starb, bevor die gewaltige Spinne zur Welt kam, die das ungeborene Kalb aus dem Bauch seiner Mutter holt.

»Willst du, dass ich Grossvater für dich suche?«, fragte ich eines Tages Grossvater Jadwiga, die jetzt bei mir in Bab al-Lûk lebt. Verschmitzt lächelte sie wie eine Sechzehnjährige: »Ich weiss nicht einmal mehr, wie er aussieht. Lass ihn bei seiner Isis, und such mir lieber einen jüngeren Mann.«

Ich bog nach rechts ein und ging zum Sulaimân-Pascha-Platz. Sulaimân der Franzose, der ursprünglich Joseph Sève hiess, stammte aus Lyon, aus derselben Stadt also, in der auch mein Grossvater geboren wurde. Im Auftrag von Muhammad Ali Pascha war er nach Ägypten gekommen, hatte einen Stab von Offizieren zusammengestellt und gemeinsam mit ihnen die ägyptische Armee ausgebildet. Das Trainingslager befand sich in Assuan.

Merkwürdig, aber Grossmutter Jadwiga behauptete tatsächlich, dass mein Grossvater ein Nachfahre des Sulaimân Pascha sei. Er heisse Olivier Sève und entstamme derselben Familie. Was hat es wohl mit dieser Verbindung zwischen meiner Familie und Assuan auf sich? Zuerst Sulaimân, dann mein Grossvater, der die schöne Jadwiga in Polen zurückliess und in Assuan verschwand, und schliesslich mein Vater. Interessanterweise war Sulaimân Pascha der Grossvater von Königin Nasli[53], die ihrerseits die Gattin von König Fuâd[54] und die Mutter von König Farûk[55] war. Demzufolge bin ich mit König Farûk verwandt, zugleich die Tochter einer von Hatschepsut auserwählten Polin und eines strammen Alexandriners, der mir auf dem Sterbebett versicherte, dass

53 Lebte 1894–1978, heiratete 1919 Fuâd.
54 Lebte 1868–1936, war ab 1917 Sultan, ab 1922 König von Ägypten.
55 Lebte 1920–1965, war 1936–1952 König von Ägypten.

die Armen eines Tages – wenn nicht in diesem, so im kommenden Jahrhundert – die Herrschaft übernehmen würden, die Gerechtigkeit sich durchsetzen würde und wir am Ende siegen würden. Vor allem aber bin ich die Tochter Kairos, der Stadt der tausend Gesichter und der tausend Minarette. Einer Stadt mit Pausbacken, die zum Küssen einladen.

Mir ergeht es wie vielen hier. Umm Kulthûm hat mich mit ihrer Stimme in den Bann gezogen. Ich studierte Deutsch an der Sprachfakultät der Ain-Schams-Universität, als mein Herz flatterte und für eine Weile nicht mehr gleichmässig pochte. Bei einer Theateraufführung an der Universität lernte ich ihn kennen, Ihâb Jusri. Hoch aufgeschossen, geradezu abstossend gross war er. Ich dagegen hatte nicht das Glück, von meinem Vater die Körpergrösse geerbt zu haben. Ihâb war dünn, Brust und Rücken klebten buchstäblich zusammen. Seine Nase war so riesig, dass sie die von Kamâl Achmad Abdalgawâd[56] in den Schatten stellte. Er kam aus einer Künstlerfamilie und steckte gerade in der Endphase seiner Masterarbeit.

Was mich auf Anhieb anzog, war seine Stimme. Sie war tief und schien mehreren, harmonisch zusammenklingenden Kehlen zu entsteigen. Als ich sie zum ersten Mal hörte, schmeichelte sie mir so angenehm in den Ohren wie die von Muhammad Abdalmuttalib[57]. Gemeinsam erkundeten Ihâb und ich Kairos Kultur. Mit jedem Erlebnis wurden wir unzertrennlicher. Theater? Warum nicht? Man muss sich mit der Theaterwelt auseinandersetzen! Kunstausstellungen? Sie waren die Leidenschaft meines Liebsten, der

56 Hauptfigur im Roman *Zuckergässchen* von Nagib Machfus.
57 Ägyptischer Sänger (1910–1980).

wie sein Vater zum Künstler geboren war. Kinofilme? Ein Jammer, was aus dem Filminstitut geworden ist. Wo sind die wunderbaren Genies geblieben? Konzerte? Zusammen bildeten wir ein ganzes Orchester. Ich, Pianistin und Violinistin, führte ihn ans Tamburin heran. Wir vereinten Sajjid Darwîschs[58] Operette *Die nette Zehn* mit Charles Gounods Oper *Faust* und Eugène Ionescos Theaterstück *Die Stühle* – alles vor den Gemälden von Sandro Botticelli. Wir machten aus ihnen eine rein ägyptische Welt mit dem Aroma von gebratenem Knoblauch. Er schenkte mir Apollo und ich ihm Euterpe, meine Muse.

In den Wolken schwebend, besahen wir uns die Welt von oben und konnten vor lauter Schmutz nichts erkennen. Also beschlossen wir, hinabzusteigen und uns in Kairo für den Umweltschutz einzusetzen. Wir nahmen an allen Demonstrationen teil, riefen Parolen für Ägypten und schwenkten die Fahne. »Weg mit der Diktatur!«, riefen wir im Chor und forderten Reformen. Die Tagammu-Partei[59] war gleich nebenan, die Nasseristen waren zu radikal, und die Wafd-Partei[60] gefiel uns nicht. Unermüdlich suchten wir unseren Platz auf einem fahrenden Wagen, aber sie hatten alle Probleme mit der Mechanik.

Ihâb stand kurz vor seinem Abschluss, er musste bald seine Masterarbeit verteidigen. Doch seine Liebe zu mir treibe ihn zum Zeichnen an, sagte er. Zahllose Bilder malte er, auf Papiertaschentücher, in Notizblöcke, auf meine Hand, meinen Fuss. Mit Vorliebe Motormuttern, auf nackte

58 Ägyptischer Komponist und Sänger (1892–1923).
59 National-Progressive Unionistische Sammlungspartei (sozialistisch).
60 Neue Wafd-Partei (Delegationspartei) (nationalliberal).

Körper gedreht. Er könne sich nicht von diesem wahnsinnigen Salvador Dalí befreien, sagte er. Er habe versucht, ihn mit einem Pinsel zu töten, den er in blutrote Farbe getaucht hatte, aber es sei ihm nicht geglückt.

Mit klopfendem Herzen sass ich in dem Saal, in dem Ihâb seine Arbeit gegen drei erbarmungslos argumentierende Professoren verteidigte. Doktor Murtada al-Barûdi, sein Betreuer, schaute in seiner ehrfurchtgebietenden schwarzen Robe streng drein und brachte mit seiner Stimme den Saal zum Beben. Am Ende ging alles gut aus, mein Liebster erhielt den Mastertitel. Ich war damals im dritten Studienjahr, in dem ich mich für das Klavierspiel begeisterte und Ihâb in die Wissenschaft des Doktor Murtada eintauchen liess.

Ich überquerte die Sabri-Abu-Alam-Strasse und bog in die Kasr-al-Nil-Strasse ein. Vor Lappas hielt ich inne. Würde man all die Eiskugeln aufeinandertürmen, die Vater und ich hier verspeist hatten, so wäre der Haufen höher als der Mukattam-Berg. Wenige Monate nach meiner Geburt hatte er die Arbeit am Staudamm aufgegeben und beschlossen, sich in Kairo niederzulassen und endgültig aus Alexandria wegzuziehen.

Er fand Anstellung bei der Firma Egypt Tractors and Engineering, deren riesiges halbrundes Gebäude in Bab al-Lûk zwischen der Bustân- und der Tachrîrstrasse steht. Vater arbeitete von acht bis fünfzehn Uhr, den Nachmittag verbrachte er mit uns, und abends spielte er Schach im Café Hurrîja. Er war der Champion unter den Spielern.

Nach dem Mittagessen brauchte ich nur zu weinen, dann hob er mich auf die Schultern, machte zwei grosse Schritte, und schon standen wir vor Lappas, genau da, wo ich mich jetzt befand. Es ist nicht mehr das Geschäft, das es einmal war, es sind nur die traurigen Überreste vergangener Zeiten. Ich schaute auf die andere Strassenseite und suchte nach Charlie. Dort drüben hatte er immer gestanden und zugesehen, wie ich mein Eis lutschte. »Charlie Chaplin!«, rief ich, als ich ihn das erste Mal sah, und liess Waffel samt Erdbeereis auf Vaters Kopf fallen. Charlie lachte, kam mit mechanischen Bewegungen, Stock und in seinem ausgeblichenen schwarzen Anzug näher und warf mir mit zahnlosem Mund einen Luftkuss zu. Dabei zitterte sein quadratischer Schnurrbart so heftig, dass er die Nase berührte.

Ich zog aus dem ehelichen Heim zurück in die Wohnung meiner Eltern. Plötzlich erkrankte meine Grossmutter. Sie hatte, nachdem ihr einziger, in Polen lebender Sohn gestorben war, niemanden mehr, der sie hätte pflegen können. Ich flog zu ihr und holte sie zu mir nach Kairo. Sie verliess ihre Stadt zum ersten Mal. Sie hatte Hitlers Angriff überstanden und alle Wandlungen erlebt, vom Sozialismus über Wirrnisse zum Kapitalismus und zum Beitritt zur Europäischen Union, ohne sich je aus Lublin wegbewegt zu haben. Verzweifelt wie ein Kind, das aus seinem Elternhaus entführt wird, sah sie mich an.

Unmittelbar nach unserer Ankunft fuhr ich mit ihr für ein paar Wochen nach Fajjûm und kam bei einem Freund in Asbat Tunis unter. Die Luft dort würde ihr guttun, dachte ich. Wie erhofft besserte sich ihr gesundheitlicher Zustand rapide, während sie entspannt dasass und auf den Karûnsee schaute. Fajjûm ist für mich die zweite Heimat nach Kairo.

Meine Eltern sind oft mit mir dorthin gefahren, und immer assen wir dann Ente und Seezunge. Ausserdem arbeitete Mutter eine Zeitlang dort. Als Grossmutter von den beiden Enten kostete, die Umm Abdallatîf für uns zubereitet hatte, kam ihr Kreislauf wieder in Schwung, und ich konnte mit ihr frohen Mutes nach Kairo zurückfahren. In ihrer polnischen Lebhaftigkeit polterte sie dann so laut durch die Wohnung, dass sich irgendwann die Nachbarn unter uns über den Lärm beschwerten.

Doch kaum hatten wir das Haus in Bab al-Lûk betreten, erfuhr ich die erschütternde Nachricht: Unsere langjährige Nachbarin, Tante Amâl, die Witwe des verblichenen Buchhalters Walîd Subhi, war wenige Stunden zuvor gestorben. Solange ich denken kann, hatte sie die andere Wohnung auf der Etage bewohnt. Seit Jahr und Tag hatten wir Tür an Tür gelebt. »Hast du eine Tomate für mich übrig, Tante?« »Leihst du mir sechs Gläser? Wir haben Gäste.« Unaufhaltsam rannen mir die Tränen. Meine Geschichte lief mir unwiederbringlich davon, obwohl ich sie beharrlich einzuholen versuchte. Ich weinte um meinen Vater, um meine Mutter, und ich weinte bei dem Gedanken daran, wie Tante Amâl geschrien hatte, als der mächtige Körper meines Vaters aus der Wohnung getragen wurde. Nun hatte auch sie das dritte Stockwerk und mich verlassen.

Tags darauf reiste Aiman, Tante Amâls einziger Sohn, völlig aufgelöst aus den USA an. Ich nahm ihn in den Arm, er schluchzte wie ein Kind. Früher hatte ich auf ihn aufgepasst, wenn seine Eltern hin und wieder abends ausgingen. Und nun beim Abschied von seiner Mutter war er wieder zum kleinen Jungen geworden. Bevor er in die USA zurückflog, gab er mir Adresse und Telefonnummer und lud mich ein, ihn in New Jersey zu besuchen. Er habe sich einigermassen etabliert, sagte er, sein Restaurant Aladin sei gut besucht. Weniger Glück habe er allerdings in der Ehe. Ich versprach, es zu versuchen, obwohl ich mir sicher war, dass ich niemals in die Vereinigten Staaten fliegen würde.

Nach meiner Scheidung nahm mich die Wohnung meiner Eltern auf, in der damals nicht einmal die Mäuse hätten leben wollen. Seit ich geheiratet hatte und meine Mutter gestorben war, hatten nur noch Spinnen, Ameisen und Kakerlaken dort gewohnt, und die scherten sich leider nicht um Sauberkeit. So war alles von einer dicken, wolkenartigen Staubschicht überzogen. Der alte Flügel stand an derselben Stelle wie eh und je und wartete auf mich. Er sah mich mit dem gleichen vorwurfsvollen Blick an, mit dem er mich immer bedacht hatte, wenn ich ihm längere Zeit ferngeblieben war. Dieses Mal aber hatte ich es allzu sehr übertrieben. Unverzüglich, noch bevor ich irgendetwas anderes in der Wohnung anrührte, wandte ich mich ihm zu. Sämtliche Stellen an ihm, die ich in- und auswendig kannte, reinigte ich, bis er wieder eine jugendliche Frische ausstrahlte. Es war, als wurden die Zeiger zurückgestellt. Der Bösendorfer sprach zu mir, erzählte mir von Sehnsucht und Traurigkeit.

1828 starb der Komponist Franz Schubert in Wien. Bei seiner würdigen Beerdigung war Ignaz Bösendorfer zugegen. Das Herz schwer und mit dem Gefühl tiefer Einsamkeit, verliess er den Friedhof. Um seine Trauer zu überwinden, beschloss er, für die Musik, die er leidenschaftlich liebte, etwas zu tun. Bereits am nächsten Tag beantragte er die Genehmigungen, um den Klavierbau betreiben zu dürfen. Er begann da, wo sein Lehrmeister Joseph Brodmann aufgehört hatte.

Franz Liszt, ein musikalisches Wunder am Klavier, war auf der Suche nach einem geeigneten Instrument für seine neuen Spieltechniken eines Tages auf einen Bösendorfer-Flügel gestossen. Dieser habe, so heisst es, die österreichische Kälte nicht vertragen. Nachdem er lange überlegt hatte, wie er ihr entgehen könne, habe er schliesslich ein Schiff nach Alexandria bestiegen und sei dort von einer grossen Familie mit mindestens zehn Kindern aufgenommen worden. Doch die Bälger hätten in einer Tour rücksichtslos auf die feinen Tasten aus Elfenbein eingedroschen, so dass der Flügel auf der Stelle wieder fortwollte. Da sei Helena aufgetaucht und ihm auf den ersten Blick verfallen. So kam das majestätische Instrument zu uns.

Seit der Flügel mir Audienzen gewährt, will er jeden Tag von mir berührt werden. Selbst an Tagen, an denen ich mehrere Klavierstunden gebe, besteht er darauf, dass ich mich zu ihm setze und mit ihm spreche. Gleich nach seinem Einzug in unser bescheidenes Zuhause führte mich Helena oder Halîma, wie die Nachbarn meine Mutter nannten, an ihn heran. Ihre strengen Anweisungen hallen mir heute noch im Ohr nach. Mutter war ein Engel, ging es aber um Hatschepsut und die Musik, also um Hathors Töchter, dann kannte sie keinen Spass. Auf dem Flügel hatte sie Bastet platziert, die Göttin der Musik und des Tanzes. Ob sie, die mich immerzu ansah, tatsächlich Bastet oder vielleicht doch eher Bast hiess, wusste ich nie, denn Mutter nannte sie Bast, wenn sie mit meinem Klavierspiel zufrieden war, und

Bastet, wenn sie unzufrieden war. Was es mit den beiden Namen auf sich hat, habe ich Mutter nie gefragt. Ich sagte mir immer, dass ich sie eines Tages noch darauf ansprechen werde, doch sie starb, bevor dieser Tag kam. Während ich an der Seite meiner Mutter unbeholfen die ersten Griffe übte, sass Vater meist hinter uns in seinem gemütlichen niedrigen Sessel mit hoher Lehne und lauschte aufmerksam.

Ich wollte, dass das Studium ewig währt, doch ein Lidschlag, und es war vorbei. Die Jahre waren wie im Flug vergangen. In der rechten Hand hielt ich mein Diplom und in der linken Ihâbs rührenden Abschiedsbrief. Mit ihm hatte ich einen Tagtraum gelebt, von dem ich geglaubt hatte, er würde bis zum nächsten Jahrhundert dauern. Doch dann kam die Trennung. Es war, als würde mir die Seele aus dem Leib gerissen. Wir trafen uns, standen da, zwischen uns eine unsichtbare Wand, die nicht einmal seine kräftige Stimme niederzureissen vermochte. Ein Promotionsstipendium der McGill-Universität in der Tasche, hatte er einen Flug nach Kanada gebucht. Bevor Ihâb ging, reckte er den Kopf vor, so dass seine grosse Nase die Wand durchstach. In einer neuen, mir unbekannten Stimmlage sagte er, er komme nicht zurück.

Ich schlenderte weiter auf der Kasr-al-Nil-Strasse und passierte die Bursastrasse, die wie alle zur Scharîfstrasse hinter der Nationalbank führenden Nebenstrassen in eine Fussgängerzone umgewandelt worden war. Wie üblich hatten sich dort schnell jede Menge Cafés angesiedelt. Überall standen Stühle, so dass man als Fussgänger nicht mehr ungehindert hindurchkam und förmlich zum Verweilen und Geldausgeben gezwungen wurde. Ein Kellner bot mir aufdringlich einen Platz an, indem er mir Zeichen machte und einen Stuhl vom Boden anhob. Er war kaum zwanzig Jahre alt, dünn wie ein Nagel und schien an Blutarmut zu leiden. Ich beachtete ihn anfangs nicht, doch dann ging ich hin, gab ihm ein Pfund mit der Aufforderung, sich einen Orangensaft zu kaufen, und setzte meinen Weg fort. Beim Schuhgeschäft an der Ecke Kasr-al-Nil-Strasse/Scharîfstrasse hielt ich inne und liess den Blick über die vielen Modelle in der Auslage schweifen.

Ich schloss vor Glück die Augen und ergriff Mutters Hand, die mir liebevoll über den Kopf strich. Bücher über Bücher waren im Schaufenster ausgestellt. Ein dickes blaues zog mich in den Bann. Auf dem Umschlag waren lauter Fragezeichen abgebildet, in allen Grössen und Farben. Mutter kaufte mir das Buch, das mich fortan begleitete und nun stolz im Regal meiner Tochter steht.

»Versprich mir, dass du es liest. Bücher sterben nämlich vor Kummer, wenn man sie liegenlässt, aber sie leben ewig, wenn sie gelesen werden.«

Ich versprach ihr, das Buch und überhaupt alle Bücher zu lesen, die wir zu Hause hatten. Ich sehe die Verkäuferin noch vor mir, eine Frau um die vierzig mit lachenden Mandelaugen und einer Brille, die so breit war, dass sie rechts und links über das Gesicht hinausragte. Sie trug ein blaugrau gestreiftes Kleid, das an eine Schuluniform erinnerte. Zum Abschied schenkte sie mir ein Heft. »Für deine Tagebucheintragungen«, sagte sie.

Ich muss nachher unbedingt das Tagebuch suchen, nahm ich mir vor. Einer der rosa Seiten hatte ich meine erste Liebesgeschichte anvertraut. Damals war ich in der dritten Klasse. Magîd, so hiess mein Angebeteter, war nun fort, ebenso wie die Buchhandlung, geschlossen in den siebziger Jahren. Stattdessen waren Schuhe eingezogen, wohl moderner und zeitgemässer als Bücher. Als Mutter das entdeckte, kamen ihr die Tränen. Niedergeschlagen war sie an jenem Tag nach Hause gekommen. Eine ganze Weile noch schleppte sie statt Büchern, die sie gern heimgebracht hatte, Enttäuschung und Schwermut mit sich herum.

Eine Woche nach Ihâbs Abreise quälte ich mich wieder aus dem Bett. Unter dem Wasserstrahl im Bad machte ich mir zum ersten Mal ernsthaft Gedanken über meine Zukunft. In schöne Träume entrückt, hatte ich sie bisher völlig ausgeblendet. Das Gesicht nach oben, die Augen geschlossen, spürte ich, wie die Tropfen auf meine Lider trommelten, und beschloss, Buchhändlerin zu werden. Ich liebte den Geruch nach Staub, der den Buchseiten anhaftet.

Kurz darauf aber fand ich mich in einer sozialen Einrichtung zur Förderung von Frauen wieder. Und wenige Wochen später rief ich begeistert: »Heureka! Genau das ist es, was ich in meinem Leben tun will.« Das Zentrum betreute diverse Projekte. Das eine, an dem ich mitwirkte, war darauf ausgerichtet, Frauen zu Identitätspapieren zu verhelfen. Ohne Personalausweis waren ihnen selbst die elementarsten Rechte verwehrt, zum Beispiel das nicht unwesentliche, die Scheidung von einem Ehemann zu erwirken, der seit Jahr und Tag verschwunden, ausgewandert oder sonst wie abhandengekommen war. Ein anderes Projekt unterstützte Frauen mit Kleinkrediten, damit sie ein Unternehmen gründen und ihren Unterhalt verdienen konnten. Unsere

Aktivitäten erstreckten sich ausschliesslich auf bestimmte städtische Siedlungsgebiete. Ich war im Kairoer Manschîjat-Nasser-Viertel tätig. Es war ein mühsames Unterfangen, und oft mussten wir bei null anfangen, denn viele Frauen besassen nicht einmal eine Geburtsurkunde. Ich begegnete Geschiedenen, Prostituierten und Strassenkindern und lernte dadurch auch viel über mich selbst.

Kurz vor der Gawad-Husni-Strasse blieb ich vor einem Basbûsageschäft stehen. Als ich die Bleche mit der Süssspeise betrachtete, meldete sich der Appetit, und meine Kehle schrie nach einem Löffel Basbûsa. »Und vergiss die Sahne nicht«, fügte sie leise hinzu. Im Laden eilten mir meine Augen voraus und verschlangen im Vorbeigehen so allerlei: Sainabs Finger[61], Schâm-Datteln[62], Kunâfa[63] mit Creme und Aisch al-Sarâja[64] mit Nüssen. Innerlich jauchzte ich vor Wonne. Ich bestellte Basbûsa ohne Sahne und beschloss, alles, was ich nicht zwischen die Zähne bekommen könnte, mit den Wimpern zu zerkauen. Der Verkäufer, um die sechzig und mit imposanter Glatze, hatte ein Gesicht, das mich so freundlich anlächelte wie seine Kunâfa und dreieckig wie der Sinai war, das Kinn so spitz wie Ras Muhammad, der südlichste Punkt der Halbinsel.

Auf der Hochzeit einer Kommilitonin, Farach hiess sie, lernte ich den Mann kennen, den ich kurz darauf heiratete. Er kam aus der Geschäfts- und Finanzwelt und arbeitete in

61 In Fett gebackener Teig aus Mehl, Gries, Zucker und Gewürzen.
62 In Fett gebackener dattelförmiger Teig aus Mehl, Zucker, Eiern und Butter.
63 Süssspeise im Blech aus Käse und Fadennudeln.
64 Süssspeise aus Brot, Milch, Sahne und Zucker.

der Faisal Islamic Bank. Ein stiller Typ, zurückhaltend und wortkarg. Wie ein Fischer warf er sein Netz aus, und ich konnte nicht entkommen. Wir waren zwei Parallelen, die sich, allen geometrischen Gesetzen und jeder Logik zum Trotz, trafen.

Es war die rasanteste Eheschliessung des zwanzigsten Jahrhunderts. Zwei Monate nach unserer ersten Begegnung sassen wir bereits im gemeinsamen Nest. Er war etwa zehn Jahre älter als ich und hatte mich mit dem Heiratsantrag buchstäblich überfallen. Ich werde nie vergessen, wie er bereits beim ersten Rendezvous von Verlobung sprach. Es mangele ihm an nichts, erklärte er stolz, für eine Wohnung sei bereits gesorgt, und sie sei auch vollständig eingerichtet. Sogar die Fischteller stünden schon im dafür vorgesehenen Fach bereit.

Ich wollte vor der Hochzeit wenigstens einmal von ihm geküsst werden, um seinen Geruch kennenzulernen und Vertrauen zu fassen. Er aber hatte nur Organisatorisches im Sinn. Ich mache ihm das nicht zum Vorwurf, immerhin war er stets er selbst, was ich nach all den Jahren als einen überaus wichtigen Wesenszug erachte. Ich dagegen blieb im Zusammensein mit ihm nie ich selbst – ein Fehler, den ich mir nicht verzeihe. Ich gab mir grösste Mühe, die Welt mit seinen Augen zu betrachten, aber nicht die geringste, ihm meine Perspektive zu erläutern. Im Laufe unserer Ehe besuchten wir kein einziges Mal das Theater, ja bekamen nicht einmal das Opernhaus von aussen zu Gesicht. Ich hätte die Abende gern zu Hause verbracht, mich mit ihm besinnlicher Stille hingegeben und die gemeinsame Zeit geatmet. Doch er wollte nur eines: sich unter die Menschen mischen, die in kalten Nächten anonyme Restaurants bevölkern. Wir hielten nicht einen Moment inne, Hast bestimmte unser Leben. Die Welt um uns herum bebte, ihn aber interessierten nur die Schwankungen der Wechselkurse. Einmal schlug ich vor, eine Kunstausstellung zu besuchen, und wurde in einen Nachtklub ausgeführt. Ich sehnte mich nach gemeinsamen Anschauungen, hatte den Wunsch, dass er meine Träume in Bezug auf die Zukunft des Landes teilt. Meine Worte verloren sich aber im Nichts, bevor sie seine Ohren erreichten. Ich führte das Leben, das er vorgab. Dabei verlor mein Kompass die Orientierung, und schliesslich wusste ich nicht einmal mehr, was ich wollte.

Als ich ihn auf Farachs Hochzeit kennenlernte, war ich in meiner Hochphase. Von Erfolgserlebnissen wie berauscht, schwebte ich geradezu durchs Leben, denn das, was wir in der Einrichtung gemeinsam für Hunderte Frauen in Manschîjat Nasser erreichten, gab mir das Gefühl, glorreiche patriotische Arbeit zu leisten. Zufrieden lächelnd legte ich abends den Kopf auf das Kissen und sagte mir: Jeder Tausend-Meilen-Gang beginnt mit einem Schritt.

Täglich lernte ich dazu. Die Frauen hatten alle ihr Päckchen zu tragen, Schmerz, Leid, Krankheit, fehlende Bildung. Trotzdem verfügten sie über einen sprühenden Geist, ja geradezu göttliche Weisheit, über Kraft, Mut, einen unzerstörbaren Lebenswillen und die Fähigkeit zu lächeln. Eine wirkliche Schule, die mich mit einem Schatz ausstattete, von dem ich bis zum Jüngsten Tag zehren kann.

So erkläre ich mir heute, warum ich mich so blauäugig auf meinen Mann einliess. Eine unzulängliche Erklärung freilich in Anbetracht dessen, dass ich mich in eine mir völlig fremde Welt begab, mich damals sogar glücklich schätzte dazuzugehören. Als verlobtes Paar gingen wir all-abendlich aus, ohne auch nur einen Tag Pause einzulegen. Ich bildete mir ein, dass er das Bedürfnis hätte, unsere Verbindung zu feiern. Doch dann stellte ich fest, dass er nicht anders konnte, als jeden Abend auszugehen. Seine Freunde sah ich häufiger als mich selbst. Talaat Dhihni, damals sein engster Freund und zugleich Kollege, war immer dabei. Hind, seine Frau, die ich sehr mochte, sah ich demzufolge auch jeden Abend. Sein ehemaliger Kommilitone Nabîl Scharubîm gehörte ebenfalls dazu, kam hin und wieder aber ohne Begleitung, denn seine Frau Nivîn hatte eine Praxis und somit sieben Tage die Woche zu tun.

Ich erreichte den Mustafa-Kâmil[65]-Platz. Erhaben schaute mich der Herr von seinem Sockel an, worauf ich unwillkürlich sagte: »Würde ich nicht in Kairo leben, dann würde ich gern in Kairo leben.« Erfreut über diesen wunderbaren Satz, gab er seinen berühmten Ausspruch zum Besten: »Eine Nation, die sich nicht von dem ernährt, was sie eigenhändig anbaut, und nicht die Kleider trägt, die sie selbst herstellt, ist zur Abhängigkeit verdammt und letztlich dem Untergang geweiht.« Ich betrachtete ihn. Im eleganten Mantel, Name und Geschichte von Herrlichkeit umwoben, stand er da. Unvorstellbar, dachte ich, dass dieser Mann, als er starb, keine vierunddreissig Jahre alt war.

Seit ich mich erinnern kann, hat der Platz immer so ausgesehen, verändert haben sich nur die Namen einiger Ge-

65 Ägyptischer Anwalt, Journalist und Gründer der Nationalen Partei (1874–1908). Aktivist im Widerstand gegen die britische Kolonialmacht.

schäfte. Hierher kam ich oft mit Mutter, denn sie verfolgte gern die Versteigerungen im Auktionshaus.

»Zum Ersten, zum Zweiten, zum Dritten. Herzlichen Glückwunsch, Frau Halîma. Eine echte Sèvres-Vase für achtundzwanzig Pfund.«

Von hier stammen so einige unserer Einrichtungsgegenstände, die mir viel bedeuten. Herr Maurice, stets im schwarzen Anzug und mit roter Krawatte, leitete das Haus. Er hatte die Angewohnheit, meine Mutter unmittelbar vor den Auktionsterminen anzurufen, damit sie vorab zu einem festgesetzten Preis kaufen könnte. Auf diese Weise kam allerdings nur Göttin Bast in unseren Besitz.

An diesem Platz kauften wir ausserdem bei einem türkischen Schifffahrtsunternehmen Tickets für die Überfahrt nach Noworossijsk. Wir liefen in Alexandria aus und fuhren über Athen und Istanbul zu unserem Zielhafen. Weiter ging es mit dem Zug nach Wolgograd, wo uns der Cousin meiner Mutter in Empfang nahm und nach Samara zu sich nach Hause brachte. Seinen Sohn habe ich gleich ins Herz geschlossen. Auch wenn ich ihn seither nicht mehr gesehen habe, so ist mir sein Gesicht trotzdem noch deutlich in Erinnerung. Es war eine unvergessliche Reise an Deck der »Karadeniz«, was – so weiss ich von den türkischen Seeleuten – »Schwarzes Meer« bedeutet. Während der Überfahrt hielt ich mich hauptsächlich im Schwimmbad auf, einem kleinen Becken aus Metall mit einer Abdeckung, die, ebenfalls aus Metall, an jeder Seite mit einem riesigen eisernen Riegel versehen war.

Auf der Überfahrt quälte mich ein Albtraum. Ich schwimme im Pool, und auf einmal bin ich dort ganz allein.

Die Matrosen ziehen die Abdeckung über das Becken. Es wird dunkel. Ich höre, wie die Riegel geschlossen werden, höre, wie das Eisen quietscht. Das Wasser steigt langsam. Ich versuche zu atmen. Das Wasser erreicht die Abdeckung. Ich schreie. Aber es kommt keiner.

Mein Mann liess sich von mir scheiden, nachdem unsere Beziehung still dahingeschieden war. Jahrelang hatte ich ihrem langsamen Sterben zugesehen, ohne dass ich sie hätte retten können. Schliesslich war ich keine Ärztin, und das Studium der deutschen Sprache wie auch meine Berufserfahrung im sozialen Bereich halfen auf der Intensivstation nicht weiter. So musste ich tatenlos zusehen, wie unsere Ehe im weissen Bett lag und ihr Leben aushauchte. Lautlos entwich die Luft durch ein kleines, unsichtbares Fenster. Jeden Tag ein bisschen Sauerstoff weniger, bis wir eines Tages erwachten und uns im Haus jede Luft zum Atmen fehlte.

Mit Nâdias Geburt gab ich meine Arbeit im Zentrum auf. Gleichzeitig tat ich einen der wichtigsten Schritte in meinem Leben: Ich fing an, Tagebuch zu schreiben. Jede Gefühlsregung, jeden Blick, jeden Anflug von einem Lächeln auf Nâdias Lippen dokumentierte ich. Sie beherrschte meine Sinne voll und ganz. Indem ich das leiseste Zucken ihrer Nasenspitze aufzeichnete, öffnete sich mir das Fenster zur Welt. Plötzlich sah ich das Leben mit neuen Augen, ich erkannte seine Grossmut und seinen Geiz und füllte, regelrecht abhängig von dem Schreibritual und der Liebe zu meinem Stift, ein gelbes Büchlein nach dem anderen.

Obgleich ich die letzten Tage meiner Ehe zählte und nur noch auf den Gnadenstoss wartete, schmeckte das Ende bitter. Bezeichnenderweise fällten wir die Entscheidung, uns zu trennen, bei einer verhaltenen Diskussion am Telefon. War die direkte Auseinandersetzung zwischen zwei Menschen, die über ein Jahrzehnt das Bett geteilt hatten, tatsächlich so schwer?

Als ich auflegte, machte sich in dem Finger, mit dem ich auf den roten Knopf gedrückt hatte, ein leichtes Kribbeln bemerkbar. Es stieg weiter auf, in die rechte Hand, das Handgelenk, den Unterarm, hinauf in die Schulter, weiter in die Wange, die Augen und die Stirn. Dunkelheit zog auf, verdichtete sich zu einer schwarzen Wolke und breitete sich aus. Ich versuchte, die Augen zu öffnen, und merkte, dass sie geöffnet waren, also liess ich die Finsternis auf mich wirken, ergab mich ihr. Das Kribbeln griff auf die Brust über und erfasste in Lichtgeschwindigkeit meinen ganzen Körper. Das Blut erstarrte in den Adern. Wie ein Heer von Ameisen befiel das Kribbeln meine Nerven, und ich verlor jedes Gefühl in den Gliedern. Mühsam schnappten meine Lungenflügel nach Nahrung. Ich legte die Hand unter das Gesäss, um sie wieder zu spüren, doch es war, als sei sie mir von einem grandiosen Chirurgen unbemerkt abgetrennt worden. Ich lief aus dem Haus, wollte den Himmel sehen, in der Hand eines der Büchlein mit meinen Tagebuchaufzeichnungen. In stürmischer Sehnsucht erfasste mich ein vorbeifahrendes, wohl auf den ersten Blick in Liebe zu mir entbranntes Auto. Ich wurde ins Krankenhaus gebracht. Dort träumte ich zum ersten Mal von Ihâb und seinem Leben in der Kälte, und mein Körper zitterte ergriffen.

Gerettet hat mich wahrscheinlich das tatarische Blut in meinen Adern, das ich von meiner Urgrossmutter geerbt hatte und das mir hin und wieder deutlich zeigt, dass ich dem Reich der Goldenen Horde entstamme. Der Arzt stellte weder Brüche noch ernsthafte Verletzungen fest. Ein paar Prellungen, sonst nichts. Wovor mich mein Blut allerdings nicht bewahren konnte, war die Trauer um mein Tagebuch, das mich für immer verlassen hatte und mit dem Gefühl zurückliess, ich sei um ein paar Lebensjahre gebracht worden. Als mich das Auto nämlich von hinten anfuhr, sprangen mir meine Memoiren aus der Hand und verschwanden in dem Gully, in den auch Fairûs' und Anwar Wagdis Geldstück gefallen war.[66]

Wie dem auch sei, jedenfalls wollte ich mich nun ins Kaffeehaus Groppi setzen, vorher aber meine Tochter anrufen und dazubitten. Obwohl auf dem Schild »Telefonieren Sie nach Belieben« stand, liess mich der junge Mann partout nicht selbst wählen. Also gab ich ihm die Nummer.

»Ich gehe jetzt ins Groppi in der Adlistrasse. Was hast du vor?«

»Es ist dein Geburtstag, Mama, eigentlich sollte ich schon seit heute Morgen bei dir sein. Ich habe dir eine Nachricht aufs Band gesprochen. Ich mache mich sofort auf den Weg.«

Ich entschied, den Eingang in der Abdalchâlik-Tharwat-Strasse zu benutzen. Eine riesige Glastür, verziert mit einem wunderschönen Muster aus schwarzen Linien. In der Mitte ein runder Holzknauf. Vater stiess die Tür auf. Mutter und ich gingen hinein, er folgte uns. Künstlich gekühlte Luft schlug mir entgegen. Menschen gingen ein und aus. Eine Warteschlange an der Schokoladentheke. Auf der ge-

66 Szene aus dem ägyptischen Film *Jasmin* von 1950.

genüberliegenden Seite standen noch mehr Leute für Kuchen und Torten an. Überall Kellner in blauer Tracht mit glänzenden Metallknöpfen. In ihren Gewändern, die am Oberkörper eng anlagen und nach unten glockenförmig ausliefen, erinnerten sie an Derwische, die um das Zentrum des Universums kreisen. Mutter kaufte an der Lebensmitteltheke unseren geliebten Kaschkawal-Käse. Vater und ich gingen in den Garten. Die Sonne schien wie immer, ihre Strahlen gaben mir die Wärme zurück, die mir die Klimaanlage entzogen hatte. Wir fanden keinen Platz, alle Stühle waren besetzt. Onkel Sâlich, der nubische Kellner, der einen Narren an mir gefressen hatte, kam eilig zu uns. Amîn Bek begleiche gerade die Rechnung, sagte er zu Vater. Ein paar Minuten Geduld, und dann könnten wir uns setzen. Unauffällig legte er mir einen der Pfefferminzbonbons in die Hand, von denen er wusste, dass ich sie besonders gern mochte. Ich schaute zu Vater, um mich zu vergewissern, dass er es nicht mitbekommen hatte. Dann betrachtete ich Amîn Bek. Ein Mann in den Siebzigern. Im grauen Mantel und mit der goldenen Kette der Uhr, die aus seiner Westentasche hing, wirkte er eleganter als Mustafa Kâmil Pascha.

Als ich das Zentrum nach langen Jahren zum ersten Mal wieder betrat, war mir die Kehle wie zugeschnürt. Mein Leben hatte in dieser Einrichtung begonnen, die damals selbst nur wenige Monate alt war. Hand in Hand waren wir dem Bauch des Nichts entschlüpft. Die gemeinsam verlebte Zeit hatte uns geformt und geprägt, so dass wir uns kaum mehr voneinander unterschieden. Dann hatte ich die Einrichtung verlassen. Heute ist sie von junger Lebensenergie erfüllt. An meinem Körper dagegen sind die Spuren sichtbar, die die Krallen der Scheidung hinterlassen haben. Das Zentrum hatte sich verändert, war mir nicht mehr vertraut. Ich wurde von riesigen Postern empfangen, auf denen Fotos von Frauen zu sehen waren, die ich nicht kannte. Eine Frau in den Zwanzigern schaut mit grossen Augen aus einem Plakat. Sie trägt ein langes schwarzes Gewand und ein schwarzes Kopftuch. Darüber steht »Die rechtliche Präsenz der Frau«. Die Sekretärin, mir ebenfalls unbekannt, sprach mich an wie eine Fremde. Was ich wünschte, fragte sie. Ich nannte ihr meinen Namen, worauf sie mich willkommen hiess und zur Leiterin führte. Am nächsten Tag erschien ich zur Arbeit und hatte mein Leben zurück. Das Zentrum kam mir vor wie ein Bienenstock. Junge Leute gingen ein und aus, viele von ihnen Rechtsanwälte. Zwei sind mir besonders an Herz gewachsen: Huwaida Saad und Achmad Iseddîn. Durch die jungen Leute lernte ich, die Welt mit neuen Augen zu sehen.

Vorgestern kehrten wir als Gruppe in ein Café in der Nähe der Scharîfstrasse ein. Achmad Iseddîn, der neben mir sass, schüttete mir sein Herz aus. Er erzählte mir von seiner grossen, unsterblichen Liebe Hâgar. Im Gespräch stellte ich verblüfft fest, dass es sich bei ihr um die Exfrau meines alten Nachbarn Aiman Subhi handelte.

»Bist du mit der Arbeit im Zentrum denn nicht zufrieden?«, fragte ich ihn. »Immerhin verhilfst du vielen Frauen zu besseren Lebensbedingungen.«

»Doch, mit der Arbeit bin ich sehr zufrieden.«

»Aber wenn du doch so zufrieden bist, wie man dir an deinem schönen Lächeln deutlich ansieht, warum willst du dann auswandern? Ich habe gehört, dass du nach Amerika gehst.«

»Ja, ich gehe zu Hâgar. Wir werden dort heiraten.«

»Siehst du denn nicht, dass du hier im eigenen Land gewissermassen die Saat ausbringst, in Amerika dagegen immer der Fremde bleiben wirst?«

»Ich sehe hier keine Zukunft. Dort werden die Kinder, die ich in die Welt setze, wenigstens eine Chance auf Bildung und ein gutes Leben haben. Was ich hier verdiene, deckt, wie du ja selbst weisst, nicht einmal die Grundkosten. Sag deiner Freundin, dass sie uns vernünftige Gehälter zahlen soll.«

»Hast du ein finanzielles Problem?«

»Ist das etwa eine Schande? Jawohl, mein Problem ist in erster Linie materieller Art. Aber es geht nicht nur ums Geld, in diesem Land mangelt es an jeglicher materiellen Grundlage.«

Dass ich heute überlebe, verdanke ich meinem Vater. Er hat mich gelehrt, die Augen vor allem zu verschliessen, was nicht unbedingt zum Leben notwendig ist. Nach der Scheidung wollte ich von meinem Mann keinen Piaster annehmen. Wir hatten es miteinander versucht und waren gescheitert. Ich sah also keinen Anlass, Unterhalt von ihm zu beziehen, auch wenn er so fair war, mir welchen anzubieten. »Fünfzehn Jahre Ehe«, sagte er, »du bist Teil meines Lebens, und ich muss mich um dich kümmern.« Sein Angebot war grosszügig, schliesslich war mir bekannt, dass Scheidungen oft in zermürbende Schlachten ausarten, reif für Filme wie den *Rosenkrieg.* Mit Klavierunterricht und einem bescheidenen Gehalt vom Zentrum komme ich über die Runden, aber nur weil ich mich dem Konsumterror widersetze. Nach wie vor weigere ich mich, ein Handy zu kaufen. Der Anrufbeantworter, den meine Mutter vor zehn Jahren angeschafft hat, leistet gute Dienste. Wer eine Nachricht hinterlassen möchte, kann dies auf seine Kosten tun. Ich verschliesse mich jeglicher Werbung, die mit unverhohlen sexuellen Reizen das hungrige Monster anfüttert, das in jedem von uns steckt. Ich besitze kein Auto, kein Flugzeug, kein Motorrad, nicht einmal ein Fahrrad. Mein Vehikel sind meine Füsse, das sicherste Verkehrsmittel überhaupt. Der Schuster nebenan flickt so gewissenhaft, dass ich meine Schuhe immer in besserem Zustand zurückbekomme, als ich sie abgegeben habe. Ich habe mir eines zur Gewohnheit gemacht: Jeden Morgen und jeden Abend spiele ich das Lied *Schnall enger den Gürtel, nur das hilft.*

Den Gürtel enger zu schnallen ist laut Âdil, einem Freund und erfolgreichen Geschäftsmann, die einzige Lösung. Nur so könnten wir unserem Ägypten zum Aufschwung verhelfen. Insofern bemühe er sich in seiner Firma nicht nur um die Steigerung der Verkaufszahlen, sondern vor allem um die Senkung der Ausgaben. Leider bewege sich das Land aber in die entgegengesetzte Richtung. Es habe den Gürtel bis auf das letzte Loch gelockert und sei vor lauter Fettleibigkeit in völlige Lethargie verfallen. Was mich betrifft, so habe ich, seit ich Scheich Sajjids[67] Rat befolge, entdeckt, dass ich über den wertvollsten Schatz verfüge, den ein Mensch haben kann: die Freiheit. Ein wenig Salat und Gurke, eine Dose Lachs, dazu viel Bach und Brahms, und alles ist in bester Ordnung.

67 Sajjid Darwîsch, von dem das o.g. Lied stammt.

Was ich von Achmad Iseddîn und seinen Altersgenossen im Zentrum höre, erschüttert mich. Täglich aufs Neue wird mir bewusst, dass wir aus zwei unterschiedlichen Welten stammen. In Berührung mit dieser neuen Welt kam ich erstmals durch die Geburt meiner Tochter 1993.

Als Nâdia mit fünf eingeschult wurde, begann eine neue Etappe meines Lebens. Ich tauchte in ihren Alltag ein und erfuhr dabei Erstaunliches, lernte eine neue Welt kennen und hatte das Gefühl, nicht in diesem Kairo geboren und aufgewachsen zu sein.

In all den Jahren, in denen ich die Schule besuchte, gab es in meiner Klasse nicht einen, der ausgewandert ist oder einen vorübergehenden Auslandsaufenthalt hinter sich hatte. »Migrationserfahrung« hatte ausschliesslich eine neue Mitschülerin, die von Port Saîd nach Kairo geflüchtet war. Doch unsere Gespräche wurden von Bombenexplosionen überschattet, die mir bis heute in den Ohren nachhallen. Ausserdem gab es da ein Mädchen namens Nuha. Sie verliess uns aus zwingenden Gründen. Ihr Vater arbeitete im Aussenministerium, deshalb zog sie, noch im Grundschulalter, mit ihren Eltern nach Zaire. Nuha war, soweit ich mich erinnere, die Einzige aus meiner Klasse, die ins Ausland ging.

Bei meiner Tochter dagegen herrscht ein völlig anderes Bild. In ihrer Klasse, die höchstens fünfundzwanzig Schüler zählt, sind im Laufe der Jahre bestimmt zwanzig emigriert. Bei dieser Zahl müsste eigentlich ein Signal ertönen, leider hat man aber noch kein Verfahren entwickelt, dass Papier Laute von sich gibt, wenn das Auge ein bestimmtes Wort erfasst.

Laila, die beste Freundin meiner Tochter, zog mit ihrer Familie vorübergehend nach Kuwait, weil dem Vater dort eine Stelle angeboten worden war. Saif wanderte mit seinen Eltern in die Vereinigten Staaten aus und Muhammad nach Kanada. Muhannads Vater ging in die USA, wohin ihm sein Sohn im nächsten Jahr folgen wird. Germaine, seit der Vorschule Nâdias Klassenkameradin und gleichzeitig unsere Nachbarin, lebt jetzt mit ihren Eltern in Kanada. Schirîn zog im Alter von vier Jahren nach Kuwait und kehrte als Zwölfjährige mit ihrer Mutter zurück, um eine rechtliche Angelegenheit bezüglich ihrer Wohnung in Kairo zu regeln. Der Vater und die Schwester blieben in Kuwait. Als das Wohnungsproblem gelöst war, hatte das Schuljahr bereits begonnen, also entschieden sie, dass Schirîn es in Kairo absolviert. Sie kam in Nâdias Klasse, reiste zwischendurch allerdings nach Kuwait, um ihre Aufenthaltsgenehmigung zu erneuern und um Vater und Schwester zu sehen. Scharîf, Muhammad, Hussain und Mirna haben samt ihren Familien die kanadische Staatsbürgerschaft erworben und stehen kurz vor der Abreise. Salwa ist vorübergehend aus den Vereinigten Staaten, wo sie ihr bisheriges Leben verbrachte, hierhergekommen und geht nun in Nâdias Klasse, wird aber nach dem Abschluss in die USA zurückkehren. Achmad lebt mit seiner Familie in den Emiraten und besucht in Kairo das Sommerschulprogramm, an dem auch Nâdia teilnimmt, möchte anschliessend aber in Abu Dhabi studieren.

Die Eltern von mindestens einem Viertel ihrer Mitschüler an der British International School leben laut Nâdia im Ausland. Ausser ihr haben, so schätzt sie, nur zwei Schüler ihres Jahrgangs vor, nach dem Universitätsabschluss im Land zu bleiben. Alle anderen wollen auswandern.

Ich lutschte gerade den Bonbon, den mir Onkel Sâlich hinter Vaters Rücken zugesteckt hatte, als sich sanft eine Hand auf meine Schulter legte. Nâdia umarmte mich überschwänglich. »Herzlichen Glückwunsch, du wunderbarste aller Mütter!«, rief sie. Ich war zu Tränen gerührt, sie so zu sehen, herangewachsen zu einer bezaubernden jungen Frau. Von mir hatte sie nichts geerbt. Mit dem schönen dunklen Teint und dem krausen Haar war sie ganz nach meinem Vater geraten.

Ich rief Onkel Sâlich an unseren Tisch. Er schien der Zeit erfolgreich zu trotzen, das Gesicht hatte nichts von seinen straffen, markanten Konturen eingebüsst. Wir tauschten einige Erinnerungen aus. Nach kurzem Zögern bat er mich um einen Gefallen. Sein Neffe, Fahrer von Beruf, suche dringend Arbeit. Ob ich ihm eine Stelle beschaffen könne, fragte er. Ich gab ihm die Adresse des Zentrums und sagte, Munîr solle am nächsten Morgen zu uns ins Büro kommen. Dann ging Onkel Sâlich unsere heissgeliebte Limonade holen.

Nâdias Augen funkelten unübersehbar. Sie redete in einem fort, sprühte vor Temperament. Nach einer Weile gestand sie mir, dass sie sich verliebt habe. Hussain sei so schön wie der Mond.

Nâdia hatte sich verändert. Plötzlich war sie nicht mehr das ernste Mädchen, das ich so gut gekannt hatte, sondern eine Frau, deren Stimme und Augen voller Sanftheit waren.

»Es ist Liebe auf den ersten Blick. Ich war vor drei Tagen bei Laila zum Abendessen eingeladen. Kaum hatten wir

405

uns gesehen, fühlten wir uns magnetisch voneinander angezogen. Genau wie im Film, Mama! Ich wollte es dir erzählen, wusste aber nicht, was ich hätte sagen sollen. Ich kenne den grossen, gutaussehenden Mann mit langen schwarzen Haaren ja kaum. Aber in den letzten drei Tagen ist mir klargeworden, dass ich ihn wirklich liebe.«

Er sei Architekt, berichtete Nâdia, studiert habe er an der Amerikanischen Universität in London. Er sei erst vor kurzem zurückgekehrt und jetzt auf dem Sprung nach Dubai, wo er in Zukunft leben und arbeiten wolle.

Dubai …

Stimme, Farbe und Bedeutung vermischten sich in meinem Kopf, und die Worte verloren sich in den Fugen zwischen den Bodenfliesen. Meine Brust war wie zugeschnürt. Ich hörte nur noch mein Herz. Es raste vor Sorge um Nâdia.

Meine Lebenswege in Kairo kreuzen immerzu andere, und gemeinsam drängen sie zum Meer, um der hereinbrechenden Sintflut zu entkommen. Die Geschichte, die ich erzählen möchte, hat in meiner Gebärmutter begonnen. Alle Geschichten beginnen dort. Unzählige ineinander verschlungene Fäden, dünn und robust wie Seide, wickeln sich um meine Hand, immer fester und fester, und bewegen unwillkürlich meine Finger, damit sie die Exodusgeschichten niederschreiben.

Ich schaute meiner Tochter in die Augen und beschloss, die Geschichten derer zu erzählen, die die Arche Noah bestiegen haben oder planen, es zu tun. Ich fange mit Achmad Iseddîn an, den ich morgen früh treffen werde.

Ich sehe die Arche Noah auf der Flut treiben, die das Land überschwemmt. Sie wirkt auf mich wie ein Ei, das jeden Moment aufbricht. Wie ein Samenkorn, aus dem eine neue Welt hervorgehen wird. Eine uns unbekannte Welt, die wir uns nicht vorstellen können. Die Arche gleicht dem Buchstaben Nûn, einem nach oben offenen Halbkreis, darüber eine strahlende Sonne. Ein Regenbogen. Zusammen bilden sie eine Einheit, ein neues All, geboren aus der Implosion des alten. Die Arche Noah in Gestalt einer Pyramide. Die Spitze sieht aus wie eine Fackel an Deck des Exodusschiffes. Eine Fackel unterwegs in ferne Länder.

In meiner Vorstellung erscheint die Arche Noah als Herz mit einem eigenen Rhythmus, der die Welt neu erschaffen wird.

PS: Zur Erleichterung der Aussprache arabischer Namen wurden in der Übersetzung betonte lange Silben mit einem Zirkumflex (ˆ) versehen.

Im Taxi
Unterwegs in Kairo
Aus dem Arabischen von Kristina Bergmann
187 Seiten, gebunden, mit Schutzumschlag
ISBN 978 3 85787 413 0
205 Seiten, Smartcover
ISBN 978 3 85787 428 4

»Wer die Gründe für die Revolution in Ägypten kennenlernen will, der lese dieses Buch.«
Süddeutsche Zeitung

ARABISCHE LITERATUR IM LENOS VERLAG

Iman Humaidan
Andere Leben
Roman aus dem Libanon
Aus dem Arabischen von Regina Karachouli
188 Seiten, gebunden, mit Schutzumschlag
ISBN 978 3 85787 423 9

»Ein Roman, der auf zweihundert Seiten die ganze Welt erzählt.«
Livres Hebdo

Ghada Abdelaal
Ich will heiraten!
Partnersuche auf Ägyptisch
Aus dem Ägyptisch-Arabischen von Kristina Bergmann
218 Seiten, broschiert
ISBN 978 3 85787 756 8
Lenos Pocket 156

»Ein komisches und rührendes Buch, in dem man lachend manches über die ägyptische Gesellschaft erfährt.«
Tages-Anzeiger

Nihad Siris
Ali Hassans Intrige
Roman aus Syrien
Aus dem Arabischen von Regina Karachouli
173 Seiten, broschiert
ISBN 978 3 85787 758 2
Lenos Pocket 158

»Die gnadenlose, hervorragend orchestrierte Sicht auf ein brutales und verlogenes System, irgendwo in der arabischen Welt.«
Schweizer Radio DRS